COLLECTION FOLIO

Cecil Scott Forester

Hornblower aux Antilles

Capitaine Hornblower

Traduit de l'anglais
par Maurice Beerblock

Gallimard

Titre original :
HORNBLOWER IN THE WEST INDIES

Illustrations de Bony.

Cecil Scott Forester (de son vrai nom Cecil Lewis Troughton Smith) est né en 1899 au Caire, où son père était officier de l'armée égyptienne. Il a passé la plus grande partie de son enfance en Orient. Après de courtes études de médecine au Royaume-Uni, il étudie la littérature pour devenir écrivain et journaliste. En 1937, il publie *L'heureux retour*, le premier volume de la saga du *Capitaine Hornblower*, considérée aujourd'hui comme un classique de la littérature maritime. Les romans qui suivent voient Hornblower s'élever dans la hiérarchie navale, puis, en 1950, Forester publie *Aspirant de marine*, qui décrit les tout débuts de son héros dans la marine. Parallèlement, il écrit des scénarios et sera correspondant de guerre en Espagne et en Tchécoslovaquie. En 1940, participant à la propagande antinazie, il s'installe en Californie. Pendant les années 1950, cinq de ses romans ont été adaptés au cinéma. Il est mort en 1966.

Équivalences des unités de mesure anglaises

Unités de longueur

1 pouce = 2,5 centimètres

1 pied = 30 centimètres

1 yard = 91 centimètres

1 brasse = 1,8 mètre

1 mille = 1,6 kilomètre

1 lieue = 4,8 kilomètres

Unités de volume

1 pinte = 0,5 litre

1 gallon = 4,5 litres

Goélette *Crab*

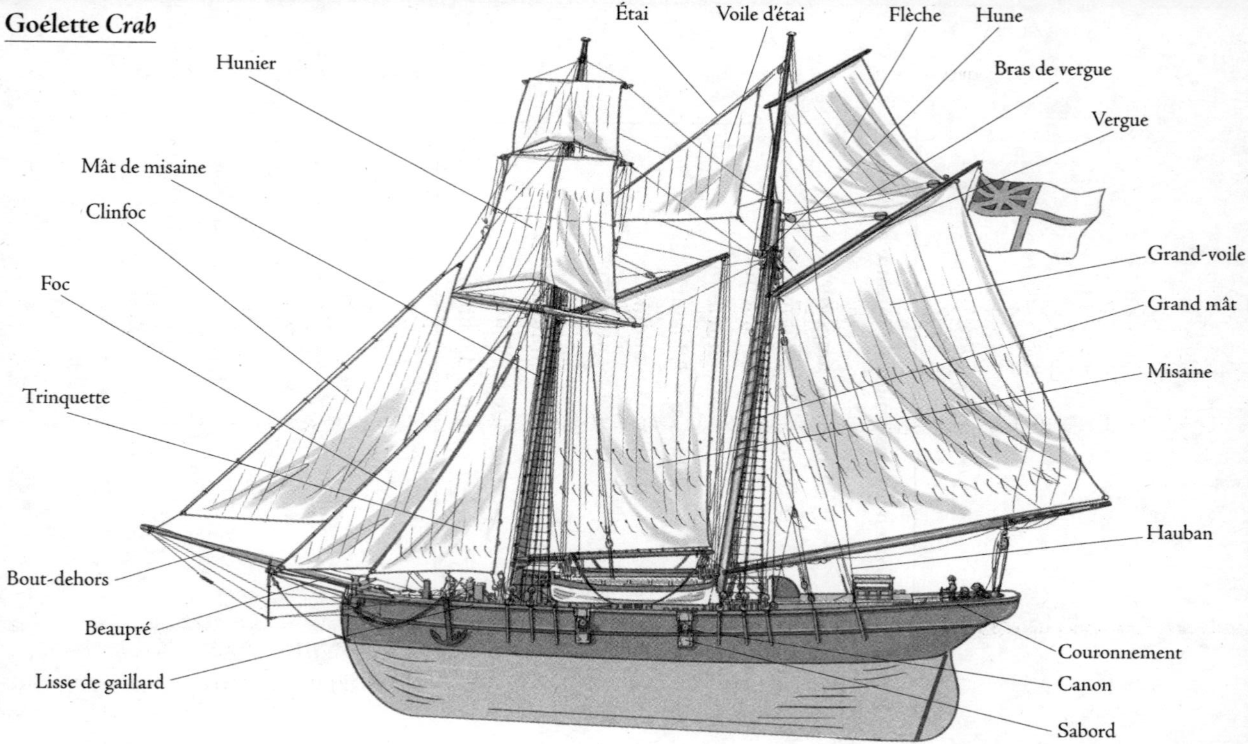

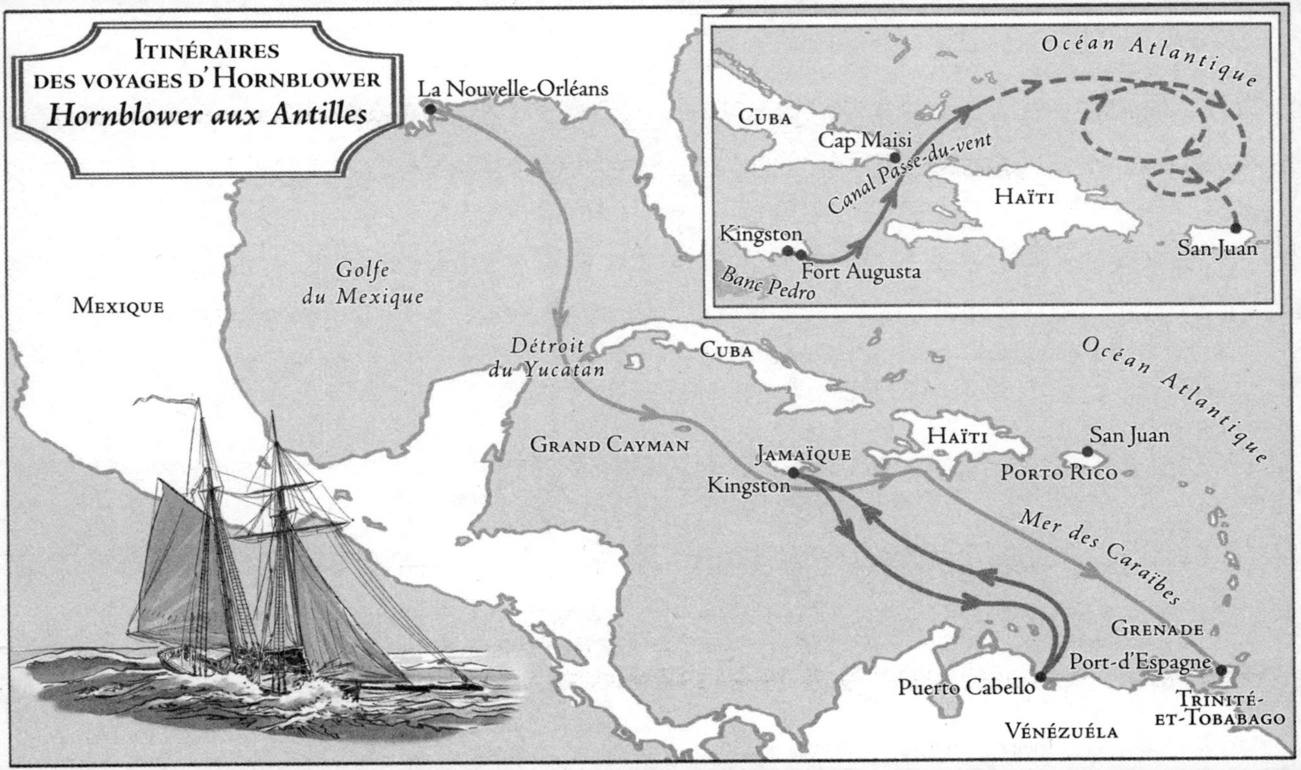
ITINÉRAIRES
DES VOYAGES D'HORNBLOWER
Hornblower aux Antilles
La Nouvelle-Orléans
Golfe du Mexique
MEXIQUE
Détroit du Yucatan
CUBA
GRAND CAYMAN
JAMAÏQUE
Kingston
HAÏTI
San Juan
PORTO RICO
Océan Atlantique
Mer des Caraïbes
GRENADE
Port-d'Espagne
TRINITÉ-ET-TOBABAGO
Puerto Cabello
VÉNÉZUÉLA
Océan Atlantique
CUBA
Cap Maisi
Canal Passe-du-vent
HAÏTI
Kingston
Fort Augusta
Banc Pedro
San Juan

1

Sainte Élisabeth de Hongrie

Malgré sa désignation comme commandant en chef des vaisseaux de Sa Majesté britannique dans la mer des Caraïbes, le contre-amiral lord Hornblower fit sa visite officielle à La Nouvelle-Orléans à bord du *Crab,* modeste goélette armée seulement de deux canons de six livres, et qui, sans les surnuméraires, ne comptait que seize hommes d'équipage.

M. Cloudesley Sharpe, consul général de Sa Majesté à La Nouvelle-Orléans, ne se fit pas faute d'en faire la remarque :

— Je ne m'attendais guère, dit-il, jetant les yeux autour de lui, à voir Votre Excellence à bord d'un bâtiment aussi modeste !

Il était venu en voiture jusqu'à l'appontement auquel le *Crab* était amarré. Un domestique en livrée avait paru à la coupée, chargé d'annoncer son maître. Le consul avait été très déçu de n'être accueilli que par les deux coups de sifflet du maître d'équipage que le *Crab* pouvait offrir à un visiteur, et de ne trouver devant lui, sur le gaillard, outre l'amiral et son aide de camp, que le commandant du navire, un simple lieutenant.

Hornblower se hâta de lui en fournir l'explication :

— Si vous le voulez bien, dit-il, nous allons descendre au carré où je pourrai du moins vous offrir l'hospitalité que permet le vaisseau amiral provisoire qui est le mien pour le moment.

Jamais un nom n'avait été aussi mal assorti à un personnage que celui que portait M. Sharpe[1]. Le consul général était corpulent, et même bouffi. Cette masse énorme de chair finit par s'introduire dans l'un des fauteuils de l'aimable cabine du *Crab*. À l'offre d'un petit déjeuner, le consul répondit qu'il avait déjà rompu le jeûne le matin même. Il était évident qu'il n'éprouvait que méfiance envers la qualité du déjeuner que l'on pouvait servir à bord de ce bâtiment dérisoire. Un peu à l'écart, dans un coin du carré, son carnet et son crayon sur les genoux, Gerard, l'aide de camp, écoutait le contre-amiral reprendre la conversation interrompue :

— ... Le *Phoebé,* disait Hornblower, à bord duquel j'avais projeté de venir ici, a été frappé par la foudre au large au cap Morant[2]. La *Clorinda* était au bassin de radoub et le *Roebuck* au large de

1. *Sharp* : pointu, effilé. *(Toutes les notes sont du traducteur.)*
2. Pointe sud-est de la Jamaïque.

Curaçao, l'œil sur les Hollandais, car le commerce des armes avec le Venezuela est en ce moment des plus actifs.

— Je sais, dit Sharpe.

— Mes trois frégates, les voilà ! reprit Hornblower. De sorte que, vu les dispositions déjà prises, j'ai préféré venir sur cette goélette que de ne pas venir du tout !

— Déchéance de la grandeur ! fit le consul général. Pour un commandant en chef, ne disposer que de trois frégates, et d'une demi-douzaine de goélettes et corvettes, c'est peu !

— Pardon, monsieur ! Mes goélettes et corvettes sont quatorze ! Et ce sont des bâtiments qui conviennent parfaitement aux missions que j'ai à remplir par ici !

— Sans doute, milord. Mais comment ne pas se rappeler le temps où le commandant en chef de la station des Caraïbes disposait de toute une escadre de vaisseaux de ligne ?

— C'était en temps de guerre, monsieur !

Hornblower se rappelait qu'au cours de l'entretien où il avait été désigné pour ce commandement, le Premier lord de l'Amirauté lui avait dit : « La Chambre des communes préférerait laisser pourrir au mouillage la Marine royale tout entière que de rétablir l'impôt sur le revenu ! »

— Enfin, dit le consul, Votre Excellence est là ! A-t-elle échangé les saluts réglementaires avec le fort Philip ?

— Coup pour coup, comme votre dépêche m'avait informé que cela avait été convenu.

— Parfait !

La formalité avait même été singulière. Pendant la salve, tous les hommes du *Crab* étaient alignés le long de la rambarde, les officiers au garde-à-vous sur le gaillard, l'expression « tous les hommes » ne signifiant pas grand-chose, étant donné que sur les seize matelots de l'équipage, quatre canonniers étaient à la pièce, en train de tirer, un homme à la drisse aux signaux, et un à la barre ! En outre, il pleuvait à torrents, et l'uniforme resplendissant de Hornblower lui collait littéralement au corps.

— ... Votre Excellence a-t-elle dû recourir au service d'un remorqueur à vapeur ?

Hornblower s'exclama :

— Par saint George, c'est vrai !

— L'aventure a dû paraître remarquable à Votre Excellence ?

— En effet. Et je...

Hornblower se tut brusquement, se retenant de formuler ce qu'il pensait de ces bâtiments à vapeur. Cela l'eût entraîné à trop de remarques, aussi passionnées que hors de propos. Il restait que ce remorqueur mû par la vapeur avait traîné le *Crab*, de l'aube au crépuscule, sur un parcours d'au moins cent milles et contre le courant, du large jusqu'à La Nouvelle-Orléans, et l'avait accosté, à une minute près, à l'heure prévue par le capitaine.

Le port était là, bondé non seulement de longs courriers, mais de toute une flottille de ces vapeurs longs, étroits, et qui, grâce à leurs deux roues à aubes, manœuvraient sur le Mississippi et faisaient accoster aux appontements avec une aisance que le *Crab* lui-même, avec ses voiles auriques si maniables, n'eût pu essayer d'imiter. Un simple battement de ces aubes vous envoyait un bâtiment à contre-courant à une vitesse presque incroyable.

— La vapeur nous a littéralement ouvert un continent, milord, dit Sharpe, comme en écho aux pensées du contre-amiral. Et même, à la vérité, tout un empire ! Des milliers de milles de voies navigables ! D'ici quelques années, c'est par millions que se compteront les populations de la vallée du Mississippi !

Hornblower repensait aux discussions qu'il avait eues en Angleterre où, demi-solde, il attendait sa désignation comme amiral. On parlait beaucoup de ce qu'on appelait « les marmites à vapeur ». N'avait-on pas envisagé y compris la possibilité de construire des steamers qui affronteraient la haute mer ? On en avait bien ri, car l'idée, en effet, était ridicule. En outre, elle eût tout bonnement signifié la fin du vrai métier de navigateur. À vrai dire, Hornblower n'avait été tout à fait convaincu ni dans un sens, ni dans l'autre : il avait eu soin de garder pour lui ce qu'il pensait de la vapeur ; il n'avait pas envie d'être tenu pour un dangereux excentrique. Il ne voulait pas davantage être entraîné ici dans une discussion analogue, et avec un civil.

— Quels renseignements, monsieur, avez-vous pour moi ?

— J'en ai beaucoup, milord, et de considérables ! Voyez !

Le consul général exhiba une liasse de documents qu'il venait de tirer de la poche de son habit :

— ... Voici les plus récents, qui concernent la

Nouvelle-Grenade[1]. Plus récents, je suppose, que tout ce que vous pouvez avoir obtenu. Les insurgés…

M. Sharpe entreprit un bref exposé de la situation, tant militaire que politique, en Amérique centrale. Les colonies espagnoles étaient entrées dans la période finale de la conquête de leur indépendance.

— … Cette indépendance, dit le consul, le gouvernement de Sa Majesté ne pourra plus guère tarder à la reconnaître. Notre ministre à Washington m'informe que le gouvernement des États-Unis envisage de s'engager dans la même voie. Reste à voir, milord, ce que la Sainte-Alliance aura à dire là-dessus…

Une Europe encore sous le régime de la monarchie absolue tournerait probablement des regards d'envie vers toute cette série de nouvelles républiques ; mais ce que l'Europe aurait à dire importait peu, aussi longtemps que la Marine royale, même la marine épuisée de ce temps de paix, contrôlerait les mers, et que les deux gouvernements de langue anglaise entretiendraient des rapports d'amitié.

— … Cuba aussi commence à s'agiter, poursuivait le consul, et l'on m'assure que l'Espagne délivre de nouvelles lettres de marque aux navires armés en course qui partent de La Havane…

Les lettres de marque étaient l'un des principaux soucis de Hornblower. Elles étaient distribuées à la fois par des gouvernements d'insurgés et

1. Aujourd'hui la Colombie.

par des gouvernements nationalistes pour piller les bâtiments arborant aussi bien les pavillons anciens que les nouveaux ; en un clin d'œil, à défaut de prises légitimes et de tribunaux de prises, les porteurs de ces lettres se muaient en pirates. Treize des quatorze petits bâtiments sous les ordres de Hornblower croisaient précisément dans cette mer des Caraïbes pour surveiller l'activité des corsaires.

— … J'ai préparé des copies de mes rapports pour l'édification de Votre Excellence, conclut Sharpe. Je les ai là, pour les lui remettre en même temps que les plaintes des patrons des bâtiments intéressés.

— Je vous remercie, dit Hornblower, pendant que Gerard prenait possession des papiers.

— Et maintenant, poursuivit le consul, parlons, si Votre Excellence le veut bien, de l'autre question : celle du commerce des esclaves.

Il exhibait une autre liasse.

La question du commerce d'esclaves n'était pas moins grave que la piraterie ; elle l'était même davantage par certains côtés, car la société antiesclavagiste d'Angleterre disposait de défenseurs éloquents et de puissants appuis auprès des deux chambres du Parlement. L'agitation soulevée à propos d'une cargaison d'esclaves débarquée à La Havane ou à Rio de Janeiro serait même plus violente que pour la plainte d'une compagnie de navigation importunée par des corsaires.

— … En ce moment, milord, un Noir brut, sans aucune expérience, nouvellement importé de la Côte des Esclaves, se vend quatre-vingts livres sur les marchés de La Havane. Or, il n'a pas dû coûter beaucoup plus que la contre-valeur d'une livre de pacotille à Ouidah[1]. Avouez, milord, que de tels profits sont tentants !

— Évidemment !

— J'ai de bonnes raisons de croire que des navires tant britanniques qu'américains sont engagés dans ce trafic !

— Je le crois aussi.

Le Premier lord de l'Amirauté avait même d'un geste irrité frappé du poing sur la table, au cours des entretiens où il avait été question des négriers dans les ordres donnés à Hornblower. Aux termes de la nouvelle loi, tout sujet britannique convaincu d'être engagé dans le commerce des esclaves pouvait être pendu et son navire confisqué. Il n'en était pas moins nécessaire de se montrer très circonspect en présence de bâtiments battant pavillon américain. Si leurs capitaines refusaient de mettre en panne, de se laisser arraisonner en haute mer, il était recommandé d'agir avec un tact extrême. Démolir un espar américain, tuer ou même blesser un citoyen américain étaient des actes qui pouvaient donner lieu à des complications certaines. Il ne fallait pas oublier qu'il n'y avait guère plus de neuf ans que l'Amérique était entrée en guerre avec l'Angleterre pour des raisons analogues.

— Nous ne voulons pas de complications, milord.

Le consul général au gros visage bouffi avait des yeux gris et intelligents, mais durs, profondément enfoncés dans les orbites.

1. Port de l'ex-Dahomey, aujourd'hui le Bénin.

— Je ne l'ignore pas, Excellence.

— Et, soit dit en passant, c'est avec insistance que j'attire surtout l'attention de Votre Excellence sur l'allure d'un bâtiment qui justement s'apprête à appareiller d'ici.

— Lequel ?

— On peut le voir de votre pont, milord. En fait…

Non sans peine, Sharpe réussit à se dégager de son fauteuil. Il s'approcha de la fenêtre de la cabine :

— … Le voilà, dit-il. C'est celui-là ! Que vous en semble ?

Hornblower, qui se tenait près de Sharpe, regardait aussi. Il regardait un très beau navire, d'au moins huit cents tonneaux. Ses lignes nobles, l'inclinaison superbe de ses mâts, le développement de ses vergues offraient des signes évidents d'une vitesse à laquelle les constructeurs avaient sacrifié l'importance du chargement. Il était franc-tillac, il avait six sabords peints de chaque bord. Les chantiers navals américains avaient tendance à construire des bâtiments rapides ; celui-ci était un modèle des plus fins voiliers.

— Y a-t-il des canons derrière ces sabords ? demanda Hornblower.

— Oui, milord. Des douze livres.

Même en ces temps de paix, il n'était pas rare de voir des navires marchands armés de canons pour des traversées jusqu'aux Caraïbes ou pour des voyages en Orient. Cependant, cet armement était plus lourd que ceux qu'on avait coutume de voir.

— Il est fait pour la course ! dit Hornblower.

— Sûrement, milord. Il s'appelle le *Daring*. Construit pendant la guerre, il n'a encore fait qu'un voyage, et nous a capturé six prises avant le traité de Gand ! Mais aujourd'hui, milord, que vous en semble ?

— Ce pourrait être un négrier !

— Là encore, je crois que milord a raison.

Un armement aussi lourd était souhaitable sur un négrier qui jetterait l'ancre dans un fleuve d'Afrique occidentale où il était exposé à être attaqué par traîtrise. Ce franc-tillac permettait d'avoir un entrepont convenant pour des esclaves, et la vitesse de son allure devait réduire au minimum le nombre des décès en cours de traversée. Pour un négrier, une capacité réduite en matière de cargaison était sans importance.

— Oui, dit Hornblower, ce pourrait être un négrier. Mais est-ce un négrier ?

— Apparemment non, milord, malgré son apparence. N'empêche qu'il est affrété pour transporter un grand nombre d'hommes.

— J'aimerais que vous vous expliquiez davantage.

— Je ne puis dire à Votre Excellence que ce qui m'a été révélé : savoir qu'il est affrété par un Français. Par un général : le général Cambronne !

— Cambronne, dites-vous ? L'homme qui commandait la Garde impériale à Waterloo ?

— Lui-même !

— Celui qui a dit : « La Garde meurt et ne se rend pas ! » ?

— Oui, milord. Bien que l'on affirme qu'il aurait fait usage d'une formule beaucoup plus grossière. Il a été blessé, fait prisonnier ; mais vous voyez qu'il n'est pas mort !

— Je l'avais entendu dire. Que veut-il faire avec ce navire ?

— Rien de secret, du moins en apparence. Après la guerre, la vieille garde de Bonaparte a formé une association d'entraide, qui, en 1816, a décidé d'aller s'établir dans les colonies. Votre Excellence a dû entendre parler de ce projet ?

— Ma foi non. Ou à peine.

— La garde s'est établie sur la côte du Texas. C'est la province mexicaine qui touche à l'État de la Louisiane.

— Je sais cela, mais rien de plus.

— Au départ, l'entreprise ne présentait guère de difficulté. Le Mexique étant encore en pleine révolte contre l'Espagne, les Français, vous vous en doutez, n'ont rencontré aucune opposition. La poursuite de l'opération fut moins facile. On se représente mal des soldats de la vieille garde se muant en bons agriculteurs, surtout sur cette côte pestilentielle. Il n'y a là que mornes lagunes, terres à peu près inhabitées.

— Le plan a échoué ?

— Votre Excellence l'a deviné. La moitié du contingent débarqué au Mexique a péri de la malaria ou de la fièvre jaune. De ce qui restait, la moitié est morte de faim. Cambronne serait venu tout exprès pour ramener en France les survivants : environ cinq cents hommes. Votre Excellence imagine bien que le gouvernement des États-Unis n'avait jamais vu le projet d'un bon œil. Aujourd'hui, le gouvernement des insurgés lui-même est assez solidement établi pour prendre ombrage de l'entreprise et de la présence sur les côtes du Mexique d'un corps, somme toute important, de soldats entraînés, quelque pacifiques que puissent paraître leurs intentions. Votre Excellence s'en rend compte : l'histoire du projet de Cambronne est plausible.

— Certes.

— En effet, un bâtiment de huit cents tonneaux équipé comme un négrier pourrait fort bien embarquer cinq cents soldats et les nourrir pendant une longue traversée. Cambronne a largement approvisionné le voilier en riz et en eau potable. Rations d'esclaves, milord. Sans doute. Mais justement mieux adaptées au projet, pour cette raison.

Avec le commerce des esclaves, on était passé maître dans l'art de faire vivre un contingent d'hommes entassés les uns sur les autres.

— Si Cambronne veut les rapatrier en France, dit Hornblower, je ne ferai rien pour l'en empêcher ! Et même, au contraire...

Les yeux gris du consul croisèrent le regard du contre-amiral, demeurèrent fixés sur lui pendant un court instant, sans aucune expression. La présence de cinq cents soldats entraînés embarqués dans le golfe du Mexique devait intéresser un amiral britannique, un commandant en chef, au moment où la situation sur les rivages du golfe et de la mer des Caraïbes était aussi troublée qu'elle l'était à présent. Bolivar et les autres insurgés hispano-américains paieraient très cher le service de ces gens-là dans la guerre en cours. Ou bien quelqu'un pouvait couver le projet de prendre Haïti, ou de faire irruption à La Havane pour une opération de piraterie. N'importe quelle expédition de flibustiers était possible, et pouvait donc être envisagée. La France des Bourbons elle-même pouvait être en quête d'un gâteau sur lequel mettre la main, songer à profiter d'une occasion pour s'assurer une colonie et placer les Anglo-Saxons devant le fait accompli.

— ... J'aurai l'œil sur eux jusqu'à ce qu'ils soient hors du chemin, dit Hornblower.

— Il était de mon rôle d'attirer l'attention de Votre Excellence sur la question, dit le consul.

Voilà qui allait accaparer une partie des moyens disponibles dans la mer des Caraïbes, aux ressources pourtant limitées. Hornblower se demandait déjà lequel de ses bâtiments il pourrait détacher pour aller surveiller les côtes du golfe.

— ... Il est temps maintenant, milord, que j'aille régler les détails du séjour de Votre Excellence. J'ai prévu un programme de visites officielles. Votre Excellence parle-t-elle français ?

— Oui.

(Hornblower dut résister à l'envie de dire : « Oui, mon Excellence parle français ! »)

— Voilà qui est parfait ; la bonne société d'ici le parle couramment. Votre Excellence rendra évidemment visite aux autorités navales et au gouverneur. Une soirée de réception est prévue en l'honneur de Votre Excellence. Ai-je besoin d'ajouter que ma voiture est à sa disposition ?

— Vous êtes trop aimable, monsieur.

— Il n'y a point là amabilité de ma part. C'est

pour moi un plaisir, un très grand plaisir de contribuer à faire en sorte que la visite de Votre Excellence à La Nouvelle-Orléans soit aussi agréable que possible. J'ai ici la liste des personnages éminents que Votre Seigneurie devrait rencontrer ; j'y ai joint quelques notes brèves sur chacun d'eux. Peut-être suffira-t-il que je m'entretienne de tout cela avec votre aide de camp ?

— Mais oui. Bien sûr !

Hornblower pouvait enfin cesser d'écouter, de prêter toute son attention. Gerard était un bon officier d'ordonnance. Au cours des dix mois qui venaient de s'écouler, il avait secondé son commandant d'une façon très satisfaisante ; il lui apportait surtout un peu de ce flair, si nécessaire dans la vie de société, et que Hornblower était trop indifférent aux usages du monde pour s'imposer d'acquérir. L'affaire fut vivement réglée.

— Donc, voilà, milord ! dit Sharpe. Permettez-moi maintenant de prendre congé. J'aurai le grand plaisir de revoir Votre Excellence chez le gouverneur.

— Infiniment obligé !

Cette ville de La Nouvelle-Orléans passait pour un lieu enchanteur. Hornblower bouillait de curiosité à l'idée de l'explorer tout à son aise. Il n'était d'ailleurs pas le seul, ainsi qu'il apparut dès que le consul eut pris congé, c'est-à-dire dès que Harcourt, le capitaine du *Crab*, s'approcha de Hornblower, encore sur le gaillard :

— Pardon, milord. Avez-vous des ordres pour moi ?

On ne pouvait douter de ce que méditait le

capitaine. Il n'était que de voir la plus grande partie de l'équipage groupée devant le grand mât, tous les regards tournés vers l'arrière. Sur un petit bateau comme le *Crab*, la discipline était différente de celle d'un gros bâtiment ; chacun était au courant des affaires.

— Pouvez-vous, monsieur Harcourt, faire confiance à vos hommes quant à leur façon de se conduire à terre ?

— Je réponds d'eux, milord.

Le regard de Hornblower se tourna vers l'avant. Ces matelots avaient bonne apparence : Ils avaient pris le temps de se tailler des vêtements au cours de la traversée depuis Kingston, c'est-à-dire depuis le moment où ils avaient appris que le petit *Crab* aurait la miraculeuse distinction de porter la marque de l'amiral. Ils étaient en vareuse et maillot bleus, pantalon blanc et chapeau de paille à grands bords. Hornblower devinait leur inquiétude, leur impatience, et qu'ils savaient très bien de quoi l'on était en train de parler. C'étaient des matelots du temps de paix, des engagés, des volontaires. Pendant vingt ans, Hornblower avait fait la guerre avec des équipages de fortune, presque toujours raflés par la presse, à qui on ne pouvait pas se fier, des hommes toujours prêts à déserter. Il lui fallait faire un effort pour s'adapter à la mentalité nouvelle.

— … Si vous pouviez prévoir, Monsieur… pardon ! milord, à quel moment vous entendez appareiller…

— Pas avant demain, en tout cas. Pas avant l'aube, dit l'amiral, prenant soudain une décision, poussé par un dessein encore obscur.

Ce soir, tout son temps serait pris. Les tavernes des quais de La Nouvelle-Orléans étaient-elles différentes de celles de Kingston ou de Port of Spain[1] ?

— ... Je pourrais peut-être déjeuner maintenant, monsieur Gerard, dit-il. À moins que vous n'y voyiez un inconvénient ?

— À vos ordres, milord, répondit Gerard, feignant d'ignorer ce que la question avait d'ironique.

Il y avait longtemps qu'il savait que son amiral n'appréhendait rien tant que d'être sérieusement occupé avant d'avoir pris son petit déjeuner.

Ce fut après ce bref repas qu'accourut un homme de couleur, pieds nus, trottant sur les planches de l'appontement. Il portait sur la tête une corbeille de fruits. Il la remit à la coupée au moment précis où Hornblower se disposait à descendre à terre pour entreprendre ses visites officielles.

— Il y a un mot avec le panier, milord, dit Gerard. Dois-je l'ouvrir ?

— Ouvrez !

— C'est de la part de M. Sharpe !

Au bout d'une seconde, Gerard ajouta :

— ... Je crois, milord, qu'il est préférable que vous lisiez vous-même !

Hornblower lui prit des mains le billet, d'un geste peut-être impatient. La lettre disait :

> « *Milord, je me suis offert le plaisir d'envoyer quelques fruits à Votre Excellence. Il est aussi de mon devoir de l'informer de ce que je viens d'apprendre à l'instant. Le fret que le comte Cambronne*

1. Capitale de l'île anglaise de la Trinité.

a débarqué ici quand il est arrivé de France, et qui a été entreposé à la douane américaine, va être transféré à bord du Daring *sur une allège de la douane. Votre Excellence ne peut manquer d'imaginer ce que cela signifie : le* Daring *a donc brusquement décidé de prendre la mer. D'après les renseignements que j'ai pu recueillir, il s'agirait d'un fret considérable. Je m'efforce de découvrir en quoi il consiste. Peut-être Votre Excellence pourrait-elle, de son poste d'observation sur le* Crab, *trouver l'occasion d'observer, de son côté, la nature exacte de cet important chargement.*

« Je suis, de Votre Seigneurie, le très humble, très respectueux et très obéissant serviteur.

Cloudesley Sharpe,
consul général de Sa Majesté britannique
à La Nouvelle-Orléans. »

Qu'est-ce que Cambronne avait bien pu amener de France en quantité si considérable qu'elle pût légitimement servir au dessein qu'il avait avoué à son affréteur ? Certes pas des effets personnels, ni des vivres, ni du liquide. Tout cela, il pouvait se le procurer à bon compte à La Nouvelle-Orléans. Alors quoi ? Des vêtements pour le climat des tropiques ? Explication plausible. Les soldats pourraient en avoir besoin. Mais, d'autre part, un général français disposant de cinq cents soldats ayant appartenu à la garde impériale pouvait difficilement se désintéresser de ce qui se passait aux Caraïbes dans une période aussi troublée. Ce qu'il embarquait, il était utile de le savoir.

— Monsieur Harcourt !

— Monsieur ? Pardon ! milord ?

— Voulez-vous me tenir compagnie pendant quelques instants ?

Au garde-à-vous dans la cabine, le jeune lieutenant attendait, non sans un peu d'appréhension, ce que son amiral avait à lui dire.

— ... Il ne s'agit pas d'une réprimande, monsieur Harcourt ! Même pas d'un avertissement.

Hornblower vit Harcourt se détendre. Il l'entraîna vers la fenêtre de la chambre, lui désigna ce que Sharpe lui avait montré.

— Ce bâtiment, dit-il, c'est le *Daring*, un corsaire, mais qui vient d'être affrété par un général français.

Harcourt laissa paraître sa surprise.

— ... Voilà le fait, reprenait l'amiral. Il embarque aujourd'hui ce qu'il avait mis en douane. Ce dépôt lui sera amené sur une allège. Je désire savoir en quoi il consiste, tout ce qu'il est possible de connaître sur cette cargaison.

— Bien, milord.

— Naturellement, je ne veux pas que l'univers entier sache que ce chargement m'intéresse. Donc, monsieur Harcourt, faites en sorte que personne ne soit au courant, sans nécessité.

— Bien, milord. Je pourrais me poster ici, avec une lunette. Avec un peu de chance, voir pas mal de choses...

— Oui. Noter par exemple si ce sont des ballots, des caisses ou des sacs, et combien de chaque sorte. D'après les palans utilisés, vous devez pouvoir estimer leur poids approximatif. Pouvez-vous vous charger de cela ?

— Oui, milord.

— Notez soigneusement tout ce que vous verrez !...

Hornblower dévisageait le jeune capitaine, comme s'il cherchait à estimer dans quelle mesure il pouvait compter sur sa discrétion. Il se rappelait très exactement l'insistance du Premier lord de l'Amirauté sur la nécessité d'une extrême circonspection à l'égard des susceptibilités américaines. L'examen parut le décider à croire que le jeune homme méritait toute confiance.

— ... Maintenant, monsieur Harcourt, écoutez bien ce que je vais vous dire. Plus je saurai de choses sur cette cargaison, mieux cela vaudra ! Mais ne vous y prenez pas comme un taureau fonce dans une clôture. Si une occasion se présente, saisissez-la. Une occasion s'offre presque toujours à celui qui est prêt à l'utiliser...

Il y avait longtemps, bien longtemps, que Barbara, un jour, lui avait dit : « La chance est à qui la mérite. »

— J'entends bien, milord.

— Si la moindre allusion à cette enquête venait à transpirer au-dehors, si les Américains, si les Français venaient à savoir de quelle mission je vous ai chargé, monsieur Harcourt, vous pourriez regretter d'être venu au monde !

— Bien, milord !

— Dans une circonstance pareille, je n'ai pas besoin, monsieur Harcourt, d'un officier qui soit toute impétuosité, toute audace. L'homme dont j'ai besoin, c'est quelqu'un qui ait de l'ingéniosité, de la finesse, de la ruse. Vous êtes bien certain de m'avoir compris ?

— Oui, milord.

Enfin, Hornblower détourna les yeux. Il avait été, lui, l'officier hardi, audacieux, impétueux. Aujourd'hui il avait plus de sympathie pour les hommes d'un certain âge qui lui avaient confié des missions. Un officier supérieur était bien forcé de se fier à ses subordonnés, si c'était lui qui, en fin de compte, devait porter la responsabilité d'une décision. Si Harcourt commettait l'une ou l'autre bévue, s'il se rendait coupable d'une indiscrétion qui entraînait une protestation par la voie diplomatique, alors le jeune officier aurait à coup sûr l'occasion de souhaiter ne jamais être né. Hornblower veillerait à cela. Mais lui-même risquait également de souhaiter ne jamais être né. Sur cet aspect de la question, il était parfaitement inutile d'attirer l'attention de Harcourt.

— Voilà, monsieur Harcourt. C'est tout !

— Bien, Monsieur.

— Venez, monsieur Gerard ! Nous sommes déjà en retard !

La voiture de M. Sharpe était capitonnée de satin vert. La caisse en était admirablement suspendue, et bien qu'elle fît de folles embardées sur le sol inégal des rues, les voyageurs ne ressentaient ni cahots ni secousses. Pourtant, au bout de cinq minutes (la voiture avait stationné au soleil), Hornblower se sentit devenir de la couleur du capitonnage. C'était à peine s'il avait la force de jeter un regard sur la rue Royale, sur la place d'Armes, sur la cathédrale. Chaque halte lui procurait un soulagement, bien que chacune signifiât une rencontre et un entretien avec un personnage officiel, avec un étranger, ce que, précisément, il détestait le plus. Enfin, pendant quelques instants bénis, entre la descente de voiture et l'entrée sous les portiques fleuris prêts à l'accueillir, il put humer un peu l'air humide. Il ne lui était pas encore venu à l'idée que la grande tenue d'un amiral eût pu être avantageusement taillée dans autre chose que le gros drap d'ordonnance, et il y avait trop longtemps qu'il portait le grand cordon rouge et la plaque brillante pour éprouver encore le moindre plaisir à les exhiber.

Au quartier général de la marine, il but un madère excellent ; un peu plus tard, un général lui fit servir un marsala un peu épais ; chez le gouverneur, il but un grand verre de quelque chose qui avait dû être frappé avec la glace envoyée en hiver de la Nouvelle-Angleterre, et que l'on conservait en glacière presque jusqu'au milieu de l'été ; une marchandise plus précieuse que l'or. Son verre était tapissé de vrai givre ; le contenu, glacé, délicieux, fut rapidement avalé, et le verre non moins prestement rempli de nouveau. Hornblower se ressaisit brusquement quand il se rendit compte qu'il parlait peut-être un peu trop haut, et d'un ton trop tranchant, de choses qui n'offraient aucun intérêt. Il fut tout heureux de rencontrer le regard de Gerard qui, très discrètement, lui faisait signe. Il prit congé le plus élégamment qu'il put, et fut non moins heureux de constater que Gerard, parfaitement à jeun et en possession de tout son sang-froid, avait gardé la serviette et déposait ce qu'il fallait de cartes de visite dans les plateaux d'argent que des maîtres d'hôtel de couleur tendaient aux visiteurs. Arrivé chez le consul général, il fut tout heureux de voir enfin un visage connu, bien qu'il n'eût rencontré M. Sharpe pour la première fois que le matin même.

— Mes invités n'arriveront guère avant une heure, milord. Votre Excellence ne désire-t-elle pas se reposer un peu ?

— Ma foi, bien volontiers !

La demeure de M. Sharpe comportait des installations bien intéressantes. Il y avait notamment, dans la salle de bains, une douche (Hornblower n'en connaissait que le nom français) dans un coin encadré de cloisons faites du meilleur bois de teck. Une sorte de pomme de zinc percée de trous pendait du plafond, flanquée d'une chaîne en cuivre. Hornblower s'étant placé sous l'appareil, il tira sur la chaîne et une averse diluvienne, délicieusement froide, se mit à pleuvoir sur lui d'un réservoir invisible. C'était aussi rafraîchissant, aussi bienfaisant que la pompe à laver le pont sur un bâtiment à la mer, et on avait en plus l'avantage d'être aspergé d'eau douce. Dans l'état présent de Hornblower, après les aventures de la journée, cette pluie était doublement agréable. Il s'attarda longtemps sous la douche. Chaque seconde lui procurait le sentiment d'une résurrection. Il prit note mentalement de faire installer un appareil similaire à Smallbridge House, s'il revoyait jamais son foyer, s'il se retrouvait un jour vivant chez lui.

Un valet de couleur en livrée se tenait là, portant des serviettes, afin de lui épargner l'exercice échauffant de se sécher lui-même ; il était en train de lui tamponner doucement le corps quand un coup frappé à la porte annonça Gerard.

— J'ai envoyé à bord vous chercher cette chemise, milord !

Ce Gerard était précieux. En toute occasion, il faisait preuve d'intelligence. Hornblower endossa la chemise fraîche avec un sentiment de véritable gratitude, mais ce fut avec un réel déplaisir qu'il serra autour de son cou le col cravate et revêtit l'uniforme pesant. Ayant fait passer le grand cordon rouge par-dessus son épaule et fixé son étoile, il fut prêt à affronter d'autres événements.

Le soir tombait, mais l'ombre n'apportait guère de fraîcheur. Au contraire, la chaleur restait intense. Les salons du consul général étaient brillamment éclairés au moyen de nombreuses bougies ; il y faisait comme dans un four. Vêtu d'un habit noir, M. Sharpe attendait l'amiral. Sa chemise à jabot le faisait paraître plus gros que jamais. Dans une robe bleu turquoise, Mme Sharpe circulait entre les invités ; elle avait à peu près les mêmes proportions que son mari. En réponse au salut de Hornblower, elle fit une profonde révérence et l'accueillit en un français dont la douce saveur résonna bien agréablement aux oreilles de l'amiral.

— Un petit rafraîchissement, milord ? dit le consul.

— Pas tout de suite. Je vous remercie.

— Outre Votre Excellence et M. Gerard, nous attendons vingt-six personnes. Votre Excellence a déjà rencontré quelques-unes d'entre elles au cours de la journée. Il y aura aussi…

Hornblower faisait ce qu'il pouvait pour garder présente à sa mémoire la liste de tous ces personnages et les particularités qui s'attachaient à chacun d'eux. Gerard venait d'entrer ; il avait trouvé un fauteuil un peu à l'écart, mais ne perdait pas une parole.

— … Et naturellement, dit le consul, il y aura Cambronne !

— Ah ?

— Oui. Je ne pouvais guère donner un dîner de cette importance sans inviter le visiteur étranger le plus distingué dans notre ville… après Votre Excellence !

— Évidemment !

Six années de paix n'avaient pourtant qu'à peine atténué les préjugés qui étaient nés de vingt années de guerre ; il y avait quelque chose d'un peu gênant à la perspective de rencontrer sur un plan presque amical un général français, surtout celui qui avait été commandant en chef de la Garde impériale de Bonaparte. La rencontre risquait de revêtir un caractère emprunté, d'autant que Bonaparte, prisonnier à Sainte-Hélène, se plaignait amèrement de son sort.

— Le consul général de France l'accompagnera, dit Sharpe. Il y aura aussi le consul général de Hollande, de Suède, de…

La liste semblait interminable. On eut à peine le temps d'épuiser l'énumération que le premier des invités fut annoncé. Alors entrèrent, presque sans interruption, des personnages importants, leurs épouses non moins importantes, des officiers navals et militaires que Hornblower avait rencontrés, accompagnés eux aussi de leurs femmes ; enfin des diplomates. Les salons furent bientôt encombrés d'hommes saluant et s'inclinant, de femmes faisant la révérence.

Hornblower se redressait après une inclination du corps quand il vit Sharpe s'approcher de lui.

— J'ai l'honneur, dit en français le consul, de présenter l'une à l'autre deux figures de qualité. Son Excellence le contre-amiral lord Hornblower, chevalier de l'ordre du Bain, Son Excellence le lieutenant général comte de Cambronne, grand cordon de la Légion d'honneur.

Même en ce moment-là, Hornblower ne put se retenir d'admirer l'adresse avec laquelle le consul avait éludé l'épineuse question de savoir laquelle des deux Excellences devait être présentée à l'autre : le général français qui était comte, ou l'amiral anglais, qui était pair du royaume ? Cambronne avait l'allure d'une immense perche à houblon. Une cicatrice rouge lui zébrait le visage, intéressant la joue, qui était maigre, et le nez, qui était crochu ; c'était peut-être la blessure qu'il avait reçue à Waterloo, à moins qu'elle ne datât d'Austerlitz, d'Iéna ou d'une autre des batailles où l'armée française avait défait celles d'autres nations. Son uniforme était couvert de galons dorés ; la soie rouge, moirée, de la Légion d'honneur lui barrait la poitrine ; il portait sur le sein gauche une grande plaque d'or.

— Enchanté de faire votre connaissance, monsieur, dit Hornblower dans son meilleur français.

— Pas plus que moi, milord, de faire la vôtre, répondit Cambronne.

Un éclair avait lui dans son œil froid, qui était gris, ou vert. Une moustache de chat hérissait sa lèvre supérieure.

— La baronne de Vautour ! dit Sharpe. Le baron de Vautour, consul général de Sa Majesté Très Chrétienne !

Hornblower s'inclina, dit de nouveau qu'il était enchanté. Sa Majesté Très Chrétienne était le roi de France Louis XVIII ; il portait de nouveau le titre papal qui avait été conféré à sa maison, plusieurs siècles auparavant.

— Le comte est malicieux, dit Vautour, riant et montrant l'étoile sur la poitrine de Cambronne. Il porte le Grand aigle qui lui fut donné sous le régime défunt ! Officiellement, le grand cordon lui a été substitué, comme l'a dit très justement notre hôte.

Il souriait. Il attira l'attention sur sa propre étoile, plus modeste ; Cambronne exhibait un immense aigle en or, insigne de feu l'empire français.

— Celui-là, dit Cambronne, je l'ai gagné sur le champ de bataille !

Sharpe présentait un autre personnage :

— Don Alfonso de Versage, consul général de Sa Majesté Catholique !

C'était le représentant de l'Espagne. Échanger quelques mots avec lui sur la question pendante de la Floride eût pu être utile et intéressant, mais Hornblower eut à peine le temps de rendre les politesses élémentaires qu'un autre invité déjà lui était présenté. Il se passa un certain temps avant qu'il pût s'appartenir et regarder, autour de lui, le spectacle scintillant des flammes des chandelles,

les uniformes et les habits de cour, les bras nus, les épaules, les bijoux et le couple Sharpe circulant discrètement à travers la foule, rangeant, conduisant, présentant ses invités dans l'ordre de préséance.

L'arrivée du gouverneur et de sa femme donna le signal du dîner. La salle à manger n'était pas moins vaste que le salon, une table de trente-deux couverts y tenait à l'aise, laissant tout alentour la place nécessaire pour que de nombreux valets pussent circuler. L'éclairage aux bougies, ici plus discret, n'en faisait pas moins scintiller et briller les cristaux et l'argenterie. Assis entre la femme du gouverneur et Mme Sharpe, Hornblower se souvint qu'il devait se montrer à la fois très en train et très attentif à la façon de se tenir à table. Il était d'autant plus nécessaire d'être en train qu'il lui fallait parler français d'un côté et anglais de l'autre. Il regardait d'un œil inquiet les six verres à vin disposés devant chaque convive. Déjà on remplissait de xérès le premier.

Cambronne était assis entre deux jolies femmes avec qui il était visible qu'il plaisantait. Il n'avait pas le moins du monde l'air préoccupé ; s'il méditait d'entreprendre une expédition de flibuste, elle ne devait pas peser bien lourd sur son esprit.

On servit d'abord une assiette fumante d'un épais potage à la tortue où flottait en amas une graisse verdâtre. Le dîner allait être servi à la mode continentale, en usage après Waterloo, et non comme un salmigondis de plats disposé à l'avance sur la table, où les invités pouvaient puiser à leur guise pour se servir. Hornblower avalait prudemment un peu de cette soupe brûlante, tout en s'appliquant à dire quelques mots à ses voisines. Les plats se succédaient ; la chaleur augmentait. L'amiral eut bientôt à résoudre une délicate question d'étiquette : était-il de mauvais goût d'éponger la sueur qui mouillait son visage, fallait-il la laisser ruisseler ? Le malaise croissant qu'il éprouvait le décida pour la première solution : il s'essuya furtivement, juste à temps, car Sharpe cherchait son regard pour lui adresser un signe, et il dut se lever, faisant de grands efforts pour réveiller son esprit engourdi par des boissons dont il n'avait pas l'habitude. Les conversations s'apaisaient ; elles cessèrent complètement. Il leva son verre :

— Au président des États-Unis, dit-il d'une voix presque claire.

Il faillit ajouter une chose énorme : « Puisse-t-il régner longtemps ! » Il se ressaisit dans un sursaut qui dut se remarquer et reprit :

— ... Que la grande nation aux destinées de laquelle il préside jouisse longtemps de la prospérité, de l'amitié internationale, dont la réunion présente est le symbole !

On l'acclama ; on but. Rien n'avait été dit du fait que, sur la moitié du continent américain, Espagnols et Hispano-Américains étaient en train de s'entretuer. Hornblower se rassit, s'épongea encore. Cambronne se levait à son tour :

— À Sa Majesté britannique George IV, roi de Grande-Bretagne et d'Irlande !

On but encore. Puis, de nouveau, ce fut le tour de Hornblower, alerté par un nouveau coup d'œil de Sharpe. Son verre à la main, il énuméra, épuisant la très longue liste :

— À Sa Majesté Très Chrétienne ! À Sa Majesté catholique ! À Sa Très Fidèle Majesté ! (Voilà qui réglait le cas de la France, de l'Espagne et du Portugal.) À Sa Majesté le roi des Pays-Bas !

La tête sur le billot, il n'aurait pu se rappeler ce qui venait ensuite. Le brave Gerard vit le regard désespéré de son amiral, et d'un geste discret du menton, le remit sur la piste :

— ... À Sa Majesté le roi de Suède ! fit Hornblower, la gorge serrée. À Sa Majesté le roi de Prusse...

Un signe de Gerard lui apprit qu'il avait terminé, que son toast avait satisfait toutes les nations représentées. Dans la confusion de son cerveau, il réussit à retrouver le reste de son toast :

— ... Que Leurs Majestés règnent longtemps, toujours avec plus d'honneur, plus de gloire !

Ouf, c'était fini ! Il pouvait se rasseoir. Le gouverneur venait de se lever. Il développa quelques phrases éloquentes. Hornblower se rendit soudain compte que c'était à sa propre santé qu'on allait boire ; de tout le pourtour de la table, les regards le fixaient, tandis que le gouverneur parlait de la défense de La Nouvelle-Orléans, des « hordes égarées » qui l'avaient assiégée en vain. L'allusion était peut-être inévitable, bien que six années eussent passé depuis la bataille. Hornblower se força à sourire. Enfin, le gouverneur atteignit sa péroraison :

— Je lève mon verre à la santé de Son Excellence l'amiral Hornblower. J'associe à ce toast la Marine britannique tout entière !

Hornblower dut se relever. Il fut debout avant que la rumeur flatteuse de l'assemblée ne fût complètement apaisée :

— Merci, dit-il, pour cet honneur inattendu !

Il avala de la salive, cherchant autre chose. Puis :

— Avoir mon nom associé à celui de la grande marine dans laquelle j'ai eu depuis longtemps le privilège et l'honneur de servir est un hommage bien précieux. Je vous en remercie !

Dès qu'il se fut rassis, les dames se levèrent pour se retirer. Les valets de pied se mirent à débarrasser la table. Ce fut l'affaire d'un clin d'œil. Les messieurs se groupèrent à l'un des bouts et les carafes circulèrent. Les verres étaient remplis, Sharpe pouvait engager la conversation avec un des marchands présents, qu'il interrogea sur la récolte du coton. Terrain solide. Il n'y eut que de très prudentes allusions à l'autre question, beaucoup plus dangereuse, celle de la situation internationale. Quelques minutes plus tard, le maître d'hôtel entra, murmura quelques mots à l'oreille de Sharpe qui se tourna pour transmettre la nouvelle au consul général de France. Vautour se dressà, l'air alarmé :

— Vous voudrez bien, monsieur, dit-il, accepter mes excuses. Je regrette vivement l'obligation où je me trouve de me retirer sur-le-champ !

— Autant que je le regrette moi-même, baron, dit Sharpe. J'espère qu'il ne s'agit que d'une indisposition sans gravité !

— Je l'espère aussi.

Sharpe s'adressait à la compagnie :

— Madame la baronne, dit-il, se trouve

incommodée. Je suis certain que tous ces messieurs se joignent à moi pour espérer que ce malaise sera sans gravité et pour regretter qu'il nous prive de la très agréable société du baron.

Un murmure de sympathie s'éleva. Vautour s'était tourné vers Cambronne :

— Vous renverrai-je la voiture, comte ?

Cambronne caressait sa moustache de chat :

— Il vaudrait peut-être mieux que je vous accompagne, dit-il. Quelque regret que j'aie de quitter une aussi agréable compagnie !

Les deux Français, donc, prirent congé, après des adieux courtois.

— ... Ce fut pour moi un grand plaisir de faire votre connaissance, milord, dit Cambronne, s'inclinant devant Hornblower.

La raideur du salut fut peut-être un peu atténuée par l'éclair du regard.

— Et pour moi une mémorable aventure de rencontrer un soldat aussi distingué du dernier Empire.

Escortant les Français, Sharpe sortit avec eux, exprimant de nouveau ses regrets.

— Vos verres sont vides, messieurs, dit-il dès qu'il reparut. Il est temps de les remplir !

Il n'était rien que Hornblower détestât autant que de boire de grands verres de porto dans une pièce humide et surchauffée, même s'il avait la liberté de discuter de la Floride avec le consul général d'Espagne. Aussi fut-il bien aise quand on alla rejoindre les dames. Quelque part, dans une autre pièce, assez près pour être entendu du salon, un orchestre à cordes jouait, heureusement d'une manière un peu assourdie, de sorte que l'irritation dont Hornblower souffrait chaque fois qu'il était obligé d'écouter de la musique lui fut à peu près épargnée. Il se trouva assis à côté d'une des deux jolies femmes qui, au dîner, avaient eu Cambronne pour voisin de table. En réponse aux questions qu'elle lui posa, il fut bien forcé de reconnaître qu'au cours de la première journée de son séjour, il n'avait presque rien vu de la ville. Cet aveu l'entraîna à parler d'autres lieux qu'il avait visités. Deux tasses de café que lui versa un valet de pied lui éclaircirent les idées ; la jeune femme l'écoutait avec attention ; elle eut un geste charmant de compassion quand elle apprit que, pour répondre à l'appel du devoir, Hornblower avait laissé en Angleterre une femme et un petit garçon de dix ans.

Peu à peu, la nuit s'écoulait. Enfin, le gouverneur et sa femme se levèrent ; la soirée prit fin. Pendant quelques minutes, il y eut encore des propos à bâtons rompus, le temps de faire avancer les voitures et d'appeler les invités, un à un, par leurs noms. Sharpe reparut au salon après avoir accompagné les derniers jusqu'à la porte.

— Je pense, dit-il, que voilà une soirée réussie. J'espère que Votre Excellence est de cet avis.

Se tournant vers sa femme, il ajouta :

— Il faut, chère, que je te prie de ne pas oublier de faire des reproches à Grover. Son soufflé n'était point parfait !

L'entrée du maître d'hôtel, qui vint parler à l'oreille de la maîtresse de maison, empêcha Mme Sharpe de répondre.

— Que Votre Excellence m'excuse un moment ! dit le consul.

L'air subitement préoccupé, il sortit, laissant Hornblower et Gerard remercier l'hôtesse.

— Cambronne nous a brûlé la politesse, dit-il, reparaissant, l'air aussi ému que lorsqu'il s'était éloigné. Le *Daring* a quitté son mouillage il y a trois heures ! Le général français a dû remonter à bord dès après nous avoir quittés !

Il pivota, se tourna vers sa femme :

— La baronne était-elle vraiment malade ?

— Il m'a semblé qu'elle était prête à défaillir.

— Il doit s'agir d'un coup monté ! dit Sharpe. Elle jouait la comédie ! Cambronne avait dû se concerter avec Vautour ! Il lui fallait une occasion de s'éclipser avant tout le monde !

— Que croyez-vous qu'il compte faire ? dit Hornblower.

— Dieu seul le sait ! Mais je pense que l'arrivée ici d'un bâtiment du roi l'a déconcerté. Une telle hâte ne signifie rien de bon. Saint-Domingue ? Carthagène ? Où va-t-il l'emmener, sa Garde impériale ?

— Quoi qu'il en soit, j'entends le suivre ! fit Hornblower, déjà debout.

— Vous aurez de la peine à le rattraper.

Le fait que le consul eût dit « vous » et non « Votre Excellence » montrait à quel point il était troublé.

— Il a mobilisé deux remorqueurs, le *Lightning* et le *Star*, et avec les nouveaux phares, sur le fleuve, un cheval au galop ne le rejoindrait pas avant qu'il n'eût atteint la passe ! Il sera en mer à l'aurore. Je ne sais pas, milord, si nous pourrons encore vous trouver, ce soir, un autre remorqueur.

— Je n'en irai pas moins à sa poursuite !

— J'ai fait venir une voiture. Excusez-nous, chère, si nous prenons congé sans plus de cérémonie !

Mme Sharpe reçut les rapides adieux des trois hommes. Le maître d'hôtel attendait, tenant leurs chapeaux ; la voiture était devant la porte ; ils montèrent.

— Le chargement entreposé en douane a été transféré à bord à la nuit tombante, dit le consul. Je vais revoir mon homme à bord de votre bâtiment, entendre son rapport.

— Cela pourra peut-être nous éclairer.

Faisant de folles embardées, la voiture parcourut les rues dans l'obscurité.

— Me permettez-vous, milord, dit Gerard, de vous faire une suggestion ?

— Laquelle ?

— Quel que soit le plan de Cambronne, Vautour est dans le jeu ! Et il est au service du nouveau gouvernement français !

— Vous avez raison, dit Sharpe, d'un air soucieux. Les Bourbons veulent avoir un doigt dans tous les gâteaux. Toutes les occasions leur sont bonnes pour revendiquer des droits sur quelque chose. À croire que c'est eux que nous avons battus à Waterloo, et non Bonaparte !

Le bruit des fers des chevaux s'assourdit ; la voiture roulait sur l'appontement. On stoppa ; descendu le premier, Sharpe ouvrit la portière sans laisser au valet de pied le temps de sauter à terre. Mais le Noir était là, le chapeau à la main, sa face de cirage éclairée par les lanternes, quand les voyageurs mirent le pied sur le quai.

— Attends-moi ! lui jeta le consul.

C'est presque en courant qu'ils gagnèrent l'endroit où la lumière d'une lampe indiquait la coupée ; au garde-à-vous, dans l'ombre, les deux hommes de quart les virent monter à bord à la queue leu leu. Dès qu'il eut le pied sur le pont, Hornblower appela Harcourt. Une lumière brûlait dans l'escalier des cabines. Harcourt était là.

— Me voici, milord !

Hornblower gagnait déjà l'arrière-cabine. Une lanterne se balançait au plafond ; Gerard en apporta une autre.

— Votre rapport, monsieur Harcourt ?

— Milord, le *Daring* a appareillé avec deux remorqueurs. Il était deux heures et demie.

— Je sais. Et puis ?

— L'allège avec le fret a accosté dès qu'il a fait nuit, milord.

Harcourt parlait encore quand un homme de couleur, de petite taille, entra discrètement et alla se placer à l'écart, où il resta immobile et muet.

— Et puis ?

— Milord, l'homme que M. le consul a envoyé faisait le quart en même temps que moi, observant ce qu'ils embarquaient…

— Et c'était quoi ?

— J'ai pris note pendant que l'on chargeait, milord. Il y avait des feux dans les haubans d'artimon.

Harcourt tenait un bout de papier qu'il se mit à lire :

— Vingt-cinq caisses, milord. Des caisses en bois !

La suite de la lecture empêcha Hornblower de laisser échapper une exclamation irritée.

— Ces caisses, milord, je les ai reconnues. Ce sont celles qui servent d'ordinaire à embarquer les mousquets. Vingt-quatre équipements, complets en armes, dans chacune !

— Ce qui fait six cents mousquets, et des baïonnettes, dit tout haut Gerard qui calculait très vite.

— Je l'aurais parié ! dit le consul.

— Quoi encore ? fit Hornblower.

— Douze gros ballots, milord. Des ballots oblongs, et vingt autres, longs aussi, mais plus étroits.

— Vous n'avez pas pu deviner ce que c'était ?

— Voudriez-vous, milord, entendre l'homme que j'ai envoyé ?

— Volontiers ! Voyons !

Harcourt appela le pont, du pied de l'échelle ; puis, tourné vers Hornblower :

— Jones est bon nageur, milord. Il est allé avec un matelot du bord dans le canot. Il a nagé jusqu'à l'allège. Dis à Son Excellence ce que tu as trouvé !

Jones était un homme jeune, maigre, de petite taille. Il entra, clignant des yeux à cause de la lampe et visiblement mal à l'aise en présence de cette réunion de gradés, de gens distingués.

— Des uniformes, que c'était, Monsieur, dans les gros ballots !

— Comment le sais-tu ?

— Monsieur, j'ai nagé au bord de l'allège et j'ai pu les toucher.

— Personne ne t'a vu ? dit le consul.

— Non, Monsieur. Personne ! Ils étaient en train de hisser les caisses. Mais, que c'étaient des uniformes dans les ballots, Monsieur, j'en suis sûr. À travers la toile des sacs, j'ai pu tâter des boutons, des boutons ronds, des rangées de boutons, ronds comme des balles ! Et je crois que j'ai pu sentir aussi comme qui dirait des broderies, des galons, Monsieur. Mais, que c'étaient des uniformes, j'en suis sûr !

L'homme fit un pas en avant. Il tenait à la main quelque chose de noir qui faisait penser au cadavre d'un chat noyé. Il désigna du doigt l'objet, avant de poursuivre :

— … J'ai pas pu deviner ce qu'il y avait dans les autres ballots, dans les plus longs. Ça fait que j'ai pris mon couteau…

— Personne ne t'a vu ? Tu es sûr ?

— Sûr et certain. Avec mon couteau, j'ai décousu un bout de la couture. On croira que ça s'est ouvert tout seul pendant la manœuvre. J'ai tiré ceci dehors et j'ai regagné le canot à la nage.

L'homme tenait la chose noire à bout de bras, afin qu'on l'inspectât. Hornblower la prit avec précaution. C'était un paquet de poils noirs trempés d'eau, mais en le retournant, ses doigts touchèrent du métal.

— C'est des aigles, dit Jones.

Il y avait là, en effet, outre une chaîne, un grand insigne en cuivre, le même aigle aux ailes déployées que Hornblower avait vu, ce soir, sur la poitrine de Cambronne. Ce qu'il tenait dans ses mains, c'était un bonnet à poil en peau d'ours, orné de sa parure en cuivre, et trempé par le bain récent.

— Est-ce là, milord, ce que portait la Garde impériale ? demanda Gerard.

— Oui.

Il avait vu souvent l'image d'Épinal qui représentait la suprême défense de la Garde à Waterloo. À Londres, les gardes anglais arboraient maintenant les mêmes bonnets en peau d'ours, à peine différents de celui qu'il tenait à la main ; on les leur avait attribués en reconnaissance de leur intervention au moment critique de la bataille.

— Nous savons maintenant ce que nous avons besoin de savoir, dit le consul.

— Il faut que j'essaie de le rattraper ! dit Hornblower. Il le faut ! Tout le monde en haut, monsieur Harcourt !

— Bien, milord !

Harcourt avait répondu machinalement, automatiquement. Mais déjà, il rouvrait la bouche pour dire quelque chose. Hornblower comprit :

— Je me rappelle ! dit-il. J'avais dit que je n'aurais pas besoin des hommes avant l'aube.

— Milord, ils ne doivent pas être bien loin ! Je vais les envoyer chercher sur les quais. On les trouvera. Ils seront ici dans une heure !

— Merci, monsieur Harcourt. Faites votre possible ! Monsieur Sharpe, il faut qu'on nous remorque jusqu'à la passe. Voulez-vous envoyer quérir un remorqueur et donner des ordres ?

Sharpe regardait l'homme de couleur qui avait apporté le bonnet. L'homme dit :

— Peu de chances qu'il y en ait un avant midi ! Le *Daring* en a pris deux et le *Toueur* est parti avec des chalands pour Bâton Rouge ; l'*Écrevisse*, qui a remorqué ce bâtiment-ci, est reparti dans l'après-midi. Le *Téméraire* doit être en route pour rallier le port. Il faudrait pouvoir lui faire faire demi-tour dès qu'il accostera ! Il n'y en a pas d'autre !

— Avant midi ! répétait Hornblower. Avant midi ! Treize heures d'avance ! Le *Daring* sera en mer avant que nous ayons pu lever l'ancre !

— Et c'est l'un des bâtiments les plus rapides qui aient été construits ! dit le consul. Il a filé quinze nœuds, pendant la guerre, quand il était poursuivi par le *Tenedos.*

— Quel est le port mexicain où il doit embarquer les soldats ?

— Ce n'est qu'un village, sur une lagune, milord. C'est Corpus Christi. À cinq cents milles, par bon vent !

Hornblower revoyait le *Daring,* ses belles lignes, ses énormes phares de toile bourdonnant devant l'alizé. Le petit *Crab* n'était pas fait pour des poursuites en haute mer. Il avait été construit petit, armé petit, pour être maniable, pour entrer dans une anse inconnue, en sortir aisément, faire la police de l'archipel des Caraïbes. Sur ce parcours, jusqu'à Corpus Christi, aucun doute que le *Daring* gagnerait encore des heures, peut-être un jour entier, peut-être plus ; cela s'ajouterait aux treize heures d'avance qu'il avait déjà prises. Il ne faudrait pas longtemps pour embarquer cinq cents soldats disciplinés. Ensuite, le *Daring* reprendrait la mer. Vers quelle destination ?

Le cerveau lassé de Hornblower répugnait à envisager la situation politique infiniment complexe des pays qui, de Corpus Christi, étaient aisément accessibles. S'il avait pu deviner les desseins du *Daring*, il eût été en mesure de devancer Cambronne, d'atteindre avant lui le point dangereux. S'il se bornait à gagner Corpus Christi, il était à peu près certain qu'il y arriverait pour trouver le *Daring* reparti, avec les soldats à son bord, disparu dans la mer où les bateaux ne laissent point de traces, en route pour le mauvais coup qu'il devait méditer.

— Le *Daring* est américain, milord, dit Sharpe.

La remarque ne faisait qu'ajouter au souci de Hornblower. Ce détail était important, très important même. Officiellement, la mission du *Daring* devait être légale ; il battait pavillon des États-Unis. On ne pouvait imaginer aucune excuse qui permît de l'arraisonner, de le conduire dans un port aux fins de visite. Les instructions données à Hornblower avaient été justement très précises en ce qui concernait le traitement à réserver à ce pavillon-là. Il n'y avait guère que neuf ans que l'Amérique était audacieusement entrée en guerre contre la plus grande puissance maritime du monde, et précisément en raison de l'attitude de la Marine royale à l'égard de sa marine marchande.

— Il est armé, milord, dit Gerard, et il sera plein d'hommes.

Autre point d'importance, et même décisif. Avec ses pièces de douze livres, cinq cents militaires disciplinés, un nombreux équipage américain, le *Daring* pouvait se moquer des six-livres et des seize matelots dont le *Crab* pouvait le menacer. Il serait dans son droit de refuser d'obéir à n'importe quelle sommation ; le *Crab* ne pouvait le contraindre à obtempérer. Lui briser un espar ? Ce n'était pas facile avec un canon de six livres. Et puis, même si personne n'était tué, faire feu sur un bâtiment américain soulèverait une belle tempête diplomatique ! Prendre le *Daring* en filature, afin au moins d'être à portée quand le projet de Cambronne se révélerait ? Cela aussi était impossible. En n'importe quel point au large, le *Daring* n'aurait qu'à ouvrir ses ailes par un bon vent pour laisser le *Crab* derrière l'horizon en un après-midi, et ensuite reprendre sa route, sa vraie route, après avoir semé le poursuivant.

La nuit était chaude, étouffante. Hornblower transpirait. Il se sentait comme une bête sauvage prise au lasso. À chaque instant, une nouvelle glène l'enserrait davantage, le paralysait ; comme l'animal sauvage, il était sur le point de perdre la maîtrise de soi, de sombrer dans une colère panique, de gaspiller ses forces dans une explosion de rage. Au cours de sa longue carrière, il avait vu des officiers de grade supérieur s'abandonner à des emportements de cette sorte. Cela ne servait à rien. Du regard, à la clarté des lanternes, il fit le tour des visages ; tous avaient cette expression calme d'hommes témoins d'un échec et conscients d'être en présence d'un chef qui, de la première affaire importante qu'il avait rencontrée, avait fait un gâchis déplorable. Il y avait de quoi être fou de rage. La fierté vint à son secours. Il ne s'abaisserait pas, sous les yeux de tous ces témoins, à céder à des faiblesses trop humaines.

— Quoi qu'il advienne, dit-il froidement,

j'entends prendre la mer dès que j'aurai un équipage et un remorqueur !

— Puis-je, dit Sharpe, demander à Votre Excellence ce qu'elle compte faire ?

Hornblower dut se forcer à formuler une réponse qui parût raisonnable. Il n'avait encore aucune idée précise ; tout ce qu'il savait, c'est qu'il ne céderait pas sans lutter, que ce n'est jamais en perdant du temps que l'on rétablit une situation critique.

— Je vais, dit-il, utiliser le temps dont je dispose pour rédiger des ordres à mon escadre. Mon aide de camp va les prendre sous ma dictée. Je vous demanderai, monsieur le consul, de les faire parvenir et distribuer par tous les moyens dont vous pouvez disposer.

— Bien, milord.

Hornblower, alors, se souvint d'une chose qui aurait déjà dû être faite. Il n'était pas trop tard ; cette partie de son devoir aurait au moins l'avantage de déguiser son inquiétude.

— Monsieur Harcourt, dit-il, je vous félicite pour la façon dont vous avez exécuté mes ordres. Le *Daring* a été surveillé de façon exemplaire. Je ne manquerai pas d'attirer sur votre conduite l'attention de l'Amirauté.

— Je vous remercie, milord.

— Sur Jones, aussi. Aucun marin n'eût pu agir avec plus d'intelligence. Vous avez fait, monsieur Harcourt, un très bon choix. Jones l'a justifié. Il entre dans mes intentions de le récompenser. Je pourrais lui donner un brevet provisoire et le titulariser dès que cela sera possible.

— Merci, milord. Mais M. Jones a déjà été classé… et cassé !…

— Il buvait ? Est-ce pour cette raison qu'on lui a refusé l'autorisation de descendre à terre ?

— Je crois, oui, milord, que c'est pour cela !

— Alors, que recommandez-vous ?

Harcourt était embarrassé. Enfin :

— Vous pourriez lui dire, milord, ce que vous m'avez dit à moi-même. Vous pourriez aussi… par exemple… lui serrer la main…

Hornblower sourit :

— Et être cité dans toute la marine comme l'amiral le plus méprisable qui jamais ait battu pavillon ! Non, monsieur Harcourt. Non. Mais peut-être une guinée en or ! Deux guinées, même ! Je les lui donnerai moi-même et vous demanderai de lui octroyer trois jours de permission dès que nous toucherons de nouveau Kingston. Qu'il s'y débauche à l'aise, si c'est la seule façon que nous ayons de le récompenser ! Il faut que je tienne compte des sentiments de mon escadre… Et maintenant, monsieur Gerard, mettons-nous à la rédaction de ces ordres.

Il était midi quand le *Crab* quitta son mouillage, remorqué par le *Téméraire*. Le fait que Hornblower n'accordât pas même une pensée à ce qu'impliquait ce nom glorieux montre assez quel était son état d'esprit. Tout le temps dont il avait disposé, au long de cette matinée étouffante, avait été occupé par la dictée des ordres à acheminer vers les bâtiments de l'escadre. Un grand nombre d'exemplaires étaient nécessaires. Le consul les ferait porter sous plis scellés par tout navire britannique qui quitterait La Nouvelle-Orléans à destination des Antilles, dans l'espoir que, si l'un d'eux croisait un bâtiment du roi, les ordres seraient portés sans retard à Kingston, puis transmis par la voie officielle. Les bâtiments de l'escadre des Caraïbes devraient faire bonne garde, surveiller le *Daring* battant pavillon américain, chercher à s'enquérir de ce que le *Daring* comptait faire et, si possible, s'assurer s'il y avait toujours des troupes à son bord ; mais (Hornblower, dictant à Gerard, transpirait furieusement) les capitaines des bâtiments de Sa Majesté étaient invités à se rappeler le passage des ordres du commandant en chef concernant la conduite à tenir à l'égard du pavillon des États-Unis. Si le *Daring* n'avait plus à bord aucun soldat, il fallait s'efforcer de savoir où ces troupes avaient été débarquées ; si les soldats français y étaient encore, le *Daring* devait être tenu à l'œil jusqu'à ce qu'ils eussent débarqué. Les capitaines s'appliqueraient toutefois à n'exercer cette surveillance sur les opérations du *Daring* qu'avec une discrétion exemplaire.

Étant donné que ces ordres ne quitteraient pas La Nouvelle-Orléans avant le lendemain, et qu'ils voyageraient lentement, sur des bateaux marchands, il était à peine probable qu'ils atteignissent un des bâtiments de l'escadre avant que le *Daring* eût accompli ce qu'il avait projeté de faire. Il n'en était pas moins nécessaire de prendre toutes les précautions possibles.

D'une main moite, Hornblower signa vingt exemplaires de ces documents, les cacheta, les remit au consul. Ils se serrèrent la main. Descendant l'échelle de coupée, Sharpe se tourna :

— À mon avis, milord, Cambronne fait route pour Port-au-Prince ou pour La Havane.

Les deux ports étaient à mille milles l'un de l'autre.

— Vous ne croyez pas que ce pourrait être pour Carthagène ou pour La Guaïra[1] ? fit Hornblower avec une ironie raffinée.

Ces deux points, eux aussi, étaient à mille milles marins l'un de l'autre, et à plus de mille milles de La Havane.

— Cela se pourrait, dit le consul.

L'ironie lui avait échappé, mais il était évident qu'il partageait le souci que ces difficultés causaient à Hornblower, car il fit halte une deuxième fois pour ajouter :

— … Bonne chance, en tout cas, milord ! Je suis certain que Votre Excellence réussira !

Le *Crab* leva l'ancre et le *Téméraire* le prit en remorque, ses cheminées vomissant une fumée noire et des étincelles, à la grande indignation de Harcourt qui non seulement craignait le feu, mais la souillure par la suie d'un pont qui devait rester immaculé. Il mit ses hommes à pomper sans arrêt de l'eau de mer pour noyer les bordés du pont et mouiller aussi le gréement.

Gerard parut :

— Milord veut-il déjeuner ?

Déjeuner ? Il était une heure après midi, Hornblower ne s'était pas couché de la nuit. Il avait bu de tout, la veille au soir, et beaucoup trop ;

1. Venezuela.

sa matinée avait été très remplie, très inquiète aussi ; il n'était d'ailleurs pas moins inquiet en ce moment même. Aussi sa première réaction fut-elle de refuser ; puis il se rappela qu'il s'était plaint, la veille (la veille ? il semblait que ce fût il y avait huit jours !), du retard de son déjeuner. Il ne permettrait pas que l'on devinât ses pensées :

— Naturellement ! dit-il. On aurait pu me le servir plus tôt !

Il espérait avoir simulé l'humeur d'un homme qui n'a pas encore rompu le jeûne.

— À vos ordres, milord !

Il y avait plusieurs mois que Gerard était l'aide de camp de Hornblower, et il en savait sur l'humeur de l'amiral à peu près autant qu'une épouse sur le caractère de son mari. Mais il connaissait aussi la bonté foncière de son supérieur. Sa nomination à ce poste de confiance, il la devait à sa qualité de fils d'un vieil ami de Hornblower, en un moment où beaucoup de fils de ducs, voire d'amiraux, ambitionnaient d'être l'officier d'ordonnance d'un marin déjà entré dans la légende.

Hornblower se força à manger son fruit, ses œufs à la coque, à boire, malgré la chaleur, son café bouillant ; il s'imposa de perdre exprès du temps, un temps considérable, avant de remonter l'échelle, s'efforçant d'oublier, de presque oublier ses problèmes. Mais des problèmes comme ceux-là ne se laissaient pas oublier. Ils reparurent dans toute leur urgence dès qu'il se retrouva sur le pont ; ils étaient à ce point harassants que c'est à peine s'il put s'intéresser à cette façon, encore inusitée, de naviguer en rivière, aux rives plates qui défilaient si vite le long du bord. En somme, ce départ précipité n'était qu'un geste de désespoir. Il n'y avait aucune illusion à se faire : on ne pouvait espérer rattraper le *Daring*. Le bâtiment de Cambronne réussirait, presque sous le nez du *Crab*, l'entreprise dont il avait le dessein. Hornblower serait la risée du monde, en tout cas du monde d'ici-bas. Ce commandement-là serait le dernier qu'il aurait jamais. Il revivait ses années de demi-solde, endurées d'un cœur sombre, depuis Waterloo. On eût pu croire qu'elles avaient été pour lui pleines de dignité, et même heureuses, avec un siège à la chambre des Lords, une situation importante dans le comté, une femme aimante, et le fils qu'il voyait grandir. Mais, pendant ces années, Hornblower n'avait pas vécu la vie qui, pour lui, était la vie normale, la vraie, la seule qui comptât.

Les cinq ans qui avaient suivi Waterloo, jusqu'à ce que le cours normal des choses lui eût enfin valu sa nomination au rang d'amiral, n'avaient été au fond que pénibles. Il ne s'en était rendu compte que lorsqu'il avait connu la joie immense d'être désigné pour les Caraïbes. Or, il comprenait maintenant que les années à venir, jusqu'à ce qu'il descende dans la tombe, allaient être aussi pénibles que ces cinq-là ; plus tristes même, puisqu'elles ne seraient plus soutenues par l'espoir d'un autre service à la mer. Plein d'amertume, il se disait : « Je suis là à me lamenter, alors que ce que je devrais faire, c'est tâcher de résoudre le problème qui est là devant moi ! »

Qu'est-ce que Cambronne avait en vue ? Si

Hornblower pouvait dépasser le *Daring*, le tourner, le prévenir, arriver triomphant sur les lieux mêmes où le Français entendait frapper son grand coup, il retrouverait son honneur, il sauverait sa réputation. Il eût fallu une chance invraisemblable pour agir de façon décisive. Or, la malchance voulait que, dans toute l'Amérique espagnole, dans les Antilles, partout, sauf dans les colonies britanniques, tout ne fût que trouble et agitation. Une destination était tout aussi plausible que l'autre ; il serait même extrêmement douteux que Hornblower eût une raison d'intervenir. Cambronne devait être chargé d'une mission, par Bolivar ou par quelque autre chef. Les précautions que le Français avait prises indiquaient assez combien il désirait que la Marine royale n'eût pas l'occasion d'intervenir. Intervenir ! Avec seize hommes d'équipage et quelques surnuméraires ! Et rien de plus menaçant qu'un canon de six livres ! Folie ! Et pourtant, il fallait encore réfléchir. Renoncer n'était pas possible !

— Le soleil se couchera avant que nous apercevions le fort Philip, milord, vint dire Harcourt en saluant.

— Très bien, monsieur Harcourt.

On ne tirerait donc pas de salves. C'est l'oreille basse que Hornblower effectuerait son départ des États-Unis. À peine s'il pourrait échapper à des commentaires sur la brièveté de son séjour. Sans doute, le consul s'efforcerait d'expliquer pourquoi l'amiral était parti si précipitamment ; mais aucune explication ne paraîtrait satisfaisante. De toute façon, ce commandement auquel Hornblower avait tant aspiré serait un fiasco ridicule.

Même cette visite à La Nouvelle-Orléans, qu'il avait espérée, attendue avec impatience, était une déception. Il n'avait presque rien vu de la ville, de l'Amérique et des Américains. Il n'avait pu s'intéresser au spectacle du Mississippi, ce fleuve immense. Et pourtant ce qu'il en avait vu l'avait empêché de porter à ses problèmes toute l'attention désirable, et ses problèmes l'avaient empêché de donner toute son attention à ce qui se passait autour de lui, par exemple à ce nouveau mode de navigation. Le *Crab* avançait à la vitesse de cinq bons nœuds, et encore, contre le courant ! Une forte brise soufflait. Il était extraordinaire de faire route, par vent contraire, sans tangage ni roulis, avec seulement la douce chanson du vent dans les cordages.

Gerard reparut sur le pont :

— Le dîner est servi, milord.

La nuit tombait quand Hornblower descendit au carré ; mais la chambre restait chaude, étouffante.

— Potage écossais, milord ! dit Giles, mettant devant lui une assiette fumante.

Hornblower trempa sans conviction sa cuiller dans l'assiette, tenta d'avaler quelques gorgées, puis renonça. Giles lui versa un verre de vin : il ne voulait pas plus du vin que de la soupe. Mais il ne fallait laisser paraître aucune faiblesse : il se força à reprendre un peu de potage, juste ce qui paraissait suffisant pour sauver les apparences.

— Poulet marengo, milord ! dit Giles, mettant une autre assiette devant lui.

Avec le poulet, les apparences étaient plus faciles à sauver. Hornblower détacha une aile, ouvrit les articulations, avala deux bouchées, reposa fourchette et couteau. Si le miracle se produisait, si les deux remorqueurs du *Daring* tombaient en panne à la suite d'avaries, ou s'il échouait et qu'on le doublât triomphalement, alors on viendrait l'en informer. Espoirs absurdes ! Il était fou de songer à cela.

Giles débarrassa la table, apporta le fromage, une assiette, versa un verre de porto. Un dé de fromage, une gorgée de porto ; le dîner pouvait être considéré comme terminé. Giles installa le réchaud, la lampe à alcool, la cafetière en argent, la tasse de porcelaine, dernier cadeau de Barbara. Malgré sa misère, Hornblower éprouvait il ne savait quel réconfort à boire ce café. En fait, c'était là sa seule consolation, dans un univers où tout était noir.

Noire aussi, maintenant, la nuit sur le pont. Un feu brillait à tribord avant, glissant régulièrement vers le travers. Ce devait être un des phares installés par les Américains pour rendre la navigation sur le Mississippi aussi facile de nuit que de jour. Une preuve de plus que le volume des affaires était en progrès ; le fait qu'il y eût constamment jusqu'à six remorqueurs à vapeur en service en fournissait une autre preuve.

— S'il vous plaît, milord, dit Harcourt, du sein de l'ombre, près de lui. Nous approchons de la rade. Quels sont les ordres ?

Que pouvait-on faire ? Hornblower ne pouvait que jouer perdant jusqu'au bout, jusqu'à la dernière extrémité, la plus amère. Il ne pouvait que suivre le *Daring*, loin, très loin, il ne pouvait qu'espérer un miracle, un accident, un heureux accident. Mais les chances étaient à cent contre une qu'au moment où il atteindrait Corpus Christi, l'oiseau serait envolé, évanoui. Un seul espoir : que peut-être les autorités mexicaines, si elles existaient, ou les potins locaux, si l'on pouvait en recueillir, fourniraient un renseignement, un indice sur la destination de cette Garde impériale.

— Dès que nous serons au large, faites route sur Corpus Christi s'il vous plaît, monsieur Harcourt !

— Corpus Christi ? Bien, milord.

— Examinez les instructions nautiques « Golfe du Mexique » pour la passe vers la lagune !

Donc, la décision était prise. Hornblower resta toutefois sur le pont, essayant de réfléchir encore.

Soudain il sentit la pluie lui mouiller le visage. Bientôt l'averse devint rafale ; puis ce fut un torrent qui s'abattit sur le pont, traversant d'outre en outre son meilleur uniforme ; son bicorne avait doublé de poids ; les bords formaient une cuvette. Il était sur le point de descendre pour aller s'abriter, quand, sa pensée suivant un nouveau cours, il oublia la pluie. Gerard était là, silhouetté dans l'ombre, en suroît, en ciré ; à peine si Hornblower s'en rendit compte. Était-il possible que tout ceci ne fût qu'une fausse alerte ? Était-il plausible que Cambronne n'eût pas autre chose en tête que de ramener la Garde en France ? Non ! Non ! Pour regagner la France, Cambronne n'eût pas emporté ces six cents mousquets, ces ballots d'uniformes ! Pour regagner la France, aucune nécessité de précipiter ainsi son départ, de recourir à cette ruse, d'opérer en cachette...

Le ciré de Gerard ruisselait.

— S'il vous plaît, milord...

Au départ d'Angleterre, Barbara avait pris Gerard à part et lui avait parlé longtemps, d'un air grave. Nul doute qu'elle l'avait chargé de veiller à ce que l'amiral ne se laissât pas mouiller, à ce qu'il eût des repas réguliers.

— Trop tard, monsieur Gerard ! dit-il avec un sourire qui était plutôt une grimace. Je suis déjà trempé jusqu'aux os !

— Alors, milord, s'il vous plaît, descendez changer de vêtements !

La voix du brave Gerard trahissait une réelle inquiétude. La pluie tombait toujours à verse, crépitait dans l'ombre sur le ciré.

— Bon, bon ! dit Hornblower. J'y vais !

Il descendit. Gerard le suivit et appela Giles, l'air irrité. Giles fut là sur-le-champ.

— Donnez des vêtements secs à Son Excellence !

Sur-le-champ, Giles s'affaira, s'agenouilla pour prendre une chemise propre dans le caisson. Un litre d'eau tomba sur le plancher quand Hornblower enleva son bicorne.

— Veillez à ce que les effets de Son Excellence sèchent sans trop se déformer, dit encore Gerard.

Giles n'avait pas besoin de conseils ; il savait ce qu'il avait à faire. Il répondit : « Bien, Monsieur ! » sur un ton qui forçait Gerard à prendre conscience qu'un tel ordre était inutile. Hornblower le savait : les deux hommes lui étaient attachés, corps et âme.

Cet attachement, jusque-là, survivait à son échec. Pour combien de temps ?

Ce fut d'une voix brusquement irritée qu'il fit :

— Bon ! Maintenant je puis m'en tirer !

Demeuré seul dans la cabine, obligé de se tenir penché sous les barrots, il déboutonna son habit mouillé, vit qu'il portait encore son étoile et son grand cordon. Quand il le fit passer par-dessus sa tête, il se rendit compte que le ruban lui-même était trempé. Le cordon et l'étoile semblaient rire de lui, de son échec, au moment où lui-même cherchait à se tromper en espérant, une fois encore, que le *Daring* s'échouerait, peut-être, quelque part dans le fleuve, au cours de sa descente vers la mer.

Un coup frappé à la porte ramena Gerard dans la cabine.

— J'ai dit que je pouvais m'en tirer seul, dit l'amiral.

— Un message de M. Harcourt, milord ! dit Gerard sans se déconcerter. Le remorqueur va bientôt déborder. Le vent est favorable ; vent frais : est quart nord-est !

— Très bien.

Vent frais ? Favorable ? Il n'était favorable que pour le *Daring*. Avec des vents capricieux, le *Crab* aurait peut-être pu avoir une chance de rattraper Cambronne. Mais il était clair que le destin faisait tout pour piper les dés contre Hornblower.

Giles avait profité de l'entrée de Gerard pour se glisser de nouveau dans la chambre. Il prit des mains de l'amiral la vareuse mouillée.

— Ne vous ai-je pas dit de rester dehors ? lui cria Hornblower, furieux.

Giles demeura imperturbable. Il dit :

— Bien, milord. Mais de ceci, milord, que faut-il faire ?

Il montrait le bonnet à poil de la Garde impériale, encore dans le caisson.

— Emportez ça ! rugit Hornblower.

D'une secousse, il s'était débarrassé de ses souliers ; déjà il commençait à défaire ses bas quand une idée lui traversa l'esprit. Une idée neuve. Il demeura immobilisé, penché en avant, plié en deux, pour l'examiner à loisir.

Un bonnet de peau d'ours, des ballots de bonnets de peau d'ours... Pour quoi faire ? Les mousquets, les baïonnettes, cela pouvait se comprendre. Les uniformes aussi, peut-être. Mais les bonnets à poil ? Quel homme ayant tout son bon sens équiperait un régiment en service sous les tropiques avec des bonnets de fourrure ?

Hornblower s'était lentement redressé. Il se leva, resta debout, réfléchissant. Des vestes d'uniformes, avec leurs boutons, leurs galons, seraient déjà bien déplacées parmi les hordes en haillons de Bolivar ; des bonnets de peau d'ours étaient tout bonnement absurdes.

Il rugit :

— Giles !

Et, Giles ayant aussitôt reparu dans l'entrebâillement de la porte :

— ... Ce bonnet ! Rapportez-le-moi !

Il le prit de nouveau en main. Et tandis qu'il considérait la lourde chaîne, l'aigle en cuivre, un sentiment se faisait jour en lui, se précisait, lui disait qu'il tenait là, entre ses mains, la clef du mystère. Cambronne était un combattant ; il avait vingt ans d'expérience sur les champs de bataille : impossible qu'il pût se dire que des hommes pourraient se battre dans les marais pestilentiels de l'Amérique centrale, dans les fourrés de bambous des Antilles, en portant de pareils manchons sur la tête. Alors ? Dans l'esprit de quiconque, la présence de la Garde impériale vêtue de son uniforme devenu historique, associée au souvenir de Bonaparte, devait opérer aujourd'hui encore comme une force au rayonnement politique. Un mouvement bonapartiste ? Où ? Ici ? Au Mexique ? Impossible ! En France, alors ?

Dans ses sous-vêtements mouillés, Hornblower sentit une bouffée soudaine de chaleur lui monter du corps à la tête. Il avait deviné ! La solution du problème s'appelait Sainte-Hélène !

Sainte-Hélène ! Bonaparte, là-bas, prisonnier, exilé dans une des îles les plus solitaires du monde. Cinq cents soldats disciplinés débarquant par surprise d'un navire battant pavillon américain pouvaient suffire, auraient vite fait de libérer leur empereur. Ensuite ? Peu de navires étaient plus rapides que le *Daring*. Mettant à la mer pour la France, il y arriverait avant qu'aucune alerte eût touché le monde civilisé. Bonaparte débarquerait, entouré de sa garde fidèle. Les uniformes, les bonnets à poil... Le but était clair. Sur l'heure, tout Français se souviendrait des glorieuses campagnes de l'Empire. L'armée entière se ruerait vers son empereur, se masserait de nouveau derrière les aigles, comme un troupeau, ainsi qu'elle avait fait quand Napoléon était revenu de l'île d'Elbe. Les

Bourbons avaient déjà duré plus que leur temps. Sharpe l'avait bien noté : ils agissaient déjà, mêle-tout internationaux, dans l'espoir d'éblouir le peuple par des succès en politique étrangère. Encore une fois, Bonaparte marcherait sur Paris sans rencontrer d'opposition ; de nouveau, l'Europe entière, bouleversée, referait le cycle sanglant des défaites et des victoires. Après l'île d'Elbe, cent jours avaient été nécessaires pour renverser Napoléon à Waterloo. Durant ces cent jours, cent mille hommes étaient morts, des millions avaient été engloutis. Cette fois, le retournement de la situation ne serait peut-être pas aussi facile. Étant donné l'état encore troublé de l'Europe, Bonaparte pourrait trouver des alliés. Une nouvelle période de guerre (qui durerait dix ans ? vingt ans ?) laisserait de nouveau les pays en ruine. Hornblower s'était battu pendant vingt ans ; il se sentait malade à la pensée que tout cela pût recommencer. La perspective était si monstrueuse qu'il s'imposa de récapituler les déductions qu'il venait d'entrevoir. Il eut beau faire, il ne put éviter d'aboutir aux mêmes conclusions.

Aucun homme ayant été commandant en chef de la Garde impériale ne pouvait être autre chose que bonapartiste. Un détail suffisait : le grand aigle de la Légion d'honneur qu'il avait arboré à La Nouvelle-Orléans, au lieu du grand cordon des Bourbons qui lui avait été substitué. Il l'avait exhibé au vu et au su de Vautour, donc d'accord avec lui, d'accord avec le consul de France des Bourbons. Vautour était donc un traître. L'affrètement du *Daring*, le transfert à bord du *Daring* du chargement suspect ne pouvaient avoir été accomplis sans son consentement, sans la connivence des autorités françaises. La France était exposée à être la victime d'une nouvelle conspiration. La conduite de la baronne en fournissait une autre preuve.

L'Amérique centrale et les Antilles avaient beau être gravement troublées, elles n'offraient pas de point stratégique qui pût favoriser une invasion de la Garde impériale en uniforme et en bonnet de peau d'ours. La destination du *Daring*, c'était Sainte-Hélène. Sainte-Hélène, et puis la France. Hornblower n'en pouvait plus douter, maintenant. Les vies de millions d'hommes, la paix du monde dépendaient de ce qu'il allait décider.

Il y eut une ruée de pieds nus sur le pont, au-dessus de sa tête. Des câbles s'abattaient sur les bordés ; on criait des ordres. La cabine culbuta au moment où l'on établissait les voiles ; si brusque fut la secousse que Hornblower chancela, laissa choir le bonnet. Puis, le *Crab* s'étant redressé, le plancher sous ses pieds se mit à vivre : on était sorti du fleuve, on était en mer ; on allait faire route, on faisait route sur Corpus Christi ! Avec ce vent est quart nord-est, le *Crab* devrait probablement naviguer misaine et grand-voile en ciseaux. Il fallait se hâter. Chaque seconde comptait. Si Hornblower était sur le point de modifier son plan, il ne pouvait venir vers l'ouest. Or, qu'il s'apprêtât à modifier ce plan, il le savait maintenant, il en était sûr. Il avait tant espéré deviner la destination du *Daring* après Corpus Christi ! Il la connaissait, maintenant. Il savait qu'il pouvait intercepter le

Daring. Il savait qu'intervenir sans attendre, c'était sauver la paix du monde. Debout dans la cabine, il voyait, comme à travers les cloisons, se dessiner dans leurs contours les côtes du golfe du Mexique, la carte de la mer des Caraïbes. Les alizés du nordet y soufflaient, moins constants, moins sûrs en cette période de l'année que pendant l'hiver, assez constants tout de même pour que l'on pût compter sur eux dans une certaine mesure. Un navire en route de Corpus Christi vers le sud de l'Atlantique, en route pour Sainte-Hélène, devait nécessairement emprunter le détroit du Yucatan[1] ! Ensuite, surtout s'il désirait ne pas attirer l'attention, ne pas laisser deviner quelle était sa mission, il ferait route vers la pointe est, vers « l'épaule » de l'Amérique du Sud, en passant par le centre de la mer des Caraïbes, laissant vingt milles de mer libre sur chaque bord.

Il ne lui fallait pas moins traverser l'archipel avant de faire irruption dans l'Atlantique. Entre ces îles, cent passages étaient ouverts ; un seul était le bon pour un capitaine en route pour Sainte-Hélène et qui avait à lutter contre les alizés : il doublerait la pointe de Galera, à l'extrémité nord de l'île de la Trinité. Il devait vouloir prendre du tour aussi largement que possible, mais il ne le pourrait guère, parce qu'au nord de la pointe de Galera, la mer des Caraïbes baignait l'île de Tobago, et que le détroit de Tobago n'avait pas plus de… (Hornblower n'était pas bien certain…) pas plus d'une cinquantaine de milles de large.

1. Entre Cuba et le Mexique.

Dans des conditions favorables, un bâtiment pouvait patrouiller seul ce détroit, être sûr que rien ne le franchirait sans être repéré. Exemple typique de stratégie maritime sur une petite échelle. La puissance navale faisait sentir son influence sur toute l'étendue des océans, mais c'était surtout dans les mers étroites, aux points névralgiques, que se produisaient les événements décisifs. Le détroit du Yucatan serait de loin moins favorable que celui de Tobago, car il avait plus de cent milles de large. Mais le *Crab* y serait le premier : cela pouvait être considéré comme certain, vu que le *Daring* devait parcourir les deux côtés d'un triangle, toucher d'abord Corpus Christi, donc couvrir un long parcours au vent. Le *Crab*, donc, y gagnait un avantage. En se hâtant vers le détroit de Tobago, Hornblower pourrait l'atteindre avant le *Daring*, tout juste à temps ; en outre, il avait une chance de croiser en cours de route un des bâtiments de son escadre, peut-être une frégate, qu'il emmènerait avec lui. Il disposerait ainsi de la force dont il avait besoin.

C'est exactement en cette minute que Hornblower prit sa résolution ; il sentit sur-le-champ son cœur battre plus vite. Il cria :

— Giles !

Giles reparut, laissant voir une surprise aussi teintée de désapprobation que le permettait la réserve d'un domestique bien stylé à la vue de son maître simplement vêtu d'une chemise mouillée et d'un pantalon de toile blanche.

— Mes compliments à M. Harcourt, dit Hornblower. Dites-lui que j'aimerais le voir dès que cela lui sera possible !

Quand un amiral souhaite la présence d'un capitaine, cela veut dire qu'il l'attend sur-le-champ.

— Monsieur Harcourt, j'ai changé de programme. Ayez l'obligeance de faire route sans perdre de temps sur le cap de San Antonio[1].

— Le cap San Antonio ? Bien, Monsieur.

Harcourt était un officier modèle. L'ordre surprenant ne laissa transparaître aucune surprise. Hornblower, d'ailleurs, ajouta :

— Quand nous serons sur la nouvelle route, je vous expliquerai ce que j'ai l'intention de faire, si vous voulez bien revenir ici avec les cartes. Amenez M. Gerard avec vous !

— Bien, Monsieur.

L'amiral était libéré. Hornblower pouvait maintenant enlever sa chemise mouillée, son pantalon, se frictionner le corps, se sécher. Quelle que fût la raison, il lui semblait qu'il faisait moins chaud, que l'atmosphère de la petite cabine était moins lourde, moins oppressante ; peut-être parce qu'on était en pleine mer ; peut-être parce que sa décision était prise. Il enfilait son pantalon quand Harcourt mit la barre dessous. Des bras vigoureux halaient sur les écoutes, et le *Crab* venait dans le vent, virant comme une toupie, fortement incliné sur tribord, le vent par le travers. Hornblower n'avait encore qu'une jambe dans son pantalon ; il fit un bond pour retrouver son équilibre, perdit pied, s'abattit sur le nez en travers de sa couchette. Il se remit debout. Le *Crab* donnait de la bande à tribord, tantôt plus, tantôt moins, lorsque les lames

1. Extrême pointe ouest de Cuba.

de travers passaient sous sa quille, chacune prenant Hornblower par surprise au moment où il tentait d'enfiler l'autre jambe du pantalon ; si bien qu'à deux reprises il retomba assis avant de réussir. Il préféra ne voir Harcourt et Gerard entrer dans la chambre qu'après qu'il serait habillé.

Ils écoutèrent gravement l'amiral leur exposer ses déductions concernant la route probable du *Daring*, l'intention qu'il avait de l'intercepter quand il franchirait le détroit de Tobago. Harcourt prit ses compas, mesura et nota les distances. Ayant terminé, il eut un signe de tête approbatif.

— Milord, dit-il, jusqu'à San Antonio, nous pouvons gagner quatre jours sur lui. Autrement dit, nous serons là trois jours avant lui.

Trois jours feraient une avance tout juste suffisante pour le *Crab*, vu la longueur de la traversée de la mer des Caraïbes.

— Pourrions-nous pas, milord, toucher Kingston en cours de route ? dit Gerard.

La perspective était bien séduisante, mais Hornblower fit non de la tête. Prendre contact avec le quartier général, lui donner des nouvelles, peut-être embarquer des renforts, tout cela ne servirait à rien si, pendant ce temps-là, le *Daring* devait leur passer sous le nez.

— Il faudrait trop de temps pour entrer, dit-il, même si nous avions pour nous la brise de mer. Et nous y serions retardés. Non, il n'y a pas une heure à perdre.

— En effet, milord, dit Gerard, comme à contrecœur.

Gerard jouait le rôle de l'officier d'état-major,

dont le devoir est d'examiner tout plan suggéré pour en faire la critique.

— … Et quand nous l'aurons intercepté, milord, que ferons-nous ?

Hornblower regarda Gerard, le fixa dans les yeux. Car Gerard n'avait fait que répéter la question déjà posée et restée sans réponse.

— J'arrêterai un plan, dit Hornblower. Je ferai face à la situation !

Sa voix avait un ton grinçant qui décourageait toute insistance. Harcourt maniait encore ses compas :

— Milord, dans le détroit de Tobago, il n'y a guère plus de vingt milles d'eau navigable.

— Le *Daring* pourrait donc difficilement passer inaperçu, même de nuit, dit Hornblower. Messieurs, je pense que nous avons choisi le meilleur plan. Peut-être même le seul possible.

L'exposé de l'amiral avait donné l'essor à vingt hypothèses.

— … Si Bonaparte était de nouveau libre… dit Harcourt.

Il ne put achever. Cette perspective effrayante, il n'osait la regarder en face.

— À nous, messieurs, de faire en sorte qu'on ne le libère pas ! Maintenant que nous avons fait ce que nous pouvions, il serait raisonnable de prendre un peu de repos. Il me semble qu'aucun de nous n'a eu le temps de dormir depuis un temps considérable.

C'était vrai. Maintenant qu'il avait pris un parti pour le meilleur ou pour le pire, Hornblower sentait ses yeux se fermer, la fatigue l'envahir, le submerger. À peine ses officiers l'eurent-ils quitté qu'il s'allongea sur sa couchette. Avec le vent de bâbord et son cadre collé à la cloison tribord, il pouvait s'abandonner, sans crainte de rouler à terre. Les yeux fermés, il se surprit à formuler la réponse à la question que Gerard avait posée. Réponse terrible, perspective affreuse, inéluctable. Il fallait faire son devoir, tout son devoir. Il était maintenant certain de le faire, au mieux de son jugement, de ses capacités. Rassuré sur ce point, sur ce qui, désormais était inévitable, il n'en eut que plus envie de dormir.

Il dormit jusqu'à l'aube. Réveillé, il s'abandonna encore un moment à une rassurante somnolence avant de se mettre à penser, pour la discuter de nouveau, dans sa pleine lumière, à l'horrible pensée avec tout ce qu'elle impliquait.

C'est dans ce climat que le *Crab* entreprit la poursuite, qui allait devenir historique, vers le détroit de Tobago, sur une distance presque équivalente à la largeur de l'Atlantique entre l'Amérique et l'Afrique. Chacun à bord savait que le *Crab* était engagé dans une aventure exemplaire ; sur un petit bâtiment comme celui-là, rien ne pouvait rester longtemps secret ; les hommes d'équipage entrèrent sans réserve dans l'esprit de l'entreprise avec l'enthousiasme auquel on pouvait s'attendre de leur part. Les regards étaient de sympathie, qui se tournaient vers la silhouette solitaire de l'amiral, debout dans le vent qui soufflait sur le minuscule gaillard d'arrière. Chacun savait le risque qu'il courait ; chacun se disait qu'il méritait de réussir ; mais une chose que personne ne pouvait deviner, c'était le tourment de cette affreuse certitude qui, peu à peu, se cristallisait en lui. Qu'il gagnât cette course ou qu'il échouât, ce qu'il allait faire marquait la fin de sa carrière.

Personne ne boudait le travail incessant qu'impliquait la mission de faire donner au *Crab* le maximum de sa vitesse. Sans interruption, embraquer et choquer les écoutes afin d'orienter les voiles à la moindre variation du vent, réduire la toile le plus tard possible quand des bourrasques fondaient soudain sur elles et les rétablir aussitôt la rafale passée. Tous se faisaient spontanément vigies ; la promesse de l'amiral de donner une guinée d'or à celui qui le premier verrait le *Daring* n'était pas nécessaire. Il fallait envisager le risque d'une rencontre avant d'avoir atteint le détroit. Quand les embruns, jaillissant par-dessus l'étrave, allumaient de brefs arcs-en-ciel, personne ne se souciait d'avoir sa chemise trempée, ou d'aller se coucher dans un cadre mouillé parce que l'eau de mer avait coulé jusque dans l'entrepont, parce qu'une forte houle avait secoué le *Crab* à lui ouvrir les coutures. La mise à l'eau du loch, toutes les heures, le calcul quotidien de la distance parcourue étaient attendus avec impatience par des hommes qui d'habitude affichaient à l'égard de ces questions l'indifférence fataliste des vieux matelots endurcis.

— Je vais rationner l'eau, milord, dit Harcourt, le matin du premier jour.

— À combien ?

Hornblower tâchait de faire semblant de s'intéresser à la réponse, afin que la détresse qui lui venait d'un autre objet ne fût pas visible.

— À un demi-gallon, milord.

Deux quarts d'eau fraîche par jour et par homme, ce serait dur pour des matelots attelés sous les tropiques à des manœuvres incessantes.

— Vous avez raison, monsieur Harcourt.

Toutes les précautions devaient être prises. Il était impossible de prévoir ni ce que pouvait durer le voyage, ni combien de temps il faudrait patrouiller devant Tobago sans faire d'eau potable ; il eût été absurde de se voir contraint de relâcher dans un port, pour s'être par imprévoyance livré à des extravagances.

— Je dirai à Giles de tirer pour moi la même ration.

Hornblower avait cligné de l'œil. La courte expérience qu'il avait de la vie d'un amiral l'induisait à penser qu'il menait à bord une existence de luxe. Il n'avait pas assez pensé au problème de l'eau pour se dire que si Giles avait la libre disposition de l'eau potable destinée à l'amiral, le même Giles (et peut-être les amis de Giles) disposeraient aussi de toute l'eau dont ils auraient besoin. Et, en disant cela, Hornblower ne souriait pas ; il gardait la même expression sévère qu'il avait eue pour tout le monde au moment de prendre la mer.

Un après-midi, le cap San Antonio fut en vue. On sut ainsi que le détroit de Yucatan était franchi. Cela ne donnait pas seulement l'impression d'un nouveau départ ; on savait aussi qu'à partir de là, apercevoir soudain le *Daring* n'était plus improbable. Passé le détroit, on suivait à peu près la route qu'il devait suivre lui-même.

La deuxième nuit qui suivit ce jour-là, on doubla

le Grand Cayman[1]. On ne le vit pas, mais on perçut très clairement le grondement du ressac sur les falaises au large de l'île. Cela prouvait combien Harcourt serrait de près les pointes. Hornblower se disait qu'il eût pris plus de tour au Grand Cayman ; il était d'autant plus mécontent de devoir observer la convention qui interdit à un amiral d'intervenir dans la manœuvre. La nuit suivante, ils sondèrent sur le banc Pedro ; cela voulait dire que la Jamaïque et Kingston étaient à peine à cent milles sous le vent. À partir de ce nouveau point, Harcourt pouvait naviguer droit sur le détroit de Tobago. Il le tenta, mais il lui fut impossible de tenir la route, car l'alizé s'était mis en tête de tourner au sud quart sud-est, ce qui n'était pas étonnant à l'approche du milieu de l'été. Harcourt fit venir tribord amures le *Crab* qui était complètement debout au vent. Aucun capitaine digne de ce nom ne voulait céder de bon gré un seul yard au sud dans la mer des Caraïbes et Harcourt serrait sa route aussi près du vent que le *Crab* l'acceptait.

— Je vois que vous avez diminué les huniers, monsieur Harcourt, dit Hornblower, hasardant une prudente question sur ce terrain délicat.

— Oui, milord…

En réponse au regard intrigué, insistant, de son amiral, Harcourt condescendit à s'expliquer :

— Une goélette large comme celle-ci, milord, n'est pas faite pour naviguer vent de travers. Sous toile réduite comme nous sommes, nous dérivons

1. Île anglaise des Antilles, entre les Jamaïques et Cuba.

moins, milord, aussi longtemps que nous sommes au plus près.

— Naturellement, monsieur Harcourt, dit Hornblower, un peu à contrecœur. Vous connaissez votre bâtiment mieux que moi !

Il était difficile de croire que le *Crab* faisait meilleure route sans offrir à la brise ses magnifiques huniers carrés. Hornblower était bien certain que le *Daring*, lui, déployait chaque centimètre carré de sa toile, avec un ris au maximum. Le *Crab* embarquait, par instants, par tribord avant, de gros paquets d'eau verte. C'est dans ces moments-là qu'il était nécessaire que chaque matelot tînt bon et ne lâchât pas prise.

Le lendemain matin, au lever du jour, on aperçut la terre, droit devant. Ces lignes bleues, à l'horizon, c'étaient les montagnes d'Haïti. Harcourt fit route droit dessus jusqu'à midi, faisant sortir de l'eau le décor de montagnes ; puis il changea d'amures. Hornblower l'approuvait ; une heure ou deux plus tard, la brise de terre pourrait se lever et on aurait doublé le cap Beate. Il était irritant de penser qu'à ces amures, on perdait sûrement un peu de terrain ; il était en effet parfaitement possible que le *Daring*, où qu'il se trouvât, eût le vent d'un quart ou deux en sa faveur, et qu'il pût ainsi poursuivre sa route sans tirer de bordées. Il était remarquable de voir les gabiers du mât de misaine offrir au vent un doigt mouillé, guetter l'horizon, et apprécier la manière dont l'homme de barre gagnait au vent main à main.

Pendant un jour et une autre demi-journée, le vent resta contraire. Au milieu de la seconde nuit,

Hornblower, qui ne dormait pas, fut alerté par le coup de sifflet qui appelait tout le monde en haut. Il s'assit dans son lit, chercha à tâtons sa robe de chambre tandis qu'au-dessus de sa tête des pieds nus couraient sur le pont. Le *Crab* bondissait follement.

— Tout le monde à rentrer la toile !

— Trois ris dans la grand-voile !

La voix de Harcourt retentissait dans la nuit. Elle parut éclater au moment où Hornblower atteignait le pont. Le vent sifflait ; il faisait claquer les pans de la robe de chambre et de la chemise de nuit. L'amiral alla se placer à l'écart, près du couronnement. Autour de lui, la nuit semblait mugir. Une de ces bourrasques comme on en voit sous les tropiques au plein milieu de l'été les avait surpris, mais quelqu'un l'avait vue venir et tout avait été prêt pour la recevoir. La rafale venait du sud.

— Laissez arriver ! criait Harcourt. Des hommes aux écoutes !

Le *Crab* vint dans le vent au sein de tourbillons sauvages, plongea, puis se stabilisa. Il fonçait maintenant dans l'ombre, comme pour faire mentir son nom. Ainsi il gagnait utilement sur sa route ; aussi longtemps que l'on pourrait tenir ainsi, la bourrasque viendrait à leur aide. La nuit fuyait autour d'eux. La robe de chambre claquait sur les jambes de l'amiral. Il était impossible de ne pas se sentir enchanté d'être là, debout, forçant les éléments à travailler pour soi, trompant le vent qui avait cru les prendre par surprise.

— Bien manœuvré, monsieur ! cria Hornblower au sein de la rafale, quand Harcourt vint se placer dans l'ombre près de lui.

— Merci, Monsieur… euh… pardon, milord ! Deux heures comme ça, c'est tout ce qu'il nous faut !

Le sort leur accorda une heure et demie. Après quoi, le vent se calma, l'alizé reprit avec entêtement sa direction précédente : est quart sud-est.

Le lendemain matin, au petit déjeuner, Giles put apporter à Hornblower une bonne nouvelle.

— Milord, le vent revient au nord.

Car Giles était aussi intéressé que quiconque à la marche du bâtiment.

— Parfait ! dit Hornblower.

Mais, quelques instants plus tard, la douleur sourde reprenait, grandissait, l'envahissait entièrement. Ce vent-là, ce vent favorable, ne faisait que hâter son destin.

Au cours de la journée, l'alizé se livra à l'un des caprices dont il est coutumier au milieu de l'été. Il faiblit, tomba peu à peu, et de plus en plus, jusqu'à ne plus souffler que par intermittence. Il y avait des moments où le *Crab* dérivait paresseusement au soleil sur une eau bleue, unie comme un miroir, tournant successivement son avant vers les quatre points cardinaux, tandis que les rayons tombaient, torrides, verticaux, sur un pont où la poix fondait dans les coutures. Des bandes de poissons volants laissaient sur l'émail de la mer des sillages foncés ; mais personne n'y prenait garde. Tous les yeux scrutaient l'horizon, guettant le premier signe, la prochaine risée qui s'en viendrait vers eux. Il se pouvait que, pas très loin de là peut-être, par ce caprice du vent dans les Caraïbes, le *Daring* fit route fermement, toutes voiles dehors et portant plein.

La journée s'écoula ainsi ; puis la nuit tout entière, sans que l'alizé voulût bien souffler, sinon de temps en temps ; une bouffée de vent envoyait alors le *Crab* vers le détroit de Tobago. Le soleil versait sur eux ses feux brûlants. Réduits à leurs deux quarts d'eau par jour, les hommes souffraient de la soif.

On avait rarement aperçu une voile ; celles que l'on avait rencontrées n'étaient pas de celles qui eussent pu servir à faciliter la tâche de Hornblower : une goélette faisant route sur Belize, un Hollandais venant de Curaçao à destination de son port d'attache ; bref, aucun bâtiment à qui Hornblower pût confier une lettre, aucun qui fût de son escadre, ce qui paraissait presque incroyable.

Il n'y avait donc rien d'autre à faire qu'à attendre, jour après jour, avec une patience terrible. Un nouveau caprice du vent apporta enfin une petite brise nord quart nord-est, et l'on put de nouveau faire sa route heure après heure, sous les huniers, le cap droit sur les Antilles, filant jusqu'à six nœuds. Maintenant que l'on se rapprochait des îles, les voiles étaient plus nombreuses, mais ce n'étaient que des sloops caboteurs, zigzaguant entre les Îles sous-le-vent et la Trinité. Un bâtiment à phares carrés aperçu à l'horizon souleva pendant un moment une émotion considérable. Il fallut bientôt déchanter. Ce n'était pas le *Daring*. Le bâtiment battait pavillon rouge et or ; c'était une frégate espagnole qui faisait route vers la côte du Venezuela, probablement pour prendre contact avec les insurgés.

Le voyage tirait à sa fin. Hornblower entendit la vigie de la tête de mât crier « Terre ! ». Un instant après, Gerard parut dans la cabine.

— Grenade est en vue, milord !

— Très bien.

On entrait maintenant dans des eaux où l'on pouvait vraiment s'attendre à rencontrer Cambronne ; la direction du vent devenait plus importante que jamais. Il soufflait du nordet, vent favorable qui écartait la plus faible chance de voir le *Daring* faire route au nord de Tobago, au lieu d'emprunter le détroit.

— Le *Daring* est forcé de faire le même atterrissage, milord, dit Gerard, et de jour, s'il le peut.

— Nous pouvons du moins l'espérer !

Si le *Daring* était resté aussi longtemps que le *Crab* hors de vue de la terre, par ces vents capricieux et ces courants imprévisibles, son capitaine ne manquerait pas d'être sur ses gardes.

— Monsieur Harcourt, je pense que nous pouvons tranquillement faire route sur la pointe de Galera.

— Bien, milord.

Le moment critique était arrivé, l'heure de se demander si tout le voyage n'allait pas se révéler en fin de compte une entreprise inutile ; s'il n'allait pas falloir patrouiller, louvoyer jusqu'à venir en vue de la Trinité, et alors virer de bord, doubler de nouveau Tobago et faire route vers Grenade. Attendre ne valait rien. Si le voyage ne devait pas finir en échec, il n'en signifiait pas moins quelque chose que Hornblower, et Hornblower seul, savait être pire qu'un échec. Il songeait à cela quand Gerard de nouveau lui posa la question :

— Que comptez-vous faire, milord, pour l'arrêter ?

— Il doit y avoir des moyens, dit Hornblower, énigmatique, dominant la dureté de ton qui eût trahi son inquiétude.

Ce fut par une journée toute bleu et or, une journée de soleil torride, que le *Crab*, poussé par la plus faible des brises, entendit la vigie du haut du mât héler le pont et crier :

— Voile en vue ! Droit sous le vent, Monsieur !

Une voile pouvait être n'importe quoi, mais à de longs intervalles, tandis que le *Crab* se rapprochait, les appels successifs rendaient de plus en plus plausible l'hypothèse que la voile inconnue ne fût autre que le *Daring*. Trois mâts ! Ce détail supplémentaire transformait presque le doute en certitude. Ils n'étaient pas nombreux, dans l'Atlantique sud, les gros bâtiments venant des Antilles. Toutes voiles dehors, même les contre-cacatois et les bonnettes ! Mais cela encore ne signifiait pas grand-chose.

— Il a l'air d'un américain, Monsieur.

Les contre-cacatois avaient déjà fortement postulé dans le même sens. Harcourt voulut aller voir lui-même. Il monta à la tête du grand mât avec sa propre longue-vue. Quand il redescendit, ses yeux brillaient d'émotion.

— Milord, c'est le *Daring* ! C'est lui ! J'en suis sûr !

Les deux bâtiments étaient à dix milles l'un de l'autre, dans le scintillement bleu de la mer, le bleu ardent du ciel au-dessus de leurs têtes, avec, très loin sur l'horizon, un liséré de terre. Le *Crab* avait gagné ! Il était arrivé le premier, avec vingt-cinq heures d'avance.

Le *Daring*, en l'absence de la moindre brise, cherchait le vent, tâtonnant paresseusement d'un cap à l'autre, sous ses pyramides de voiles. Le *Crab*, lui, faisait encore route ; puis à son tour il tomba en panne sous le soleil incandescent.

Tous les regards étaient tournés vers l'amiral, debout, raide, les mains nouées derrière le dos, l'œil au loin sur les rectangles blancs qui portaient ce qui allait décider de son sort. La grand-voile de la goélette faseya mollement, faseya encore ; puis le gui se mit à se balancer.

Harcourt cria :

— Des hommes aux écoutes !

Si faible était la brise que les matelots ne la sentaient même pas caresser leur visage en sueur, mais elle suffisait à déplacer les guis. Un instant après, l'homme de barre sentit qu'il pouvait de nouveau gouverner. Le beaupré du *Crab* était braqué droit sur le *Daring*, le souffle de vent portait sur la hanche tribord, presque droit sur l'arrière, presque debout pour le *Daring*, pour autant qu'il se fît sentir jusqu'à lui ; mais le *Daring* restait encalminé. Le vent fraîchit peu à peu, au point qu'ils purent de nouveau le sentir, entendre sous l'étrave la chanson signifiant que la goélette fendait l'eau ; puis soudain il mourut, laissant le *Crab* monter et descendre sur la houle. Ensuite, il souffla de nouveau, cette fois sur la hanche bâbord, et puis revint vers l'arrière, de sorte que les huniers furent brassés carré et la misaine bordée à bâbord. Le *Crab*, alors, pendant dix minutes bénies, put faire route, misaine et grand-voile en ciseaux, jusqu'à ce que le vent tombât encore, réduit à rien. On put voir le *Daring* attraper une risée, orienter ses voiles ; cela dura quelques instants, assez longtemps pour révéler ses intentions, avant que, de nouveau, le bâtiment, repris par le calme plat, restât inerte, malgré sa grande surface de toile ; son poids plus lourd faisait qu'il était moins sensible à ces molles risées.

— Dieu merci ! dit Gerard, sa lunette à l'œil, tandis qu'il le regardait de nouveau éviter. Je crois qu'il cherche à nous passer hors de portée de tir, milord.

— Cela ne m'étonnerait pas !

Une autre bouffée de vent réduisit encore un peu l'espace qui les séparait, suivie d'une nouvelle accalmie.

— Monsieur Harcourt, le mieux peut-être serait de faire dîner les hommes.

— Bien, milord.

Bœuf salé et purée de pois sous le soleil méridien et sous les tropiques, qui pouvait avoir assez d'appétit pour manger cela, surtout avec l'inquiétude de qui guette le retour du vent ? Au beau milieu du dîner, il fallut de nouveau envoyer des hommes aux écoutes et aux bras pour profiter d'un autre souffle de brise.

— À quelle heure, milord, voulez-vous dîner ? vint demander Giles.

Sa lunette à l'œil, Hornblower ne tourna même pas la tête pour jeter :

— Pas maintenant !

— Il a hissé ses couleurs, milord, dit Gerard : le pavillon américain.

La Bannière étoilée. Les couleurs à l'égard desquelles l'amiral avait reçu l'ordre exprès d'être particulièrement prudent. D'ailleurs, comment se comporter autrement à l'égard d'un *Daring* armé de pièces de douze livres et chargé d'hommes ?

Un peu plus tard, les deux bâtiments trouvèrent une risée, mais tandis que le *Crab* avançait bravement vers l'autre, à la vitesse de deux noeuds, le *Daring*, qui s'efforçait de mettre cap au sud au plus près, bougeait à peine et même pas du tout, tournant sans but sous une brise trop molle pour lui permettre de gouverner.

— Je vois très peu de monde sur le pont, milord, dit Harcourt.

L'ardente réverbération du soleil sur la mer faisait larmoyer l'œil qui avait fixé longtemps le *Daring*.

— Il les garde sous les ponts, hors de vue, dit Gerard.

C'était certain. Quoi que le bâtiment de Cambronne pût penser des intentions du *Crab*, le plus sûr était de lui cacher que cinq cents hommes à bord faisaient route pour Sainte-Hélène.

Entre cet Atlantique sud et le *Daring*, rien d'autre que le *Crab*, c'est-à-dire l'obstacle le plus dérisoire qui se pût imaginer. Qu'on laissât le *Daring* franchir le détroit, gagner la haute mer, et plus rien ne pourrait être fait pour lui barrer la route. Aucun vaisseau n'en était capable. Le *Daring* atteindrait Sainte-Hélène, réussirait son coup. Aucun avertissement ne pourrait arriver à temps. C'était maintenant ou jamais ! Et Hornblower porterait seul la responsabilité de ce que les choses eussent atteint cette situation tragique. À La Nouvelle-Orléans, il avait été dupé. Il avait laissé Cambronne lui couper l'herbe sous le pied. Au prix de n'importe quel sacrifice, il fallait maintenant racheter la paix du monde, en payer la rançon. Le *Crab* ne pouvait rien contre un bâtiment plus rapide. Ce qui pouvait, ce qui devait être fait ne pouvait l'être que par une action personnelle du contre-amiral Hornblower.

— Monsieur Harcourt, dit-il d'une voix sans expression, voulez-vous s'il vous plaît tenir le canot prêt à être affalé, et désigner un armement complet, à couple.

— Bien, milord.

Gerard intervint :

— Qui embarquera, milord ?

— Moi !

La grand-voile faseyait, le gui ne cessait d'aller et venir, en craquant, d'un bord à l'autre. De nouveau la brise mourut. Pendant quelques minutes encore, le *Crab* put se rapprocher, puis le beaupré se détourna du *Daring*.

— Monsieur, dit le quartier-maître, je ne peux pas tenir le cap.

Du regard, Hornblower faisait le tour de l'horizon. L'air brûlait. Pas un signe, aucun espoir d'un autre souffle de brise. Le moment décisif était arrivé. D'un coup sec, l'amiral ferma sa lunette.

— Je prends le canot, monsieur Harcourt.

Gerard intervint encore :

— Laissez-moi vous accompagner, milord.

La voix trahissait un accent de protestation. Le lieutenant répugnait à voir son amiral s'exposer seul à l'aventure.

— Non !

Au cas où la brise se lèverait pendant la demi-heure qui allait suivre, il ne fallait pas qu'un poids inutile retardât le canot dans son voyage de deux milles.

Hornblower embarqua.

— Sciez partout ! dit-il.

Les matelots ramaient de toutes leurs forces ; les pelles jetaient sur le bleu de la mer mille éclairs dorés. Le canot doubla le *Crab* par l'arrière. Sur le pont, tous les regards le suivaient. Hornblower renversa la barre et pointa droit sur le *Daring*, soulevant un léger remous. Le *Crab* était sensiblement plus petit, le *Daring* manifestement plus gros, magnifique dans cette lumière d'après-midi. « Les dernières heures de ma carrière vont sonner », se disait Hornblower. La distance diminuait ; elle allait cesser d'exister. Le *Daring* était maintenant à portée de voix. Et en effet un appel partit dans l'air brûlant :

— Oh ! du canot !

Hornblower cria :

— Je viens à bord !

Il était debout à l'arrière, afin que son uniforme rehaussé d'or fût bien visible.

Mais la voix répondit :

— Au large !

Au lieu d'obéir, le canot poursuivait sa route.

Bravade critiquable, dangereuse ? Non. Un équipage de canot, un équipage non armé, menant un amiral à bord d'un bâtiment encalminé ne pouvait donner matière à un incident de portée internationale. Un dernier coup d'avirons porta le canot sous les porte-haubans d'artimon du *Daring*.

— Au large ! répéta la voix, une voix américaine.

Hornblower manœuvra pour se rapprocher et dit :

— Les avirons en dedans !

Le canot était maintenant à toucher. Réglant au mieux ses mouvements (il connaissait sa maladresse), Hornblower sauta pour atteindre les porte-haubans. L'un de ses pieds trempa dans la mer ; il eut de l'eau plein son soulier ; tenant bon, il se souleva, tourné vers ses hommes et criant :

— Au large ! Attendez-moi !

Un rétablissement l'amena sur le pont du *Daring*.

Un grand homme maigre, son cigare planté dans le bec, était devant lui. Ce devait être le capitaine américain. Cet individu trapu, à son côté, était sans doute un des lieutenants. Les canons étaient décapelés, mais pas en batterie ; auprès des pièces, les servants étaient prêts. Le capitaine dit :

— Vous ne m'avez pas entendu, monsieur, vous crier de rester au large ?

— Je m'excuse, dit Hornblower, de cette intrusion. Je suis le contre-amiral lord Hornblower, de Sa Majesté britannique, et j'ai la plus pressante affaire avec le comte Cambronne.

Pendant quelques secondes, ils furent face à face, les yeux dans les yeux, sur le pont baigné de soleil. Puis Hornblower vit Cambronne paraître et s'approcher :

— Ah ! comte ! dit-il en anglais.

Puis, revenant au français :

— C'est un plaisir pour moi de vous rencontrer encore une fois !

Il avait enlevé son bicorne, qu'il tenait collé

contre sa poitrine. Il se baissa pour saluer, en une inclinaison du corps qu'il savait être disgracieuse.

— À quoi, milord, dois-je le plaisir ?...

Cambronne s'était redressé. Il restait raide et tendu ; sa moustache hérissée lui donnait plus que jamais l'air d'un chat.

— J'ai le regret, dit Hornblower, de vous apporter la plus pénible des nouvelles.

Au cours de bien des nuits d'insomnie, il s'était répété le discours qu'il tiendrait quand il serait devant le général français. Mais il n'avait pas imaginé l'effort qu'il faudrait faire pour le dire avec naturel.

— ... Je suis venu aussi, comte, pour vous rendre un service.

— Qu'avez-vous donc à m'apprendre, milord ?

— Une bien mauvaise nouvelle.

— Mais encore ?

— C'est avec un profond regret que je vous informe de la mort de votre empereur !

— Non ?

Cambronne avait sursauté.

— L'empereur Napoléon est mort, le mois dernier, à Sainte-Hélène, et je vous prie de croire à mes sentiments de très sincère sympathie.

C'était fait. Il avait lâché le mensonge. Il avait réussi à avoir l'air d'un homme qui dit la vérité.

— C'est impossible ! Impossible ! s'écria Cambronne.

— Comte, je vous assure que c'est la triste vérité.

Sur la joue de Cambronne, un muscle, par instants, se crispait le long de la cicatrice rouge. Le regard dur des yeux proéminents entrait comme une vrille dans celui de Hornblower.

— J'ai appris la nouvelle à Port of Spain, il y a deux jours. J'ai immédiatement annulé les dispositions que j'avais prises pour barrer la route à votre bâtiment…

Cambronne ne pouvait pas deviner que le *Crab* n'avait pas fait une traversée aussi rapide, mais il ne put se retenir de crier :

— Je ne vous crois pas !

N'était-ce pas là justement le mensonge qui était de nature à empêcher le *Daring* de remplir sa mission ?

Hornblower se dressa de toute sa hauteur. Il dit :

— Monsieur…

Raide, le visage fermé, jouant de son mieux le rôle d'un homme d'honneur dont la parole est mise en doute, il réussit à faire illusion, car Cambronne reprit (et il y avait maintenant dans sa voix quelque chose qui ressemblait à une retraite) :

— Vous devez comprendre, milord, l'importance, la gravité du propos que vous tenez là !

C'est alors que Hornblower entendit les paroles fatales, non moins redoutées du fait qu'il les avait prévues, attendues.

— … Vous me donnez, milord, votre parole de gentilhomme que ce que vous dites est vrai ?

— Parole de gentilhomme, comte ! dit Hornblower. Parole d'honneur !

Depuis des jours, il avait prévu cet instant terrible. Il s'y était préparé. Il avait réussi. Il avait formulé sa réponse sur le ton qu'eût pris un homme d'honneur ; il avait parlé d'une voix ferme, avec l'accent de la sincérité, sans laisser deviner combien parler ainsi lui brisait le cœur. Il avait toujours été convaincu que Cambronne lui demanderait sa parole d'honneur.

C'était le sacrifice suprême, le dernier qu'il pût faire, le dernier. Au cours de vingt années de guerre, il avait librement, tranquillement risqué sa vie pour son pays. Il avait supporté mille angoisses, affronté mille dangers, enduré mille épreuves, mille privations. Jamais, jusqu'à ce jour, on ne lui avait demandé de donner sa parole d'honneur. C'était le prix supplémentaire qu'il lui fallait payer. Car si la paix du monde était de nouveau en danger, n'était-ce pas sa faute ? Il était donc juste qu'il en acquittât le prix. L'honneur d'un homme n'était rien au regard de la paix du monde, alors qu'il s'agissait d'épargner à son pays le renouvellement des mortels périls auxquels, pendant vingt ans, il avait si miraculeusement survécu. Au cours de ces années, somme toute relativement heureuses, Hornblower avait pu, quand il avait regagné sa patrie après des campagnes ardues, regarder le monde autour de lui, respirer l'air de l'Angleterre en se disant, patriote candide, que l'Angleterre valait qu'on se battît pour elle, qu'elle était digne que l'on mourût pour elle. L'Angleterre, donc, valait bien aussi l'honneur d'un de ses enfants. Ce n'en était pas moins un affreux déchirement ; c'était pire que la mort.

Deux petits groupes d'officiers venaient de monter sur le pont. Ils se tenaient de chaque côté de Cambronne qui s'adressait à eux ; ils enregistraient les paroles de leur général. Le capitaine américain et son second étaient d'un côté ; en face d'eux, tout seul, son uniforme jetant des éclairs au soleil, Hornblower attendait. L'officier placé à la droite de Cambronne parla d'abord. C'était probablement un officier d'état-major, évidemment de la race que Hornblower devait détester. Et, naturellement, cet officier allait répéter la question, retourner le fer dans la plaie.

— Votre parole d'honneur, milord ?

— Ma parole d'honneur ! répéta Hornblower.

La voix restait ferme.

Qui d'ailleurs eût pu douter de la parole d'honneur d'un amiral britannique, d'un homme qui avait détenu, pendant plus de vingt ans, une commission de Sa Majesté ?

D'une traite, Hornblower poursuivit, reprit les arguments qu'il avait tant de fois répétés dans sa solitude :

— Votre projet, vous pouvez maintenant l'oublier, comte. Avec la mort de l'empereur, tout espoir de reconstituer l'Empire est perdu. Personne n'a besoin de savoir ce que vous aviez décidé. Vous, les gentilshommes que voilà, la Garde impériale logée dans l'entrepont restent non compromis aux yeux du régime qui gouverne à présent la France. Vous pouvez les ramener chez vous, comme vous le leur avez promis, et balancer vos munitions pardessus bord en cours de route. C'est pourquoi je suis venu seul. Ni mon pays ni le vôtre ne désirent que de nouveaux incidents remettent la paix du monde en danger. Ceci restera un secret entre nous.

Cambronne entendait les paroles, il écoutait,

mais la nouvelle qu'il venait d'apprendre le bouleversait encore, au point qu'il ne pouvait dire autre chose. Il répétait : « L'Empereur est mort !… L'Empereur est mort !… »

— Je vous ai prié, comte, d'accepter mes très sincères condoléances. Je prie ces messieurs d'accepter, eux aussi… l'assurance de ma très profonde sympathie.

Des murmures coururent parmi les officiers. Le capitaine américain intervint soudain, et ce fut pour dire :

— Une petite risée se lève. Dans cinq minutes, nous pouvons de nouveau être en route. Venez-vous avec nous, Monsieur, ou bien est-ce que vous débarquez ?

— Attendez ! dit Cambronne.

Il paraissait comprendre un peu l'anglais. Il se tourna vers son état-major ; un débat s'éleva entre eux. Maintenant qu'ils parlaient tous ensemble, ce que Hornblower savait de français ne suffisait plus pour suivre la conversation. Néanmoins, il était visible que, maintenant, tous étaient convaincus. Hornblower eût pu en éprouver du plaisir si un plaisir quelconque eût encore été possible pour lui. Quelqu'un traversa le pont, cria par l'écoutille. L'instant d'après, la Garde impériale, les vieux soldats de Bonaparte, sortirent un à un sur le pont, qu'ils remplirent. Ils étaient tous en uniforme, apparemment prêts à se battre, si le *Crab* avait été assez fou pour tenter l'abordage et leur livrer bataille. Cinq cents géants, sous leurs bonnets, sous leurs peaux d'ours, leur arme à la main. Un ordre bref les aligna, un rang derrière l'autre : des hommes maigres, le visage souvent orné de favoris. Ils étaient entrés au pas de parade dans toutes les capitales de l'Europe, Londres excepté. Ils portaient leurs mousquets et se tenaient au garde-à-vous. Seuls quelques-uns ne regardaient pas droit devant eux ; ils regardaient l'amiral britannique. Des larmes coulaient sur les joues balafrées de Cambronne quand il se tourna pour leur parler. En phrases hachées, entrecoupées, il leur apprit la nouvelle. Si grande était sa douleur qu'il pouvait à peine articuler les mots. Les barbus, pendant ce temps-là, grognaient comme des fauves ; ils pensaient à leur empereur qui s'en était allé mourir dans cette île, dans cette prison où il avait dû supporter les cruels traitements des geôliers anglais. Les regards tournés vers Hornblower n'exprimaient que de la haine. Pour ressaisir leur attention, Cambronne dut leur parler de l'avenir. Hornblower l'entendit prononcer le mot « paix », le mot « France », et plusieurs fois : « L'Empereur est mort ! » C'était comme s'il eût dit que la fin du monde était proche.

L'ordre ne régnait plus guère dans les rangs ; l'émotion avait rompu la discipline de fer de la vieille Garde. Cambronne paraissait ne pas s'en apercevoir. Il tira son épée, en porta la poignée à ses lèvres. Dans ce beau geste du salut, l'acier accrocha le soleil rouge en train de s'enfoncer dans la mer.

— J'ai tiré cette épée pour l'Empereur ! dit-il. Plus jamais elle ne servira !

Serrant la lame dans ses deux mains, il l'appuya sur son genou et, d'un geste brusque, la rompit, puis se tourna vers le bordage et lança les morceaux dans la mer.

Un murmure monta des rangs, pareil à un gémissement de douleur. L'un des hommes saisit son mousquet par le canon, brandit la crosse en l'air, l'abattit sur le pont où elle se brisa. D'autres l'imitèrent. Les morceaux des armes s'envolèrent par-dessus bord.

Le capitaine américain regardait cela, en apparence impassible, comme si plus rien ne pouvait le surprendre, mais le cigare éteint qu'il tenait aux lèvres était plus court ; sans qu'il l'eût voulu, ses dents en avaient sectionné le bout. Il s'approcha de Hornblower, évidemment pour lui demander des explications sur ce qui se passait. L'adjudant-major français s'interposa :

— Nous rentrons en France ! dit-il.

Le capitaine parut tomber de haut. Il répéta :

— En France ? Pas…

Il ne dit pas le mot, mais le nom de Sainte-Hélène était implicitement formulé par l'expression de son visage.

— Oui ! En France ! répéta l'adjudant-major.

Cambronne s'était approché, plus raide que jamais :

— Je n'imposerai pas plus longtemps ma présence à votre douleur, comte, dit Hornblower. Souvenez-vous toujours que vous avez la sympathie d'un Anglais.

Cambronne se les rappellerait, ces paroles, le jour où il apprendrait qu'il avait été trompé par un amiral sans honneur. Mais il fallait qu'elles fussent prononcées à ce moment-là.

— Je m'en souviendrai, dit-il.

Il s'imposa d'observer les formes courtoises.

— Je vous remercie, milord.

— J'ai fait mon devoir, dit Hornblower.

Il ne tendrait pas la main, car plus tard, Cambronne pourrait se sentir contaminé d'avoir touché la main d'un traître. Il se borna à se raidir au garde-à-vous, leva la main pour un salut :

— Au revoir, comte. J'espère que nous nous reverrons en de plus heureuses circonstances.

— Au revoir, milord ! fit Cambronne, accablé.

Hornblower grimpa dans les porte-haubans d'artimon ; le canot s'approcha. Il tomba plutôt qu'il ne sauta sur l'arrière, puis il cria :

— Souquez !

Être aussi complètement épuisé qu'il se sentait en ce moment ne semblait pas possible. Jamais personne ne pouvait avoir été aussi malheureux.

À bord du *Crab,* on attendait impatiemment son retour ; Harcourt, Gerard, les autres le regardaient venir. C'est très maître de lui qu'il remonta à bord. L'épreuve n'était pas finie. Il avait encore des devoirs à remplir.

— Vous pouvez laisser le *Daring* faire route, monsieur Harcourt, dit-il. Tout est arrangé, maintenant.

— Arrangé, milord ? fit Gerard.

— Cambronne a renoncé à sa tentative. Ils vont rentrer tranquillement en France.

— En France ? En France, milord ?...

— Ne m'avez-vous pas entendu ?

Ils regardaient la mer qu'empourprait maintenant la fin d'un beau jour. Le *Daring* était en train de brasser ses vergues pour profiter de la faible brise. Gerard ne put se retenir d'insister :

— Les ordres, milord, sont bien de le laisser aller ?

— Mais oui, bon sang ! dit Hornblower.

Il regretta sur-le-champ et son langage et son mouvement d'impatience, et, se tournant vers le capitaine :

— Nous pouvons maintenant faire route sur Port of Spain, monsieur Harcourt. Je pense que, même par vent favorable, vous préférerez ne pas risquer de nuit le détroit des Bouches-du-Dragon ? Vous avez la permission d'attendre le jour.

— Bien, milord.

Même à ce moment-là, on ne put le laisser seul et tranquille. Comme il se tournait pour descendre :

— Le dîner, milord ? demanda Gerard. Je vais donner des ordres tout de suite !

Il était inutile de répondre qu'il n'avait nulle envie de dîner ; la discussion qui s'ensuivrait serait pire que la comédie qui consistait à manger pour la galerie. Il pénétra dans sa cabine, songeant qu'il ne lui était pas permis de faire ce qu'il eût voulu : se laisser choir sur sa couchette, la tête dans les mains, et s'abandonner à sa douleur. Il dut rester assis, raide, regarder Giles mettre la table, servir, puis débarrasser, tandis que le coucher de soleil des tropiques incendiait le ciel, puis que la nuit tombait, brusquement, sur la mer, sur le *Crab*. Alors seulement, après le « bonne nuit, milord » de Giles, il fut libre, libre enfin, de penser, de remâcher l'horreur de ce qu'il éprouvait.

Il avait cessé d'être un gentilhomme. Il était

disqualifié, déshonoré. Il allait lui falloir renoncer à son commandement, à son grade. Comment se retrouver jamais en présence de Barbara ? Le petit Richard grandirait ; un jour il serait en âge de comprendre ce qui s'était passé. Son père pourrait-il encore regarder son enfant en face ? Et la famille de Barbara, ces aristocrates ? Ils se regarderaient en ricanant. Plus jamais Hornblower n'arpenterait une dunette, plus jamais il ne monterait à bord d'un vaisseau, la main à son bicorne, le sifflet du maître de manœuvre le saluant et lui écorchant les oreilles. Sa vie de marin était finie ; donc tout était fini. Il avait accompli le sacrifice ; il l'avait accompli de sang-froid, mais cela ne le rendait pas moins affreux.

Sa pensée dériva, se fixa sur l'autre partie du cercle infernal. Il n'avait pu faire autre chose que ce qu'il avait fait. Eût-il changé de route, gagné Kingston ou Port of Spain pour chercher du renfort, le *Daring* lui aurait échappé, comme le prouvait l'heure à laquelle la frégate était arrivée au large de Tobago. Les renforts qu'il eût pu amener à se joindre à lui, en admettant que cela eût été possible, n'eussent servi à rien. Faire escale à Kingston ? Envoyer une dépêche à Londres ? Sans doute, c'était se faire couvrir par les autorités. Mais à quoi cela eût-il servi ? Combien de temps se serait-il écoulé entre l'arrivée de la lettre à Londres et l'arrivée du *Daring* sur les côtes de France, avec Bonaparte à son bord ? Deux semaines ? Probablement moins que cela ! Les secrétaires de l'Amirauté auraient d'abord considéré la dépêche comme venant d'un fou ; elle aurait mis du temps avant d'arriver entre les mains du Premier lord, subi un autre retard avant de se trouver sous les yeux des membres du cabinet. Alors, on aurait discuté l'action à entreprendre. Nouveau retard pendant que l'on informerait l'ambassadeur ; retard encore avant que l'action conjuguée des deux pays eût pu faire l'objet d'un accord.

L'action ? Quelle action, s'il y en avait une, au cas où le cabinet ne classerait pas sa lettre comme venant d'un alarmiste, d'un déséquilibré ? La marine anglaise du temps de paix n'aurait pas pris la mer à temps, ni en nombre suffisant, pour couvrir la côte française tout entière, rendre le débarquement impossible. La moindre fuite, d'ailleurs presque inévitable, de la nouvelle que Bonaparte était en mer et attendu, eût déclenché en France une révolution. Cela ne faisait aucun doute. L'Italie, elle aussi, était en pleine agitation. En écrivant à Londres, Hornblower se fût mis à l'abri de la censure de son gouvernement. Mais éviter d'encourir un blâme, était-ce la mesure du devoir ? Il y avait un devoir à remplir, un devoir formel. Il l'avait rempli, et de la seule façon possible. Rien d'autre que ce qu'il avait fait ne pouvait arrêter Cambronne. Rien. Il avait vu où était son devoir. Il avait vu aussi quel en serait le prix. Qu'avait-il acheté au prix de son honneur ? La paix du monde. Mais, du même coup, il avait cessé d'être un gentilhomme. Sa pensée se refermait là-dessus, sur l'autre moitié du cercle infernal.

Mais son esprit poursuivait l'examen, luttait désespérément, comme lutte un homme enlisé jusqu'à la ceinture dans un marais, dans une obscurité complète. Dans peu de temps, l'univers serait au courant de son déshonneur. Cambronne parlerait ; les autres Français aussi. Le monde n'allait pas tarder à entendre dire qu'un amiral anglais avait donné sa parole d'honneur, sachant qu'il mentait. Mais avant que la chose ne vînt à être connue, Hornblower aurait quitté le service, renoncé à son commandement, à son grade, à tout. Ceci devait être fait tout de suite ; son pavillon déshonoré ne pouvait pas flotter plus longtemps sur les mers. Hornblower n'avait plus le droit de donner un ordre à des hommes d'honneur. À Port of Spain, il y avait le gouverneur de la Trinité. Il se présenterait à lui dès le lendemain. Il lui dirait : « L'escadre britannique des Caraïbes n'a plus de commandant en chef ! » Le gouverneur prendrait les mesures qui s'imposaient, aviserait l'escadre, informerait le gouvernement. Ce serait comme si la fièvre jaune ou une attaque d'apoplexie avait emporté le commandant chargé de faire régner l'ordre dans l'archipel. L'anarchie serait ainsi réduite au minimum, le changement de commandant institué aussi simplement que possible. C'était là le dernier service que Hornblower pût rendre à son pays. Le tout dernier. Le gouverneur penserait naturellement que Hornblower était devenu fou et à moins d'avouer sa honte, ce qui l'attendait le lendemain, c'était la camisole de force. La vérité avouée, que ferait le gouverneur ? Il commencerait par plaindre l'amiral. D'abord viendrait la pitié, ensuite le mépris. Hornblower serait aux prises avec l'une, avec l'autre, pendant le reste de sa vie. Barbara… Richard… l'esprit égaré de Hornblower s'enfonçait dans le noir comme dans un bourbier puant.

Le jour finit par venir. À la fin de cette nuit terrible, un coup frappé à la porte amena Gerard devant lui. Le message qu'il apportait mourut sur ses lèvres quand il vit le visage de son amiral, défait, ravagé sous le hâle.

— Êtes-vous malade, milord ?

— Pas du tout. Je vais très bien. Qu'est-ce que c'est ?

— Milord, M. Harcourt vous présente ses respects. Nous sommes au large des Bouches-du-Dragon. Le vent est favorable, du nord nord-est. Au lever du jour, nous pourrons franchir le passage. Dans une demi-heure, milord, au début du quart de huit heures à midi, nous mouillerons l'ancre à Port of Spain.

— Merci, monsieur Gerard.

Il devait faire un effort pour parler ; il était las, las à mourir :

— Mes compliments à M. Harcourt, dit-il encore.

— Bien, milord. Ce sera la première apparition de votre pavillon à Port of Spain. Une salve sera tirée.

— Oui, oui.

— Le gouverneur, en vertu de sa fonction, a le pas sur vous, milord. En conséquence, c'est à Votre Excellence qu'il appartient de lui faire la première visite. Dois-je hisser un signal à cet effet ?

— Merci, monsieur Gerard. Je vous en serai obligé.

Horreur ! Il fallait encore en passer par là, se

présenter tiré à quatre épingles. Il ne pouvait monter sur le pont sans être rasé. Il fallait encore supporter Giles, ses propos, sa sollicitude. Justement Giles entrait, portant un bol fumant.

— De l'eau douce, milord ! Le capitaine m'a donné la permission, vu que nous allons pouvoir faire de l'eau.

En d'autres circonstances, se raser à l'eau douce eût pu procurer une satisfaction presque sensuelle. Il n'en était pas question aujourd'hui. En d'autres circonstances, se tenir sur le pont, regarder le *Crab* franchir les Bouches-du-Dragon, regarder autour de soi de nouveaux paysages, entrer dans un nouveau port, eussent pu procurer du plaisir ; il n'en était pas question aujourd'hui. Changer de linge, mettre une cravate trop neuve, voire son écharpe, son étoile, son épée à poignée d'or, tout cela eût pu être agréable. Aujourd'hui !... Écouter tonner les treize coups de canon du salut, entendre tonner la réponse eût pu être plaisant. Mais aujourd'hui !... Aujourd'hui, Hornblower ne pouvait savoir qu'une chose : c'est que plus jamais un salut ne serait tiré en son honneur, plus jamais les hommes de coupée ne seraient au garde-à-vous au moment où il quitterait le bord. Il n'avait plus qu'une chose à faire : se forcer à se tenir droit, ne pas flancher comme un malade accablé par le désespoir, cligner les yeux pour empêcher les larmes de couler sur ses joues, comme s'il était un Français sentimental. Le ciel bleu, aveuglant, au-dessus de sa tête, eût tout aussi bien pu être noir...

Le gouverneur était un général de division, un

homme corpulent, portant le cordon rouge et l'étoile. Il accueillit cérémonieusement le contre-amiral, selon les rites en usage, et se détendit dès qu'ils furent seuls.

— Enchanté, milord, dit-il, de votre visite. Asseyez-vous. J'espère que vous trouverez ce fauteuil confortable, après votre cabine à bord du *Crab*. J'ai ici un xérès que, j'espère, vous apprécierez. Puis-je en verser un verre à Votre Excellence ?

Il n'attendait pas de réponse, saisissait déjà la carafe, les verres :

— À propos, milord, avez-vous appris la nouvelle ? Bonaparte est mort !

Hornblower était encore debout. Il allait refuser le xérès ; le gouverneur n'aurait point la honte de boire avec un homme qui avait forfait à l'honneur. Il plia les genoux, s'écroula, assis dans son fauteuil, plié comme une marionnette. Machinalement, il prit le verre placé devant lui, le vida d'un trait. Sa réponse ressembla à un coassement. Sans rien remarquer, tout occupé à remplir de nouveau les verres, le gouverneur enchaînait :

— Oui, il est mort il y a trois semaines, à Sainte-Hélène. On l'a enterré là. On n'entendra plus parler de lui !

S'apercevant alors du trouble de son visiteur :

— Vous n'êtes pas incommodé, milord ?

— Non. Non. Je vais très bien. Très bien ! Merci.

Dans le demi-jour qui régnait, Hornblower voyait la pièce flotter comme à travers de l'eau. Sans savoir pourquoi, tandis qu'il revenait peu à peu à lui, il pensa à Élisabeth de Hongrie qui, désobéissant aux ordres de son mari, portait des vivres aux pauvres, son tablier rempli de pain. L'ayant surprise, son mari lui demanda :

— Qu'avez-vous dans ce tablier ?

— Des roses, dit sainte Élisabeth.

— Montrez-les-moi !

Élisabeth ouvrit son tablier. Il était plein de roses…

Encore un peu égaré, Hornblower se disait : « Vivre !… Vivre !… Je vais pouvoir recommencer à vivre !… »

2

L'« Étoile du Sud »

Ici, où les alizés soufflaient à leur plus frais, exactement en dedans des lignes des tropiques, au large du vaste Atlantique indompté, Hornblower se disait : « C'est la plus belle pièce d'eau que l'on puisse trouver, partout au monde, pour une promenade en yacht ! » Car il ne s'agissait pour lui de rien de plus que d'une promenade. Il sortait à peine d'une terrible épreuve au cours de laquelle la paix du monde avait dépendu de son jugement, de son action. Par comparaison, les responsabilités qui incombent au commandant en chef de la station des Caraïbes semblaient maintenant avoir perdu toute gravité.

Hornblower se tenait debout sur le gaillard de la *Clorinda*, frégate de Sa Majesté britannique. Il faisait bonne route sous peu de toile, dans la tiédeur d'un soleil matinal, l'alizé lui soufflant gentiment aux oreilles. Le soleil était encore presque au ras de l'eau ; le tangage et le roulis, tandis que la *Clorinda* épaulait la mer, faisaient courir sur le pont les ombres des manœuvres au vent. Celles des enfléchures de haubans d'artimon défilaient ainsi sous ses yeux en succession rapide, ajoutant au sentiment béat de bien-être qu'il éprouvait. Commandant en chef dans cette mer des Caraïbes, n'ayant d'autre souci que de contrôler l'interdiction du commerce des esclaves, de faire la chasse à la piraterie, il fallait avouer que c'était là une expérience plus agréable que ce qu'un empereur, voire un poète pût jamais connaître ou imaginer. Jambes nues, les matelots en train de laver les ponts riaient et plaisantaient ; la lumière rasante du soleil allumait d'aveuglants arcs-en-ciel au sein des embruns qui jaillissaient par-dessus l'étrave. Hornblower prendrait son petit déjeuner quand bon lui semblerait. À en différer sans raison le moment, il goûtait un plaisir supplémentaire. L'apparition sur le gaillard du capitaine, sir Thomas Fell, dissipa un peu ce bien-être. Sir Thomas était un homme sombre, aux joues creuses ; il estimait qu'il était de son devoir de saluer son amiral, mais jamais il n'avait assez de flair pour deviner à quel moment sa présence n'était pas opportune.

— Bonjour, milord, dit-il, touchant du doigt le bord de son chapeau.

— Bonjour, sir Thomas.

— Belle matinée, milord.

— En effet.

Tout en parlant, sir Thomas inspectait de l'œil son bâtiment, les ponts, les cordages, puis, tourné vers l'arrière, la ligne un peu indécise qui, à l'horizon, dessinait les collines de Porto Rico. Hornblower éprouva soudain le besoin, plus urgent que toute autre chose au monde, de prendre son petit déjeuner ; en même temps, il se rendait compte qu'il ne pouvait satisfaire ce désir aussi instantanément qu'un commandant en chef devrait pouvoir le faire. La politesse a des limites, des exigences qui s'imposent même à un amiral. Il ne pouvait faire demi-tour et descendre au carré sans échanger quelques mots avec Fell.

— Nous ferons peut-être une prise aujourd'hui, milord, dit Fell.

Les deux hommes regardaient d'instinct, en l'air, l'endroit où la vigie était perchée, à une hauteur vertigineuse, au sommet du mât de perroquet.

— Espérons-le ! dit Hornblower.

Parce qu'il n'avait jamais réussi à sympathiser avec Fell, parce que la dernière chose qu'il désirât était de s'engager dans une discussion d'ordre technique avant son petit déjeuner, il ajouta, bredouillant un peu, pour cacher ce qu'il éprouvait :

— C'est d'ailleurs probable.

— Les Espagnols voudront faire passer tous les cargos possibles avant que la convention ne soit signée !

— C'est ce que nous avons prévu !

Remâcher d'anciennes décisions avant le petit déjeuner n'était pas du goût de Hornblower, mais, de la part de Fell, c'était une habitude.

— Et c'est ici qu'ils feront leur atterrissage,

poursuivait impitoyablement le capitaine, tourné de nouveau vers Porto Rico à l'horizon.

— Oui, fit Hornblower.

Encore une ou deux minutes de cette conversation oiseuse et il serait libre de s'échapper, de descendre chez lui.

Fell prit son porte-voix et le tourna vers le ciel :

— Ho ! de la vigie ! Ayez l'œil, sinon gare à vous !

Puis, éprouvant le besoin de s'expliquer :

— La prime par tête, milord ! La prime par tête !

Une prime était payée par le gouvernement britannique pour chaque esclave libéré en haute mer par les bâtiments de la Marine royale engagés dans la poursuite des négriers. Comme les autres parts de prise, cette prime était partagée entre les officiers et les hommes d'équipage. C'était peu de chose en comparaison des sommes énormes obtenues durant les guerres, mais à cinq livres la tête, une grosse capture pouvait encore rapporter une somme substantielle au bâtiment responsable. Et, de cette somme substantielle, le quart allait au capitaine. D'autre part, un huitième allait à l'amiral, où qu'il se trouvât au moment de la capture. Avec vingt navires en mer sous son commandement, Hornblower avait droit au huitième du total des primes par tête. Cette répartition expliquait comment, pendant les grandes guerres, les amiraux qui commandaient la flotte de la Manche ou celle de Méditerranée, lord Keith, par exemple, étaient devenus millionnaires.

— Et personne, milord, dit Fell, ne peut en avoir besoin plus que moi !

— Possible…

Hornblower savait vaguement que Fell était dans la gêne ; depuis Waterloo, cela faisait pas mal d'années de demi-solde ; même aujourd'hui, la solde d'un capitaine de cinquième classe, y compris les allocations, était inférieure à vingt livres par mois ; encore Fell devait-il tenir pour une chance d'avoir obtenu en temps de paix ce commandement-là. Hornblower avait connu la même situation de capitaine impécunieux ; il avait porté des bas de coton au lieu de bas de soie, des épaulettes de cuivre au lieu d'épaulettes en or. Mais il n'avait aucune envie de discuter du barème des soldes avant son petit déjeuner. Or, Fell insistait :

— Mme Fell, disait-il, devrait pouvoir tenir un rang dans le monde !

Hornblower avait entendu dire que Mme Fell était une femme dépensière.

— Eh bien, espérons, dit-il, pensant à son déjeuner. Espérons qu'aujourd'hui nous aurons de la chance !

Mélodramatique coïncidence. Ce fut justement à ce moment-là qu'un appel partit de la tête du mât :

— Voilier en vue ! Droit sous le vent !

— Voilà peut-être ce que nous attendons, sir Thomas !

— … pourrait bien, milord. Ho ! De la vigie ! Quel est son cap ? Monsieur Sefton, venez au vent !

Hornblower recula de quelques pas jusqu'au bordage. Il sentait que jamais il ne pourrait s'habituer, amiral, à regarder faire sans intervenir, à n'être plus qu'un spectateur intéressé, lors d'unc manœuvre décisive. Mais, si pénible que fût pour lui le rôle de simple spectateur, il serait plus pénible encore de descendre et d'ignorer ce qui se passait sur le pont. Oui, plus pénible même que de remettre encore son petit déjeuner.

— Ho ! du pont ! C'est une goélette ! Elle fait route droit sur nous ! Elle a tout dessus, jusqu'aux cacatois ! Monsieur, c'est une goélette ! Une grosse goélette, Monsieur. Elle fait toujours route sur nous !

Au premier cri de la vigie, le jeune Gerard, l'aide de camp, était accouru sur le pont.

— Une goélette carrée ! dit-il. Un gros bâtiment, milord ! Peut-être ce que nous cherchons !

— Peut-être, dit Hornblower, faisant de son mieux pour dissimuler une émotion qu'il trouvait ridicule.

Gerard braquait sa lunette au vent.

— La voilà ! dit-il, elle fait même route très vite sur nous. Voyez, milord, l'inclination des mâts ! La coupe des huniers ! Milord, ce n'est pas une goélette des îles !

Que ce bâtiment fût un négrier n'offrait pas une coïncidence bien remarquable. Hornblower avait amené la *Clorinda* sous le vent de San Juan[1] dans le ferme espoir que des chargements d'esclaves se hâteraient de gagner ces parages. Car l'Espagne envisageait d'adhérer à la convention qui interdirait le commerce des Noirs ; des négriers seraient donc tentés de se hâter de faire passer leur marchandise, et de profiter des prix en hausse avant que la prohibition ne portât ses fruits. Pour les

1. Port et capitale de Porto Rico.

colonies espagnoles, le principal marché d'esclaves, c'était La Havane, à mille milles sous le vent, mais on pouvait tenir pour certain que des négriers espagnols, venant de la Côte des Esclaves, feraient d'abord escale à Porto Rico, soit pour faire leur plein d'eau douce, soit pour écouler une partie de leur cargaison. Placer la *Clorinda* de manière à les intercepter était conforme à la logique.

Hornblower prit la lunette. La goélette approchait rapidement. Sa coque était maintenant toute audessus de l'horizon, et l'amiral pouvait voir comme elle était puissamment gréée, et combien taillée pour la vitesse. Avec ces formes magnifiques, seul le transport d'une cargaison périssable, une cargaison d'êtres humains, pouvait être rentable. Il regardait encore, quand il vit les rectangles de toile rétrécir dans le sens vertical, l'écart entre les mâts grandir de façon sensible. La goélette manœuvrait pour s'éloigner de la *Clorinda,* preuve (si tant est que la preuve fût nécessaire) qu'elle était ce dont elle avait l'apparence. Venant tribord amures, elle agissait pour rester prudemment à distance et pour accroître cette distance aussi rapidement que possible.

— Monsieur Sefton ! cria sir Fell. Faites porter le grand hunier ! Suivez-la tribord amures ! Hissez les cacatois !

Ruée disciplinée, des matelots coururent aux bras tandis que d'autres se hissaient sur les vergues pour sortir plus de toile. Il ne fallut que peu de temps pour que la *Clorinda,* aussi près qu'elle pouvait être, fonçât à la poursuite. Tout son gréement brassé à bloc, et portant toute la toile que la force de l'alizé permettait, elle gîtait au maximum, plongeait dans la mer, chaque lame éclatant à son tour sur son étrave, des nappes d'embruns jaillissant vers l'arrière, ses agrès tendus à craquer. Transition remarquable, après le calme qui durait depuis si longtemps.

— Hissez les couleurs ! cria Fell. Voyons ce qu'elle dit qu'elle est !

À la lunette, Hornblower vit la goélette répondre, hisser le rouge et le jaune d'Espagne !

— Vous voyez, milord ? dit le capitaine.

Sefton, l'officier de quart, intervint :

— Pardon, cap'taine ! Je sais, moi, ce qu'elle est. Je l'ai vue deux fois à mon dernier embarquement. C'est l'*Estrella.*

— L'*Australia* ? s'exclama Fell, qui avait mal compris.

— L'*Estrella,* Monsieur. L'*Estrella del Sur,* l'*Étoile du Sud* !

— Alors, je la connais aussi ! dit Hornblower. Son capitaine s'appelle Gomez. Quand il n'en perd pas trop en route, il transporte à chaque voyage environ quatre cents esclaves !

— Quatre cents ! dit Fell.

Sur le visage du capitaine, Hornblower vit passer l'effort du calcul. À cinq livres par tête, cela ferait deux mille livres de prime, dont le quart faisait cinq cents ! Deux ans de solde d'un seul coup ! Fell regardait avidement en l'air. Il cria à l'homme de barre :

— Tenez le vent !

Puis :

— Monsieur Sefton ! Des hommes aux écoutes de l'avant !

— Elle passe sous notre vent ! dit Gerard, sa lunette à l'œil.

Il était logique de s'attendre à ce qu'une goélette aux formes fines vînt au vent mieux même que la meilleure des frégates carrées.

— Elle nous laisse derrière ! dit Hornblower, évaluant les distances et les angles.

Non seulement elle était plus près au vent, mais elle faisait route plus vite. Plus vite, mais de peu, il est vrai ; peut-être un nœud ou deux de plus, assez toutefois pour se soustraire à la poursuite.

— Je l'aurai tout de même ! dit Fell. Monsieur Sefton ! Tout le monde en haut ! Les canons en batterie du côté du vent ! Monsieur James ! Cherchez M. Noakes ! Dites-lui de vider l'eau potable ! Des hommes aux pompes, monsieur Sefton ! Pompez à bloc !

Des hommes sortaient par l'écoutille. Les sabords étaient ouverts et les servants des pièces tiraient de tout leur poids sur les palans, traînant les canons du côté du vent, les hissant sur la pente qu'offrait le pont fortement incliné. Le bruit des roues en bois sur les coutures des planches éveillait des souvenirs troublants ; il avait naguère préludé à plus d'un combat désespéré. Ici, les pièces n'étaient mises en batterie que pour empêcher le bâtiment de gîter davantage, pour lui donner une meilleure prise sur l'eau et réduire la dérive. Hornblower regardait armer les pompes ; les hommes pesaient sur les poignées de tout leur poids, de toute leur volonté ; la cadence rapide du cliquet prouvait l'ardeur avec laquelle ils étaient à l'ouvrage, pompant et rejetant par-dessus bord les vingt tonnes d'eau douce qui étaient comme le sang vital d'un bâtiment en croisière. La légère réduction de tirant d'eau qui en résulterait, jointe à la mise en batterie des pièces au vent, ajouterait quelques yards à sa vitesse.

L'appel de tous les matelots avait amené sur le pont M. Spendlove, Érasme Spendlove, le secrétaire de l'amiral. Il examinait autour de lui cette confusion organisée, de cet air de supériorité olympienne qui faisait toujours les délices de Hornblower. Spendlove affectait exprès un calme tranquille qui exaspérait les uns et amusait les autres. Mais c'était un secrétaire éminemment efficace, et Hornblower, se rendant à la recommandation de lord Exmouth, n'avait jamais regretté de l'avoir engagé.

— Vous voyez le bas peuple en plein labeur, monsieur Spendlove ! dit Hornblower.

— C'est en effet de quoi il a l'air, milord.

Spendlove aussi regardait attentivement l'*Estrella* manœuvrer sous le vent.

— J'espère, dit-il, que ce labeur ne sera pas inutile.

Fell vint à passer, affairé, regardant tour à tour en l'air puis par-dessus bord, dans la direction de l'*Estrella* :

— Monsieur Sefton ! Appelez le charpentier ! Je veux qu'on dégage les coins de calage du grand mât. Plus de jeu peut nous donner plus de vitesse !

Hornblower surprit un changement d'expression sur le visage de Spendlove. Spendlove était très calé en matière de modèles de navires ; Hornblower était, lui aussi, l'homme d'une longue expérience ; le coup d'œil qu'ils échangèrent, pour bref qu'il fût, suffit à chacun pour savoir que l'autre jugeait l'idée de Fell peu sage. Hornblower vit les haubans du grand mât du côté du vent se raidir à l'excès. Il était heureux que la *Clorinda* eût été récemment regréée.

— Me semble pas que cela fasse mieux, milord, dit Gerard, derrière sa lunette.

L'*Estrella* semblait maintenant sensiblement plus loin sur l'avant, et plus au vent. Si la goélette le voulait, elle aurait la *Clorinda* pratiquement hors de vue à midi. Hornblower vit le visage de Spendlove prendre une expression bizarre. Le secrétaire reniflait l'air, flairait d'un nez curieux le vent qui soufflait. Hornblower se souvint alors d'avoir remarqué à une ou deux reprises, sans tirer du phénomène une conclusion précise, que l'air ordinairement si pur de l'alizé portait par instants comme un soupçon d'affreuse puanteur. Il renifla aussi, aspira une autre bouffée malodorante. Vingt ans plus tôt, il avait senti cette même odeur quand une galère espagnole bourrée de galériens avait passé au vent de son navire. L'alizé qui soufflait de l'*Estrella* vers la *Clorinda* leur apportait le relent d'un bâtiment chargé d'esclaves.

— Nous pouvons être sûrs, maintenant, dit-il.

Fell essayait encore d'améliorer l'allure de la frégate :

— Monsieur Sefton ! Mettez les hommes à transporter des boulets au vent.

Au même instant, une demi-douzaine de voix crièrent ensemble :

— Elle change de cap !

— Au temps pour moi, monsieur Sefton !

La lunette de Fell, comme toutes les autres, était braquée sur l'*Estrella.* La goélette avait mis un peu de barre ; elle était en train de couper hardiment la route à la *Clorinda.*

— Quelle insolence ! s'écria Fell.

Tous regardaient, un peu anxieux, les deux bâtiments foncer sur des routes convergentes.

— Elle va nous passer hors de portée ! trancha Gerard.

La certitude devenait plus évidente à chaque seconde.

— Des hommes aux bras ! rugit Fell. Quartier-maître ! Tribord, la barre ! Doucement ! Doucement ! Comme ça !

— Deux quarts plus pleins ! dit Hornblower. Maintenant nous avons plus de chance !

L'étrave de la *Clorinda* était maintenant dirigée de manière à intercepter l'*Estrella* en un point encore éloigné, à quelques milles sur l'avant. En outre, en s'éloignant un peu du vent, comme c'était le cas maintenant pour les deux navires, il semblait probable que les voiles auriques de l'*Estrella,* ses formes élancées pourraient ne pas offrir un avantage aussi sensible.

— Prenez un relèvement, monsieur Gerard ! dit Hornblower.

Gerard alla à l'habitacle, lut attentivement le relèvement.

— Mon impression, dit Spendlove, regardant l'eau bleue, c'est qu'elle nous gagne encore !

— Dans ce cas, dit Hornblower, tout ce que nous pouvons espérer, c'est qu'elle casse quelque chose !

— On peut toujours espérer, milord, dit Spendlove.

Le regard qu'il dirigeait vers les hauts disait assez qu'il craignait plutôt que pareille aventure n'arrivât à la *Clorinda.* Car la frégate avait maintenant le vent et la mer presque par le travers. Elle gîtait beaucoup, sous toute la toile qu'elle pouvait porter, s'élevant malgré elle sur les lames qui entraient par ses sabords. Hornblower se rendit compte qu'il n'avait pas un pouce de sec et que tout le monde à bord devait être dans le même état.

— Milord, dit Gerard, vous n'avez pas encore déjeuné !

Hornblower tenta de dissimuler l'ennui que lui causait ce rappel à la raison. Il avait complètement oublié son petit déjeuner, alors qu'à un moment donné, il avait si ardemment souhaité le prendre sans tarder.

— Très juste, monsieur Gerard, dit-il.

Il avait voulu plaisanter, mais il l'avait fait maladroitement, pour avoir été pris par surprise. Il ajouta :

— … Et après ?

— Il est de mon devoir, milord, de vous le rappeler. Madame la comtesse…

— Je sais. Madame vous a chargé de veiller à ce que je prenne régulièrement mes repas ? Mais, dans son inexpérience des choses de la mer, elle n'a pas prévu la rencontre avec un négrier bon marcheur à l'heure de la soupe !

— Ne puis-je insister, milord ? Tâcher de vous persuader ?…

Maintenant qu'elle avait été comme plantée

dans son esprit, l'idée du petit déjeuner était plus séduisante que jamais. Mais descendre au cours d'une poursuite si chaudement menée était bien difficile. Il tenta de gagner du temps :

— Prenez encore ce relèvement, dit-il, avant que je ne décide !

Gerard retourna à l'habitacle.

— Le relèvement s'ouvre très nettement, milord. Elle doit gagner rapidement sur nous.

— C'est exact ! dit Spendlove, sa lunette braquée sur l'*Estrella*. Et on dirait, oui, on dirait qu'elle embraque ses écoutes. Peut-être…

Hornblower reprit sa lunette.

— Elle manœuvre encore, dit-il. Parbleu ! Voyez comme elle vire ! Regardez !

L'*Estrella* devait avoir un capitaine bien téméraire et un équipage joliment entraîné. Ils avaient embraqué les écoutes et brassé les huniers. Puis, mettant fortement de la barre, la goélette avait tourné comme une toupie sur sa quille. Sa silhouette élégante se présentait maintenant de profil. Elle faisait route pour couper de tribord à bâbord celle de la *Clorinda*, et même pas très loin.

— Sacrée insolence ! fit Hornblower.

Mais, au fond, il était plein d'admiration pour l'audace et l'habileté de la manœuvre.

Fell se tenait tout près de lui, raide, fixant la goélette impertinente, bien que le vent fouettât violemment les basques de sa vareuse. Pendant quelques secondes, il sembla que les deux bâtiments faisaient route vers le même point où fatalement ils se rencontreraient, mais l'impression ne dura guère. Même sans prendre un relèvement, il devint évident que l'*Estrella* passerait aisément sur l'avant de la frégate.

— Les pièces au recul ! hurla Fell. Pare à virer lof pour lof ! Dégagez les pièces de chasse !

Il restait possible que la goélette passât à portée des pièces de chasse ; mais tirer sur elle à longue portée, par cette mer houleuse, était risqué. S'ils mettaient un coup au but, il pouvait tout aussi bien porter dans la coque, parmi les malheureux esclaves, que dans les agrès. Hornblower était prêt à retenir Fell s'il l'avait vu décidé à tirer.

Les pièces furent mises au recul, et après un bref examen de la situation, Fell donna l'ordre de mettre la barre à tribord ; le bâtiment vint vent arrière. Dans sa lunette, Hornblower pouvait voir la goélette complètement vent de travers, au point qu'en s'élevant à la lame, elle découvrait à la vue le cuivrage de sa coque, rose sur le bleu de la mer. Il était évident qu'elle coupait la route de la frégate ; Fell le reconnut tacitement quand il ordonna de venir de nouveau de deux quarts à bâbord. Grâce à son avance de deux nœuds, grâce aussi à sa facilité plus grande de venir au vent, l'*Estrella* décrivait littéralement le cercle autour de la *Clorinda*.

— Construite exprès pour la vitesse, milord, dit Spendlove au bout de sa lunette.

La *Clorinda* l'était aussi, mais avec cette différence qu'elle était un bâtiment de guerre, fait pour porter soixante-dix tonnes d'artillerie, plus quarante tonnes de poudre et de boulets dans ses soutes. Il n'y avait pour elle nulle honte à être gagnée de vitesse et déjouée à la manœuvre par une goélette comme l'*Estrella*.

— Elle doit faire route sur San Juan, sir Thomas ! dit Hornblower.

Quand Fell se tourna vers son amiral, son visage trahissait une fureur impuissante. C'est au prix d'un effort évident qu'il se défendit de laisser échapper sa rage sous la forme de ce qui eût été torrent de blasphèmes.

Il bégayait :

— Il y a de quoi... Il y a de quoi...

— Il y a de quoi faire damner un saint ! dit Hornblower.

La *Clorinda* avait été idéalement placée à vingt milles au vent de San Juan ; l'*Estrella* lui était pour ainsi dire tombée dans les bras, mais elle avait drôlement déçu son adversaire dans cette échappée vers bâbord.

— Je veux la voir périr, milord ! dit Fell. Quartier-maître !

Il restait à couvrir le long parcours jusqu'à San Juan, à un quart du vent ; pratiquement, cela équivalait à une course de vitesse presque au départ d'un même point. Fell, donc, fit route vers San Juan. Il était évident que l'*Estrella*, confortablement hors de portée à tribord, faisait route vers le même point. Les bâtiments avaient tous deux le vent pratiquement par le travers ; cette longue course serait l'épreuve finale des qualités voilières des deux bâtiments ; c'était comme le match de deux yachts accomplissant un parcours triangulaire pendant une course dans le Solent[1]. Hornblower se souvenait que, le matin même, il avait

1. Détroit entre l'île de Wight et le comté anglais de Hants.

comparé le présent voyage à une promenade en yacht. L'expression du visage de Fell montrait que le capitaine ne considérait pas du tout cela sous le même jour. Fell était sérieux tout de bon, et non point en raison de sentiments philanthropiques en rapport avec l'esclavage ; ce qu'il voulait, c'était la prime par tête d'esclave libéré.

— Et votre déjeuner, milord ? dit Gerard.

Un officier, touchant son chapeau, demanda à Fell s'il pouvait considérer qu'il était midi.

— D'accord ! dit Fell.

Le cri bienvenu de « Les hommes non de quart à dîner ! » courut par tout le bâtiment.

— Milord ne va-t-il pas déjeuner ? dit encore Gerard.

— Attendons d'avoir vu ce qu'il advient de cette poursuite ! dit l'amiral.

L'air désespéré de Gerard le fit rire.

— Je suppose, dit-il, qu'il s'agit de votre déjeuner autant que du mien ? Vous n'avez rien pris ce matin ?

— Non, milord.

— Je vois que j'affame mes jeunes gens, dit Hornblower, regardant tour à tour Gerard et Spendlove.

L'expression du secrétaire demeurait si singulièrement indifférente que Hornblower dut se rappeler ce qu'il savait déjà de lui.

— ... Je parie une guinée, dit-il, que Spendlove n'a pas passé toute la matinée sans manger !

Un large sourire lui répondit :

— Je ne suis pas un marin, moi, dit Spendlove. Mais depuis que je suis à bord, j'ai appris une chose, c'est qu'il faut saisir au passage tout repas qui passe à votre portée. L'or des contes de fées ne s'évanouit pas plus vite, en mer, que l'occasion de manger !

— Ainsi, pendant que votre amiral avait faim, c'est l'estomac bien garni que vous vous promeniez sur ce pont ? Vous devriez avoir honte !

— Cette honte, je la ressens, milord, aussi profondément que l'occasion le mérite !

Spendlove avait évidemment tout le tact qu'exige le secrétariat d'un amiral.

— Des hommes aux bras de grand-voile ! hurla Fell.

Avec le vent par le travers, la *Clorinda* volait sur la mer bleue. C'était sa meilleure allure et Fell faisait ce qu'il pouvait pour qu'elle rendît le maximum. Hornblower regardait l'*Estrella.*

— Il me semble, dit-il, que nous restons en arrière.

— Je le pense aussi, milord, dit Gerard, après un coup d'œil dans la même direction.

Il fit quelques pas, prit un relèvement. Fell le suivit des yeux, d'un air irrité, avant de se tourner vers Hornblower.

— J'espère, milord, dit-il, que vous serez d'accord avec moi ? La *Clorinda* a fait tout ce dont un bâtiment est capable ?

— Certainement, sir Thomas.

Fell voulait dire qu'aucune faute ne pouvait lui être reprochée dans la manœuvre du navire ; bien que convaincu que lui-même eût pu faire mieux, Hornblower ne doutait pas qu'en dépit de toutes les tentatives possibles, l'*Estrella* aurait échappé à la capture.

— Cette goélette est ensorcelée ! dit Fell. Regardez-la, milord !

Les belles formes de l'*Estrella* et sa voilure magnifique étaient évidentes, même à cette distance.

— C'est un beau bâtiment ! dit Hornblower.

— Pas de doute, elle nous passe, annonça Gerard, encore dans l'habitacle.

— Ce qui nous passe, dit Fell, amer, c'est cinq cents livres, et sous le nez !

Il avait vraiment besoin d'argent.

— Quartier-maître ! Laissez porter. Des hommes aux bras !

Il fit venir la *Clorinda* un peu plus près du vent, examina le comportement du navire avant de se retourner vers Hornblower.

— Je n'abandonnerai pas, milord, dit-il, avant d'y être absolument obligé !

— Vous avez raison, dit Hornblower.

Il y avait un air de résignation, peut-être même de désespoir dans l'expression de Fell. Ce n'était d'ailleurs pas seulement l'idée de l'argent perdu qui le contrariait, Hornblower s'en rendait compte. Il était évident que le rapport de l'amiral disant que Fell, ayant tenté de capturer l'*Estrella*, avait échoué, arriverait jusqu'à l'Amirauté. Même si le rapport minimisait l'échec, ce n'en serait pas moins un échec ! Et cet échec signifiait que Fell, après ces deux années de commandement, n'en aurait plus jamais d'autre. Pour chaque capitaine ayant un commandement dans la Marine royale, vingt autres étaient avides d'obtenir la même désignation. La moindre faute servirait de raison pour mettre un terme à une carrière ; il n'en pouvait être autrement. Désormais, Fell pouvait redouter de passer le reste de sa vie à la demi-solde. Mme Fell était ambitieuse et dépensière. Pas étonnant que les joues de Fell, ordinairement de la plus belle couleur, eussent pris cette teinte grisâtre.

Le léger changement de route que Fell avait ordonné était vraiment un suprême aveu de défaite. La *Clorinda* ne gardait sa position au vent qu'au prix de voir l'*Estrella* progresser davantage.

— Je crains bien qu'elle nous batte aisément avant l'entrée à San Juan, poursuivait Fell avec un stoïcisme admirable.

Droit sur l'avant, la ligne violette qui marquait à l'horizon les collines de Porto Rico devenait plus précise.

— ... Quels ordres avez-vous pour moi, dans ce cas, milord ?

Hornblower répondit par une question :

— Combien d'eau avez-vous gardé à bord ?

— Cinq tonnes, milord. Soit six jours, à ration réduite.

— Six jours ? répéta l'amiral, comme se parlant à lui-même.

Cela créait une complication ennuyeuse. Le territoire britannique le plus proche était à cent milles au vent.

— Il fallait que j'essaie d'alléger le bâtiment, milord, dit Fell pour se justifier.

— Je sais. Je sais.

Hornblower se sentait toujours irrité quand il entendait quelqu'un s'excuser.

— Eh bien, dit-il, nous suivrons l'*Estrella* dans le port si nous ne la rattrapons pas avant !

— Sera-ce une visite officielle, milord ? se hâta de dire Gerard.

— Cela ne peut guère être autre chose, avec mon pavillon battant.

Hornblower ne prenait aucun plaisir aux visites officielles. Mais autant faire d'une pierre deux coups.

— ... Il est temps que je rencontre les autorités espagnoles. Nous ferons de l'eau douce en même temps !

— Bien, milord.

L'amiral était en train de se dire, non sans humeur, qu'une visite de cérémonie dans un port étranger coûterait beaucoup à son état-major, mais davantage encore à lui-même.

— Je vais prendre mon petit déjeuner, avant que quelque chose ne vienne encore le retarder !

Son optimisme du matin s'était pour lors complètement évanoui. Il eût été maintenant d'une humeur chagrine s'il s'était permis d'y céder.

Quand il reparut sur le pont, l'échec de la poursuite n'était que trop certain. La goélette avait trois bons milles d'avance ; elle avait dépassé la *Clorinda* au point que l'amiral se trouvait à présent presque dans son sillage. Les côtes de Porto Rico étaient maintenant bien visibles. L'*Estrella* entrait dans les eaux territoriales ; elle était en sécurité. L'équipage de la frégate s'occupait activement, dans toutes les parties du navire, à mettre les choses dans cet état de perfection (guère plus parfait à vrai dire que celui qui y régnait sans cesse) qu'un bâtiment britannique se doit d'exhiber quand il entre dans un port étranger et s'expose à l'inspection jalouse de visiteurs non britanniques. Le pont avait été briqué et sa blancheur sous le soleil tropical était éblouissante ; l'éclat des cuivres était insupportable quand ils accrochaient le soleil ; les sabres d'abordage jetaient des éclairs, rangés en faisceaux décoratifs sur le château arrière ; des cordages de coton blanc étaient en train d'être lovés partout, ornés de ces nœuds savants qu'on appelle des têtes de Maures.

— Très bien, sir Thomas ! dit Hornblower.

— À San Juan, milord, dit Spendlove, l'autorité est représentée par un capitaine général.

— Oui. Je devrai lui faire une visite. Sir Thomas, je vous serais obligé de bien vouloir m'accompagner.

— Bien, milord.

— Avec votre écharpe et votre étoile, je le crains.

— Bien, milord.

En 1813, Fell avait reçu l'ordre du Bain, après un combat furieux à bord d'une frégate. Récompense qui avait gratifié son courage plutôt que son habileté professionnelle.

— La goélette embarque un pilote ! cria la vigie.

— Ce sera bientôt notre tour, dit Hornblower, il est temps de nous apprêter à recevoir nos hôtes. J'espère qu'ils seront contents que nous arrivions après l'heure de la sieste.

C'était aussi l'heure où la brise de mer commençait à souffler. Le pilote qu'ils prirent à bord, un quarteron, beau et de grande taille, fit entrer le bâtiment sans difficulté ; Fell se tenait à ses côtés, dévoré d'inquiétude. Dégagé de ce genre de responsabilité, Hornblower était libre de se porter à l'avant, près de la coupée, pour regarder les approches de la ville. C'était le temps de paix, mais l'Espagne avait été une ennemie ; elle pouvait le redevenir. Rien ne serait perdu si Hornblower connaissait les défenses, autant que possible de première main. Il ne mit guère de temps à comprendre pourquoi San Juan n'avait jamais été attaquée, sans même dire : conquise, par les nombreux ennemis de l'Espagne, durant la déjà longue existence de la cité. C'est qu'elle était entourée d'une haute muraille en maçonnerie épaisse, avec fossés, bastions, douves et ponts-levis. Sur la haute falaise à pic qui surplombait l'entrée, l'artillerie du château Morro en couvrait et en défendait les approches. Il y avait une autre forteresse (ce devait être San Cristobal) et les batteries se succédaient le long du front de mer, garnies de canons lourds qu'on apercevait par les embrasures. Il faudrait un blocus en règle, mené par une armée nombreuse et une artillerie de siège, pour faire impression sur San Juan, aussi longtemps que la ville aurait pour la défendre une garnison adéquate.

La brise de mer les amena à l'ouvert de la passe d'entrée. La *Clorinda* connut l'habituelle incertitude sur le point de savoir si les Espagnols seraient disposés à saluer le drapeau anglais. L'inquiétude fut vite dissipée : presque tout de suite les canons du Morro se mirent à faire tonner leur réponse. Hornblower se tenait au garde-à-vous tandis que le bâtiment pénétrait dans le port, la pièce de salut tirant à des intervalles admirablement réguliers. Les hommes serraient les voiles à une allure qui leur faisait honneur. Hornblower regardait discrètement la terre, sous le bord de son bicorne ; puis la *Clorinda* lofa, et le câble de l'ancre gronda dans l'écubier. Un officier fortement hâlé, revêtu d'un bel uniforme, monta à bord, et dans un anglais passable, se présenta comme étant l'officier de santé. Fell déclara que la *Clorinda* n'avait connu aucune maladie contagieuse au cours des vingt et une dernières journées de son voyage.

Maintenant qu'on était dans le port, où la brise de mer circulait plus difficilement, la chaleur était écrasante dans le bâtiment immobile. Sous son uniforme pesant, Hornblower sentit bientôt la transpiration lui mouiller la chemise. Mal à l'aise, il tordait le cou d'un côté et de l'autre, étranglé par sa cravate empesée. Un geste de Gerard, debout près de lui, lui montra ce qu'il avait déjà aperçu : sous sa belle peinture blanche, l'*Estrella del Sur* brillait non loin d'eux, contre l'appontement. Par ses écoutilles ouvertes, une odeur forte venait aux narines. Un groupe de soldats, vestes bleues et baudriers blancs, était aligné sur le quai, sans ordre, sous le commandement d'un sergent. De l'intérieur de la cale de l'*Estrella* venaient des gémissements prolongés, des plaintes lamentables. Une kyrielle de Noirs, nus, sortaient péniblement par l'écoutille. À peine s'ils pouvaient marcher ; certains d'entre eux étaient si faibles qu'on les voyait tomber sur les mains et sur les genoux, avancer ainsi sur le pont, puis sur la jetée, à quatre pattes.

— Ils déchargent leur cargaison ! dit Gerard.

— Au moins une partie, dit Hornblower.

En moins d'une année, il avait appris bien des choses sur le commerce des esclaves. Il savait que la demande, à Porto Rico, était peu importante, comparée à celle de La Havane. Pendant la traversée, ces Noirs avaient été confinés dans l'entrepont, entassés les uns sur les autres, emboîtés à la façon des cuillers dans un écrin, c'est-à-dire couchés sur le côté, les genoux pliés dans le creux des genoux du voisin. Il était naturel de s'attendre à ce que le capitaine de l'*Estrella* saisît cette occasion d'aérer son chargement périssable.

Un appel, par-dessus le bord, détourna leur attention. Il venait d'un canot portant à l'avant les couleurs de l'Espagne ; un officier en brillant uniforme dont les galons dorés accrochaient le soleil couchant se tenait assis dans la chambre.

— Voici venir les autorités ! dit Hornblower.

La garde fut appelée et l'officier monta à bord au bruit des sifflets des seconds maîtres, la main correctement levée pour le salut. Hornblower se rapprocha de Fell pour accueillir le visiteur. L'officier se présenta ; il parlait l'espagnol. Hornblower se rendit compte que Fell ne connaissait pas cette langue.

— Major Mendez-Castillo ! Premier aide de camp de Son Excellence le capitaine général de Porto Rico !

Grand, mince, une fine moustache comme collée avec du blanc de maquillage, l'Espagnol regardait autour de lui, l'air ironique, comme s'il hésitait à se confier à deux officiers portant l'un et l'autre l'étoile et le cordon rouge.

— Soyez le bienvenu, major, dit Hornblower. Je suis le contre-amiral lord Hornblower, commandant en chef des vaisseaux de Sa Majesté britannique dans les eaux des Caraïbes. Permettez-moi de vous présenter le capitaine, sir Thomas Fell, qui commande la *Clorinda* de Sa Majesté.

Mendez-Castillo saluait, soulagé maintenant de savoir lequel était l'un, lequel était l'autre.

— Bienvenue à Porto Rico, Excellence ! dit-il. Nous avions naturellement entendu dire que le célèbre lord Hornblower était commandant en chef par ici, et depuis longtemps nous espérions sa visite.

— Mille fois merci !

— Et bienvenue à vous, capitaine, et à votre bâtiment, ajouta vivement Mendez-Castillo, soucieux de faire oublier qu'il avait été, de toute évidence, si captivé par sa rencontre avec le fameux Hornblower qu'il avait accordé trop peu d'attention à un capitaine.

Fell s'inclina gauchement. Traduire n'était pas nécessaire.

— Son Excellence m'a donné mission, poursuivait l'Espagnol, de m'informer de quelle façon Son Excellence peut être utile à Votre Excellence, à l'occasion de sa visite ?

La phrase, difficile, était plus pompeuse encore en espagnol qu'en anglais. En même temps que Mendez-Castillo parlait, son regard s'arrêta un instant sur l'*Estrella*. Il était évident que tous les détails concernant la tentative d'interception de la *Clorinda* étaient connus. Une grande partie de la poursuite infructueuse devait avoir été visible du Morro. Quelque chose dans l'attitude du major donnait l'impression que le sujet de l'*Estrella* ne prêtait pas à discussion.

— Nous n'avons l'intention, major, dit Hornblower, que de faire ici un très bref séjour. Le capitaine Fell désire renouveler sa provision d'eau douce.

L'expression de Mendez-Castillo s'adoucit sur-le-champ :

— Bien sûr, dit-il vivement. Rien de plus facile. Je vais donner des ordres au capitaine de port pour qu'il accorde toutes facilités.

— Vous êtes trop aimable, major.

On échangea de nouvelles salutations ; Fell s'y joignit, bien qu'ignorant ce qui venait d'être dit.

— Son Excellence m'a également chargé de vous dire qu'il espère que Votre Excellence lui fera l'honneur d'une visite.

— J'avais moi-même espéré que Son Excellence aurait la bonté de m'inviter à l'aller voir !

— Son Excellence sera enchantée de l'apprendre. Peut-être Votre Excellence voudra-t-elle que cette visite ait lieu dès ce soir ? Son Excellence serait ravie de recevoir Votre Excellence à huit heures, en même temps que les membres de l'état-major de Votre Excellence, à la Fortaleza, le palais de Santa Catalina.

— Son Excellence a trop de bonté ! Nous serons naturellement enchantés.

— Je vais donc informer Son Excellence. Peut-être Votre Excellence trouvera-t-elle agréable que je revienne à bord à cette heure-là pour escorter Votre Excellence et les personnes qui l'accompagneront ?

— Nous vous en serons tous très obligés, major.

Mendez-Castillo prit congé, après une dernière allusion au commandant de port et à l'approvisionnement en eau douce. Hornblower traduisit brièvement le propos à Fell.

Un autre visiteur arrivait par bâbord, trapu, vêtu d'éblouissante toile blanche et portant un chapeau à très larges bords qu'il enleva avec une scrupuleuse politesse dès qu'il eut atteint le gaillard d'arrière. Hornblower le vit s'adresser à l'aspirant de quart, qui parut hésiter, regarda autour de lui, comme s'efforçant de prendre un parti, cherchant à savoir s'il devait ou non donner satisfaction au visiteur.

— Aspirant, dit Hornblower, que désire ce gentilhomme ?

Il lui était bien facile de le deviner. La visite pouvait fournir une occasion de prendre contact avec le rivage autrement que par les canaux officiels, occasion en tout temps souhaitable, et davantage en ce moment-ci. Le visiteur s'avança ; ses yeux bleus, clairs, un peu railleurs, étudiaient Hornblower tandis qu'il marchait à sa rencontre.

— Milord ? dit-il.

Celui-là, au moins, reconnaissait un uniforme d'amiral quand il le voyait.

— Oui. Je suis l'amiral lord Hornblower.

— Je crains de vous importuner, milord, en vous parlant de ce qui m'intéresse.

Il parlait l'anglais comme un Anglais, peut-être comme un Anglais des bords de la Tyne, mais aussi, de toute évidence, comme s'il n'avait plus parlé sa langue depuis très longtemps.

— De quoi s'agit-il ?

— Je suis monté à bord pour voir votre steward, l'officier du carré et le commissaire. Je suis, milord, le principal marchand du port en fournitures pour la marine, pour vous servir. Bœuf, poulets, pain frais, fruits, légumes…

— Comment vous appelez-vous ?

— Eduardo Stuart, Edward Stuart, milord. Premier lieutenant du brick *Colombine* ! Capturé en 1806, milord, et amené ici prisonnier ! Je m'y suis fait des amis et, en 1808, quand les Espagnols ont changé de camp, je me suis établi « ship chandler ». Je le suis resté depuis lors.

Hornblower étudiait le bonhomme autant que le bonhomme l'étudiait. Il devinait beaucoup de choses qui n'étaient pas explicitement exprimées : un riche mariage, et probablement une conversion religieuse, à moins que ce Stuart ne fût né catholique, chose possible, après tout.

— ... Je suis entièrement à votre service, milord, poursuivait Stuart, les yeux dans les yeux de Hornblower.

— Je vous mettrai dans un instant en rapport avec le commissaire, dit Hornblower, mais d'abord, dites-moi quelle impression a faite ici notre arrivée ?

Le visage de Stuart se rida pour sourire.

— Toute la ville, milord, dit-il, a suivi votre chasse à l'*Estrella del Sur* !

— Je m'en doutais.

— Tous se sont réjouis quand ils ont vu que la goélette vous avait échappé. Quand ils vous ont vu gagner le port, ils ont armé les batteries.

— Ah ? Vraiment ?

La réputation qu'avait la Marine royale de passer à l'action d'une façon à la fois hardie et autoritaire devait encore être très vivace, même si l'on avait craint un moment qu'une simple frégate pût tenter de s'emparer d'une prise qui se trouvait à l'abri d'un port aussi bien gardé que l'était celui de San Juan.

— Au bout de dix minutes, milord, votre nom courait les rues.

Le regard de Hornblower le rassura. L'amiral savait qu'on ne lui faisait pas un compliment oiseux.

— Et que va faire à présent l'*Estrella* ?

— Elle n'est venue au port que pour débarquer des esclaves malades et refaire de l'eau, milord. Le marché aux esclaves n'est pas très florissant ici. L'*Estrella* va repartir pour La Havane. Bientôt. C'est-à-dire dès qu'elle sera sûre de vos propres mouvements.

— Bientôt ? Est-ce à dire : tout de suite ?

— Elle partira demain à l'aube, milord, avec la brise de terre, à moins que vous ne soyez déjà hors du port !

— Je ne compte pas y être.

— Alors, elle partira, milord, sans aucun doute. Car elle veut débarquer et vendre sa cargaison à La Havane avant que l'Espagne ait signé la convention.

— Je vois, dit Hornblower. Je comprends.

Qu'est-ce donc qui soudain s'éveillait en lui ? Il reconnaissait tous les vieux symptômes, parfaitement identifiables : le battement plus rapide du cœur, la sensation de chaleur sous la peau, une impatience générale. Sous l'horizon de son esprit, quelque chose se levait, l'aurore d'une idée. Une seconde plus tard, l'idée émergeait, encore un peu vague, comme un atterrissage dans la brume, mais certaine, rassurante, comme tout atterrissage normal. Et plus haut, encore au-dessus de l'horizon, planaient d'autres idées, des idées qui ne se laissaient encore que deviner. Hornblower ne put se retenir de se tourner vers l'*Estrella*, étudiant la situation du point de vue tactique, cherchant d'autres inspirations, soumettant à l'épreuve de sa propre critique ce qu'il avait déjà imaginé.

Tout ce qu'il put faire fut de remercier Stuart sans trahir l'émotion qu'il éprouvait, et sans brusquer la fin de l'entretien d'une manière qui parût suspecte. Un mot à Fell, pour s'assurer que ce serait Stuart qui serait chargé de ravitailler la *Clorinda* ; puis, d'un geste écartant les remerciements, l'amiral s'éloigna, l'air aussi nonchalant qu'il était capable de feindre.

Un grand affairement régnait autour de l'*Estrella*, comme d'ailleurs autour de la *Clorinda*. On emplissait, on embarquait les barriques d'eau douce. Penser n'était pas très facile par cette chaleur, dans ce vacarme, au sein de l'agitation qui régnait sur le pont.

La nuit allait venir ; puis il serait huit heures, l'heure à laquelle il lui fallait faire la visite au capitaine général. Il était évident que tout devait être conçu, pesé, examiné avant cette visite.

Tout cela était compliqué. Les idées se succédaient, s'enchaînaient, dérivaient l'une de l'autre, comme dans les boîtes chinoises ; il fallait les examiner toutes au passage, et dans un éclair. Le soleil avait disparu derrière les collines, laissant après lui, au moment de disparaître, un ciel tout enflammé. Hornblower appela Spendlove.

L'agitation qu'il éprouvait durcissait sa voix :

— Monsieur Spendlove ! Descendez, s'il vous plaît !

Une chaleur étouffante régnait dans la cabine. Le ciel rouge entrait par les fenêtres, reflété dans l'eau des bassins. À la lumière des lampes, l'effet se dissipa. Hornblower s'était jeté dans son fauteuil ; Spendlove le dévisageait, le scrutait ; aucun doute, son commandant en chef, dont il connaissait l'humeur instable, avait l'un ou l'autre projet en tête. Mais Spendlove lui-même fut confondu d'entendre de la bouche de l'amiral le plan singulier qu'il développa, encore plus interdit par l'ordre qu'il reçut. Si interdit qu'il se risqua à faire une objection :

— Mais, milord…

— Monsieur Spendlove, exécutez mes ordres ! Plus un mot là-dessus !

— Bien, milord.

Spendlove sortit de la cabine. Hornblower resta seul. Les minutes passaient, lentes, précieuses. Il restait peu de temps avant les visites officielles. Enfin quelqu'un frappa. C'était Fell, un Fell apparemment très ému :

— Milord, pouvez-vous me consacrer quelques instants ?

— Je vous reçois toujours avec plaisir, sir Thomas.

— Il s'agit, milord, d'une chose… inusitée. Je voudrais… faire une suggestion, une suggestion un peu… anormale, et même… exceptionnelle.

— Les suggestions aussi sont toujours les bienvenues, sir Thomas. Asseyez-vous. Parlez ! Il nous reste à peu près une heure avant d'aller à terre. Je vous écoute.

Fell s'était assis, raide sur sa chaise, ses mains serrant ses bras. Il commença par avaler deux fois sa salive. L'amiral voyait sans plaisir un homme qui avait bravé le fer et le feu, la mort imminente, avoir peur de lui. Il était mal à l'aise.

— Milord…

Fell avala encore.

— Parlez donc, sir Thomas ! Je suis tout oreilles.

— Milord, il m'est venu à l'idée que nous pourrions encore avoir une chance avec l'*Estrella* !

— Vraiment, sir Thomas ? Rien ne pourrait me causer plus de plaisir. Que suggérez-vous ?

— Eh bien, milord, l'*Estrella* prend la mer demain. Probablement à l'aube, avec la brise de terre. Nous pourrions, ce soir, attacher une drague à sa quille, peut-être même au gouvernail. Vu qu'elle ne fait qu'un nœud ou deux de plus que nous, nous pourrions, si elle était lestée de ce boulet, la rattraper au large…

— Voilà qui est fameux, sir Thomas ! Très ingénieux ! Mais rien de plus que ce qu'on peut attendre d'un marin de votre réputation, laissez-moi vous le dire.

— Vous êtes trop aimable, milord.

Le visage de Fell ne révélait que trop clairement la lutte qui se déroulait en lui. Il hésita encore un instant avant d'avouer :

— C'est Spendlove, votre secrétaire, milord, qui m'a mis cette idée en tête.

— Spendlove ? À peine si je puis y croire !

— Il n'a pas dû oser vous l'exposer lui-même, milord. Alors il est venu m'en parler.

— Je suis certain qu'il n'a fait que mettre en

mouvement le mécanisme de votre propre esprit, sir Thomas ! Quoi qu'il en soit, et puisque vous assumez la responsabilité de l'entreprise, le crédit doit être le vôtre. Cela va de soi, si le crédit doit être accordé à quelqu'un. Espérons qu'il sera considérable…

— Merci, milord.

— Maintenant, sir Thomas, parlons de cette drague. Que suggérez-vous ?

— Pas besoin, milord, que ce soit plus qu'une grande ancre. Un morceau de toile numéro 1 cousu en forme d'entonnoir, c'est-à-dire un des bouts plus large que l'autre…

— Même ainsi, il faudrait qu'il soit renforcé. Même une toile numéro 1 ne pourrait résister à l'effort de l'*Estrella* marchant à douze nœuds !

— Si, milord. J'en suis sûr. De la toile en plusieurs épaisseurs. Rien de plus facile. Nous avons à bord une chaîne de sous-barbe qui ne sert pas. Elle pourrait être capelée autour de l'ouverture de l'entonnoir.

— Et attachée à l'*Estrella*, pour prendre le gros de l'effort ?

— Oui, milord. C'est ce que je pensais.

— Cela servirait à maintenir la drague sous l'eau, donc hors de vue…

— Oui, milord.

Fell trouvait très encourageant que l'amiral eût compris si vite l'aspect technique de l'affaire. Son agitation du premier instant faisait place à de l'enthousiasme.

— Et où proposez-vous d'attacher cette drague ?

— Eh bien… j'ai pensé… enfin Spendlove,

milord, suggérait qu'elle pourrait être passée par-dessus l'un des aiguillots inférieurs du gouvernail.

— Cela risquerait d'arracher la barre quand la drague exercera toute sa force.

— Cela aussi servirait notre projet, milord !

— En effet.

Fell se leva, alla jusqu'à la fenêtre ouverte.

— Vous ne pouvez la voir d'ici, milord, mouillés comme nous sommes, mais vous pouvez entendre !

— Et aussi sentir ! fit Hornblower, debout près de Fell.

— Oui, milord. Ils sont en train de la pomper. Mais comme je disais, vous pouvez entendre.

En même temps que la puanteur, l'eau leur portait très clairement les plaintes incessantes des malheureux esclaves. Hornblower croyait même percevoir le cliquetis des fers de leurs chaînes.

— Sir Thomas, dit-il, je crois que vous devriez affaler un canot. Il ramerait la garde, cette nuit, autour de la *Clorinda.*

— Un canot de ronde, milord ?

Fell n'avait pas compris tout de suite. En temps de paix, des précautions méticuleuses contre la désertion n'étaient pas nécessaires.

— Bien sûr. La moitié de ces gens seraient par-dessus bord à nager vers la rive, dès la nuit tombée. Vous devez comprendre cela, sir Thomas ? Et d'ailleurs, un canot de ronde empêchera la vente d'alcool par les sabords.

— Euh… oui. Je veux bien, milord.

Il était évident que Fell n'avait pas compris ce que la suggestion comportait. Hornblower devait tout préparer.

— Mettons donc un canot de ronde, dès maintenant, avant la tombée de la nuit. J'expliquerai aux autorités pourquoi c'est nécessaire. Puis, le moment venu…

— Oui, nous aurons déjà un canot sur l'eau !

Fell comprenait enfin.

— Un canot dont la présence n'aura de quoi étonner personne ! dit l'amiral.

— Évidemment !

La rougeur du soleil couchant éclairait le visage de Fell, un Fell tout allumé par l'émotion.

— Je donne les ordres, milord ?

— Spendlove a tous les chiffres sur la langue. Laissez-le calculer les mesures. Voulez-vous, sir Thomas, le prier de venir ?

La cabine fut bientôt pleine de gens. Spendlove était arrivé le premier ; après lui on avait envoyé chercher Gerard, puis Sefton, le premier lieutenant. Ensuite ce furent le voilier, l'armurier, le charpentier, enfin le maître d'équipage. Le voilier était un Suédois d'un certain âge qui, vingt ans plus tôt, arrêté au cours d'une rafle par la presse, avait été forcé de joindre la Marine britannique, et qui depuis était resté marin. Son visage ridé s'étoila d'un sourire, comme une fenêtre brisée, quand l'astuce du plan se fit jour en lui, après qu'il lui eut été exposé. À peine s'il put se retenir de se taper joyeusement sur la cuisse. Il se souvint à temps qu'il était en l'auguste présence de son amiral et de son capitaine. Spendlove esquissait sur le papier le dessin de la drague. Gerard regardait par-dessus son épaule.

— Je pourrais peut-être avoir un mot à dire, moi aussi ? demanda Hornblower.

Chacun s'était tourné vers lui. Son regard croisa celui de Spendlove, assez tôt pour empêcher le secrétaire de révéler d'où venait l'idée.

— Oui, milord, dit Fell.

— Je suggère, dit l'amiral, qu'un bout de bitord soit attaché à la pointe de la drague, l'autre bout étant fixé à la chaîne. Un simple toron suffira à ramener en avant la pointe de la drague pendant que l'*Estrella* sera en route. Quand la goélette mettra toute sa toile…

— … Le fil se brisera ! dit Spendlove, et la drague prendra l'eau ! Milord, vous avez raison !

— Et l'*Estrella* sera à nous ! conclut Hornblower. Espérons !

— L'idée, milord, est excellente, dit Fell.

N'y avait-il pas un peu de condescendance, un air léger de protection, dans ce propos du capitaine ? Hornblower en fut piqué. Déjà Fell était convaincu que le plan était le sien, malgré l'aveu que Spendlove y avait contribué. Il permettait généreusement à Hornblower d'ajouter de son cru une suggestion dérisoire. Hornblower refréna ce mouvement irrité, le mua en un ricanement cynique aux dépens des faiblesses de la nature humaine, et finit par dire, modestement :

— Dans cette atmosphère grouillante d'idées il est difficile de ne pas être un peu… contaminé !

— Oui… oui, milord, dit Gerard, observant son amiral d'un air bizarre.

Gerard était trop fin, il connaissait trop bien Hornblower pour ne pas saisir cet accent de fausse modestie. Il fut même sur le point de deviner la vérité.

— Aucun besoin, monsieur Gerard, de plonger votre aviron dans l'eau ! lui jeta Hornblower. Dois-je vous rappeler à votre devoir ? Où est mon dîner ? Faut-il que je meure sans cesse de faim quand je suis livré à vos soins ? Que dira lady Barbara quand elle saura que vous me laissez sans manger ?

— Je vous demande pardon, milord, bégaya Gerard, déconcerté. J'avais complètement oublié...

Son embarras était extrême ; il se tournait d'un côté, de l'autre. On eût dit qu'il cherchait des yeux le dîner absent dans la cabine encombrée.

— Il n'est plus temps, maintenant, dit l'amiral.

Jusqu'au moment où il avait été nécessaire de détourner l'attention de Gerard, lui-même avait oublié qu'il avait envie de manger.

— Espérons que Son Excellence nous offrira une collation !

— Il faut que je m'excuse, milord, dit Fell, embarrassé à son tour.

— De rien, sir Thomas. De rien. Nous sommes, vous et moi, dans les mêmes conditions. Voyons ce dessin, monsieur Spendlove !

Il était sans cesse amené à jouer le rôle du vieux monsieur irritable, lui qui l'était si peu. Il put de nouveau se détendre, tandis que tous les marins présents examinaient de nouveau les détails de l'agencement de la drague. Il y donna toute son approbation.

— Je suppose, sir Thomas, que vous confierez la surveillance des travaux à M. Sefton pendant que nous serons à terre ?

Fell s'inclina pour se déclarer d'accord.

— M. Spendlove restera à votre disposition, monsieur Sefton. M. Gerard nous accompagnera. Je ne sais ce que vous avez décidé, sir Thomas, mais je voudrais suggérer qu'un lieutenant et un aspirant assistent aussi à la réception de Son Excellence.

— Bien, milord.

— Je suis certain, monsieur Sefton, que je puis me fier à vous pour que le travail soit terminé à notre retour, c'est-à-dire pendant le quart de minuit à quatre heures.

— Oui, milord.

Tout était donc réglé, à l'exception de la longueur de l'attente. C'était un peu, comme pendant la guerre, un moment critique en perspective, et dans un très proche avenir.

— Milord veut-il dîner maintenant ? fit Gerard.

Hornblower ne désirait pas dîner. Il était las, maintenant que tout était décidé, que la tension était relâchée.

— J'appellerai Giles si je veux manger, dit-il, promenant les yeux sur tous les visages.

Ce qu'il désirait, c'était congédier tous ces gens ; il cherchait le moyen de le faire sans impolitesse.

— Dans ce cas, milord, je vais vaquer à mes autres devoirs, dit Fell, faisant preuve soudain d'un tact surprenant.

— Très bien, sir Thomas. Merci.

La cabine se vida. D'un regard, Hornblower put décider Gerard à renoncer à la tendance qu'avait l'aide de camp à s'attarder après les autres. Il put enfin se renverser dans son fauteuil et se détendre, feindre de ne pas voir Giles qui apportait une autre lampe allumée. Le bâtiment retentissait du va-et-vient de l'approvisionnement en eau douce : réas criant dans les poulies, pompes cliquetant, ordres criés d'une voix rauque. Bruit suffisant pour distraire ses pensées et les empêcher de suivre un cours régulier. Il somnolait même un peu quand un coup frappé à sa porte précéda l'arrivée d'un aspirant.

— Les respects du capitaine, milord. L'embarcation du gouverneur approche.

— Mes compliments au capitaine ! Je monte sur le pont.

L'embarcation était éclairée par une lanterne qui, suspendue par-dessus la chambre, brillait dans l'ombre du port, éclairant l'uniforme resplendissant de Mendez-Castillo. Aspirant, lieutenants, capitaine, amiral, descendirent dans l'ordre inverse de préséance ; de puissants coups d'avirons les portèrent, sur les eaux noires, vers la cité où brillaient des lumières. Ils passèrent tout près de l'*Estrella* ; une lanterne était suspendue dans son gréement ; un grand calme régnait à bord ; la goélette avait fini de faire de l'eau.

Néanmoins, des plaintes montaient par ses panneaux ouverts, ininterrompues. Les esclaves déploraient-ils le départ de ceux d'entre eux qui avaient été débarqués ? Ou bien donnaient-ils une voix à la crainte de ce que leur réservait l'avenir ? Hornblower se disait que ces malheureux, enlevés à leurs foyers, entassés dans un bâtiment comme jamais encore ils n'en avaient vu de semblable, gardés par des Blancs (des visages pâles devaient leur paraître aussi extraordinaires que seraient pour des Européens des visages vert émeraude), ne pouvaient avoir aucune idée du destin qui les attendait, pas plus que lui-même n'eût pu imaginer son sort, si on l'avait, par ruse ou par force, enlevé et porté sur une autre planète.

— Son Excellence, dit Mendez-Castillo, a eu le plaisir de décider qu'il recevrait Votre Excellence en grande cérémonie.

— C'est très aimable à Son Excellence, répondit Hornblower, se rappelant à ses devoirs au prix d'un effort, et s'exprimant en espagnol avec non moins de difficulté.

La barre fut renversée ; le canot vira brusquement de bord ; un coude fut doublé, qui révéla un appontement brillamment éclairé, et au-delà, un grand portail, une voûte massive. Le canot rangea l'appontement où cinq ou six uniformes se tenaient au garde-à-vous, tandis que les passagers mettaient pied à terre.

— Par ici, Excellence ! murmura Mendez-Castillo.

Ils passèrent sous le portail, sous la voûte, et se trouvèrent dans une cour éclairée par un grand nombre de lanternes ; des rangées de soldats étaient là, alignés sur des lignes triples.

Comme Hornblower pénétrait dans la cour, l'ordre partit de présenter les mousquets. Au même instant, une fanfare éclata. Ennemie de toute musique, l'oreille de l'amiral perçut ce qui lui fit l'effet d'un braiment saccadé. Il s'immobilisa au garde-à-vous, la main à son bicorne ; ses officiers firent de même jusqu'à ce que cessât le bruit assourdissant, multiplié par l'écho des murailles voisines.

— Une magnifique entrée militaire, major ! dit Hornblower, regardant le bel alignement des baudriers blancs.

— Votre Excellence est trop aimable ! Plairait-il à Votre Excellence d'avancer vers la porte, en face de lui ?

Une imposante volée d'escaliers bordée d'autres uniformes, et au-delà, une baie ouvrant sur une vaste salle. Il y eut une conférence prolongée, tenue à mi-voix, entre Mendez-Castillo et un fonctionnaire placé près de la porte ; puis les noms des visiteurs furent proclamés dans un espagnol sonore. Hornblower avait depuis longtemps abandonné l'espoir de jamais entendre prononcer son nom d'une façon intelligible en une langue étrangère.

Dans la salle, un personnage central se dégagea d'un fauteuil qui était presque un trône pour accueillir le commandant en chef britannique. Beaucoup plus jeune que ce à quoi Hornblower s'était attendu, c'était un homme dans la trentaine, au teint basané, au visage maigre, mobile et facétieux, en opposition bizarre avec un arrogant petit nez crochu. Son uniforme rutilait de galons dorés ; il portait sur la poitrine l'ordre de la Toison d'Or.

Mendez-Castillo fit les présentations : les Anglais s'inclinaient profondément devant le représentant de Sa Majesté Très Catholique, qui saluait poliment pour leur répondre. Mendez-Castillo énumérait à mi-voix les titres de l'hôte. Entorse probable au protocole, se disait Hornblower, car les visiteurs étaient censés être pleinement informés :

— Son Excellence le marquis d'Ayora, capitaine général de Porto Rico, dominion de Sa Majesté Très Catholique !

En souriant, Ayora leur souhaita la bienvenue :

— Je sais, dit-il à Hornblower, que Votre Excellence connaît l'espagnol. J'ai eu déjà le plaisir de vous entendre parler notre langue !

— Vraiment, Excellence ?

— Oui. J'étais major des *migueletes*, sous Claros, au temps de l'attaque sur Rosas. J'ai eu l'honneur de servir aux côtés de Votre Excellence et je me souviens très bien d'elle. Mais naturellement, Votre Excellence ne se souvient pas de moi…

Il eût été trop surprenant de prétendre se souvenir ; Hornblower fut bien embarrassé pour trouver le mot qui convenait. Il se borna à s'incliner de nouveau. Ayora poursuivait déjà :

— Votre Excellence a très peu changé depuis lors, si elle me permet de le lui dire. Cela se passait il y a onze ans !

— Votre Excellence est trop aimable.

Cette phrase-là était décidément des plus commodes.

Ayora eut un mot pour Fell, un compliment sur l'allure de son bâtiment, un sourire supplémentaire pour les plus jeunes officiers, et comme s'il n'avait attendu que ce moment-là, Mendez-Castillo se tourna vers eux :

— Ces messieurs désirent peut-être être présentés aux dames ? dit-il, son regard ignorant exprès Hornblower et Fell et ne s'adressant qu'aux lieutenants et aux aspirants.

Hornblower leur traduisit la phrase et les vit

s'éloigner, un peu émus, sous la conduite de Mendez-Castillo.

Malgré l'étiquette et le formalisme espagnols, Ayora ne perdit pas de temps à en venir au fait, dès qu'il fut seul avec Hornblower et Fell.

— J'ai suivi à la lunette votre poursuite de l'*Estrella del Sur*, dit-il.

De nouveau, Hornblower fut embarrassé pour trouver la remarque idoine. Une inclinaison du corps accompagnée d'un sourire semblaient également déplacés en cette circonstance. Il ne put offrir qu'un visage sans expression.

— La situation était anormale, irrégulière, dit Ayora. Selon la convention préliminaire entre nos deux gouvernements, la Marine britannique a le droit de capturer en haute mer les bateaux espagnols chargés d'esclaves. Mais une fois dans les eaux territoriales, ces bâtiments sont à l'abri. Quand la nouvelle convention relative à la traite sera signée, ces bâtiments seront confisqués par le gouvernement de Sa Majesté Très Catholique. Mais jusque-là, mon devoir est de leur donner toute la protection en mon pouvoir.

— Votre Excellence est évidemment tout à fait dans son droit, dit Hornblower.

Fell avait l'air déconcerté, vu qu'il ne comprenait pas un mot de ce qui se disait, et l'amiral sentait que l'effort qu'il eût fallu faire pour traduire dépassait ses moyens.

— J'ai l'intention de faire mon devoir, dit Ayora d'une voix ferme.

— Bien entendu, dit Hornblower.

— Le mieux, donc, serait d'en venir à un accord

très clair en ce qui concerne les événements à venir.

— Il n'est rien que je souhaite davantage, Excellence.

— Qu'il soit donc clairement entendu que je ne permettrai aucune intervention qui puisse gêner l'*Estrella del Sur* aussi longtemps qu'elle se trouvera dans les eaux qui sont sous ma juridiction.

— Je comprends parfaitement, Excellence.

— L'*Estrella* désire appareiller demain matin à la première heure.

— C'est ce à quoi je m'étais attendu, Excellence.

— Et, dans l'intérêt de l'amitié entre nos deux gouvernements, le mieux serait que votre bâtiment demeurât mouillé dans le port jusqu'après son départ.

L'œil d'Ayora s'était fixé très fermement sur Hornblower. Son visage était sans aucune expression ; pas l'ombre d'une menace dans ce regard ; mais la menace, l'allusion à l'emploi de forces supérieures étaient impliquées. Au commandement d'Ayora, cent pièces de trente-deux livres pouvaient balayer les eaux du port et de la rade. La situation rappelait au souvenir de Hornblower l'histoire du Romain qui tomba d'accord avec son empereur parce qu'il était difficile de discuter avec le maître de trente légions. Il adopta la même position. Il sourit du sourire d'un beau joueur qui a perdu la partie.

— Nous avons eu notre chance, Excellence. Nous l'avons laissée échapper. Nous aurions mauvaise grâce de nous plaindre.

Si Ayora se sentit soulagé de cet acquiescement,

il ne le fit pas plus paraître que tout à l'heure, lors de sa discrète allusion à l'emploi de la force.

— Votre Excellence est très compréhensive, dit-il.

— Mais naturellement, reprit Hornblower, nous sommes désireux, nous aussi, de profiter de la brise de terre pour reprendre la mer demain matin, maintenant que nous avons fait eau, et je remercie Votre Excellence de m'avoir aidé à le faire. Nous ne voudrions pas abuser de l'hospitalité de Votre Excellence.

Sous le regard inquisiteur d'Ayora, il faisait de son mieux pour garder un air innocent.

— Nous pourrions peut-être entendre ce que dira le capitaine Gomez, dit Ayora, se tournant vers quelqu'un qui se tenait près de lui.

C'était un homme jeune, étonnamment bien fait de sa personne, vêtu simplement mais avec élégance, une épée à poignée d'argent au côté.

— Puis-je vous présenter, dit Ayora, don Miguel Gomez y Gonzalez, capitaine de l'*Estrella del Sur* ?

On échangea des salutations.

— Puis-je vous féliciter, capitaine, pour le comportement à la mer de votre navire ? dit Hornblower.

— Merci beaucoup, *señor.*

— La *Clorinda* est une frégate rapide, mais votre bâtiment lui est en tout point supérieur.

Hornblower n'était pas trop sûr de la façon de rendre exactement cette expression technique en espagnol, mais il réussit à se faire comprendre.

— Encore grand merci, *señor.*

— Et je pourrais même ajouter : félicitez son capitaine de la façon dont il l'a manœuvré !

Le capitaine Gomez s'inclina encore. Hornblower se tut subitement. Ces compliments boursouflés en espagnol étaient fort bons, mais ils pouvaient aller trop loin, et l'amiral ne désirait pas donner l'impression d'être trop désireux de plaire. Un coup d'œil au visage de Gomez le rassura. Le capitaine de l'*Estrella* souriait d'un air affecté ; il n'y avait pas d'autre mot pour peindre son contentement de lui-même. Hornblower se dit qu'un nouveau compliment ne serait pas de trop.

— Je suggérerai à mon gouvernement, dit-il, de demander la permission de copier les formes de l'*Étoile du Sud* et d'étudier sa voilure afin de construire un bâtiment en tout point semblable. Il serait idéal pour la mission de la marine dans ces eaux-ci. Mais, naturellement, ce qui sera difficile, c'est de trouver un capitaine à la hauteur !

Gomez se plia en deux. Difficile de ne pas se montrer content de soi quand on se voit complimenter par un marin aux aventures légendaires !

Ayora intervint pour dire :

— Son Excellence est désireuse de quitter le port demain matin.

— Nous avons appris cela, dit Gomez.

L'aveu parut déconcerter Ayora lui-même, mais Hornblower comprit tout de suite : Stuart, dont les renseignements lui avaient été si utiles, n'avait pas hésité à aider les deux parties en présence. Il était allé tout droit à l'autorité espagnole avec les renseignements que Hornblower lui avait fournis. Mais Hornblower ne voulait pas qu'une note discordante vînt se glisser dans la conversation.

— Vous comprendrez, capitaine, dit-il, que

j'aimerais appareiller à la même marée et par la même brise de terre qui va vous emmener. Après l'expérience d'aujourd'hui, je crois que vous n'avez aucune crainte à avoir.

— Non, aucune ! dit Gomez.

Il y avait un peu de condescendance dans son sourire ; mais l'accord était tellement ce que Hornblower souhaitait qu'il eut du mal à dissimuler son soulagement.

— Il sera de mon devoir de vous poursuivre si vous êtes encore en vue quand je partirai, dit-il, comme pour s'excuser.

Son regard disait clairement que le propos s'adressait au capitaine général autant qu'à Gomez. Mais ce fut Gomez qui répondit.

— Je ne crains rien, dit-il.

— Dans ce cas, Excellence, dit Hornblower, scellant le pacte, j'informe officiellement Votre Excellence que le bâtiment de Sa Majesté qui porte ma marque quittera le port demain matin, dès qu'il conviendra au capitaine Gomez !

— C'est entendu, dit Ayora. Je regrette vivement que la visite de Votre Excellence soit aussi brève.

— Dans la vie d'un marin, dit Hornblower, le devoir semble invariablement contrarier nos inclinations. Du moins, durant cette courte visite, aurai-je eu le plaisir de faire la connaissance de Votre Excellence et du capitaine Gomez.

— Il y a ici d'autres gentilshommes également désireux de faire la connaissance de Votre Excellence, dit Ayora. Puis-je me permettre de les présenter à Votre Excellence ?

L'affaire essentielle de la soirée avait été conclue.

Il n'y avait plus maintenant qu'à passer par les formalités inévitables. Le reste de la réception fut aussi dépourvu d'intérêt que Hornblower l'avait craint ; les notables de Porto Rico qui lui furent présentés étaient indifférents. À minuit, il fit signe à Gerard, rassembla son troupeau. Ayora surprit le geste et, en termes courtois, donna le signal du départ. Il lui incombait, comme représentant de Sa Majesté Catholique, d'en prendre l'initiative.

— Votre Excellence, dit-il, a sans doute besoin de repos, en raison de son départ matinal. Je n'essaierai donc pas de la retenir, bien que la présence de Votre Excellence ait été très appréciée ici.

Après les adieux, Mendez-Castillo entreprit d'escorter les Anglais jusqu'à la *Clorinda.* Pour assister à leur départ, la fanfare et la garde d'honneur étaient restées dans la cour.

Hornblower en éprouva comme un choc déplaisant. Il se tint au garde-à-vous pendant que la musique jouait l'un ou l'autre air saccadé. Puis on descendit dans le canot, qui attendait.

Le port était plongé dans l'ombre. Les rares feux visibles ne faisaient presque rien pour éclairer l'obscurité. On doubla de nouveau l'angle raide ; on passa de nouveau derrière l'*Estrella.* Une lanterne unique brûlait dans les haubans de son grand mât. Tout, à bord, était silencieux. Mais dans le calme de la nuit, Hornblower perçut de nouveau le ferraillement des chaînes ; dans la cale, un esclave devait s'agiter. Un peu plus loin, un cri perça la nuit : « Qui vive ? » Il venait d'une masse plus sombre que l'obscurité ambiante.

— Amiral ! répondit l'aspirant. *Clorinda* !

Deux mots brefs suffisaient pour informer le canot de ronde qu'un amiral et un capitaine approchaient.

— Vous voyez, major ? dit Hornblower à Mendez-Castillo. Le capitaine Fell a jugé nécessaire de maintenir un canot de garde autour du bâtiment pendant la nuit.

— J'ai entendu dire que cela se faisait, répondit l'aide de camp du capitaine général.

— Nos matelots sont capables de tout pour goûter les plaisirs de la côte !

— N'est-ce pas naturel, Excellence ?

L'embarcation du gouverneur longea la *Clorinda* ; debout en équilibre instable dans la chambre, Hornblower adressa ses derniers adieux, offrit encore ses remerciements au représentant de son hôte, puis regagna son bord. De la coupée, il regarda le canot espagnol se fondre dans la nuit.

— Nous allons maintenant, dit-il, faire meilleur usage de notre temps !

Sur le pont principal, à peine visible à la lueur de la lanterne suspendue à l'étai de grand mât, on apercevait une drôle de chose. Il n'y avait que ce moyen de la nommer : c'était une chose faite de toile et de cordages, une chaîne axée au bord. Sefton était debout près d'elle.

— Je vois, monsieur Sefton, que vous avez pu terminer !

— Oui, milord. Il y a une heure. Le voilier et ses hommes ont bien travaillé.

Hornblower se tourna vers Fell :

— Je suppose, sir Thomas, que vous avez en tête

les ordres à donner ? Peut-être aurez-vous l'obligeance de m'en parler d'abord.

— Bien, milord.

Éternelle réponse de la marine. Elle était la seule que Fell pût donner en la circonstance, même s'il n'avait pas encore bien réfléchi aux problèmes qui allaient se poser. Dans la cabine, cette impréparation était évidente.

— Je suppose, dit Hornblower, que vous allez désigner le personnel nécessaire pour cette mission délicate. À quel officier pouvez-vous entièrement vous fier, celui dont la discrétion est certaine ?

Les détails furent peu à peu mis au point : trouver des matelots, excellents nageurs, et qui pourraient travailler sous l'eau, un second armurier sur qui l'on pût compter pour fixer sans y voir le dernier maillon de la chaîne. On choisit l'équipage du canot, on le fit comparaître ; on lui exposa le plan dans tous ses détails.

Quand le canot de ronde rentra pour la relève, un autre équipage était prêt, qui descendit, vite et sans bruit, bien qu'encombré par la « drôle de chose » et tout l'outillage nécessaire.

Il poussa de nouveau dans l'ombre. Hornblower était sur le gaillard pour le regarder s'éloigner. Un incident international pouvait sortir de tout ceci ; ou bien l'amiral pouvait, aux yeux de l'univers, passer pour un fou, ce qui serait non moins fâcheux. Dans cette nuit noire, il tendait l'oreille, avide d'enregistrer les bruits qui lui indiqueraient si le travail s'accomplissait. Mais on n'entendait rien, absolument rien. La brise de terre s'était levée et soufflait, doucement, assez forte pourtant pour faire éviter la *Clorinda* sur son ancre ; elle emporterait tous les bruits, aucun ne parviendrait à son oreille ; mais elle servirait à étouffer ceux qui pourraient paraître suspects, si quelqu'un, à bord de l'*Estrella,* était aux aguets. Sa voûte était pleine, son étambot très incliné. Un nageur atteignant son arrière sans avoir été repéré serait capable d'opérer sur le gouvernail sans être vu.

— Milord, fit la voix de Gerard. Le moment n'est-il pas propice pour vous reposer ?

— Vous avez raison, monsieur Gerard. Le moment est tout à fait propice.

Mais Hornblower restait appuyé au bastingage.

— Alors, milord ?...

— Je vous ai dit que vous aviez raison, monsieur Gerard. Ne pouvez-vous vous contenter de cela ?

Mais Gerard insistait encore, dans un souffle. On eût dit la voix d'une conscience.

— Il y a du bœuf froid servi dans la cabine, milord. Du pain frais, une bouteille de bordeaux.

Ah ! ceci était différent. Hornblower se rendit compte soudain à quel point il avait faim ; au cours des dernières heures, il n'avait pris qu'un maigre repas ; la collation froide qu'il avait espérée à la réception n'avait pas été offerte. Il eût encore pu prétendre dominer les faiblesses de la chair.

— Vous eussiez fait une nourrice parfaite, monsieur Gerard, dit-il, si la nature vous avait traité plus généreusement. Mais je suppose que vous êtes décidé à me rendre la vie impossible jusqu'à ce que j'aie cédé !

Se dirigeant vers l'échelle, ils passèrent auprès de Fell qui, dans l'ombre, arpentait le gaillard à longues enjambées. On entendait sa respiration oppressée. Hornblower ne fut pas mécontent de voir que même les héros au corps vigoureux pouvaient connaître l'inquiétude. Il eût peut-être été poli et même aimable d'inviter Fell à se joindre à eux, à partager le souper froid. Il en écarta l'idée. Ce qu'il avait eu de la compagnie de Fell lui suffisait ; il n'en pouvait supporter davantage.

Dans la cabine éclairée, Spendlove attendait.

— Voilà les vautours réunis ! dit Hornblower. J'espère, messieurs, que vous souperez avec moi ?

Il était amusant de voir Spendlove si énervé, si pâle.

Les deux jeunes hommes mangèrent en silence. Hornblower mit le nez dans son verre, avala une gorgée, l'air soucieux :

— Six mois sous les tropiques n'ont pas fait de bien à ce bordeaux ! dit-il.

Il était inévitable que, comme hôte et comme amiral, étant en outre leur aîné, son opinion fût accueillie avec déférence. Spendlove finit par rompre le silence :

— Ce bout de toron, milord, dit-il. La limite de résistance…

— Monsieur Spendlove, toutes les discussions du monde ne peuvent plus rien changer à ce qui est fait ! Nous serons bientôt fixés. En attendant, ne gâtons pas notre dîner par des conversations techniques !

— Je m'excuse, milord.

Était-ce pure coïncidence ? Télépathie ? Au même instant, Hornblower pensait justement à l'effort de rupture de ce bout de bitord attaché à la pointe de la drague ; mais il n'eût pas rêvé d'avouer qu'il y avait songé.

— Eh bien, dit-il, levant son verre, profitons de ces rapports mondains pour porter un toast. Je bois à la prime par tête !

Ils buvaient encore quand ils entendirent du bruit sur le pont et par-dessus le bord. On n'en pouvait douter : le canot de ronde était rentré ; il avait rempli sa mission. Spendlove et Gerard échangèrent un regard et se préparèrent à se lever.

Hornblower se força à se renverser en arrière ; son verre encore à la main, il secouait tristement la tête.

— C'est trop dommage pour ce bordeaux ! dit-il.

Puis vint le coup frappé à la porte et le message espéré :

— Les respects du capitaine, milord, le canot est rentré !

— Mes compliments au capitaine. Dites-lui que je serai content de le voir et de voir le lieutenant, dès qu'ils pourront venir.

Un coup d'œil à Fell entrant dans la cabine suffit à le renseigner : l'entreprise avait réussi, du moins jusqu'ici.

— Tout va bien, milord ! dit Fell, son visage, déjà vermeil d'ordinaire, tout enflammé d'émotion.

— Parfait !

Le lieutenant était un nommé Field, un homme d'un certain âge, grisonnant et plus vieux que Hornblower. L'amiral ne put se retenir de penser que s'il n'avait pas eu beaucoup de chance en plusieurs circonstances, il ne serait encore, lui aussi, qu'un petit lieutenant grisonnant.

— Voulez-vous vous asseoir, messieurs ? Un verre de vin ? Monsieur Gerard, demandez, s'il vous plaît, d'autres verres ! Sir Thomas, vous déplairait-il que j'écoute de sa bouche le récit de M. Field ?

Field n'avait pas la parole facile. Il fallut lui arracher l'histoire à coups de questions. Tout s'était bien passé. Deux forts nageurs, à qui on avait noirci le visage, avaient nagé vers l'*Estrella* sans bruit et sans avoir été aperçus. Opérant avec leurs outils, ils avaient pu soulever, sous la flottaison, le cuivre de la seconde penture du gouvernail. À l'aide d'une tarière, ils avaient ménagé un intervalle assez grand pour y faire passer une ligne. La partie la plus délicate de l'opération avait consisté à s'approcher suffisamment pour faire passer la drague par-dessus le bord du canot, après l'avoir attachée à la ligne ; mais Field déclara qu'aucun appel n'était venu de l'*Estrella.* La chaîne avait suivi la ligne et avait été solidement fixée. La drague pendait maintenant à l'arrière de l'*Estrella,* invisible sous la surface, prête à exercer sa traction sur le gouvernail quand le bout de bitord qui la tenait repliée se briserait… s'il se brisait.

— Parfait ! répéta Hornblower quand Field eut fini d'ânonner son rapport. Vous avez très bien opéré, monsieur Field. Je vous remercie.

— Merci, milord.

Field s'étant retiré, Hornblower put s'adresser à Fell :

— Votre plan a magnifiquement réussi, sir Thomas. Il ne reste plus maintenant qu'à capturer le négrier. Je vous recommande de pousser vos préparatifs de façon à être prêt à appareiller au lever du jour. Plus tôt nous partirons après que l'*Estrella* sera en route, mieux cela vaudra, ne pensez-vous pas ?

— Si, milord.

Le bruit de la cloche, au-dessus de leurs têtes, précéda de peu la nouvelle question que Hornblower était sur le point de poser.

— Encore trois heures avant le jour, dit-il. Messieurs, je vous souhaite le bonsoir.

La journée avait été chargée, pleine d'une activité incessante, mentale, sinon physique, et depuis l'aurore. Après cette trop longue soirée, il semblait à Hornblower que ses pieds gonflés avaient atteint le double de leur volume normal. Ses souliers à boucles d'or ne leur avaient pas permis d'enfler ; à peine s'il put se déchausser. Puis il retira son cordon, son étoile, son habit, se disant, bien à contrecœur, qu'il faudrait remettre tout cela trois heures plus tard, pour les cérémonies du départ. Il se doucha avec l'eau de sa cuvette et se laissa tomber sur sa couchette en soupirant.

Il s'éveilla automatiquement quand on appela le quart ; la chambre était encore obscure. Pendant un instant, il se demanda pourquoi il éprouvait ce sentiment d'urgence. Puis tout lui revint à la mémoire, et il se trouva complètement éveillé. À la sentinelle à sa porte, il cria d'appeler Giles, se rasa hâtivement à la lumière ; puis, vêtu de nouveau du grand uniforme qu'il détestait, il s'empressa de gagner le gaillard. Il faisait encore nuit, mais peut-être une pâle lueur était-elle sensible au levant. Oui, le ciel était un peu plus clair au-dessus du Morro. Le gaillard était déjà peuplé de silhouettes imprécises, et même de présences plus nombreuses qu'on n'en devrait voir sur un bâtiment près d'appareiller. À leur vue, il faillit faire demi-tour, n'ayant aucune envie de révéler qu'il partageait la même curiosité que le reste de l'équipage. Mais Fell l'avait aperçu.

— Bonjour, milord.

— Bonjour, sir Thomas.

— La brise de terre souffle en plein, milord.

Cela ne faisait aucun doute ; Hornblower sentait le vent souffler sur lui, délicieux après la chaleur de la cabine. Dans ces tropiques, et au plein de l'été, elle ne durerait guère ; elle tomberait dès que le soleil, qui allait se lever, agirait de toute sa force sur la terre.

— L'*Estrella* appareille, milord.

Cela non plus ne faisait aucun doute ; les bruits de l'appareillage de la goélette leur arrivaient dans le demi-jour, portés par l'eau.

— Je ne vous demande pas si vous êtes prêt, sir Thomas.

— Tout est prêt, milord. Les hommes sont au cabestan.

Aucun doute. Il faisait plus clair ; les silhouettes, sur le gaillard, étaient plus précises. Toutes s'étaient portées à tribord le long de la rambarde. Une demi-douzaine de lunettes étaient déjà braquées sur l'*Estrella*.

— Sir Thomas, faites cesser cela, s'il vous plaît ! Dites à cette foule de descendre !

— Ils sont curieux, milord, curieux de voir…

— Je sais ce qu'ils sont curieux de voir. Faites-les descendre immédiatement !

— Bien, milord.

Chacun, bien sûr, était follement avide de s'assurer si quelque chose à la flottaison arrière de l'*Estrella* pouvait trahir ce qui avait été fait cette nuit. Mais il ne pouvait y avoir de meilleur moyen d'attirer l'attention du capitaine de la goélette que de braquer des lunettes sur elle.

— Officier de quart !

— Milord ?

— Veillez à ce que personne ne braque sa lunette sur l'*Estrella* !

— Bien, milord.

— Quand il fera assez clair pour y voir, vous pourrez inspecter le port, comme il est normal. Mais pas plus de cinq secondes sur l'*Estrella.* Utilisez-les bien. Assurez-vous d'avoir bien vu ce qu'il y a à voir.

— Bien, milord.

À l'est, le ciel déployait maintenant des pâleurs verdâtres, ou jaunâtres, sur lesquelles le Morro se silhouettait magnifiquement. Mais, à l'ombre du fort, tout restait confus. Même avant le petit déjeuner, l'instant valait d'être savouré. Il vint à l'esprit de Hornblower que la présence, de si bonne heure, sur le pont, d'un amiral en grand uniforme, pourrait elle-même être suspecte.

— Je descends, sir Thomas. Tenez-moi informé !

— Bien, milord.

Gerard et Spendlove se dressèrent comme il entrait dans la cabine de jour ; ils devaient être du nombre de ceux que l'ordre de Fell avait fait descendre.

— Monsieur Spendlove, je vais suivre votre admirable exemple d'hier, et m'assurer d'un peu de repos pendant que c'est possible. Voudriez-vous demander mon petit déjeuner, monsieur Gerard ? Je suppose, messieurs, que vous me ferez la faveur de me tenir compagnie ?

Il se jeta dans un fauteuil, observant les préparatifs du repas. Un coup frappé à la porte amena Fell en personne.

— L'*Estrella* est pleinement en vue, milord. On ne voit rien sous la voûte arrière.

— Merci, sir Thomas.

À cette heure-là, une tasse de café était la bienvenue. Hornblower n'eut pas besoin de feindre le plaisir qu'il avait à la boire. L'aube entrait en rampant par les fenêtres ; la lumière de la lampe était à la fois aveuglante et inutile.

On frappa encore. Un aspirant parut :

— Les respects du capitaine, milord. L'*Estrella* largue ses amarres.

— Très bien.

Bientôt la goélette serait en route ; le stratagème allait être mis à l'épreuve. Hornblower s'imposa de mordre et de mastiquer une nouvelle bouchée de pain grillé.

— Ne pouvez-vous, messieurs, rester tranquillement assis sur vos chaises ? Encore un peu de café, monsieur Gerard ?

— L'*Estrella* embouque le chenal, milord, vint dire l'aspirant.

— Très bien, dit Hornblower, avalant son café avec une lenteur excessive, espérant que personne ne devinerait combien son pouls battait plus vite.

Les minutes passaient ; elles paraissaient interminables.

— L'*Estrella* commence à hisser de la toile, milord.

— Très bien.

Hornblower déposa sa tasse, aussi nonchalamment qu'il pouvait feindre, et se leva de son fauteuil ; les deux jeunes gens ne le quittaient pas des yeux.

— Je pense, dit-il, traînant exprès sur les mots, que maintenant nous pourrions monter sur le pont.

Marchant aussi lentement que s'il suivait le cortège funèbre de Nelson, il passa devant la sentinelle et monta l'échelle ; derrière lui, les jeunes gens trébuchaient d'impatience. Il faisait plein jour sur le pont ; le soleil se levait derrière le Morro. Au milieu de la passe, à moins d'une encablure, l'*Estrella* glissait, toute blanche. Comme le regard de Hornblower se posait sur elle, son foc fut hissé pour prendre le vent et la goélette changea d'amures. L'instant d'après, ce fut le tour de sa grand-voile ; elle prit fermement sa route avant d'accélérer ; en quelques secondes, elle doubla la *Clorinda.* L'instant était pathétique. Fell était debout, fixant des yeux l'adversaire, parlant tout bas, et dans son émotion grommelant des blasphèmes. L'*Estrella* amena et rehissa son pavillon ; Hornblower reconnut sur le pont la silhouette de Gomez, dirigeant lui-même la manœuvre. Gomez l'aperçut, s'inclina, posa son bicorne sur sa poitrine ; Hornblower retourna le compliment.

— Elle ne fait pas deux nœuds, dit Hornblower.

— Tant mieux ! dit Fell.

L'*Estrella* glissait vers l'entrée de la passe, se préparant à tirer des bordées vers le large ; Gomez la manœuvrait magnifiquement, sous si peu de toile.

— Faut-il la suivre, maintenant, milord ?

— Je crois qu'il est temps, sir Thomas !

— Des hommes au cabestan ! Aux écoutes de foc, monsieur Field !

Même à la vitesse de deux nœuds, ce bout de bitord devait être déjà tendu. Il ne devait pas se rompre avant que l'*Estrella* ne fût hors des eaux territoriales. Des bras vigoureux, des dos robustes viraient à long pic le câble de la *Clorinda*.

— Dégagez la pièce de salut !

L'*Estrella* avait viré ; le bout de sa grand-voile disparaissait derrière la pointe. Fell donnait des ordres pour mettre la *Clorinda* en route. Malgré l'émotion qui l'agitait, Hornblower l'observait de près ; son attitude pouvait servir d'épreuve à la façon dont il se conduirait au combat, comment il mènerait son bâtiment dans la fumée et la fureur d'une bataille.

— Aux bras du grand hunier !

Fell manœuvrait la grosse frégate d'une façon aussi nette que Gomez l'avait fait. La *Clorinda* prit sa route et sa vitesse, embouqua le chenal.

— L'équipage à la lisse !

Quoi qu'il dût se passer derrière la pointe, quoi qu'il dût advenir à l'*Estrella* une fois hors de vue, les saluts devaient être rendus. Les neuf dixièmes de l'équipage de la *Clorinda* pouvaient être disponibles pour cela ; pendant que le bâtiment faisait route vent arrière, l'autre dixième suffisait à la manœuvre. Hornblower se dressa, la main à son bicorne, fit face au drapeau espagnol qui claquait sur le Morro ; Fell se tenait à côté de lui, les autres officiers en rang derrière eux ; le canon tonnait ; on rendait le salut ; les pavillons étaient halés bas, puis hissés de nouveau.

— La main dessus !

On approchait de la pointe. Un coup tiré par l'un des canons qui grimaçaient là-haut allait peut-être, d'un instant à l'autre, les avertir que cent autres pièces étaient prêtes à le réduire à l'état d'épave. Cela arriverait si la drague commençait à produire son effet. Fell répéta son ordre :

— Aux bras du grand hunier !

Déjà la houle du grand Atlantique agissait ; Hornblower sentait l'avant de la *Clorinda* se soulever sur la fin d'une lame.

— Tribord toute !

La *Clorinda* vira.

— Rencontrez ! Comme ça !

À peine la frégate fut-elle sur sa nouvelle route que, de nouveau, l'*Estrella* fut en vue, à un mille en avant au large, son étrave pointée presque dans la direction opposée ; elle était encore, Dieu merci, sous peu de toile, en train de manœuvrer pour le virement final à la sortie du chenal. Le grand hunier de la *Clorinda* faseya quand le Morro, de sa hauteur, intercepta la brise de terre, mais s'emplit de nouveau presque tout de suite. L'*Estrella* vira derechef. Elle était à peine encore à portée de canon du Morro.

— Tribord ! cria Fell. Droite la barre !

La brise de terre soufflait maintenant de l'arrière,

mais faiblement, partie à cause de la distance de la terre, partie à cause de la chaleur croissante du soleil.

— Hissez la grand-voile !

Fell avait raison ; il était temps de se hâter, de crainte que le bâtiment ne fût retardé dans la région des calmes équatoriaux, entre la brise de terre et l'alizé. L'énorme surface de toile de la basse voile portait hardiment la *Clorinda* en avant. Une fois de plus, on entendait le bâtiment fendre la mer. L'*Estrella* était pour lors franchement sortie de la passe ; Hornblower, qui observait attentivement, la vit border tour à tour sa misaine, ses voiles d'étai, ses focs, en fait toute sa toile aurique. Elle faisait route au nord, au plus près, s'écartant franchement de la terre ; elle devait avoir attrapé l'alizé ; route au nord, ou à peu près, parce qu'elle aurait à passer au vent d'Haïti avant le lendemain matin, en direction de l'ancienne passe des Bahamas et de La Havane. On était maintenant à bonne distance du Morro, assez loin aussi de l'*Estrella* pour pouvoir l'observer à la lunette sans éveiller aucun soupçon.

Hornblower regarda longtemps. On ne pouvait rien détecter d'anormal. L'idée lui vint tout à coup à l'esprit que Gomez avait peut-être découvert la drague sous sa voûte et s'en était débarrassé. Gomez était même peut-être en train d'éclater de rire, au milieu de ses officiers, en regardant cette frégate qui le suivait, chargée d'espoir. Il y eut de nouveau un ordre de Fell :

— Bâbord !

Et la *Clorinda* prit le dernier tournant.

— Nous sommes sur l'alignement ! dit le maître d'équipage, regardant la terre derrière lui, sa lunette à l'œil.

— Très bien ! Droite la barre !

Les lames qu'ils rencontraient étaient maintenant de vraies lames de l'Atlantique ; elles soulevaient l'avant de la frégate par tribord, passaient derrière elle quand l'étrave plongeait. Droit devant eux, l'*Estrella* était encore au plus près, faisant route au nord, sous voiles auriques.

— Elle doit faire six nœuds ! estima Gerard, debout avec Spendlove à quelques pas de Hornblower.

— À six nœuds, ce bitord doit encore résister, dit Spendlove, songeur.

— Pas de fond ! cria le sondeur.

— Tout le monde à la toile !

L'ordre fut sifflé par tout le navire. Perroquets et cacatois furent déployés, la *Clorinda* eut bientôt toutes ses voiles dehors. Mais la brise de mer faiblissait. La frégate faisait route juste assez pour gouverner. Une fois, deux fois, ses voiles claquèrent avec un bruit de coups de tonnerre ; cependant elle tenait sa route sur la mer bleu et blanc, le soleil tombant d'aplomb d'un ciel bleu, presque sans nuages.

— Je ne peux pas tenir le cap, Monsieur, dit le quartier-maître.

La *Clorinda* embardait paresseusement tandis que les lames de houle venaient à elle.

Loin par l'avant, l'*Estrella* était presque coque noyée sous l'horizon. Un souffle, alors, survint, un soupçon de vent. Hornblower l'avait senti, presque imperceptible, sur sa joue en sueur, longtemps avant que le bâtiment ne répondît. C'était vraiment un vent nouveau, et non plus l'air chaud de la brise de terre, le souffle plus frais d'un alizé, rafraîchi et purifié pour avoir passé sur trois mille milles d'océan. Les voiles faseyaient ; l'équilibre de la *Clorinda* était significatif.

— Voilà que ça vient ! s'exclama Fell. Près et plein !

Une bouffée plus forte survint ; le gouvernail put mordre. Une accalmie suivit, puis une autre bouffée, une autre accalmie, une autre bouffée encore ; et chaque bouffée plus forte que la précédente. La suivante ne mourut pas. Elle persista, inclinant la *Clorinda*. Un rouleau éclata à tribord avant, faisant jaillir un éblouissant arc-en-ciel. On avait atteint l'alizé. On pouvait maintenant faire route au nord au plus près, dans le sillage même de l'*Estrella*. Grâce à ce vent frais qui soufflait et à la sensation de lutter avec quelque chance, un renouveau d'animation se mit à régner sur le pont. On surprenait des sourires.

— Elle n'a pas encore mis ses huniers, milord, dit Gerard, sa lunette à l'œil.

— Je doute qu'elle les borde pendant qu'elle fait route au nord, répondit Hornblower.

— Vent arrière, dit Spendlove, elle peut nous doubler et nous dépasser, comme elle a fait hier.

Hier ? Cela ne datait-il que de la veille ? Cela aurait pu être arrivé un mois plus tôt, tant il était advenu de choses depuis vingt-quatre heures !

— Pensez-vous que cette drague puisse avoir déjà de l'effet ? demanda Fell, s'approchant d'eux.

— Pratiquement aucun, Monsieur, répondit Spendlove, aussi longtemps que le bout de bitord lui tient la queue en l'air !

Fell tenait dans l'autre l'une de ses grandes mains, il se broyait les articulations dans les doigts.

— Pour moi, dit Hornblower (et tous les yeux étaient tournés vers lui), je vais me débarrasser de ces galons dorés pour une vareuse plus légère et un col-cravate moins serré !

Que Fell étalât son souci, sa nervosité ! Lui descendrait dans sa cabine comme si l'issue de l'affaire ne l'intéressait pas.

Il faisait bien chaud sous le pont et ce fut un soulagement de se débarrasser d'un uniforme de grande tenue qui pesait dix livres de drap et d'or, de laisser Giles apporter une chemise propre et un pantalon de coutil blanc.

— Je vais prendre un bain, fit-il, se parlant à lui-même.

Il savait que Fell trouvait honteux, et même dangereux pour la discipline, qu'un amiral s'ébattît sous la pompe à laver les ponts, arrosé par des matelots qui souriaient ; Hornblower n'était pas de cet avis ; il s'en fichait. Une malheureuse aspersion à l'éponge ne pouvait remplacer un bain.

Les matelots pompèrent vigoureusement ; Hornblower piaffa et caracola avec le laisser-aller d'un autre âge sous le choc cinglant du jet d'eau. Après cela, une chemise propre et un pantalon de coutil étaient doublement agréables ; Hornblower se sentait un autre homme quand il remonta sur le pont, sa toilette faite. Son indifférence ne fut pas entièrement feinte quand Fell s'approcha de lui, toujours agité :

— Elle s'éloigne encore nettement de nous, milord, dit-il.

— Nous savons qu'elle en est capable, sir Thomas. Nous ne pouvons qu'attendre qu'elle mette sa barre au vent et hisse ses huniers.

— Aussi longtemps que nous pourrons la garder en vue, dit Fell.

Fortement inclinée, la *Clorinda* luttait pour tenir sa route au nord.

— Nous faisons ce que nous pouvons, sir Thomas !

La matinée s'écoulait. On siffla : « La bordée non de quart à dîner ! » Fell fut d'accord avec le maître-voilier pour dire qu'il était midi, et les hommes allèrent dîner. Ce n'était plus maintenant que lorsque la *Clorinda* se levait à la lame qu'une lunette braquée à tribord avant pouvait voir, par-dessus l'horizon, l'éclair blanc des voiles de l'*Estrella.* La goélette n'avait pas encore établi ses huniers ; Gomez manœuvrait en sachant qu'au plus près sa goélette se comportait mieux sans ses voiles carrées. Ou bien se bornait-il simplement à jouer avec ses poursuivants ? Les collines de Porto Rico s'étaient enfoncées hors de vue, très loin sur l'arrière. Et le rôti du dîner, un rosbif de viande fraîche, avait été dur, nerveux, décevant, sans aucune saveur.

— Stuart m'avait promis de m'envoyer le meilleur aloyau que l'île pût produire, milord ! dit Gerard, en réponse aux remontrances de l'amiral.

— Je voudrais tenir ici ce Stuart ! dit Hornblower.

Je le lui ferais manger, son aloyau, jusqu'à la corde, et sans sel. Sir Thomas, acceptez s'il vous plaît mes excuses.

— Euh… oui, milord ! dit Fell.

Il avait été invité à la table de l'amiral ; ces excuses venaient de l'arracher à ses pensées.

— Cette drague, milord…

Ayant lâché le mot, il ne put en dire davantage. Il regardait Hornblower par-dessus la table. Son visage décharné (le rouge brique de ses joues paraissait toujours étonnant dans cette maigreur) trahissait une angoisse que son regard accentuait encore.

— Si nous ne savons pas toute la vérité aujourd'hui, dit Hornblower, nous l'apprendrons plus tard !

C'était vrai, bien que ce ne fût pas la chose la plus agréable à entendre.

— Nous serons la risée de toutes les îles ! dit Fell.

Personne au monde ne pouvait avoir l'air plus malheureux que lui à ce moment-là. Hornblower lui-même était porté à renoncer à tout espoir ; mais la vue du désespoir de Fell réveilla son esprit de contradiction.

— Il y a toute la différence imaginable, dit-il, entre les six nœuds qu'elle fait maintenant au plus près et les douze nœuds qu'elle fera quand elle mettra sa barre au vent. M. Spendlove, ici présent, vous dira que la résistance de l'eau est fonction du carré de la vitesse. N'est-il pas vrai, monsieur Spendlove ?

— Peut-être même fonction du cube, milord, ou d'exposants plus élevés !

— Nous pouvons donc encore espérer, sir Thomas. Ce bout de bitord supportera une traction huit fois supérieure quand l'*Estrella* changera de route.

— Il doit déjà s'user par le frottement, milord, ajouta Spendlove.

— À moins, dit Fell d'un air sombre, qu'ils n'aient vu la chose hier soir, et qu'ils ne s'en soient débarrassés !

Quand ils se retrouvèrent sur le pont, le soleil s'inclinait vers l'ouest.

— Ho ! la vigie ! cria Fell. Le gibier est toujours en vue ?

— Oui, Monsieur. D'ici, la coque est noyée, mais les mâts sont bien visibles. À deux quarts au vent !

— Elle a fait tout le nord dont elle a besoin, grogna Fell. Pourquoi ne change-t-elle pas de route ?

Il n'y avait rien d'autre à faire qu'à attendre, essayer de tirer un peu de plaisir de ce vent pur, de cette mer bleu et blanc ; mais pour l'instant, le plaisir était limité ; la mer ne paraissait-elle pas moins bleue ? Rien d'autre à faire qu'à attendre. Les minutes se traînaient, longues comme des heures.

C'est alors que l'événement se produisit.

— Ho ! d'en bas ! Le gibier change de route à bâbord ! Il court droit vent arrière !

— Très bien.

Le regard de Fell fit le tour des visages sur le gaillard. Le sien n'était pas moins tendu que celui de n'importe quel autre.

— Monsieur Sefton, venez de quatre quarts à bâbord !

Il allait jouer le grand jeu et jusqu'à la fin, bien que l'expérience de la veille, presque identique à celle d'aujourd'hui, eût établi que la *Clorinda* n'avait aucune chance d'intercepter dans des conditions normales.

— Ho ! d'en bas ! Elle borde ses huniers ! Ses perroquets aussi, Monsieur !

— Très bien.

— On va bientôt savoir, dit Spendlove. La drague entrant en action, il est inévitable que l'*Estrella* perde de la vitesse.

— Ho d'en bas ! Capitaine, Monsieur !

Le cri de la vigie trahissait l'excitation.

— Elle s'est jetée dans le vent ! Elle a complètement masqué ! Elle a perdu son petit mât de hune, Monsieur !

— Ses aiguillots de gouvernail aussi ! dit Hornblower.

Il ricanait. Fell sautait sur place, sur le pont, dansant positivement de joie ; son visage irradiait. Mais, tout de suite, il se ressaisit.

— Venez deux quarts à tribord, dit-il. Monsieur James ! Montez là-haut ! Dites-moi ce qu'elle fait !

La vigie criait :

— Elle serre sa grand-voile !

— Elle essaie de nouveau de faire vent arrière, dit Gerard.

— Capitaine ! (C'était la voix de James, en haut du mât.) Vous faites route un quart sous le vent d'elle !

— Très bien.

— Elle vient vent arrière, Monsieur. Non ! De nouveau, elle est masquée partout !

La chose la tenait donc encore par la queue. Ses efforts seraient aussi inutiles que ceux d'un cerf dans les griffes d'un lion.

— Doucement la barre, espèce de… dit Fell, usant d'un mot affreux à l'adresse du timonier.

Tout le monde était excité ; chacun paraissait obsédé par la crainte de voir l'*Estrella* se débarrasser de la drague et finir par s'échapper.

— Son gouvernail parti, jamais elle ne pourra tenir sa route, dit Hornblower. Elle a perdu aussi son petit mât de hune.

Une autre attente commençait, d'une nature toute différente. La *Clorinda* semblait participer à l'excitation générale et foncer dans la mer avec un sursaut d'énergie. Elle se ruait sur sa proie.

— Je la vois ! dit Gerard, sa lunette braquée vers l'avant. Toujours masquée partout !

Comme la lame suivante levait la *Clorinda,* tout le monde la vit. On se rapprochait d'elle, rapidement. L'*Estrella,* maintenant, avait un aspect pitoyable, son mât de hune brisé net, à la hauteur du chouquet, ses voiles faseyant dans le vent.

— La pièce de chasse en batterie ! cria Fell. Un boulet sur l'avant !

Le canon tonna et, presque tout de suite, on vit une chose se lever au pic de la brigantine et se déployer : le rouge et l'or de l'Espagne. Elle y resta suspendue pendant un moment, puis de nouveau fut lentement amenée.

— Félicitations, sir Thomas ! dit Hornblower. Votre plan a réussi !

— Merci, milord.

Fell rayonnait. Presque tout de suite, il ajouta :

— ... Je n'aurais rien pu faire si Votre Seigneurie n'avait pas admis mes suggestions.

— Très aimable à vous, sir Thomas ! dit Hornblower, se tournant pour regarder la prise.

L'*Estrella* offrait piteux visage ; plus pitoyable à mesure que l'on s'approchait d'elle, que l'on pouvait mieux voir le fatras des débris pendillant à l'avant, et flottant à l'arrière, son gouvernail arraché. La brusque traction de la drague, quand elle avait commencé à s'emplir, avait agi avec la force d'un énorme bras de levier, brisé ou plié les aiguillots de bronze auxquels le gouvernail était suspendu. La drague elle-même, lestée par sa chaîne, restait encore hors de vue.

Amené triomphalement à bord, Gomez n'avait encore aucune idée de la raison du désastre ; il n'avait pas deviné la cause de la perte de son gouvernail. Il se tint très bien quand il fut sur le pont de la *Clorinda*, et se montra très digne pour un homme aussi jeune. Personne n'eut plaisir à observer le changement sur son visage quand il apprit la vérité. Non, vraiment, il n'y avait pas de quoi rire. La satisfaction du triomphe professionnel était bien atténuée à la vue de Gomez baissant la tête sous les regards de ses ravisseurs. Mais enfin, plus de trois cents esclaves étaient délivrés.

Hornblower était en train de dicter la dépêche destinée aux lords de l'Amirauté, et Spendlove, qui comptait cette sténographie, depuis peu à la mode, au nombre de ses talents étonnants, prenait avec une parfaite aisance les phrases hésitantes de l'amiral ; car Hornblower n'avait pas encore acquis l'art de dicter.

«... Pour conclure j'ai un plaisir tout particulier à appeler l'attention de Leurs Seigneuries sur l'ingéniosité et l'activité du capitaine, sir Thomas Fell, qui ont rendu possible cette prise exemplaire. »

Spendlove avait levé le nez de dessus son bloc et regardait l'amiral. Spendlove savait à quoi s'en tenir ; mais le coup d'œil qui répondit au sien l'empêcha de parler.

— Ajoutez, lui dit Hornblower, la formule habituelle.

Il n'avait pas à expliquer ses raisons à un secrétaire. Aurait-il eu la tentation de le faire qu'il n'y serait point parvenu. Fell ne lui plaisait pas plus maintenant qu'auparavant.

— Ensuite, dit-il, une lettre à mon agent !

Spendlove tourna la page.

— Bien, milord.

Hornblower se mit à rassembler les phrases qui composeraient la lettre suivante. Ce qu'il désirait formuler, c'était que, la capture étant due aux suggestions de sir Thomas, il ne désirait pas solliciter sa propre part de prime par tête d'esclave. Il voulait que la part de l'amiral allât aussi à sir Thomas.

— Et puis non ! fit-il tout à coup. Autant pour cela ! Tout bien réfléchi, je n'écrirai pas !

— Bien, milord.

Attribuer le mérite et l'honneur à un autre était chose possible ; on ne pouvait lui faire attribuer de l'argent. C'était évident. La démarche paraîtrait suspecte. Sir Thomas pourrait deviner l'intention, s'en montrer offensé. Hornblower ne prendrait pas ce risque. Tout de même, il lui eût été agréable d'avoir pour sir Thomas un peu plus d'estime.

3

La déroute des pirates

Belles filles de France
Aiment la liberté
Les lèvres des Flamandes
Ont bonne volonté...

Le jeune Spendlove chantait à pleine voix, à deux chambres de distance de l'appartement que Hornblower occupait au palais de l'Amirauté. Eût-il chanté dans la chambre même de l'amiral, l'effet n'eût pas été différent, attendu que les fenêtres étaient ouvertes pour laisser entrer la brise de mer de la Jamaïque.

Les belles d'Italie
Sont tendres et jolies...

Cette voix-là, c'était celle de Gerard, qui célébrait d'autres beautés.

Giles aidait l'amiral à s'habiller.

— Faites mes compliments à M. Gerard et à M. Spendlove, lui dit Hornblower. Voulez-vous leur demander de cesser ce charivari ? Répétez, que je m'assure si vous avez compris !

Giles répéta : « Les compliments de Sa Seigneurie, messieurs, elle vous demande de faire cesser ce charivari ! »

— Parfait ! Courez leur dire ça !

Giles sortit précipitamment. Hornblower eut le plaisir d'entendre le bruit cesser tout aussitôt. Si ces deux jeunes gens chantaient, et plus encore, s'ils avaient oublié que l'amiral se trouvait à portée, alors c'est qu'ils se sentaient le cœur léger ; la chose était assez naturelle puisqu'ils se disposaient à aller au bal. Mais ce n'était pas une excuse ; ils savaient très bien que le commandant en chef était insensible à l'agrément de la musique, qu'il avait la musique en horreur ; en outre, ils eussent dû comprendre que l'amiral se montrerait aujourd'hui plus susceptible que d'habitude, et justement à cause de ce bal qui l'obligeait à passer toute une soirée à écouter ces bruits à la fois irritants, écœurants et lugubres. Il y aurait, heureusement, une ou deux tables de whist, Hornblower aimait à le croire. M. Hough devait avoir été informé des goûts des invités de marque. S'attendre à ce que tout bruit musical fût exclu de la salle de jeu serait sans doute trop espérer. La perspective d'un bal n'était nullement aussi plaisante pour l'amiral que pour son aide de camp et son secrétaire.

Hornblower noua son col-cravate blanc, l'ajusta non sans peine, observant une symétrie géométrique ; puis Giles l'aida à passer son habit noir. À la clarté des bougies, l'amiral considéra le résultat, somme toute acceptable. Les nouveaux usages du temps de paix, aux termes desquels marins et militaires paraissaient en public en vêtements civils, y étaient pour beaucoup, et même la marotte, de plus en plus répandue pour les messieurs, de porter l'habit de soirée de couleur noire. Barbara avait aidé son époux à choisir celui qu'il venait d'endosser ; elle avait assisté en personne aux essayages. Hornblower en trouvait la coupe excellente, tandis qu'il se tournait en tous sens devant le miroir ; le blanc et le noir lui seyaient. Seul un gentilhomme peut porter le blanc et le noir, avait dit Barbara. Propos flatteur.

Giles apporta le chapeau ; l'amiral étudia longuement ce qu'il ajoutait à l'ensemble. Enfin, il prit ses gants blancs, se souvint d'ôter le chapeau, sortit par la porte que Giles tenait ouverte et entra dans le vestibule où Gerard et Spendlove l'attendaient, en grand uniforme.

— Je m'excuse, milord, pour Spendlove et pour moi d'avoir chanté si fort !

L'effet lénifiant du port de l'habit noir fut évident quand Hornblower retint une réprimande désagréable.

— Que dirait Mlle Lucy, Spendlove, si elle vous entendait célébrer les belles filles de France ?

Spendlove sourit ; son sourire était charmant.

— Je demande à Votre Seigneurie d'avoir l'indulgence de ne pas le lui dire.

— Cela dépendra de votre conduite à l'avenir !

Le landau attendait devant la grand-porte de l'Amirauté ; quatre matelots se tenaient là, portant des lanternes qui ajoutaient de la lumière à l'éclairage du porche. Hornblower monta et s'assit. À terre, l'étiquette était différente ; il regretta le roulement des sifflets qui, sur un navire, aurait dû accompagner ce cérémonial. L'officier le plus ancien en grade entrait le premier en voiture, de sorte que, Hornblower s'étant assis à droite, Spendlove et Gerard durent faire le tour et entrer par l'autre portière. Gerard prit place à côté de son amiral, Spendlove en face d'eux, le dos aux chevaux. En même temps que claquait la portière, la voiture s'ébranla, passa devant les lanternes de la grille, puis dehors, dans la nuit d'encre de la Jamaïque.

Hornblower respirait l'air tiède. À son corps défendant, il était bien forcé de convenir qu'après tout, assister à un bal n'était pas une terrible épreuve.

— Vous avez peut-être l'intention, Spendlove, de faire un riche mariage. J'ai su que Mlle Lucy héritera de tout. Avant de vous engager, je vous conseille de vous assurer qu'il n'y a pas de neveux du côté du père !

— Un mariage riche serait pour moi très souhaitable, milord, répondit du fond de l'ombre la voix du secrétaire. Mais je vous rappelle que, pour les affaires de cœur, je suis handicapé depuis ma naissance. Ou du moins depuis mon baptême !

— Depuis votre baptême ?

— Oui, milord. Vous connaissez mon prénom ? Vous vous le rappelez ?

— C'est Érasme, je crois.

— Exactement, milord. C'est un prénom qui s'accommode mal avec les propos tendres. Une femme, quelle qu'elle soit, peut-elle s'éprendre d'un Érasme ? Peut-on l'imaginer disant à quelqu'un : « Rasmie, mon chéri… » ?

— Pourquoi pas ?

— Puissé-je vivre assez longtemps, milord, pour entendre prononcer ces mots-là !

Il était singulièrement agréable d'être promené ainsi par une nuit jamaïquaine, au trot de deux bons chevaux, avec deux jeunes gens agréables ; et surtout, comme Hornblower se le disait prosaïquement à lui-même, avec la conscience d'avoir travaillé assez bien pour mériter une détente. Il avait son commandement bien en main, la surveillance de la mer des Caraïbes se poursuivait de façon satisfaisante, la fraude et la piraterie étaient réduites à des proportions tolérables. L'amiral était, pour ce soir, sans aucune responsabilité. Aucun danger ne menaçait ; s'il existait encore, il était loin, pardelà l'horizon, dans le temps comme dans l'espace. Hornblower, donc, pouvait s'abandonner sur les coussins de cuir, prendre peu de souci de froisser son bel habit noir ou de chiffonner sa chemise.

La réception chez les Hough fut naturellement assez fatigante. Il y eut beaucoup de « milord », de « Votre Seigneurie ». Hough était un planteur important, il possédait une grande fortune, et il était capable de se tenir assez éloigné de Londres pendant la saison d'hiver pour être considéré comme le propriétaire antillais qui réside vraiment sur ses terres. Mais, en dépit de sa fortune, il était très flatté de recevoir, en une seule et même personne, un pair du royaume, un amiral et un commandant en chef, quelqu'un, en somme, dont l'influence pouvait, à un moment donné, être pour lui d'une grande importance. La chaleur de son accueil et de celui de Mme Hough fut si grande qu'elle déborda sur Gerard, et aussi sur Spendlove. Peut-être les Hough se disaient-ils que, pour être en bonne intelligence avec le commandant en chef, il n'était pas inutile d'entretenir de bons rapports avec son aide de camp et avec son secrétaire.

Lucy Hough était une jeune fille de dix-sept ou dix-huit ans, assez jolie, que Hornblower avait déjà rencontrée à plusieurs reprises. L'amiral ne pouvait s'intéresser, si jolie fût-elle, à une fillette fraîche émoulue de l'école, à peine sortie de la nursery. Il se borna à lui sourire ; elle baissa les yeux, les releva sur lui, puis de nouveau se détourna. Il était singulier de voir qu'elle était beaucoup moins timide lorsque son regard rencontrait celui de jeunes gens qui eussent dû l'intéresser davantage.

— Votre Seigneurie ne danse pas, je crois ? dit Hough.

— Il est pénible de se voir rappeler ce qui nous manque en présence de tant de beautés, répondit Hornblower avec un sourire à l'adresse de Mme Hough et de sa fille.

— Alors, peut-être un robre de whist, milord ?

— La déesse de la chance, au lieu de celle de la musique ?

Hornblower essayait toujours de parler de la musique comme si elle eût signifié quelque chose pour lui.

— Volontiers ! Je courtiserai l'une au lieu de l'autre !

— D'après ce que je sais de la force au whist de Votre Seigneurie, je dirais que, pour elle, la chance n'a guère besoin d'être courtisée !

Le bal devait battre son plein depuis quelque temps. Une quarantaine de couples dansaient déjà dans l'immense salle ; une douzaine de douairières étaient assises le long des murs ; l'orchestre jouait dans un coin. Hough fit entrer l'amiral dans une autre pièce ; d'un signe de tête, Hornblower congédia ses deux compagnons et prit place à une table de whist, avec Hough et deux redoutables vieilles dames. La chance voulait qu'une lourde porte étouffât presque complètement le bruit exaspérant de l'orchestre.

Les vieilles dames jouaient un jeu très classique. Une heure s'écoula ainsi, pas trop désagréable. La partie prit fin à l'entrée de Mme Hough.

— Le moment est venu, dit-elle, de danser la polonaise avant le souper ! Je viens vous prier de laisser vos cartes et d'y assister.

M. Hough intervint, comme pour s'excuser :

— Cela ne déplaît pas à Votre Seigneurie ?...

— Les désirs de Mme Hough sont pour moi des ordres, dit Hornblower.

On étouffait dans la salle de bal. Les visages luisaient ; mais l'énergie semblait encore entière tandis que prenait place la double rangée de danseurs pour la polonaise et que l'orchestre écorchait les oreilles de l'amiral. Spendlove menait Lucy Hough par la main, échangeant avec elle des regards heureux. Les quarante-six ans de Hornblower regardaient, non sans condescendance, l'enthousiasme de ces jeunes gens d'un peu plus, et même d'un peu moins de vingt ans. Le bruit que faisait l'orchestre lui paraissait de plus en plus confus ; les jeunes gens devaient lui trouver un sens, car ils cabriolaient tout autour de la salle ; les jupes et les pans des habits voltigeaient ; les danseurs souriaient ; les cœurs semblaient légers. Les rangs doubles se mettaient en cercle, fondaient pour se reformer, tournaient, se reformaient ; enfin, au signal d'un fracas affreux de l'orchestre, les femmes s'inclinèrent très bas pour les révérences, tandis que les messieurs se pliaient en deux devant leur cavalière. Le spectacle, lorsque la musique eut cessé, ne manquait pas de charme. Il y eut un éclat de rire général, des applaudissements nourris ; puis les danseurs se dispersèrent. Se lançant l'une à l'autre des coups d'œil obliques, les dames s'en allèrent par petits groupes réparer les dégâts dus à la chaleur de l'action.

Le regard de Hornblower croisa de nouveau celui de Lucy Hough qui, aussitôt, détourna les yeux ; mais l'instant d'après, l'amiral vit qu'elle regardait encore de son côté. Timidité ? Curiosité ? Il était difficile de le dire, chez ces êtres qui sont encore presque des enfants ; ce qui était certain, c'est que ce regard n'était pas celui qu'elle avait pour Spendlove.

— Encore dix minutes avant le défilé du souper, milord, dit Hough. Votre Seigneurie aura-t-elle la bonté de conduire Mme Hough à table ?

— Enchanté, naturellement.

Spendlove approchait, s'épongeant le visage.

— J'aimerais aller respirer dehors un moment, dit-il. Peut-être milord…

— Je vous accompagne ! dit Hornblower. Pas mécontent d'avoir une excuse ! La compagnie de Hough n'est pas drôle !

Ensemble ils sortirent dans le jardin obscur. L'éclairage de la salle de bal avait été si brillant qu'ils durent s'aventurer d'abord avec précaution.

— J'espère que vous vous amusez ? dit Hornblower.

— Oh, oui ! beaucoup ! Merci, milord.

— Et... votre cour... fait-elle des progrès ?

— Je suis moins certain de cela, milord.

— Quoi qu'il en soit, mes vœux vous accompagnent.

— Merci, milord.

Hornblower s'habituait peu à peu à l'obscurité. Quand il levait les yeux, il apercevait les étoiles. Sirius était nettement visible, poursuivant dans le ciel nocturne sa chasse éternelle à Orion. L'air était chaud et immobile ; la brise de mer avait cessé de souffler. C'est alors que la chose arriva. Hornblower surprit derrière lui des froissements dans les feuilles. Sans avoir eu le temps de faire un geste, il fut saisi par les deux bras ; une main était collée sur sa bouche. Il se débattait encore quand une douleur aiguë sous l'omoplate droite le fit sursauter.

— Silence ! fit une voix épaisse. Silence ! Sinon...

La douleur reprit. La pointe d'un couteau devait lui piquer le dos. Il cessa de lutter. Les mains invisibles se mirent à le bousculer, le forcèrent à marcher. Les inconnus autour de lui étaient au moins trois. Le nez de l'amiral, plus sensible que son oreille, lui disait qu'ils devaient transpirer.

Il appela :

— Spendlove !

— Silence ! dit la voix qui l'avait menacé.

Comme on le poussait hors du jardin, un cri retentit, qui fut étouffé sur-le-champ ; il devait venir de Spendlove.

On pressait si fort Hornblower d'avancer qu'il avait de la peine à garder l'équilibre ; mais les bras qui le bousculaient le soutenaient aussi ; quand il trébuchait, il sentait la pointe du couteau percer ses vêtements.

Au sortir du jardin, on se trouva dans un étroit sentier où des ombres s'estompaient dans l'obscurité. Hornblower se heurta à quelque chose qui s'ébrouait. La chose bougea ; ce devait être un âne, peut-être un mulet.

— Monte ! fit une voix.

L'amiral hésitait ; le couteau lui piqua les côtes.

— Monte !

Quelqu'un faisait tourner l'animal pour que le prisonnier pût monter. Il n'y avait ni étriers ni selle. Hornblower mit les deux mains sur le garrot du mulet, se hissa à califourchon. À tâtons, il chercha des rênes, n'en trouva pas, bien qu'il entendît le cliquetis d'un mors. Il s'agrippa au poil d'une courte crinière. Des bruits lui apprenaient que ses ravisseurs enfourchaient les autres mulets. Le sien s'ébranla dans une secousse qui jeta le cavalier d'abord en arrière, puis sur le cou de l'animal. Un des inconnus montait un mulet devant lui, traînant le sien par son bridon. Les bêtes paraissaient être quatre, les hommes huit. À un signal donné, les mulets se mirent à trotter. Hornblower était dangereusement ballotté sur le dos glissant de sa monture. Il vit qu'un cavalier le flanquait de chaque côté, pour l'aider à se maintenir en équilibre. Un peu plus tard, le cortège ralentit de nouveau ; le mulet de tête s'engageait dans un tournant qui semblait difficile.

— Qui êtes-vous ? dit Hornblower entre deux secousses.

L'homme qui se trouvait à droite agita un objet qui brillait à la clarté des étoiles : c'était le coutelas qu'on appelle « machete » dans les Antilles.

— Silence ! fit l'homme, ou je te l'enfonce dans la jambe !

L'instant d'après, le mulet se remit à trotter et il devint impossible à Hornblower de rien dire, même s'il en avait eu l'envie. Hommes et bêtes se hâtaient sur un sentier, entre des champs de canne à sucre. Dansant éperdument sur le dos de sa mule, Hornblower essayait de fixer les étoiles pour voir quelle direction l'on prenait ; ce n'était pas facile, car on changeait souvent de route.

Laissant derrière lui les cannes à sucre, le cortège émergea dans une savane découverte. Puis ils furent parmi des arbres ; ensuite on ralentit l'allure pour escalader une côte raide. On redescendit au grand trot sur l'autre versant, les hommes qui étaient à pied courant à la même allure que les mulets. On grimpa encore, les mulets glissant, dérapant, tête basse, sur ce qui semblait être un sol dangereux. Par deux fois, Hornblower faillit être jeté à bas de sa monture, pour être chaque fois relevé par l'homme qui se tenait à côté de lui ; bientôt il fut cruellement blessé par le cuir de la selle, si le mot peut convenir à qui chevauche à cru. La crête de l'épine dorsale du mulet lui causait un mal insupportable ; il était trempé de sueur ; sa bouche était sèche ; il était infiniment las ; il finissait par être hébété de fatigue, ahuri de douleur. À plusieurs reprises, on pataugea dans de petits cours d'eau qui ruisselaient de la montagne. De nouveau on traversa une ceinture d'arbres. Plusieurs fois, on parut engagé dans d'étroits défilés.

Hornblower n'avait plus qu'une notion vague du temps pendant lequel ils avaient voyagé quand ils débouchèrent au bord d'un cours d'eau. La surface en était apparemment tranquille, car on voyait s'y refléter le ciel plein d'étoiles. Sur l'autre rive, dans l'ombre, une falaise se dressait. Le cortège fit halte. L'un des gardiens de Hornblower lui toucha le genou pour l'inviter à mettre pied à terre. L'amiral se laissa glisser et dut s'agripper à sa monture, car ses jambes refusaient de le porter. Quand il put se tenir debout et regarder autour de lui, il vit qu'il y avait un Blanc parmi les hommes de couleur. Il finit par distinguer Spendlove, dont les genoux fléchissaient, dont la tête pendait, et qui était soutenu de chaque côté. Il l'appela par son nom. Spendlove mit quelques secondes à trouver la force de répondre « Milord ? » d'une voix pâteuse, au timbre étrange.

— Spendlove, êtes-vous blessé ?

— Non, milord.

Quelqu'un bouscula Hornblower, lui cria :

— Allons ! Nage !

L'amiral voulut s'enquérir de son secrétaire, mais des mains le poussèrent, le forçant à gagner le bord de l'eau. Résister était inutile. Hornblower ne put que deviner ; Spendlove avait dû être étourdi par un coup et venait à peine de reprendre conscience.

— Nage ! répéta la voix rauque.

On le poussait dans l'eau. Il voulut résister.

— Non ! dit-il.

La rivière semblait singulièrement large et noire. Même pendant qu'il luttait ainsi sur le rivage, il avait l'affreuse conscience de l'indignité du traitement qu'on lui faisait subir. Le commandant en chef de l'escadre des Caraïbes était comme un enfant aux mains de ces bandits. Quelqu'un, tout près de lui, fit entrer dans l'eau un des mulets.

— Tiens-le par la queue ! dit la voix.

Le couteau de nouveau lui piqua le dos. Que faire ? Hornblower saisit la queue du mulet, se laissa glisser dans le courant et s'abandonna. L'animal dérapa, puis se mit à nager. L'eau qui se refermait autour d'eux paraissait à peine plus froide que l'air ambiant.

Enfin, le mulet reprit pied, se mit à grimper sur l'autre rive. Hornblower eut l'impression que quelques instants avaient suffi pour la traversée. Il suivit l'animal. L'eau ruisselait de ses vêtements. Derrière lui, hommes et bêtes pataugeaient. Une main se posa sur son épaule pour le faire tourner, le presser d'avancer. On stoppa de nouveau près d'un cordage qui, en se balançant, le heurta. L'amiral étendit les mains, reconnut une échelle de corde, faite de lianes et de bambou.

— Grimpe ! dit la voix.

Il avait le sentiment que monter lui serait impossible. Il recula pour protester. Encore une fois, la pointe du couteau lui piqua les côtes. Alors, résigné, il leva les bras, chercha où appuyer un pied, puis l'autre.

— Monte !

Il se mit à grimper ; sous ses pieds, l'échelle se tordait comme une bête vivante. Exercice horrible, dans l'obscurité, que cette ascension. Les échelons se dérobaient ; on restait suspendu par les mains ; les chaussures mouillées glissaient sur le bambou trop lisse ; les lianes paraissaient n'offrir qu'une sécurité médiocre. Quelqu'un grimpait derrière lui, tout près de lui ; sur cette échelle houleuse, balancé dans le vide comme un pendule, l'amiral néanmoins montait, gravissait un échelon après l'autre. Ses mains serraient si convulsivement les montants qu'il lui fallait à chaque fois faire un effort pour lâcher prise. Le balancement, la torsion eurent enfin moins d'amplitude, et soudain les mains de Hornblower touchèrent de la terre et du rocher. La prise n'était pas sûre ; l'amiral se trouvait à une hauteur vertigineuse. Un ordre bref partit de l'échelle ; une main lui saisit le poignet et tira. Il tomba en avant, s'étala sur la terre dure. Puis, rampant à quatre pattes, il avança pour faire place à l'homme qui l'avait suivi. Il était à bout, et au bord des larmes. Plus rien ne restait de l'homme fier, content de lui, qui, quelques heures plus tôt, regardait dans la glace le reflet de son habit neuf. Des gens le dépassaient. Quelqu'un cria :

— Milord ! Milord.

C'était Spendlove.

— Êtes-vous bien, milord ? disait, penché sur lui, le jeune secrétaire.

La résurrection du sens de l'humour, le sentiment

du ridicule, sa fierté naturelle, peut-être seulement la force de l'habitude firent que Hornblower se ressaisit brusquement pour répondre :

— Aussi bien que je peux m'y attendre, merci, après cette remarquable aventure. Mais, à vous, qu'est-il arrivé ?

— Ils m'ont frappé sur la tête ! dit Spendlove.

De toute évidence, le jeune homme était sans force.

— Ne restez pas debout, dit Hornblower.

Spendlove se laissa tomber.

— Savez-vous où nous sommes, milord ?

— Mais... au sommet d'une falaise, pour autant que j'en puisse juger.

— Mais où, milord ? Où ?

— Quelque part dans la Jamaïque, loyale colonie de Sa Majesté. Je ne puis rien dire de plus.

— Le jour ne va pas tarder à paraître...

— Oui. Sûrement. Bientôt.

Personne ne faisait plus attention à eux. Ils entendaient, à quelques pas, des voix d'hommes, et le bruit de ces bavardages contrastait étrangement avec le silence discipliné qui avait été observé pendant l'escapade à travers la campagne. Au ronron des paroles se mêlait le bruit d'une chute d'eau, que l'amiral se rappelait avoir perçu depuis le début de l'ascension. Les conversations se déroulaient dans un anglais indigent que Hornblower pouvait à peine comprendre ; ce qui était certain, c'est que les ravisseurs exultaient. On entendait aussi des voix de femmes ; des silhouettes allaient et venaient, trop agitées peut-être pour s'asseoir, malgré les fatigues de la nuit.

— Je doute, milord, que nous soyons vraiment au sommet de la falaise, si vous me permettez de vous contredire.

Spendlove tendait le bras au-dessus d'eux.

Le ciel commençait à pâlir ; les étoiles avaient l'air de fondre. Plus haut qu'eux, à la verticale, la falaise, en effet, s'élevait encore, surplombait l'endroit où ils se trouvaient. Des feuillages se silhouettaient là-haut, sur le ciel.

— Bizarre ! dit Hornblower. Nous devons nous trouver sur un ressaut, une saillie.

À sa droite, le ciel s'éclairait lentement ; il était du rose le plus pâle, alors qu'à gauche il restait sombre.

— Nous sommes face au nord nord-ouest, dit Spendlove.

Imperceptiblement, la clarté grandissait. Quand Hornblower se tourna de nouveau vers l'est, le rose avait viré à l'orange ; un soupçon de vert apparaissait.

Les captifs semblaient se trouver à une très grande hauteur. Assis par terre, ils voyaient, presque à leurs pieds, la saillie cesser brusquement et au loin, tout en bas, l'horizon voilé d'une brume légère. Hornblower fut soudain conscient de ses vêtements mouillés ; il frissonna.

— Ce pourrait être la mer ! dit Spendlove.

C'était elle, en effet, lointaine, mais bleue, ravissante. Entre elle et la falaise sur laquelle ils étaient perchés, une plaine s'étalait, que la brume obscurcissait encore. Hornblower se mit debout, fit un pas en avant, se pencha par-dessus une sorte de parapet fait d'un entassement de pierres. La hauteur était telle qu'il battit d'abord en retraite, avant de se risquer à regarder encore. Les prisonniers se trouvaient sur un rebord ménagé dans la façade même de la falaise, à la hauteur, à peu près, de la grande vergue d'une frégate, c'est-à-dire à quelque soixante pieds du sol ; verticalement, sous eux, le cours d'eau luisait, que l'amiral avait traversé, tenant la queue d'une mule. L'échelle de lianes pendait là, jusqu'au bord de l'eau. Quand, au prix d'un effort, Hornblower se forçait à regarder en bas, il voyait les dos des mulets demeurés dans l'étroit espace entre le bord de la rivière et le pied de la falaise ; le surplomb était considérable ; le temps et la rivière en crue avaient sensiblement érodé le pied. D'en haut, rien ne pouvait atteindre les captifs, et rien non plus d'en bas, si l'échelle venait à être retirée. Dans sa plus grande largeur, la saillie atteignait peut-être dix yards ; elle mesurait une centaine de yards en longueur. Par endroits, elle était rétrécie. À l'un des bouts, la chute d'eau dégringolait dans une crevasse qu'elle avait dû creuser elle-même ; elle s'écrasait sur une grappe de rochers, puis rejaillissait pour aller tomber dans la rivière. La vue seule de cette chute faisait sentir à l'amiral combien il avait soif ; il fit quelques pas pour s'en approcher. Ce n'était pas facile. Marcher sur ce rebord, se tenir debout entre cette muraille verticale et le vide, la poussière d'eau jaillissant tout autour de lui, était risqué. Mais Hornblower put remplir d'eau fraîche ses deux mains et boire, boire encore, puis se mouiller le visage et la tête. Spendlove attendait qu'il eût terminé ses ablutions. Dans l'épaisse chevelure du secrétaire, derrière l'oreille gauche, on voyait un caillot de sang noir. Spendlove s'agenouilla pour boire et se laver, se releva, se tâtant la tête avec des gestes précautionneux.

— Ils ne m'ont rien épargné ! dit-il.

Son uniforme aussi était taché de sang. Le fourreau de son épée pendait, vide, à sa ceinture. Comme les deux hommes s'écartaient de la chute, ils purent voir au loin l'épée luire aux mains d'un de leurs ravisseurs qui, debout, paraissait les surveiller, ou les attendre. C'était un gaillard trapu, lourdement charpenté, de peau pas complètement noire, peut-être blanc pour moitié. Il était débraillé, vêtu d'une chemise sale, d'un pantalon bleu déchiré, de souliers à boucles en mauvais état, sur des pieds plats tournés vers l'extérieur.

— Alors, milord ? fit-il.

Il parlait avec l'accent de l'île, appuyant lourdement sur les voyelles, escamotant les consonnes.

— Que voulez-vous ? dit Hornblower, mettant dans sa voix toute l'âpreté qu'il pouvait.

— Vous allez nous écrire une lettre ! dit l'homme à l'épée.

— Une lettre ? À qui ?

— Au gouverneur !

— Pour lui demander de venir vous pendre ?

L'homme hocha sa grosse tête, puis :

— Je veux un papier, dit-il. Un papier avec un cachet. La grâce... pour nous tous ! Avec un cachet !

— Qui êtes-vous ?

— Ned Johnson.

Le nom ne disait rien à Hornblower ; rien non

plus (un coup d'œil le lui apprit) à Spendlove, l'homme qui savait tout.

— J'ai navigué avec Harkness ! dit Johnson.

Voilà qui signifiait quelque chose pour les deux Anglais. Harkness était l'un des derniers petits pirates. Il y avait à peine une semaine, la *Clorinda* avait coupé la retraite à son sloop, le *Blossom,* au large de Savannalamar. La corvette n'avait pu s'échapper. Sous le feu à longue portée de la *Clorinda,* le *Blossom* s'était échoué exprès à la côte, à l'embouchure de la Sweet. Les pirates avaient pu fuir, se disperser dans les marais de mangliers de cette partie du rivage. Tous, sauf le capitaine, dont le corps avait été trouvé sur le pont, presque coupé en deux par un boulet. Ces hommes-ci, c'était son équipage. Ils étaient là sans chef, à moins que Johnson pût être appelé un chef. Pour les traquer, dès que la *Clorinda* avait pu gagner Kingston et apporter la nouvelle, le gouverneur avait mobilisé deux bataillons. C'était afin de leur couper la retraite par la mer que le gouverneur, à la suggestion de Hornblower, avait posté des gardes sur tous les rivages de pêcheurs. Il fallait les empêcher de redevenir le fléau qu'ils avaient été depuis qu'ils avaient volé un bateau de pêche, il fallait éviter à tout prix la capture d'un bateau plus grand, à bord duquel ils recommenceraient.

— Il n'y a pas de pardon pour les pirates ! dit Hornblower.

— Si, dit Johnson. Si vous écrivez une lettre, le gouverneur nous l'accordera.

Il se tourna, ramassa quelque chose. C'était

un volume relié en cuir : le tome II de *Waverley*[1], Hornblower le reconnut sur-le-champ. Johnson offrit un bout de crayon.

— Écrivez au gouverneur ! dit-il.

Ayant ouvert le livre, il montrait la feuille où il voulait que l'amiral écrivît, la feuille de garde.

— Écrire quoi ? dit Hornblower.

— Demandez notre grâce ! Pour tous ! Avec un cachet !

Au cours d'entretiens avec des gens de son espèce, Johnson avait dû entendre parler d'un « pardon sous le Grand Sceau » et le souvenir lui en était resté dans la mémoire.

— Jamais le gouverneur ne signera cela !

— Alors je lui enverrai vos oreilles ! dit le pirate. Je lui enverrai votre nez !

Entendre cela était affreux. Hornblower regarda Spendlove. Spendlove avait pâli.

— … Vous, son amiral ! poursuivait Johnson. Vous, un lord ! Le gouverneur fera sûrement ça pour vous !

— J'en doute fort, dit Hornblower.

Il évoquait la scène avec le gouverneur, M. Augustus Hooper, un vieux général, homme important et tatillon ; il tentait d'imaginer la réaction que produirait sur Hooper une démarche comme celle de Johnson. À la seule idée d'accorder leur grâce à deux douzaines de pirates, Son Excellence risquait de faire un coup de sang. Le gouvernement de la métropole, quand il apprendrait la nouvelle, serait furieux ; son humeur se tournerait probablement

1. Le roman de Walter Scott.

contre l'homme qui avait mis tout le monde dans cette situation absurde en commettant la sottise de se laisser capturer. Cette pensée lui suggéra de poser une question :

— Comment se fait-il que vous vous soyez trouvés dans le jardin ?

— Nous attendions votre départ. Mais vous êtes venu plus tôt !

Soudain, Johnson hurla :

— En arrière !

Avec une agilité surprenante pour son poids, il avait fait un saut de côté, pointant son épée. L'amiral se tourna juste à temps pour voir Spendlove se détendre après avoir été sur le point de bondir sur Johnson. Le secrétaire eût-il réussi à reprendre son épée, la situation en aurait été renversée ; mais pour combien de temps ? Ayant entendu Johnson crier, plusieurs pirates accouraient, l'un armé d'un bâton qui devait être le manche d'une pique. Il le lança, atteignit Spendlove au visage ; celui-ci chancela. Déjà le bâton se relevait pour frapper encore ; Hornblower s'interposa, hurla :

— Non ! Non !

Tous restèrent muets, se défiant du regard. Son coutelas à la main, un des hommes s'approcha de Hornblower et jeta à Johnson :

— J'y coupe une oreille ?

Johnson fit :

— Pas encore.

Puis à ses prisonniers :

— Asseyez-vous, tous les deux !

Comme ils hésitaient, il beugla :

— Je vous ai dit de vous asseoir !

Il n'y avait rien d'autre à faire ; les deux officiers étaient sans défense.

— Vous écrivez la lettre ?

— Attendez ! dit Hornblower. Un moment !

Il n'espérait rien, mais il voulait gagner du temps, comme l'enfant invité à se coucher résiste à sa nurse.

— Oui ! Mangeons d'abord ! dit Spendlove.

À l'extrémité de la saillie, un petit feu avait été allumé, dont la fumée, par cette aube tranquille, montait, droite, vers le surplomb de la falaise. Un pot de fer pendait à une chaîne, sur un trépied ; deux femmes étaient penchées dessus. En cet endroit, des coffres, des tonnelets, des barils s'entassaient pêle-mêle contre la muraille ; des mousquets étaient rangés dans un râtelier. Hornblower se disait qu'il était dans une de ces situations que les romans populaires intitulent « Dans l'antre des pirates ». Ces coffres contenaient peut-être des trésors, des perles et de l'or. Comme tous les hommes de mer, les pirates avaient besoin d'une base à terre ; celle de ces voleurs était ici, au lieu de se trouver sur une grève déserte. Le brick *Clement* de Hornblower en avait liquidé une, un an plus tôt.

— Vous écrivez cette lettre, milord ? dit Johnson.

Il s'amusait à toucher la chemise de Hornblower avec son épée ; la pointe perçait le mince plastron.

— Vous voulez quoi ?

— Notre grâce ! Avec un cachet !

Hornblower dévisageait son adversaire. C'en était fini, aujourd'hui, de la piraterie dans les Caraïbes. Bateaux de guerre américains dans le nord, bateaux de guerre français dans les petites

Antilles, l'escadre anglaise stationnée à la Jamaïque, tout cela en avait fait une entreprise à la fois dangereuse et non lucrative. Cette bande-ci, reliquat du gang Harkness, était dans une situation plus précaire qu'aucune autre, son bateau perdu, son évasion par mer coupée grâce aux mesures que Hornblower avait fait prendre. Pour éviter d'être pendus, ces pirates avaient conçu et magnifiquement exécuté ce plan : enlever le commandant en chef britannique. L'auteur du plan devait être ce type à l'air stupide qui se trouvait là, devant lui. Mais cette apparence pouvait tromper ; ou alors le cas désespéré où se trouvait Johnson avait décuplé l'ingéniosité du pirate.

— Vous m'entendez ? dit-il encore.

De nouveau, il piqua l'amiral à travers son plastron.

— Dites-lui, milord, que vous acceptez, souffla Spendlove. Gagnez du temps !

— Vous, fermez ça ! lui dit Johnson.

Une autre idée parut lui venir à l'esprit.

— Vous écrivez, dit-il, s'adressant à Hornblower, ou c'est à lui que je crève les yeux !

— J'écrirai !

Assis, le *Waverley* ouvert à la page de garde, le bout de crayon à la main, l'amiral réfléchissait. Johnson fit trois pas de côté, comme pour ne pas gêner l'inspiration du prisonnier. Hornblower se demandait ce qu'il convenait d'écrire : « Cher monsieur Augustus » ou « Excellence » ? Excellence était mieux. Il écrivit :

« Je suis détenu ici contre rançon, avec Spendlove, mon secrétaire, par les survivants du gang

Harkness. Le porteur vous expliquera que leur chef vous demande de signer leur grâce à tous. Faute de quoi... »

Le crayon resta suspendu. Que fallait-il ajouter ? Mettre : « Faute de quoi, nos deux vies... » ? Non. Plutôt : « ... notre liberté à tous deux... » Non. Pas cela non plus. Pas de mélodrame. Pour finir, il écrivit :

« Votre Excellence sera naturellement meilleur juge que moi de la situation. Votre serviteur. »

Il hésitait encore ; puis d'un coup il signa le message.

— Voilà ! dit-il tendant le volume à Johnson.

L'ayant pris, ce dernier l'examina longtemps, et enfin se tourna vers le groupe de partisans qui, accroupis par terre, observaient la scène en silence. Ils se levèrent pour regarder, par-dessus l'épaule de Johnson, les lignes du message. D'autres se joignirent à eux. Une discussion s'éleva.

— Pas un d'entre eux ne sait lire, milord ! souffla Spendlove.

— On le dirait !

Les pirates regardaient l'écriture, puis les prisonniers. La discussion parut s'animer, devenir ardente. Johnson devait faire aux autres des remontrances, à moins qu'il ne fût en train de les exhorter... Plusieurs d'entre eux, à qui il s'adressait, s'écartèrent en hochant la tête.

— Il doit être question de savoir qui portera le message à Kingston, dit Hornblower. Qui affrontera le lion dans sa tanière.

— Le type n'a pas d'autorité, dit Spendlove, Harkness en aurait déjà abattu deux ou trois !

Johnson s'approcha, son doigt sale désignant l'écriture.

— Vous avez mis quoi là ?

Hornblower lut tout haut la note. Qu'importait qu'il dît la vérité ? Les autres n'avaient aucun moyen de le savoir. Johnson le dévisageait, étudiant son attitude ; il paraissait encore plus ahuri qu'avant. Pour un homme comme lui, la situation était trop complexe. Il essayait d'exécuter un plan dont il n'avait pas prévu les détails. Aucun des pirates n'était probablement disposé à se risquer à porter un message dont il ignorait le contenu. Sans doute aussi n'avaient-ils en aucun des leurs assez de confiance ; celui qui serait chargé de remplir la mission pourrait en profiter pour déserter, ou pour tenter de se tirer seul d'affaire. Ces pauvres diables et leurs femmes en haillons étaient dans une impasse ; aucun esprit subtil n'était là, parmi eux, qui pût les en tirer. Leur embarras prêtait à rire ; Hornblower faillit en sourire. Mais cette foule instable pouvait, dans un accès de rage, s'en prendre aux prisonniers encore en leur pouvoir. Le débat gagnait en violence, sans qu'une solution parût devoir être trouvée.

— Pensez-vous, milord, que nous pourrions atteindre l'échelle ? dit Spendlove.

Puis, répondant lui-même à sa propre question :

— Non ! Ils nous auraient repris avant que nous ayons pu fuir !

— Gardons toutefois l'idée à l'esprit ! dit Hornblower.

La voix rauque de la femme qui faisait la cuisine s'éleva comme pour un appel, et la discussion s'apaisa. À chacun, elle servit une louchée de son brouet dans un bol en bois. Ce fut une mulâtresse, presque une enfant, vêtue d'une robe déchirée qui avait dû être magnifique, qui apporta leur repas aux prisonniers, ne leur offrant qu'un bol unique, sans cuiller ni fourchette. Hornblower et Spendlove ne purent retenir un sourire. Puis Spendlove sortit d'une poche un canif qu'il ouvrit et tendit à son supérieur.

— Il pourra peut-être servir, milord.

Il jeta un coup d'œil au contenu du bol.

— Le repas ne vaut pas celui que nous avons manqué chez les Hough !

Des ignames bouillies, un peu de porc salé ; les premières probablement volées dans un jardin, la viande tirée d'une des barriques. Les deux Anglais mangèrent, un peu à contrecœur, Hornblower insistant pour que le canif fût utilisé à tour de rôle, et jonglant avec les morceaux brûlants. Mais tous deux avaient faim. Les pirates et les femmes mangeaient aussi, assis sur les talons. Après les premières bouchées, la discussion reprit, sans doute sur l'usage qu'il convenait de faire du message et des prisonniers.

Hornblower regardait au loin.

— Ce doit être là la « Cockpit Country », dit-il.

— Aucun doute, milord.

La Cockpit Country était un territoire inconnu des Blancs, une république indépendante de la partie nord-ouest de l'île. Quand la Jamaïque, cent cinquante ans auparavant, avait été prise aux Espagnols, les Britanniques avaient trouvé cette région peuplée d'esclaves évadés et de ce qui restait des

Indiens. Plusieurs tentatives pour réduire ce territoire avaient piteusement échoué, la fièvre jaune et les difficultés du terrain se conjuguant avec la valeur et l'héroïsme de ses défenseurs. Un traité avait finalement été conclu, accordant son indépendance à la Cockpit Country, à la seule condition qu'à l'avenir, les habitants ne donneraient plus jamais asile à des esclaves évadés. Ce traité durait depuis cinquante ans ; il paraissait devoir durer bien davantage. Le repaire des pirates était exactement en bordure de ce territoire, adossé aux montagnes de l'île.

— Et voilà, milord, la baie de Montego ! dit Spendlove, la désignant du doigt.

Hornblower avait visité l'endroit l'année précédente à bord de la *Clorinda.* C'était une rade isolée offrant un bon mouillage et qui abritait quelques barques de pêche. Il la contemplait, dévorait des yeux (avec quelle envie !) la lointaine surface d'eau bleue. Il essayait d'imaginer un moyen de fuir, ou bien quelque possibilité d'aboutir à une tractation avec les pirates ; mais une nuit entière d'insomnie lui avait fait l'esprit paresseux, peut-être, après qu'il avait avalé cette ratatouille. S'étant surpris à somnoler, il se ressaisit brusquement. Il avait franchi le cap des quarante ans, et la perte d'une nuit de sommeil était pour lui une affaire sérieuse, surtout après des exercices violents et des émotions inhabituelles.

— Je crois que vous pourriez dormir un peu, milord ! dit gentiment Spendlove.

— Oui, peut-être.

L'amiral s'étendit sur la terre durcie.

— Couchez-vous là, milord, dit Spendlove, le prenant par les épaules et le forçant à se retourner.

Hornblower se trouva la tête posée sur la cuisse de son secrétaire. Pendant quelques instants, il lui sembla que tout tournait autour de lui. Une brise légère soufflait ; le débat des pirates et de leurs femmes produisait un ronron monotone ; la chute d'eau giclait, gargouillait. Tout d'un coup, l'amiral s'endormit.

Il s'éveilla un peu plus tard, Spendlove l'ayant touché à l'épaule.

— Milord ! Milord !

Il leva la tête, un peu surpris, d'abord, de voir où il était couché ; il lui fallut quelques secondes pour se rappeler comment il était venu là. Johnson et deux autres pirates se tenaient devant lui. À l'écart, une des femmes regardait la scène, comme si elle avait contribué à la décision qui, de toute évidence, avait été atteinte.

— C'est vous, milord, que nous allons envoyer chez le gouverneur ! dit Johnson.

Hornblower leva les yeux sur lui ; bien que le soleil eût tourné derrière la falaise, le ciel restait éblouissant.

— Vous ! répéta Johnson. C'est vous qui irez. Lui, nous le gardons !

Son doigt tendu désignait Spendlove.

— Que voulez-vous dire ?

— Vous irez chez le gouverneur demander notre grâce. À vous, oui, il l'accordera ! Votre ami reste ici ! Nous pourrons lui couper le nez, lui arracher les yeux...

— Oh ! fit Hornblower.

Johnson ou ses conseillers, peut-être aussi cette femme, étaient-ils, après tout, doués de pénétration ? Il fallait qu'ils ne fussent pas sans quelque notion de l'honneur ; ils avaient découvert que les rapports entre l'amiral et son secrétaire étaient amicaux autant que respectueux. La vue, peut-être, de ce lord, de cet amiral endormi sur la jambe d'un jeune officier avait pu les guider. Ils devaient se dire que jamais Hornblower ne laisserait Spendlove à leur merci, qu'il ferait tout ce qui serait en son pouvoir pour obtenir qu'il fût rendu à la liberté. Peut-être même se disaient-ils (l'imagination de Hornblower, libérée de sa somnolence, faisait des bonds énormes), peut-être se disaient-ils que l'amiral, au cas où il n'obtiendrait pas la grâce demandée, reviendrait partager la captivité de son compagnon…

— C'est vous que nous envoyons ! répéta Johnson.

La femme qui se tenait à l'écart dit quelque chose à haute voix.

— Tout de suite, dit Johnson. Levez-vous !

Hornblower se mit lentement debout. Il eût pris son temps en toute circonstance, afin de conserver ce qui lui restait de dignité ; mais eût-il voulu agir autrement qu'il n'aurait pu se dresser d'un seul coup. Ses articulations étaient trop raides ; à chaque mouvement qu'il faisait, il les entendait craquer. Il avait mal partout.

— Ces deux hommes vont vous conduire ! dit Johnson.

Spendlove s'était levé aussi. Il était inquiet :

— Vous sentez-vous d'aplomb, milord ?

— Seulement un peu raide. Mais vous-même ?

— Oh, moi, ça va, milord ! Je vous en prie, ne pensez pas à moi !

Le regard de Spendlove disait clairement qu'il désirait communiquer un message. Il répéta :

— Ne pensez plus à moi, milord !

Il essayait de faire entendre que son chef pouvait l'abandonner, que rien ne devait être fait pour le sauver, aucune rançon versée, rien ; qu'il était prêt à subir n'importe quelles souffrances, pourvu que son amiral sortît vivant de l'aventure. Hornblower lui rendit coup d'œil pour coup d'œil.

— Je ne cesserai de penser à vous ! dit-il.

— Allons ! dit Johnson. Vite !

L'échelle de corde dansait au bord de la saillie.

Se laisser descendre par-dessus le bord, trouver appui sur les échelons flottants n'était pas une petite affaire avec ces articulations douloureuses. Sous son poids, l'échelle bougeait comme une chose vivante, comme une chose décidée à le précipiter dans le vide. Il s'accrochait avec des gestes nerveux, descendait à reculons, se forçant à raidir son corps. Il commençait à s'habituer au balancement de l'échelle quand le rythme qu'il avait trouvé se trouva compromis par les mouvements du premier des hommes de son escorte qui, au-dessus de lui, commençait à descendre. Il finit par toucher le sol. À peine avait-il senti la terre sous ses pieds que le premier bandit, puis le second, se laissèrent tomber près de lui. Une voix vint du ciel :

— Au revoir, milord ! Bonne chance !

C'était Spendlove qui criait ses adieux. L'amiral dut s'incliner fortement en arrière, au bord même de l'eau, pour apercevoir, là-haut, par-dessus les pierres du parapet, une tête, puis une main qui, à soixante pieds, lui faisait signe. Il agita le bras, tandis que ses gardes amenaient les mules.

De nouveau, il fallut passer l'eau. La rivière n'avait pas plus de trente pieds de large. Aurait-il su cela, la veille au soir, il eût pu traverser sans aide, à la nage. Il se laissa glisser dedans tout habillé, au grand dommage de son habit noir, se tourna sur le dos, fit la planche. Plein d'eau, son vêtement le gênait ; ses membres fatigués eurent quelque peine à le porter jusqu'à la rive. Il rampa pour sortir, l'eau ruisselant de partout, et resta là, immobile, pendant que les mulets quittaient la rivière. Penché par-dessus le parapet, Spendlove lui adressait de nouveau des signes.

Il s'agissait maintenant de remonter à cheval. Hornblower n'y réussit pas sans peine ; le poil de la bête était glissant ; dès que Hornblower fut à califourchon, il s'aperçut qu'il était encore blessé ; la douleur était vive. Le mal était le plus cuisant quand sa monture heurtait de l'un ou l'autre pied le sol irrégulier. On grimpa une côte raide au flanc d'une colline. Était-ce le chemin qu'on avait pris la nuit précédente ? C'était à peine un sentier, à peine une piste.

On entra dans un défilé raide ; on redescendit sur l'autre versant ; on monta encore. On passa à gué de petits torrents, entre des arbres. Hornblower, maintenant, se sentait comme paralysé, à la fois de corps et d'esprit ; sa monture aussi se montrait lasse, dont le pied n'était nullement aussi sûr que doit l'être le pied d'une mule ; elle butait presque à chaque pas ; Hornblower avait toutes les peines du monde à garder son équilibre. Le soleil s'enfonçait à l'ouest tandis qu'ils trottaient, cahotés, par côtes et descentes. Enfin, après avoir traversé un bois, on déboucha en terrain découvert. Ici le soleil tropical tombait de nouveau d'aplomb sur les têtes. On était dans une savane, à peine semée de quelques rochers ; on voyait au loin paître du bétail, et au-delà une grande étendue verte. De vastes plantations de canne à sucre s'étalaient, aussi loin que le regard pouvait porter. Un demi-mille encore et ils atteignirent une piste définie où l'escorte de l'amiral fit stopper ses montures.

— Vous pouvez continuer seul, maintenant, lui dit l'un d'eux, lui montrant un chemin qui serpentait en direction des plantations lointaines.

Il fallut à Hornblower une ou deux secondes pour bien comprendre qu'on le lâchait.

— Par là ? fit-il sans aucune raison plausible.

— Oui, par là !

Les deux pirates firent faire demi-tour à leurs mules.

Hornblower dut lutter avec son mulet à qui la séparation d'avec ses congénères paraissait déplaire. L'un des bandits frappa la bête, d'un grand coup qui la fit partir au trot sur la piste, à une cadence des plus douloureuses pour l'amiral. Mais, bientôt, le mulet se remit au pas.

Le soleil était maintenant filtré par des nuages ; au bout de peu de temps, précédée d'une bouffée de vent frais, la pluie se mit à tomber à verse, aveuglante, effaçant le paysage et ralentissant encore le pas de la mule, sur un sol qui devenait glissant. Hornblower était à bout ; si drue était la pluie que lorsqu'elle lui fouettait le visage, il avait de la peine à respirer.

Elle cessa peu à peu. Le ciel restait couvert au-dessus de sa tête, mais s'entrouvrait à l'occident, tamisant encore le soleil ; de sorte qu'à la gauche de l'amiral, le paysage prenait un air glorieux grâce à un magnifique arc-en-ciel. C'est à peine si Hornblower le remarqua. Ici commençaient les champs de canne à sucre ; à travers les plantations, la piste qu'il suivait devenait un chemin étroit et raboteux, crevé d'ornières. La mule avançait difficilement, les champs ne finissaient pas. Enfin le chemin en coupa un autre, le mulet stoppa, et avant même que Hornblower pût s'éveiller suffisamment pour l'inviter à poursuivre, un appel partit de la droite. Au loin, sur l'autre chemin, un groupe de cavaliers se silhouettait à contre-jour sur le ciel du couchant. Ceux-ci accoururent, dans le roulement sourd des fers au galop ; en quelques secondes, Hornblower fut rejoint par un homme blanc suivi de deux cavaliers de couleur.

— Vous êtes lord Hornblower, n'est-ce pas ? dit le Blanc.

C'était un homme jeune. Bien qu'à cheval, il était encore en habit, sa cravate tout de travers.

— C'est moi-même !

— Dieu soit loué, vous êtes sain et sauf ! Et... pas blessé, milord ?

— Non. Pas blessé.

Mais l'amiral chancelait de fatigue. Le jeune homme se tourna vers un de ses compagnons, lui jeta un ordre ; l'homme de couleur fit faire demi-tour à sa monture et partit au triple galop.

— L'île entière est à votre recherche, milord ! Que vous est-il arrivé ? Nous vous avons cherché pendant toute la journée.

Un amiral, un commandant en chef peut-il laisser paraître une faiblesse ? Hornblower se força à se redresser.

— J'ai été enlevé, dit-il. Par des pirates !

Il essayait de parler d'un air dégagé, comme s'il se fût agi d'une aventure qui pût arriver n'importe quand, à n'importe qui. Mais jouer la comédie n'était pas facile. Sa voix avait des coassements rauques.

— Il faut, dit-il encore, que je voie le gouverneur, et au plus tôt ! C'est urgent ! Où est Son Excellence ?

— Le gouverneur doit se trouver au palais, je suppose. C'est à trente milles d'ici, tout au plus !

— Trente milles !

Hornblower avait l'impression de ne plus pouvoir faire trente yards, même à cheval.

— Très bien, dit-il. J'irai. Il faut que j'y aille.

— Mais la maison des Hough, milord, n'est qu'à deux milles, sur cette route-ci. Votre voiture, je crois, a dû rester là ! Un message est parti devant !

— Alors, allons là tout d'abord !

Un mot du jeune cavalier blanc fit mettre pied à terre à l'un des hommes de couleur. Le plus disgracieusement du monde, Hornblower se laissa glisser à bas de son mulet. Il dut fournir un effort énorme pour lever le pied jusqu'à l'étrier ; le Noir dut l'aider, lui prendre la jambe ; à peine eut-il saisi les rênes que le Blanc mit son cheval au trot, et celui de Hornblower suivit. Les cahots sur la selle lui furent une nouvelle torture.

— Je m'appelle Colston, dit le jeune homme, freinant son cheval afin que Hornblower pût venir à sa hauteur. Hier soir, au bal, j'ai eu l'honneur d'être présenté à Votre Seigneurie.

— En effet, dit Hornblower. Eh bien, dites-moi ce qui s'est passé.

— On s'est aperçu de votre absence au moment du souper, vu que vous deviez conduire à table Mme Hough. Votre absence, et aussi celle de votre secrétaire, monsieur… monsieur…

— Spendlove !

— C'est cela, milord. On a pensé, d'abord, que des affaires pressantes vous avaient accaparé tout à coup. Ce n'est qu'après une heure ou deux que votre aide de camp et M. Hough ont dû reconnaître qu'il vous était arrivé quelque chose. Toute la compagnie était en grand émoi.

— Ah ?

— On a donné l'alarme. Les messieurs sont partis à cheval à votre recherche. Dès l'aurore, la milice a été mobilisée. Des patrouilles parcourent le pays. Le régiment des Highlands doit être en route pour l'endroit où nous sommes.

— Vraiment ?

Mille soldats d'infanterie faisaient trente milles à marches forcées à cause de lui ; mille cavaliers couraient le pays…

On entendit des pas de chevaux. Dans le soir qui tombait, d'autres cavaliers venaient vers eux ; Hornblower eut peine à reconnaître Hough et le messager.

— Dieu soit loué, milord ! dit Hough. Qu'est-il arrivé ?

Hornblower fut tenté de répondre : « M. Colston va vous le dire », mais il se força à parler. Hough répondit par les banalités qui s'imposaient.

— Il faut, dit Hornblower, que je voie le gouverneur au plus tôt. Il faut s'occuper de Spendlove !

— Spendlove, milord ? Ah oui, évidemment. Votre secrétaire.

— Il est resté aux mains des pirates, dit Hornblower.

— Vraiment, milord ?

Personne ne paraissait se soucier beaucoup de Spendlove, à moins que, peut-être, Lucy Hough… On arriva dans la cour, devant la maison ; il y avait de la lumière à toutes les fenêtres.

— Entrez, milord, dit Hough. Votre Seigneurie doit avoir besoin de prendre quelque chose.

Hornblower n'avait nullement faim après les ignames et le porc salé des pirates.

— Je dois au plus tôt me rendre chez le gouverneur ! répétait-il. Je n'ai pas une minute à perdre.

— Si Votre Seigneurie insiste…

— S'il vous plaît !

— Alors, milord, je vais aller faire seller des chevaux !

Hornblower demeura seul dans le salon brillamment éclairé. Il sentait que s'il se laissait aller à s'asseoir dans l'un de ces fauteuils, il ne pourrait jamais se relever.

— Milord ! Milord !

Lucy Hough entrait en courant, très émue, les jupes au vent. Il allait falloir parler de Spendlove.

— Oh ! Milord ! Milord ! Vous êtes là ! Vous êtes sain et sauf ! Quel bonheur !

Que voulait dire ceci ? La jeune fille s'était jetée à genoux. Elle avait pris dans les siennes une main de Hornblower, la couvrait de baisers.

L'amiral cherchait à retirer sa main, reculait pour se dégager ; mais Lucy Hough se cramponnait à lui, se traînait à genoux pour le suivre.

— Mademoiselle Lucy !

— Tout m'est égal ! disait-elle, d'un air exalté. Tout m'est égal pourvu que vous soyez vivant !

Sans lâcher sa main, elle levait vers lui des yeux alarmés. Des larmes coulaient sur ses joues.

— ... J'ai souffert, hier, toute la journée ! Vous n'êtes pas blessé ? Dites ! Oh ! parlez-moi !

C'était affreux. Elle portait la main de Hornblower, à sa joue, l'embrassait encore.

— Mademoiselle Lucy ! Je vous en prie ! Calmez-vous !

Comment une jeune fille de dix-sept ans pouvait-elle se conduire ainsi envers un homme qui en comptait quarante-cinq ? N'aimait-elle pas Spendlove ? Mais peut-être était-ce à Spendlove qu'elle pensait ?

— Je veillerai, dit Hornblower, à ce que M. Spendlove soit sauvé !

— M. Spendlove ? Oui. Je l'espère. Mais vous, c'est vous...

— Mademoiselle Lucy ! Il ne faut pas ! Je vous en prie... Levez-vous !

Il réussit à la mettre debout.

— Je ne pouvais pas supporter l'idée, dit-elle. Je ne pouvais pas ! Dès que je vous ai vu, je vous ai aimé !

— Allons ! Allons ! fit Hornblower, aussi gentiment que possible.

La voix de Hough venait du dehors :

— La voiture sera là dans un instant, milord…

Hough entra :

— Désirez-vous un verre de vin, manger quelque chose avant de partir ?

Hough souriait.

— Je vous remercie, monsieur, dit Hornblower.

Il était encore tout embarrassé.

— Cette enfant est hors d'elle depuis ce matin, dit Hough, indulgent. Ah ! Les jeunes gens !… Je crois qu'elle était la seule, dans l'île, à penser au secrétaire autant qu'au commandant en chef.

— Oui… Oh !… La jeunesse… fit Hornblower.

Le maître d'hôtel entrait, portant un plateau.

— Lucy, ma chérie, verse un verre de vin à Sa Seigneurie.

Puis s'adressant à Hornblower :

— Mme Hough était consternée. Elle va descendre dans un instant.

— Ne la dérangez pas, je vous en prie !

La main qu'il tendait vers son verre tremblait encore. Hough prit une fourchette, un grand couteau et se mit à découper le poulet froid.

— Excusez-moi, dit Lucy.

Elle se tourna et quitta la pièce, aussi précipitamment qu'elle y était entrée ; elle sanglotait.

— Je n'avais pas idée, dit Hough, qu'elle lui fût aussi attachée !

— Moi non plus, dit Hornblower, si ému qu'il avala d'un seul trait son verre de vin.

Il attaqua le poulet froid avec tout le calme qu'il était capable de feindre. Le maître d'hôtel parut à la porte :

— La voiture est là, monsieur !

— Je vais emporter ceci avec moi, dit Hornblower, sa tranche de pain dans une main, une aile de poulet dans l'autre. Le temps presse. Serait-ce trop vous déranger que de vous demander d'envoyer un messager qui me précédera pour avertir Son Excellence ?

— C'est déjà fait, milord. Et d'autres messagers sont partis informer les patrouilles que vous êtes sain et sauf.

Hornblower se laissa choir sur les coussins de la voiture. La scène avec Lucy avait du moins eu l'effet de dissiper son sentiment de fatigue. Il pouvait maintenant se détendre ; plusieurs minutes s'écoulèrent avant qu'il ne songeât au casse-croûte qu'il avait emporté. Il se mit à manger. La course était longue, et pas particulièrement reposante ; on était souvent alerté par des patrouilles qui, n'ayant pas encore appris que l'amiral était sain et sauf, arrêtaient la voiture. Après dix milles sur la route, ils rencontrèrent le bataillon des Highlands. Il campait au bord du chemin ; le colonel voulut offrir ses respects au commandant en chef de la marine et le féliciter. Plus loin, ce fut un cheval au galop qui stoppa près de la portière : c'était Gerard, dont le cheval était couvert d'écume ; à la clarté de la lanterne, on voyait haleter la bête. Vingt fois, Hornblower dut écouter les « Dieu merci, vous êtes sauvé, milord ! », expliquer ce qui lui était arrivé. Gerard suivit à cheval la voiture. Il profita de la première occasion pour confier sa monture et monta près de l'amiral. Il se reprochait, comme si ç'avait été sa faute, d'avoir permis à tout ceci d'arriver à son chef. Hornblower en était gêné, car cela pouvait signifier que l'amiral était incapable de bien s'occuper de lui-même. Les événements ne paraissaient-ils pas le prouver ? Gerard s'en voulait aussi de n'avoir pas contribué à tirer son amiral des mains des pirates.

— Nous avons tenté, dit-il, d'utiliser les chiens qui servaient à rechercher les esclaves évadés. Ils ne nous ont servi à rien !

— Rien d'étonnant, monsieur Gerard. J'étais sur un mulet ! Et puis la piste devait être vieille de plusieurs heures. N'y pensez plus ! Songeons à l'avenir !

— Ces pirates, milord, seront pendus avant deux jours !

— Vraiment ? Et que faites-vous de Spendlove ?

— Oh, oui... évidemment...

Chacun ne pensait à Spendlove qu'après coup, même Gerard, qui pourtant était son ami. Mais il faut rendre à Gerard cette justice qu'il comprit tout de suite la difficulté de la situation de Hornblower lorsque l'amiral la lui exposa.

— Naturellement, milord, nous ne pouvons permettre qu'il lui arrive malheur.

— Et comment empêcher cela ? Peut-on accorder ces grâces ? Pensez-vous qu'il sera possible de persuader Son Excellence ?

— Ma foi, milord...

— Il n'est rien, rien au monde, dit Hornblower, que je ne ferais pour délivrer Spendlove. Vous entendez ? Rien !

Il se surprit à serrer les dents. Sa tendance à s'analyser le révélait à lui-même. Il était étonné de la violence de son émotion. La férocité et la tendresse se mêlaient en lui. À aucun prix, ces pirates ne devaient toucher un cheveu de Spendlove. D'autre part, comment empêcher cela ? Comment tirer Spendlove des mains de ces canailles qui savaient que leurs vies, et non seulement la possession de leur butin, dépendaient de l'otage resté entre leurs mains ? Et comment vivre désormais si quelque chose devait arriver à Spendlove ? Si le pire advenait, si le gouverneur refusait les grâces, il n'y avait qu'une chose à faire, un seul devoir : retourner là-bas auprès des pirates, se livrer à eux, comme le Romain Regulus était retourné mourir aux mains des Carthaginois ; et le pire ne semblait-il pas à peu près certain ?

— Voilà le palais, milord, dit Gerard, intervenant dans ces pensées de cauchemar.

Sentinelles à la grille, sentinelles à la porte. Un hall d'entrée brillamment éclairé, où des aides de camp examinèrent curieusement les visiteurs. « Le diable les emporte ! » se disait Gerard.

On introduisit Hornblower dans une pièce, où, au bout d'un instant, une autre porte s'ouvrit devant Son Excellence. L'aide de camp qui l'escortait se retira discrètement. Son Excellence était en colère, comme peut l'être seulement quelqu'un qui vient d'avoir très peur.

— Eh bien, milord, que veut dire tout ceci ?

Il ne restait plus rien de la déférence habituelle du gouverneur pour le pair du royaume, pour l'amiral, pour l'homme aux exploits légendaires. Hooper était un général de corps d'armée, donc très au-dessus d'un simple contre-amiral ; en outre, comme gouverneur, il était le maître absolu de cette île. Ses yeux bleus, proéminents dans une face rouge, l'humeur qu'il laissait paraître, semblaient bien confirmer les bruits d'après lesquels Hooper était petit-fils d'un homme de sang royal. Hornblower expliqua, brièvement mais tranquillement, ce qui lui était arrivé ; sa fatigue plutôt que sa raison l'empêchèrent de laisser paraître sa propre humeur. Le gouverneur hurlait :

— Vous rendez-vous compte, milord, du prix que va coûter tout ceci ? Tous les Blancs capables de monter à cheval sont mobilisés. Mon ultime réserve, les Highlanders, bivouaque au bord des routes. Savez-vous ce que cela va coûter en malaria et en fièvre jaune ? Je n'ose y penser ! Depuis deux semaines, la garnison, à part ceux-là, est employée à garder des barques de pêche, à surveiller les plages ! Et cela à votre prière ! Les listes de malades s'allongent tous les jours. Et pour comble, ceci !

— Mes instructions, monsieur, et je pense qu'elles sont aussi celles de Votre Excellence, ont grandement contribué à la régression de la piraterie.

— Je ne désire pas, rugit Hooper, qu'un faquin bombardé contre-amiral se permette de commenter mes instructions ! Quel marché avez-vous donc conclu avec ces pirates ?

On arrivait à la question. Ce n'était pas une chose facile à expliquer à un homme en colère.

— Je n'ai conclu aucun marché, Excellence.

— Il est difficile de croire que vous ayez eu assez de bon sens pour cela !

Hornblower laissa passer l'offense :

— Aucun marché, dit-il. Mais mon honneur est engagé !

— Votre honneur ? Engagé ! Envers qui ? Envers des pirates ?

— Non, Excellence. Envers Spendlove. Envers mon secrétaire.

— Le gage, quel est-il ?

— Spendlove a été gardé comme otage lorsque j'ai été libéré.

— Et à lui, qu'avez-vous promis ?

Oui, qu'avait-il promis à Spendlove ? Rien. Il lui avait dit qu'il ne cesserait de penser à lui.

— Je n'ai fait aucune promesse, Excellence. Mais il n'est pas douteux qu'elle était implicite.

— Qu'est-ce qui était implicite ?

— Que je le libérerais.

— Et comment comptiez-vous faire pour cela ?

Il fallait prendre le taureau par les cornes. Rien d'autre à faire :

— J'ai été relâché afin de pouvoir solliciter de Votre Excellence la grâce pour tous ces pirates.

— La grâce ! La…

Hooper ne put même pas répéter. Il ne put que glousser, glousser comme un dindon, pendant plusieurs secondes. Enfin, il réussit à dire :

— Milord, êtes-vous devenu fou ?

— C'est pour accomplir cette démarche qu'ils m'ont relâché. Et c'est pour cela que Spendlove reste en détresse.

— Dans ce cas, votre Spendlove n'a qu'à courir sa chance !

— Excellence !

— Croyez-vous que je puisse accorder la grâce à

cette racaille de pirates ? À quoi pensez-vous ? Les gracier ? Pour qu'ils puissent vivre en grands seigneurs avec leur butin, se promener en voiture en narguant les honnêtes gens tout autour de l'île ? Drôle de façon de supprimer la piraterie ! Voulez-vous voir toutes les Antilles en révolution ? Vous perdez la raison ?

Hornblower avait depuis longtemps deviné que Hooper prendrait la chose ainsi. Pourtant, l'effet de ce discours n'en fut nullement atténué.

— Je me rends parfaitement compte, Excellence, de la difficulté de la situation.

— J'en suis bien aise. La retraite de ces pirates, vous la connaissez ?

— Oui, Excellence. C'est une place très sûre.

— Peu importe ! On peut la réduire. Quelques pendaisons rétabliront le calme dans l'île.

Que pouvait faire Hornblower ? Même avant de l'avoir prononcée, il savait que sa phrase semblerait absurde :

— Il va donc me falloir, Excellence, retourner là-bas avant que vous ne preniez des mesures.

— Retourner là-bas ? Retourner là-bas ?

Les yeux de Hooper lui sortaient de la tête. Les conséquences de ce que Hornblower venait de dire lui apparurent sur-le-champ.

— À quelle nouvelle sottise pensez-vous ?

— Si Votre Excellence ne juge pas à propos d'accorder les grâces, il faut que je retourne là-bas, que je rejoigne Spendlove !

— C'est idiot ! Je ne puis accorder ces grâces. Et non seulement je ne le peux pas, mais je ne le veux pas !

— Dans ce cas, Excellence, il ne me reste, à moi, pas d'autre solution.

— C'est idiot ! Vous n'avez fait, dites-vous, aucune promesse ! Vous-même m'avez dit que vous n'aviez donné aucun gage.

— Excusez-moi, Excellence. Mais, de cela, je suis seul juge.

— Vous n'êtes pas en état de juger quoi que ce soit pour l'instant, à supposer que vous l'ayez jamais été. Pouvez-vous croire une seconde que je vous permettrai de me lier les mains ?

— Personne, milord, ne regrette plus que moi la nécessité où je suis !

— Nécessité ? Nécessité ? Entendez-vous me dicter ma conduite ? Vous rappellerai-je que je suis votre supérieur autant que le gouverneur de cette île ? Un mot de plus, milord, et je vous fais mettre aux arrêts ! Qu'il ne soit plus question de cette sottise !

— Excellence...

— J'ai dit : pas un mot de plus ! Ce Spendlove est un serviteur du roi. Il doit courir les risques de sa situation, même s'il n'est qu'un secrétaire...

— Pourtant, Excellence...

— Milord, je vous ordonne de vous taire ! Je vous donne un avertissement loyal. Demain, quand vous vous serez reposé, nous envisagerons les moyens d'enfumer ce nid de guêpes !

Hornblower retint la protestation qui lui venait encore aux lèvres. Quand il menaçait de le mettre aux arrêts, Hooper pensait ce qu'il disait. La discipline qui régnait dans les forces armées de la Couronne tenait Hornblower dans sa main aussi sûrement que s'il eût été le dernier des matelots de pont. Désobéir à un ordre était un acte sans espoir, sans issue. La force de sa conscience eût pu le pousser à agir, mais il était ici au pied de la barrière infranchissable. Demain ?

Demain était un autre jour.

— Très bien, Excellence.

— Une nuit de repos, milord, vous fera tout le bien du monde. Le mieux, peut-être, est que vous dormiez ici. Je vais donner des ordres. Dites à votre aide de camp de quels vêtements vous avez besoin. J'enverrai les chercher au palais de l'Amirauté. Vous les aurez demain matin !

Des vêtements ? Hornblower jeta les yeux sur ceux qu'il portait. Il avait presque oublié qu'il était encore en habit. Un coup d'œil suffisait pour savoir que plus jamais il ne pourrait porter ce vêtement-là. Il imaginait ce que devait être son apparence. Ses joues creuses devaient être hérissées de barbe ; sa cravate, dans quel état ? Pas étonnant que les gens de Hooper l'eussent dévisagé d'un si drôle d'air.

— Votre Excellence est très aimable, dit-il.

Il n'y avait pas de mal à être cérémonieux en présence de ce qui était momentanément inévitable. Quelque chose dans le ton de Hooper lui disait que l'invitation à coucher ici pouvait aussi bien être un ordre, qu'il était autant prisonnier dans le palais du gouverneur que si Hooper l'eût mis aux arrêts. Puisqu'il fallait céder, autant céder de bonne grâce, du moins pour le moment. Demain était un autre jour.

— Permettez-moi, dit Hooper, de vous conduire à votre chambre.

Le miroir de la chambre confirma les craintes de Hornblower. Le lit, avec son énorme moustiquaire, était large et l'invitait au repos que réclamaient des articulations douloureuses. Le cerveau fatigué implorait l'oubli des soucis, souhaitait sombrer dans le sommeil ; ainsi un ivrogne cherche l'oubli dans la boisson. Se savonner dans un bain tiède, en dépit des protestations de ses écorchures, lui fut une détente. Mais, une fois baigné et détendu, vêtu d'une des chemises de nuit trop larges de Son Excellence, il lui fut impossible de dormir. Sa raison protestait contre sa fatigue. Il se surprit à boitiller, pieds nus, par la chambre. Il lui eût fallu un gaillard à arpenter ; l'air des tropiques, surchauffé par les bougies, inspirait moins que ne l'eût fait une forte brise. Des moustiques bourdonnaient, lui piquant le cou et les jambes. C'était une de ces nuits insupportables. Parfois il se laissait aller à s'asseoir dans un des fauteuils ; mais, au bout de quelques secondes, une autre pensée le remettait debout, le faisait aller et venir, arpenter le tapis, dans un sens, puis dans l'autre.

Il était agaçant de ne pouvoir concentrer ses pensées sur le problème de Spendlove. Hornblower se méprisait de perdre de vue par instants son secrétaire dévoué ; un autre courant de pensées réussissait à retenir son attention. La nuit n'était pas entièrement passée qu'il savait très exactement comment il détruirait ce repaire de bandits, s'il était libre, libre d'agir. Il en tirait même une satisfaction véritable. Cela ne durait qu'un instant. De nouveau, il sentait remonter du fond de lui le désespoir de savoir Spendlove aux mains des pirates. Il y avait des moments où, se souvenant de la menace de Johnson d'arracher les yeux du captif, il éprouvait comme une envie de vomir.

Le sommeil le prit par surprise. Il s'était assis, la tête dans la main ; il s'éveilla soudain en sursaut. Mais le réveil n'était pas total ; s'étant rassis machinalement, il se rendormit, laissant inoccupé le grand lit confortable, jusqu'à ce qu'un coup frappé à sa porte le réveillât pour tout de bon. Clignant les yeux, se demandant où il était, il se leva, feignant de trouver que c'était une chose tout ordinaire de dormir dans un fauteuil auprès d'un bon lit.

Ce fut Giles qui entra. Il apportait du linge propre, un uniforme, des rasoirs ; se raser, s'habiller, servirent à Hornblower à ne pas trop penser au problème qu'il allait à tout prix falloir trancher dans les instants qui allaient suivre.

— Son Excellence serait heureuse si Votre Seigneurie acceptait de déjeuner avec elle, dit une voix, parlant à Giles à travers la porte.

Il allait de soi qu'il fallait accepter ; cela aussi était un ordre. Il faut croire que Hooper aimait déjeuner d'un beefsteak, car un steak aux oignons fut apporté sur un plat d'argent presque aussitôt après que Hornblower eut salué le gouverneur. Hooper dévisagea son invité d'un drôle d'air quand l'amiral répondit au maître d'hôtel en demandant une papaye et un œuf à la coque. Cela faisait un mauvais départ. Le déjeuner étranger, à la française, confirmait Hooper dans son opinion d'un Hornblower excentrique et même extravagant. À dire vrai, les années de vie à terre, sur les côtes, n'avaient pas encore émoussé le goût de l'amiral pour un œuf frais cuit dans sa coquille, régal dont il avait été privé durant des dizaines d'années à la mer. Hooper enduisit son steak de moutarde et mangea de grand appétit.

— Avez-vous bien dormi ?

— Pas mal, merci, Excellence.

L'abandon par Hooper du « milord » formaliste signifiait-il qu'il était disposé à oublier la discussion de la veille au soir et à agir magnanimement, comme si Hornblower fût un être normal, victime d'un moment d'inadvertance ?

— Laissons les affaires jusqu'à ce que nous ayons fini de manger ! dit le gouverneur.

— Comme il vous plaira, Excellence.

Mais même un gouverneur ne peut être complètement sûr du lendemain. Il y eut soudain dans le vestibule un grand remue-ménage. Un groupe de gens surgit dans la salle à manger, derrière un maître d'hôtel à l'air égaré. Il y avait là deux aides de camp accompagnés de Gerard. Et qui donc les accompagnait, les traits tirés, les vêtements déchirés, ayant peine à se tenir debout ?

Hornblower cria le premier :

— Spendlove ! C'est vous ?

Il s'était levé d'un bond, si brusquement que sa cuiller était tombée sur le plancher ; il serrait la main de Spendlove ; il riait, il était heureux. Aucun instant peut-être de sa vie ne lui avait donné un pareil sursaut de bonheur. Il répétait :

— C'est vous ! C'est vous !

Hooper était resté assis.

— Est-ce, dit-il, le retour de l'enfant prodigue ?

Hornblower se ressaisit :

— Excellence, permettez-moi de vous présenter mon secrétaire. M. Érasme Spendlove !

— Enchanté, jeune homme. Enchanté. Asseyez-vous ! Prenez place à notre table ! Apportez à M. Spendlove de quoi manger. Il a l'air d'un homme chez qui un verre de bon vin ne serait pas mal accueilli ! Apportez une carafe et un verre !

Hornblower s'informait :

— Vous n'êtes pas blessé ? Vous n'avez aucun mal ?

— Non, milord. Mais…

Spendlove étendait ses jambes sous la table.

— … Ce sont ces soixante-dix milles que je viens de faire à cheval ! Mes jambes sont peu habituées à l'équitation.

— Soixante-dix milles ! fit Hooper. D'où donc venez-vous ?

— De la baie de Montego, Excellence.

— Vous vous êtes évadé pendant la nuit ?

— Au crépuscule, Excellence.

— Comment avez-vous fait ? dit Hornblower. Comment leur avez-vous échappé ?

— Milord, j'ai sauté ! J'ai sauté dans l'eau !

— Dans l'eau ?

— Oui, milord. Dans la rivière. Au pied de la falaise, il y avait huit pieds d'eau, assez pour amortir ma chute, de n'importe quelle hauteur.

Voilà donc ce qui s'était passé.

— … dans l'obscurité ?

— Oui, milord. Ce fut assez facile. Pendant le jour, je me tenais toujours contre le parapet. J'y étais quand je vous ai dit au revoir. J'ai marqué l'endroit où l'on vous avait fait passer, mesuré, à vue de nez, la distance…

— Et alors ?

— Et alors j'ai sauté, milord. J'ai sauté dès qu'il a fait noir. Il pleuvait, il pleuvait très fort.

— Où étaient les pirates ? dit Hooper.

— Ils s'étaient mis à l'abri, Excellence. Ils ne faisaient pas attention à moi. Après avoir retiré l'échelle de corde, ils me croyaient… en sûreté.

— Alors ?

— J'ai enjambé le parapet, je suis tombé debout dans l'eau !

— Pas blessé ?

— Pas blessé, Excellence.

L'imagination de Hornblower évoquait l'exploit dans tous ses détails : les pas dans l'obscurité, la pluie battante, le saut, la chute interminable. Les poils se dressaient sur sa nuque.

— Un exploit des plus méritoires ! dit Hooper.

— Ce n'était rien, Excellence, pour un homme exposé au pire.

— Peut-être. Et une fois dans l'eau, vous a-t-on poursuivi ?

— Pour autant que je sache, Excellence, je ne le crois pas. Il pleuvait. Il a dû se passer quelque temps avant que l'on ne s'aperçoive de mon absence. Même alors, il a fallu le temps de replacer l'échelle, de descendre. Je n'ai rien entendu pendant que je prenais le large.

— Par où êtes-vous passé ? dit Hornblower.

— J'ai suivi le cours de la rivière, milord. J'ai marché toujours vers l'aval. C'est ainsi que je suis arrivé à ce que nous avions repéré comme étant la baie de Montego, si vous vous souvenez ?

— Le voyage n'a pas été trop pénible ?

Quelque chose préoccupait Hornblower, malgré l'émotion qu'il éprouvait.

— Pas trop facile, évidemment, dans l'obscurité, milord. Par endroits, il y avait des chutes, des rapides ; je suis tombé dans l'eau, j'ai glissé parfois sur les pierres. La passe, la passe principale est étroite, je crois, bien que je n'aie pas pu bien la voir.

— Et... arrivé à la baie ? dit Hooper.

— J'ai trouvé ceux qui gardent les barques de pêche, Excellence. La moitié d'une compagnie du régiment. J'ai réveillé leur officier. Il m'a trouvé un cheval et j'ai pris la route, par Cambridge et Ipswich.

— Vous avez pu trouver du relais en route ?

— Oui. J'ai dit que j'étais chargé d'une mission de la plus haute importance, Excellence.

— Même ainsi, vous avez fait bon train !

— La patrouille, à Mandeville, m'a dit que Sa Seigneurie était passée, qu'elle était en route pour aller voir Votre Excellence. C'est pourquoi je suis venu directement au palais du gouvernement.

— C'était tout à fait raisonnable.

Au tableau que se faisait Hornblower du saut dans le vide, en pleine nuit, s'ajoutaient d'autres images : celle du voyage de cauchemar dans l'eau de la rivière, de chutes sur les pierres, de plongées dans des biefs imprévus, de tâtonnements le long de berges invisibles, et enfin cette course à cheval, éreintante, interminable.

— Je ferai un rapport sur votre conduite à l'Amirauté, monsieur Spendlove, dit-il, solennel.

— Je remercie Votre Seigneurie.

— Et moi, dit Hooper, je parlerai de vous au secrétaire d'État.

— Votre Excellence est trop bonne.

Aux yeux de Hornblower, et un coup d'œil lui avait suffi pour s'en rendre compte, le moindre exploit de Spendlove ne fut pas de réussir à dévorer un plat de steak aux oignons sans interrompre le récit de son évasion !

— Assez de compliments ! dit Hooper, essuyant sa sauce avec son pain. Il nous faut maintenant supprimer ces pirates, détruire leur repaire. Vous dites que la position est solide ?

Hornblower laissa Spendlove répondre :

— Imprenable par assaut direct, Excellence.

— Hum ! Vous pensez qu'ils opposeront une sérieuse résistance ?

Il y avait déjà quelques instants que Hornblower examinait la question. Ces hommes sans chef, déprimés par l'échec de leur plan, qu'allaient-ils faire ?

— Ils vont vouloir s'éparpiller, Excellence, se répandre par toute l'île, dit le secrétaire.

— Oui. Il faut donc les forcer. Des patrouilles sur toutes les routes, des colonnes mobiles dans la montagne… Mais la liste des malades est déjà longue…

Des troupes exposées longtemps aux intempéries et à l'air nocturne dans les Antilles mouraient comme des mouches. Il faudrait peut-être des semaines pour traquer, forcer les hors-la-loi.

— Qu'ils s'éparpillent, c'est possible, dit Hornblower. Mais, à mon avis, ils ne se sépareront pas !

Hooper le regardait.

— Vous croyez ?

— Je le crois, Excellence.

Les pirates étaient aux abois, capables de tout quand il s'était trouvé parmi eux. Il y avait chez ces hors-la-loi privés de chef, désemparés, un côté puéril. Sur la falaise, ils étaient à l'abri, chez eux en somme ; ils y avaient de quoi manger. Ils ne quitteraient pas la falaise.

— Vous dites que la place est imprenable. Il faut donc prévoir un siège, un long siège ?

— Par la mer, Excellence, je pourrais les réduire rapidement, si Votre Excellence me donnait la liberté d'essayer.

— Votre Seigneurie est libre de tenter ce que bon lui semble qui puisse nous épargner des vies.

Hooper regardait l'amiral, curieux de l'entendre exposer son plan.

— Dans ce cas, je vais prendre mes dispositions, dit Hornblower.

— Vous voulez cerner la baie de Montego par mer ?

— Oui.

Hornblower dut se retenir pour ne pas ajouter : « Naturellement ! » Les militaires avaient toujours de la peine à comprendre combien la mer était utile pour des mouvements rapides et secrets.

— Mais je maintiens les patrouilles, pour le cas où les pirates s'échapperaient pendant que vous êtes en train d'enfumer leur nid !

— La précaution me paraît sage, Excellence. Je

pense que l'opération sera de courte durée. Et, si Votre Excellence le permet…

Hornblower s'était levé.

— Vous partez ?

— Chaque heure compte, Excellence.

Hooper le considérait, plus intrigué que jamais.

— La marine, dit-il, nous montre une fois de plus la prudente réserve qui a fait sa réputation ! Très bien. Faites avancer la voiture de Sa Seigneurie. Vous êtes libre, milord. Rendez-moi compte par messager.

On prit congé. Hornblower, Spendlove et Gerard montèrent en voiture. Il faisait déjà chaud.

— À l'arsenal maritime ! lança Hornblower au cocher.

Puis, tourné vers Spendlove :

— De l'arsenal, vous irez à bord de la *Clorinda* passer au capitaine Fell l'ordre d'être prêt à prendre la mer. Je hisserai ma marque dans une heure. À vous, l'ordre que je donne, c'est d'aller vous reposer !

— Bien, milord.

À l'arsenal, le capitaine surintendant fit ce qu'il put pour ne pas paraître trop surpris de s'entendre annoncer la visite de l'amiral. Aux dernières nouvelles, Hornblower avait été enlevé par des bandits.

— Il me faut un mortier d'embarcation, dit Hornblower, écartant d'un geste les politesses et les formules de surprise. Je sais qu'il y en a un en réserve. Faites-le transporter sur-le-champ à bord de la *Clorinda*. Les munitions, vous les avez ?

— Oui, milord. Mais, naturellement, elles ne sont pas chargées.

— Le canonnier de la *Clorinda* les chargera en cours de route. Vingt livres par pièce, n'est-ce pas ? Envoyez-en deux cents, avec les fusées.

— Bien, milord.

— Je désire aussi avoir un bachot. Deux, même ! J'ai vu que vos hommes en ont un qui leur sert à calfater et à flamber les coques. Ce sont des bachots de vingt pieds, n'est-ce pas ?

— Vingt-deux, milord.

Holmes était bien aise de pouvoir répondre du tac au tac, bien aise aussi que son amiral n'eût pas insisté pour connaître le poids des obus de mortiers d'embarcation, détail qu'il ignorait.

— Deux, j'ai dit. Faites-les hisser sur le pont !

— Bien, milord.

Le capitaine, sir Thomas Fell, en grand uniforme, accueillit son amiral.

— J'ai reçu vos ordres, milord, dit-il, tandis que trillait le dernier coup des sifflets.

— Très bien, sir Thomas. Je désire être en route dès que le matériel commandé sera à bord. Vous pouvez déhaler votre bâtiment. Nous faisons route sur la baie de Montego, pour nous occuper de quelques pirates.

— Bien, milord.

Fell fit de son mieux pour ne pas cacher son dégoût à la vue des deux bachots malpropres qu'on attendait de lui qu'il les admît sur son pont immaculé. C'étaient les plates flottantes utilisées à l'arsenal pour travailler sur les murailles des navires ; les deux tonnes d'obus de mortiers tout graisseux auxquelles il fallait aussi trouver une place ne valaient guère mieux. Fell n'était pas non plus trop content de recevoir l'ordre de détacher la plus grande partie de son équipage (deux cent quarante hommes) et tout le corps des soldats de marine pour former une compagnie de débarquement. Mais les hommes étaient enchantés d'un changement de vie, de la perspective d'une action. Tout les intéressait : voir le canonnier peser la poudre, en mettre deux livres dans chaque obus ; voir l'armurier inspecter avec l'amiral les piques d'abordage, voir poser le vilain mortier d'embarcation sur son chantier, devant le fronteau du gaillard ; faire route à l'ouest, sous toute la toile, par la nuit noire, laisser la pointe Portland par le travers, doubler la pointe Negril au soleil couchant, attraper quelques bouffées de brise de mer qui permettaient de tromper l'alizé, glisser comme un fantôme dans la nuit tropicale, la sonde à l'œuvre dans les porte-haubans, mouiller l'ancre à l'aurore, sur les bancs, dans la baie de Montego, voir flamber au soleil levant les montagnes de la Jamaïque, tout était pour eux sujet de plaisir.

Hornblower aussi était sur le pont pour voir tout cela ; il avait dormi depuis le coucher du soleil ; deux nuits presque blanches avaient dérangé ses habitudes. Depuis minuit qu'il était éveillé, il arpentait le gaillard pendant que les hommes, très excités, s'étaient mis en rang sur les passavants. Il suivait de très près les préparatifs. Le mortier ne pesait pas plus de quatre cents livres ; peu de chose pour le palan de fusée de vergue à descendre dans le bachot accosté. Les fusiliers, leurs mousquets, leur équipement furent passés en revue.

L'équipage paraissait intrigué de se voir armé de piques, de haches, et même de maillets et d'anspects. Comme le soleil commençait à chauffer, les hommes furent descendus dans les canots.

— La baleinière est accostée, milord, dit Gerard.

— Très bien.

À terre, Hornblower rendit le salut à l'officier tout étonné qui commandait le détachement du régiment antillais de garde auprès des canots ; l'officier avait fait armer ses hommes, ne s'attendant à rien de moins qu'à une invasion par la flotte française. Hornblower fit rompre les rangs, jeta un dernier coup d'œil sur le détachement des soldats de marine : tuniques écarlates et baudriers blancs. Ils seraient loin d'être aussi propres à la fin de la journée.

— Vous pouvez vous mettre en route, capitaine, dit-il. Monsieur Spendlove, vous me tiendrez au courant, s'il vous plaît.

— Bien, milord.

Guidées par Spendlove, les troupes de la compagnie de débarquement, les fusiliers marins, se mirent en marche. Elles serviraient d'avant-garde et de protection au corps principal ; il serait, grâce à elles, à l'abri d'une surprise. Le moment était venu de donner des ordres au premier lieutenant de la *Clorinda*.

— Monsieur Sefton, nous pouvons y aller !

La rivière avait une barre à son embouchure ; les deux bachots portant le mortier et les munitions l'avaient tournée. Une piste longeait le bord de l'eau sur près d'un mille.

L'avance, d'abord, fut rapide ; on traînait les

bachots ; une végétation touffue se refermait sur les porteurs. L'ombre des feuillages fut d'abord la très bienvenue ; mais, à mesure que l'on progressait dans les bois, elle devenait étouffante et humide. Les moustiques attaquaient les hommes avec un acharnement entêté. On dérapait, on glissait, on tombait dans des bancs de vase que l'on n'avait pu deviner, inondant de boue et d'eau sale ceux qui suivaient. On atteignit enfin les endroits où les eaux étaient basses ; la rivière coulait en bouillonnant sur un long parcours, entre des rives abruptes, sous des arbres qui filtraient les rayons du soleil.

On avait du moins réussi à transporter le matériel par eau sur plus d'un mille. Hornblower examina les bachots échoués, le sol, les arbres. C'était bien là ce qu'il avait imaginé ; une expérience valait d'être tentée avant que ne fût imposée aux hommes la corvée de porter le mortier.

— Nous allons essayer de faire ici un barrage, monsieur Sefton, si vous le voulez bien.

— Bien, milord. Les haches ! Les piques ! Les maillets !

Les hommes restaient très excités ; les gradés devaient même s'employer à tempérer leur exubérance. Une rangée de piques, plantées là où le sol était assez mou pour les recevoir, servit de première charpente. À la hache, avec une joie puérile de vandales, les hommes abattirent de jeunes arbres. On soulevait les souches et les pierres avec des anspects. Une petite avalanche d'obstacles s'abattit dans l'eau ; la rivière emporta les branches élaguées ; l'obstacle était déjà assez fort pour entraver sérieusement le courant. Hornblower regardait le niveau monter.

— Encore des pierres par ici ! rugit Sefton.

— Ayez l'œil sur les bachots, monsieur Sefton ! dit l'amiral.

Ils étaient de nouveau à flot.

D'autres arbres, d'autres pierres relevèrent encore la digue, la consolidèrent. L'eau filtrait bien par-ci par-là dans des interstices, mais il s'en perdait beaucoup moins que la digue n'en retenait.

— Faites passer les bachots en amont ! dit Hornblower.

Quatre cents hommes de bonne volonté avaient fait de la bonne besogne ; l'eau retenue permettait de faire flotter les bachots. On parcourut ainsi les deux tiers du chemin en amont des eaux les plus basses.

— Un autre barrage, je crois, serait utile, monsieur Sefton.

Le premier leur avait appris comment s'y prendre. La rivière fut de nouveau barrée en un temps record. Dans l'eau jusqu'aux genoux, les hommes traînèrent les bachots plus loin en amont. Parfois les embarcations s'échouaient, mais on finit par franchir les dernières eaux basses ; on trouva un bief, où de nouveau les bachots purent flotter à l'aise.

— Très bien, monsieur Sefton. Encore un mille de gagné !

Comme ils se préparaient à établir un autre barrage, un coup de mousquet claqua dans l'air surchauffé, bientôt suivi d'une dizaine d'autres.

Plusieurs minutes s'écoulèrent. Puis un messager accourut, à bout de souffle.

— Le capitaine Seymour vous fait dire, Monsieur, que quelqu'un là-haut a tiré sur nous. Nous l'avons vu entre les arbres, mais il a pu filer.

— Très bien.

Les pirates, donc, avaient une vigie en aval. Ils savaient maintenant qu'une troupe marchait sur eux. Le temps seul dirait ce qu'ils allaient faire. Dans l'intervalle, les bachots avaient encore été remis à flot ; il était temps d'aller de l'avant. La rivière sinuait entre des berges verticales, gardant ici et là assez de profondeur, à condition de traîner les bachots pour leur faire franchir de légers rapides. Il semblait maintenant que le travail avait pris plusieurs journées. Hornblower glissait sur les pierres, aveuglé par le soleil, ou bien marchait dans l'ombre épaisse des feuillages.

Au barrage suivant, il fut bien tenté de s'asseoir, de laisser la sueur lui couler sur le corps. À peine se fut-il arrêté qu'un autre messager se présenta, venant de l'avant-garde.

— Rapport, Monsieur, du capitaine Seymour. Il vous fait dire que les pirates se sont mis à couvert. Dans une caverne. Sur la falaise.

— À quelle distance d'ici ?

— Pas très loin, Monsieur.

Hornblower n'eût pu espérer meilleure nouvelle.

— Ils nous ont tiré dessus, Monsieur.

Cela définissait mieux la distance ; car, depuis un certain temps, on n'avait plus entendu de coups de feu. Le repaire des pirates devait donc se trouver plus loin que le bruit ne pouvait porter.

— Très bien, monsieur Sefton. Continuez ! Je pars devant ! Venez, Gerard !

L'amiral se mit à grimper sur la berge. À sa gauche, pendant qu'il avançait, il voyait la rivière s'encaisser, le bord devenir plus abrupt, finir par offrir l'aspect d'une vraie falaise. Un autre parcours, semé de rapides, puis une nouvelle vision s'offrit aux regards. Hornblower reconnut enfin l'endroit où il avait laissé Spendlove : la chute d'eau dégringolait au pied de la muraille ; à mi-hauteur, la longue saillie horizontale était visible. À la droite de Hornblower s'étendait la savane avec quelques arbres. Et quelle ne fut pas sa surprise de trouver, sur la bande étroite entre la muraille et la rivière, le groupe de mulets qui stationnait encore. Les vestes rouges des soldats de marine formaient dans la plaine un large demi-cercle auquel la caverne servait de centre et de point de mire. À les voir, Hornblower oublia et sa fatigue et la chaleur. Il se porta vivement vers l'endroit où Seymour, entouré de ses hommes, regardait le ressaut de la falaise. Spendlove était à son côté. Les deux hommes vinrent à sa rencontre, le saluèrent.

— Ils sont là, milord, dit Seymour, montrant du doigt, sur la hauteur, le point où se trouvait l'entrée de la caverne. Ils ont tiré sur nous quand ils nous ont vus.

— Merci, capitaine. Et vous, Spendlove ? L'endroit vous plaît-il mieux qu'avant ?

— Autant, milord. Pas davantage !

— Le saut de Spendlove ! fit Hornblower, montrant le haut de la falaise.

Il avançait le long de la rivière pour mieux voir la caverne.

— Prenez garde, milord ! dit Spendlove, alarmé.

À peine avait-il parlé que quelque chose siffla au-dessus de la tête de l'amiral. Une bouffée de fumée parut devant la caverne, juste au-dessus du parapet ; le bruit de la détonation suivit. Minuscules à cette distance, des silhouettes bougèrent sur la hauteur, brandissant le poing. Des cris parvenaient jusqu'au bas, affaiblis.

— Quelqu'un là-haut dispose d'un fusil, milord, dit Seymour.

— Vous voulez dire qu'il serait peut-être préférable de se tenir hors de portée avant qu'il n'ait eu le temps de recharger son arme ?

Jusque-là, l'incident avait peu impressionné Hornblower. Il n'en restait pas moins que la carrière presque légendaire du fameux Hornblower eût pu prendre fin là, à cette place. Occasion pour son futur biographe de déplorer l'ironie du sort qui, après tant de batailles rangées, aurait valu à l'amiral de mourir de la balle d'un obscur criminel, dans un coin perdu des Antilles. Il se tourna et s'éloigna ; les autres le suivirent. Il se rendait compte de la raideur de son cou, de la tension de tous ses muscles. Il y avait longtemps que sa vie n'avait plus été en danger. Il fit effort pour paraître naturel, chercha quelque chose à dire :

— Le mortier ne va pas tarder !

Il espérait que le propos ne semblerait pas aussi affecté aux autres qu'à lui-même.

— Oui, milord.

— Où allons-nous le mettre en batterie ?

Il regardait autour de lui, estimant les distances. Mieux valait placer la bouche à feu hors de portée de ce fusil-là.

L'intérêt qu'il prenait à ces préparatifs effaça le souvenir du danger qu'il avait couru. Un autre panache de fumée monta derrière le parapet ; il y eut une nouvelle détonation.

— Quelqu'un a-t-il entendu siffler la balle ? Non ? Nous sommes donc hors de portée.

— S'il vous plaît, milord, dit Spendlove, à quelle distance un mortier de canon peut-il porter ?

Il était rare que Spendlove, l'encyclopédique Spendlove, affichât ainsi son ignorance !

— Sept cents yards avec une charge d'une livre de poudre, et une course de quinze secondes. Mais ici, nous avons à envoyer l'obus à soixante pieds au-dessus du point de tir. Petit problème de balistique !

Hornblower parlait avec une aisance parfaite ; il savait que tous ici ignoraient qu'à une heure du matin, il avait étudié ces données dans le manuel.

— Ces arbres là-bas seront utiles, dit-il, quand nous aurons à dresser le mortier ; et à vingt pieds derrière les pirates, le sol est tout plat.

— Voici nos soldats, milord !

Les premiers hommes du contingent principal parurent au loin, derrière un angle de la falaise, pressant le pas le long du rivage. Quand ils eurent compris la situation, ils poussèrent des cris, se mirent à courir sur le sol, défoncé par endroits. Ils faisaient penser à ces chiens de chasse qui galopent en aboyant à la vue du gibier traqué. Hornblower leur cria :

— Silence ! Les aspirants ! ne pouvez-vous faire régner l'ordre ? Prenez les noms de ces braillards, pour les faire punir ! Je donnerai les vôtres à M. Sefton !

Décontenancés, les soldats se reformèrent en silence.

Les bachots arrivaient, flottant sur l'eau calme, remorqués par des équipes de marins agrippés au rivage.

— Quels sont les ordres, milord ? demanda Sefton.

Hornblower examina une dernière fois le terrain. Le soleil avait depuis longtemps dépassé le zénith quand des hommes grimpèrent aux arbres pour amarrer les palans ; le mortier se trouva bientôt suspendu tandis que l'on déchargeait son berceau pour le fixer sur un terrain solide, sous les yeux du canonnier maniant son niveau à alcool. Enfin, au prix de grands efforts, la bouche à feu se trouva mise en position et prête à tirer.

— On ouvre le feu, milord ? demanda Sefton.

Hornblower regardait au loin la corniche. Les pirates devaient observer ce qui se préparait. Connaissaient-ils cet objet trapu, peu volumineux, de forme imprécise, qui allait leur porter la mort ? Peut-être pas. Ils devaient tâcher d'imaginer ce que pouvait être l'objet qui accaparait l'attention d'un nombre d'hommes aussi considérable.

— Quel est votre angle de tir, canonnier ?

— Soixante degrés, Monsieur… euh… milord…

— Essayez avec une fusée de quinze secondes !

Le canonnier procéda aux opérations que comporte le chargement, mesurant la charge de poudre, l'enfonçant dans la chambre, dégageant la lumière, la remplissant avec le grain fin de la poire. Il prit son poinçon, l'enfonça prudemment dans la tige en bois de la fusée en un point précis. Ces fusées-ci étaient d'un modèle nouveau, graduées, avec des traits à l'encre marquant la durée de la combustion ; il la vissa dans l'obus, laissa glisser l'obus dans la bourre.

— Les boutefeux ! dit-il.

Quelqu'un avait battu le briquet, allumé la mèche à combustion lente, puis le boutefeu qu'il tendit au canonnier. Penché sur sa pièce, l'autre en vérifia le pointage.

— Fusée ! dit-il.

Son aide toucha le boutefeu. La fusée crachouilla ; le canonnier jeta sa mèche sur la lumière. Il y eut un rugissement, une bouffée de fumée de poudre.

À l'écart du mortier, Hornblower avait levé la tête pour suivre l'obus dans sa course. Mais, dans ce bleu éblouissant, on ne voyait rien. À peine, au sommet de la trajectoire, une légère traînée noire aussitôt disparue. On attendait. On se disait : « La fusée a fait long feu. » Soudain, il y eut une explosion lointaine et un nuage de fumée sur la saillie même de la falaise, un peu à droite de la caverne. Un grognement partit du groupe des marins en observation.

— Silence, là-bas ! cria Sefton.

— Essayez encore ! dit Hornblower.

Le mortier fut déplacé dans son berceau ; l'âme en fut épongée ; une nouvelle charge y ayant été introduite, le canonnier prit dans sa poche une mesure, ajouta un peu de poudre à la charge, perça la fusée, rechargea le mortier. De nouveau, on fit feu. Une bouffée de fumée resta suspendue en l'air, encore au niveau, semblait-il, de la saillie. Les malheureux, là-haut, ne pouvaient qu'attendre leur sort.

— Un peu courte, la fusée ! dit Hornblower.

— Portée trop courte, milord !

Le coup suivant souleva un nuage de débris et de poussière. Une petite avalanche de pierres dégringola de la muraille ; elle partait d'un point situé au-dessus du rebord. L'obus retomba et éclata sur le sol au bord de la rivière.

— C'est mieux, dit Hornblower.

Il se rappelait le réglage du tir d'un mortier, un gros « treize pouces », au siège de Riga, dix ans plus tôt.

Deux autres coups, tous deux perdus : les obus avaient explosé très haut au sommet de leur trajectoire. Ces fusées d'un modèle récent ne semblaient pas mériter toute confiance. Des éclats retombaient dans la rivière, faisant jaillir des éclaboussures. Les pirates devaient maintenant être informés de ce que le drôle d'objet leur réservait.

— Gerard, donnez-moi votre lunette !

Il braqua l'instrument sur le rebord de la muraille ; il en distinguait maintenant les moindres détails, le grossier parapet de pierre, la chute d'eau à l'un des bouts ; mais aucun signe de la présence des défenseurs ; ils devaient se tenir au fond de la caverne, ou être couchés derrière le parapet.

— Tirez encore !

Quinze longues secondes de silence suivirent la détonation. Puis on vit voler en l'air des fragments de pierres.

— Bien tiré ! dit l'amiral.

L'obus avait dû tomber dans la caverne même. À peine Hornblower avait-il parlé qu'une silhouette sombre se détacha du parapet, agitant les deux bras ensemble. Au même instant, la petite tache noire fut visible sur le fond du rocher ; l'obus retombait ; il allait éclater. Mais les deux mains du petit personnage eurent le temps de saisir le projectile chaud, de le lancer par-dessus le parapet. Geste désespéré.

— Un autre ! dit Hornblower. Une fusée plus courte d'une seconde et ce sera fini !

Mais, tout de suite après, il cria :

— … Attendez !

Ces désespérés auraient dû se rendre au lieu de se laisser massacrer dans ce trou. Que faire pour les décider ?

Comme s'il devinait sa pensée, Spendlove lui dit :

— Et si on envoyait un drapeau blanc, milord.

— J'y pensais justement !

Mission dangereuse. Si les pirates étaient décidés à ne pas se rendre, ils ne respecteraient même pas le drapeau blanc ; ils tireraient sur le porteur. Ils disposaient là-haut d'une vingtaine de mousquets et d'un fusil au moins. Hornblower ne voulait ni désigner quelqu'un d'office, ni demander un volontaire.

— J'irai, moi, milord, dit Spendlove. Ils me connaissent !

Et Hornblower songeait : « Voilà de quel prix il

me faut payer le fait d'être un amiral. Donner à mes amis l'ordre de mourir ! D'autre part… »

— Bien, dit-il.

— Passe-moi ta chemise et ta pique, bonhomme, dit Spendlove à l'un des matelots.

Une chemise blanche attachée au manche d'une pique faisait un très bon drapeau de parlementaire. Comme Spendlove se mettait en marche en direction de la rivière à travers le cordon des vestes rouges, Hornblower fut sur le point de crier pour le rappeler. Après tout, il ne pouvait offrir aux pirates autre chose qu'une reddition sans conditions. Déjà il ouvrait la bouche, mais il se ravisa. Spendlove approchait du rivage ; il fit halte, agita son drapeau. À la lunette, Hornblower ne voyait rien devant la caverne. Puis, soudain, un éclair brilla sur du métal, et une rangée de têtes et d'épaules parut au-dessus du parapet. Plusieurs mousquets visaient Spendlove. Spendlove les avait vus ; il agita de nouveau son drapeau. Quelques secondes s'écoulèrent, d'intense émotion. Puis, sans se presser, Spendlove tourna le dos aux mousquets et rebroussa chemin. Au même instant, une fumée monta du parapet : l'homme au fusil avait tiré à l'instant où il comprenait qu'il n'y avait aucune chance d'attirer Spendlove à portée des mousquets. Spendlove continuait à battre en retraite, traînant la pique et la chemise.

— Il m'a manqué, milord ! dit-il.

— Dieu merci ! fit Hornblower.

— Tirez ! canonnier !

Le vent avait pu tourner un peu, ou bien la poudre n'était pas homogène. L'obus éclata encore en l'air, juste sous le niveau de la caverne ; la fusée, donc, était bonne, mais l'explosion avait eu lieu à une distance considérable de la falaise.

— Tirez encore !

Le coup, cette fois, atteignit son but.

Un nuage de fumée, une dégelée de débris. L'explosion avait eu lieu en plein dans la caverne. Il était affreux de penser à ce qui devait s'y dérouler.

— Tirez encore !

Un autre coup. En plein dans le repaire.

— Encore !... Non, attendez !

Des silhouettes avaient surgi derrière le parapet. Il y avait des survivants. Deux marionnettes minuscules traversèrent le champ de la lunette : deux pirates avaient sauté. La lunette les rattrapa, les suivit dans leur chute. L'une parcourut le mur de la falaise, toucha l'eau dans un éclaboussement de geyser. L'autre était tombée sur le rivage : un corps brisé, terrible à voir. Hornblower releva sa lunette. L'échelle de corde venait d'être lancée du parapet et une silhouette descendait, suivie d'une autre ; Hornblower se tourna :

— Capitaine Seymour. Envoyez des hommes cueillir ces prisonniers.

Il n'avait nulle envie d'aller voir de ses yeux l'horreur de la caverne. Il avait déjà tout imaginé quand Seymour vint faire son rapport sur ce qu'il avait trouvé après avoir grimpé l'échelle. C'était fini. L'opération était accomplie. Il restait à panser les blessés, à les descendre sur des brancards. Ceux que le bombardement avait épargnés trouveraient demain la mort qui les attendait. Un courrier pouvait aller dire au gouverneur que le gang des pirates était détruit. On pouvait rappeler les patrouilles ; la milice pouvait être dissoute. L'émotion de la chasse était passée. Hornblower n'avait pas à jeter les yeux sur les misérables dont il avait forcé la retraite. Il s'était imposé de résoudre un problème, comme il eût calculé une longitude d'après des hauteurs de lune. Le problème était résolu ; il avait réussi. La mesure de ce succès pouvait être exprimée en pendaisons, en morts, en blessés, en cette silhouette de cadavre brisé sur le rocher. Il n'avait entrepris cette tâche que pour retrouver l'estime de soi après l'indignité d'avoir été enlevé comme un enfant. En discuter avec lui-même ne lui apportait point la consolation de se dire que ce qu'il avait accompli l'avait été par d'autres que lui, à un prix élevé de maladies, de soucis divers, de troubles d'ordre économique. Cela suffisait pour qu'il se moquât de lui-même en tant que casuiste porté à couper les cheveux en quatre. Bien rares étaient les circonstances où Hornblower avait pu faire ce qui paraissait juste aux yeux de Hornblower.

Mais, cyniquement, il savourait le plaisir de se dire que son rang lui permettait de laisser tout ceci derrière lui après l'ordre donné à Sefton et à Seymour de ramener, dans le plus bref délai, le corps de débarquement sur la côte, de limiter l'exposition des troupes au séjour le plus bref dans cet air nocturne. Il allait remonter à bord, y prendre un dîner confortable, même si cela signifiait l'assommante compagnie de Fell, et puis dormir, dormir dans un bon lit.

Il eut la satisfaction de trouver que Fell avait déjà dîné ; il pourrait donc prendre son repas dans la société de son aide de camp et de son secrétaire. Une dernière contrariété, pourtant, le guettait encore. Il allait découvrir la conséquence de ce qu'il avait cru être une bonne action.

— Il faudra, Spendlove, dit-il, que j'ajoute une ligne à mon rapport pour Leurs Seigneuries. C'est pour signaler votre acte de courage, lorsque vous vous êtes avancé avec le drapeau blanc.

— Merci, milord.

Le secrétaire avait baissé le nez sur la nappe qu'il tambourinait d'un doigt nerveux ; état chez lui des plus rares. Il releva le nez pour dire :

— Votre Seigneurie ne refusera peut-être pas de dire un mot ailleurs, dans un tout autre ordre de choses, en ma faveur ?

— Naturellement, fit l'amiral en toute innocence. À quel propos ?

— Je vous remercie, milord. C'est même en pensant déjà à cette démarche que j'ai fait ce que vous avez eu la bonté d'approuver. Je vous serais profondément reconnaissant si vous vouliez bien parler favorablement de moi à Mlle Lucy !

Lucy ! Hornblower avait complètement oublié Lucy Hough. Il ne réussit même pas à cacher sa surprise ; elle apparut à Spendlove quand il leva les yeux sur son amiral.

— Vous m'avez plaisanté, milord, en me parlant… d'un riche mariage…

Le soin que mettait le secrétaire à choisir ses mots prouvait à quel point il était ému.

— … Il me serait indifférent que Mlle Lucy ne possédât pas un penny ! L'affection que je lui porte est profonde…

— C'est une charmante jeune fille, dit Hornblower, essayant de temporiser.

— Laissez-moi vous dire, milord, que je l'aime ! Je l'aime !

Spendlove explosait littéralement. L'homme calme perdait toute retenue :

— … Je l'aime, milord ! Je l'aime tendrement. J'ai tenté de l'intéresser à moi pendant ce bal. J'ai échoué…

— Je regrette de vous l'entendre dire.

— Je n'ai pas pu ne pas remarquer, milord, l'admiration qu'elle a pour vous. Elle m'a parlé de vous à plusieurs reprises. Dès ce moment-là, je me suis rendu compte qu'un seul mot de vous aurait plus de poids que tous mes longs discours. Et si vous le vouliez, milord. Si vous vouliez prononcer ce mot-là…

— Je suis sûr que vous surestimez beaucoup mon influence, dit Hornblower, choisissant ses mots avec autant de soin que Spendlove, bien que cela fût moins apparent (du moins il l'espérait). Mais, bien entendu… naturellement… je ferai ce que je pourrai.

— Je pense, milord, qu'il est inutile de vous réitérer ma gratitude…

Cette créature en train de plaider pour soi, ce garçon languissant d'amour était le même Spendlove qui, par un acte de froide audace, avait dans l'obscurité sauté du haut d'une falaise de soixante pieds. Hornblower se souvenait des baisers de Lucy sur ses mains ; il la revoyait se traînant à genoux sur le plancher pour le suivre. Moins il aurait à s'occuper de tout ceci à l'avenir, mieux cela vaudrait. La passion d'une enfant à peine sortie de l'école pour un homme mûr avait bien des chances d'être éphémère. Pour Lucy Hough, le souvenir de sa dignité perdue ce jour-là serait plus tard aussi pénible qu'elle pouvait l'être pour lui-même. Elle éprouverait alors le besoin de s'affirmer à elle-même le sentiment de sa fierté, de montrer à l'amiral qu'il n'était pas seul au monde. Et comment pourrait-elle affirmer cela plus clairement qu'en en épousant un autre ? Pour employer un langage vulgaire, il y avait toute probabilité pour que Spendlove rattrapât sa chance par un ricochet.

— Si de bons souhaits peuvent quelque chose, dit-il, les miens vous accompagnent !

Même un amiral doit choisir ses mots avec soin. Deux jours plus tard, il annonçait au gouverneur que son départ était immédiat !

— J'emmène mon escadre en mer demain matin, Excellence.

— Vous n'assisterez donc pas aux pendaisons ? fit Hooper, surpris.

— Je le regrette, dit Hornblower.

Il crut devoir ajouter une explication parfaitement inutile :

— Les pendaisons, Excellence, ne sont pas de mon goût !

L'explication n'était pas seulement inutile, elle était ridicule. Hornblower le sut dès qu'il vit l'étonnement se peindre sur le visage de Hooper. Le gouverneur pouvait à peine être moins surpris d'entendre que les pendaisons n'étaient pas du goût de l'amiral, qu'il ne l'eût été si Hornblower lui eût affirmé qu'il n'approuvait pas les pendaisons elles-mêmes. Et cela était bien près d'être aussi vrai.

4

Les canons de Carabobo

Il ressemblait exactement à un vaisseau de guerre britannique ; peut-être, d'ailleurs, pour la simple raison qu'il en avait été un pendant presque toute son existence, c'est-à-dire jusqu'au jour où il avait été mis en réserve. Oui, tel qu'il se présentait là, entrant dans le port, il pouvait sans conteste passer pour un brick de guerre, sauf qu'il arborait le guidon de l'escadre du Royal Yacht au lieu d'une flamme de commission.

Hornblower abaissa la lunette avec laquelle, très intrigué, il avait observé l'arrivée du navire dans le port de Kingston, et de nouveau reporta les yeux sur la lettre de Barbara, vieille de deux mois, arrivée quinze jours plus tôt :

« Mon plus cher mari… » écrivait drôlement Barbara. Il lui arrivait d'abuser des superlatifs. Ce « plus cher mari » n'impliquait-il pas qu'elle eût au moins trois maris, même si cela impliquait aussi que Hornblower comptât plus que les autres ?

« … Vous allez bientôt recevoir la visite d'un certain M. Charles Ramsbottom, un millionnaire qui vient de racheter un ancien bâtiment ayant appartenu à la marine afin de s'en servir comme d'un yacht. Il l'a baptisé l'*Épouse du Pharaon* et se propose de visiter ainsi les Antilles. Le personnage n'est apparu que récemment dans le monde, après avoir hérité de son père, qui avait fait fortune dans les laines de Bradford, comme fournisseur de vêtements militaires. En dépit de ses origines obscures, Charles Ramsbottom a réussi à se faire admettre dans la meilleure société, peut-être à cause de sa jeunesse, de son charme, qui est indéniable, du fait qu'il est célibataire et original. Et aussi, comme je disais plus haut, parce qu'il est millionnaire. Je l'ai rencontré souvent, ces derniers temps, et dans de très bonnes maisons. Je vous le recommande, mon plus cher mari, quand ce ne serait que pour la seule raison qu'il a conquis une toute petite place dans le cœur de votre femme, un délicieux mélange de respect et d'intérêt que j'eusse pu trouver irrésistible si je n'étais mariée à l'homme le plus irrésistible qui fût au monde. On a de lui une excellente opinion dans la bonne société, à la fois du côté du gouvernement et du côté de l'opposition, et il se pourrait qu'il jouât un rôle important dans la politique, s'il prenait la peine d'y entrer. Je ne doute pas qu'il vous porte des lettres de recommandation de personnages beaucoup plus influents encore que votre femme qui vous aime… »

Hornblower ne put s'empêcher de poursuivre sa lecture jusqu'à la fin, bien qu'il n'y fût plus question de M. Ramsbottom ; mais ensuite il revint à ce paragraphe d'ouverture. C'était la première fois qu'il rencontrait le mot « millionnaire », qui revenait à deux reprises. L'expression lui déplut, à première vue. Il était inconcevable qu'un homme possédât un million de livres, et non pas, sans doute, en grandes propriétés rurales, mais en usines, en actions et en titres, avec, probablement, de gros placements en consolidés et un important crédit en banque. L'existence de millionnaires, qu'ils fussent ou non membres de la haute société, était pour Hornblower quelque chose d'aussi déplaisant que le mot lui-même, qui venait de voir le jour. Or, ce jeune homme, Barbara l'avait trouvé charmant ! Hornblower se demandait si cela constituait une recommandation, ou le contraire.

Il reprit sa lunette, regarda le brick approcher. La vitesse à laquelle il rentra sa voilure prouvait qu'il avait un nombreux équipage. Commandant en chef d'une escadre, comptable auprès des lords avares de l'Amirauté de chaque penny dépensé, Hornblower savait ce que coûte un tel équipage. Ce petit Ramsbottom, sur ce jouet marin, dépensait autant d'argent qu'il en faudrait pour entretenir mille familles en pain, en bière et en lard.

Le brick lofa et mouilla de manière parfaite ; s'il avait appartenu à l'escadre sous le commandement de Hornblower, l'amiral eût laissé échapper un grognement de satisfaction. Il grogna, effectivement, mais avec un mélange d'envie et d'ironie, puis il s'éloigna pour aller attendre, au palais de l'Amirauté, la visite qui ne pouvait manquer d'advenir.

Quand elle arriva, il examina la carte de visite.

Elle portait simplement : « M. Charles Ramsbottom ». Hornblower éprouva d'abord une certaine satisfaction à découvrir qu'il avait enfin rencontré un nom plus laid que le sien[1]. Mais une fois introduit par l'huissier, le porteur de ce vilain nom lui fit une impression plutôt favorable. Ramsbottom avait dépassé de peu les vingt ans ; il était petit de taille et singulièrement séduisant, pour autant que la chose valût d'être mentionnée : le cheveu noir, des yeux foncés, et ce qu'on ne pouvait décrire autrement que par « des traits comme sculptés au couteau » ; il était en outre profondément hâlé, après quelques semaines de pleine mer, et ne ressemblait pas du tout à l'idée que l'on peut se faire d'un fabricant de lainage de Bradford. Son veston vert foncé, sa culotte blanche étaient d'un goût sûr et parfait.

— Monsieur Ramsbottom, ma femme m'a écrit à votre sujet.

— C'est très aimable à lady Hornblower. Rien d'étonnant : elle est, de toute évidence, l'amabilité faite femme. Puis-je, milord, vous présenter les lettres de recommandation de lord Liverpool et de l'évêque Wilberforce ?

Barbara ne s'était pas trompée : Ramsbottom avait la faveur des deux partis politiques ; il exhibait des lettres du Premier ministre en personne et d'un membre éminent de l'opposition. Hornblower les parcourut des yeux ; sous les formules

1. Si Hornblower signifie « joueur de cor », Ramsbottom pourrait se traduire par « siège » ou « fondement de bélier », voire « cul de bouc ».

officielles, on percevait l'accent d'une véritable cordialité.

— Parfait, monsieur Ramsbottom !…

Il cherchait à adopter le ton qu'il supposait devoir être celui d'un homme qui vient de lire une lettre de recommandation du Premier ministre.

— … Est-il quelque chose que je puisse faire pour vous ?

— Rien, milord. Rien à quoi je puisse penser pour l'instant. Il faut naturellement que je fasse ma provision d'eau et de vivres, mais mon commissaire aux vivres est à la hauteur. J'ai l'intention de poursuivre mon voyage à travers ces îles charmantes.

Hornblower répondit :

— C'est tout naturel !

Mais, à dire vrai, il était incapable d'imaginer la raison pour laquelle un homme pouvait, sans y être obligé, passer son temps dans ces eaux où la piraterie couvait encore, souhaiter visiter des pays où la malaria et la fièvre jaune régnaient à l'état endémique, où la guerre civile, la révolution, les massacres prélevaient un tribut plus lourd encore.

— Vous trouvez que l'*Épouse du Pharaon* est un bâtiment confortable ?

Ces bricks armés de dix-huit canons de la Marine royale étaient, de notoriété publique, des bateaux déplaisants, encombrés et imprévisibles.

— Assez confortable, milord, merci. Je l'ai un peu allégé en modifiant l'armement. Il ne porte plus maintenant que douze pièces, deux longues et dix caronades, des vingt-quatre livres au lieu de trente-deux livres.

— De sorte que vous pourriez encore vous défendre contre des pirates ?

— Oh oui, bien sûr, milord ! Grâce à la réduction de poids sur le pont (au moins dix tonnes) et aux modifications que j'ai apportées dans sa voilure, j'en ai fait un bâtiment qui tient la mer. Je le crois. Enfin… je l'espère !

— Je suis sûr que oui, monsieur Ramsbottom.

C'était assez probable ; les bricks de guerre étaient naturellement bourrés de canons et de matériel de guerre jusqu'à la limite de la stabilité, et aussi de l'endurance humaine ; de sorte qu'une réduction même modérée du poids mort pouvait retentir profondément sur leur confort et leur maniabilité.

— Ce serait pour moi un grand plaisir, poursuivait M. Ramsbottom, si je pouvais décider Votre Seigneurie à venir me voir à mon bord. Mieux qu'un plaisir : un honneur, et cela flatterait mon équipage. Peut-être pourrais-je même décider Votre Seigneurie à accepter de dîner à bord avec moi ?

— Nous en discuterons après que vous-même aurez dîné avec moi, monsieur Ramsbottom, répondit Hornblower, se souvenant des usages et de l'obligation où il était d'inviter à dîner tout porteur d'une recommandation valable.

— Vous êtes on ne peut plus aimable, milord. Mais il faut naturellement que je présente mes lettres de recommandation à Son Excellence, dans le plus bref délai possible.

Il y avait dans le sourire et dans les paroles de M. Ramsbottom quelque chose de plus que le sentiment très net des règles de l'étiquette : on ne savait quoi d'indéfinissable qui commandait la bienveillance. Un visiteur de la Jamaïque devait évidemment présenter d'abord ses respects au gouverneur ; mais M. Ramsbottom n'était pas un visiteur ordinaire. Commandant et propriétaire d'un navire, il devait sa première visite aux autorités navales, c'est-à-dire en fait à Hornblower. Ce détail était peut-être sans grande importance, comme l'indiquait son sourire, mais l'étiquette était l'étiquette, et les détails sans importance exigeaient une très stricte attention.

Au moment de prendre congé, Ramsbottom laissait donc à Hornblower, d'abord réticent, une impression favorable. Ils avaient parlé de navires, de choses de la mer ; Ramsbottom était très à l'aise, très naturel, pas du tout comme ce lord Byron, plus responsable que quiconque de la nouvelle marotte des gens fortunés : le yachting. Hornblower était même tout prêt à pardonner à Ramsbottom d'avoir conquis « une toute petite place » dans le cœur de Barbara. Au cours de l'escale de quelques jours que fit le jeune homme à la Jamaïque, Hornblower en vint même à éprouver pour Ramsbottom une véritable sympathie, surtout après qu'il eut perdu deux livres sterling au cours d'une partie de whist très disputée et regagné dix livres au cours d'une autre partie ; il est vrai que Ramsbottom, cette fois-là, n'avait pas eu de chance. La haute société de la Jamaïque offrit au jeune visiteur un accueil chaleureux. Le gouverneur lui-même le trouvait agréable et lady Hooper, la femme du gouverneur, ne tarissait pas de louanges, célébrant ses égards, ses prévenances, la noblesse de son allure.

— Je ne m'attendais pas à cela de la part du fils d'un fabricant de Bradford, disait Hooper, presque à son corps défendant…

— Dînez-vous, monsieur, à bord de l'*Épouse du Pharaon* ? lui demanda Hornblower.

— J'y dînerai, en effet, répondit Hooper qui aimait manger. Mais, vu que le bâtiment de M. Ramsbottom n'est, après tout, qu'un yacht, j'ai peu d'espoir d'y faire un vrai repas !

Hornblower arriva à bord de bonne heure, Ramsbottom désirant avoir le temps de faire visiter son navire. Il fut accueilli à la manière de la marine par des hommes de coupée rangés le long du bord. Déjà, tandis qu'il serrait la main de son hôte, l'amiral regardait autour de lui, avide de tout voir. On n'eût pas pu dire que l'on n'était pas sur un vaisseau du roi. Hornblower enregistrait tout : le pont d'une blancheur immaculée, les cordages lovés en une parfaite symétrie, le trophée éblouissant des piques et des sabres d'abordage contre le fronteau, l'étincellement des cuivres au soleil, l'air discipliné de l'équipage en vareuse bleue et pantalon blanc.

— Puis-je vous présenter mes officiers, milord ?

C'étaient deux lieutenants, deux demi-solde, des durs-à-cuire. En même temps qu'il leur serrait la main, Hornblower se disait que, sans une série de coups de chance, lui-même eût pu être encore un de ces lieutenants, complétant sa demi-solde en servant sur un yacht comme celui-ci, sous les ordres d'un civil, d'un homme fortuné. Comme Ramsbottom le conduisait à l'avant, il reconnut l'un de ces gaillards, au garde-à-vous près d'un canon.

— Vous étiez avec moi sur le *Renown*, en 1800 ? dit-il.

— Oui, Monsieur... euh... milord. En effet !

L'homme souriait, un peu mal à l'aise, et regardait la main que l'amiral lui tendait.

— ... Et Charlie Kemp, là-bas, Monsieur... euh... milord, il était avec vous dans la Baltique ! Et Bill Cummings, là-haut, sur le gaillard, était gabier de misaine sur la *Lydia* ! Il a doublé le Horn avec vous, Monsieur, euh... milord !

C'était vrai, mais Hornblower était content aussi de n'avoir pas été dans la nécessité de se rappeler leurs noms. Il fit encore quelques pas :

— Votre équipage, dit-il à Ramsbottom, paraît venir de la Marine royale ?

— Oui, milord. Presque tous sont des hommes qui ont servi sur des vaisseaux de ligne.

En ce temps de paix et de crise, recruter un équipage était assez facile. Ramsbottom pouvait même être considéré comme rendant un service public en procurant un emploi à des hommes qui avaient bien mérité de la patrie. En écoutant les ordres, en regardant l'équipage montrer ce dont il était capable, Hornblower ne pouvait réprimer un sourire. Une marotte, oui, sans doute, mais somme toute assez inoffensive, que celle qui consistait, pour un Ramsbottom, à s'offrir le caprice de jouer au commandant sur un vaisseau de guerre.

— Vous avez là un bâtiment des plus utiles, monsieur Ramsbottom, un équipage bien entraîné.

— C'est pour moi un plaisir d'entendre Votre Seigneurie parler ainsi.

— Vous-même n'avez pas servi dans la marine ?

— Non, milord.

Il y avait de quoi être un peu surpris, en cette année 1821, que des adultes, voire des chefs de famille, eussent été trop jeunes pour prendre part aux guerres qui avaient ravagé l'univers pendant une génération. Cela donnait à Hornblower l'impression d'être centenaire.

— Voici d'autres invités, milord, si vous voulez bien m'excuser…

Il s'agissait de deux planteurs, Hough et Doggart, et du premier magistrat de l'île. La présence du gouverneur à ce dîner porterait à six le nombre des convives, trois personnages officiels et trois simples particuliers. Ils se rassemblaient sous la tente qui, tendue par-dessus le gui, mettait à l'ombre le pont arrière pour assister à la réception de Son Excellence.

— Pensez-vous que ce dîner puisse être conforme aux usages ? demanda Doggart.

— Le commissaire de Ramsbottom a acheté hier deux tonnes de glace, dit Hough.

— À six pence la livre, cela promet !

La Jamaïque était le centre d'un petit commerce de glace apportée de la Nouvelle-Angleterre par des goélettes rapides. Découpée et mise en réserve, l'hiver, dans de profondes tranchées, elle était acheminée vers les Antilles, isolée dans de la sciure de bois. Au plus fort de l'été, elle atteignait des prix astronomiques. Hornblower s'intéressait à ces détails, mais davantage encore au comportement d'un matelot qui, en bas, dans le passavant, tournait sans arrêt une manivelle. Travail qui, bien qu'incessant, ne paraissait pas très pénible. Pour tout l'or du monde, l'amiral n'eût pu imaginer à quoi cette mécanique pouvait servir sur un bateau.

Les invités saluaient Son Excellence et à sa prière s'installaient sur des sièges très confortables. Un maître d'hôtel parut, qui fit circuler des verres de xérès.

— Ma parole, il est excellent ! s'exclama le gouverneur, après une gorgée prudente. Aucune comparaison avec votre Olorosos, vos xérès épais, sucrés, liquoreux !

Fort de son sang royal autant que de sa situation dans l'île, le gouverneur pouvait se permettre des réflexions, qui, venues d'un autre, eussent paru déplacées et même grossières. Mais il était vrai que ce xérès était délicieux : d'une belle couleur ambrée, sec, délicat comme saveur et comme bouquet, frais sans être frappé.

Un nouveau bruit parvint aux oreilles des convives ; Hornblower se tourna, regarda vers l'avant. Au pied du grand mât, un petit orchestre s'était mis à jouer, fait de ces instruments à cordes dont Hornblower n'avait jamais pris souci d'apprendre les noms, celui du violon excepté. À part cette musique importune, rien n'eût pu être plus agréable que d'être assis sous une tente, buvant un excellent xérès, sur le pont d'un navire bien équipé, alors que la brise de mer commençait à souffler. Sur un signe du gouverneur, on lui servit un autre verre.

— Ah ! dit-il, monsieur Ramsbottom, vous avez là aussi un bien bon orchestre !

Il était de notoriété publique que la famille royale avait hérité du goût de la musique.

— Je remercie Votre Excellence ! dit Ramsbottom.

Et les verres de circuler de nouveau. Puis l'hôte dut tendre l'oreille aux paroles du steward qui disait :

— Excellence, milord, messieurs, le dîner est servi !

À la queue leu leu, ils descendirent l'échelle. Toutes les cloisons, à l'arrière, paraissaient avoir été enlevées pour ménager une cabine aussi spacieuse, bien que basse de plafond. De chaque bord, les caronades jetaient dans cette ambiance de luxe une note guerrière. Il y avait des fleurs partout. Une nappe damassée, blanche, éblouissante, couvrait la table au centre. Aux hublots, des pare-brise aidaient à détourner le souffle de l'alizé qui, à l'ombre de la tente et du pont, était d'une fraîcheur agréable. L'œil de Hornblower surprit aussitôt deux objets, accessoires étranges, sortes de petites roues, installées dans deux des hublots, et qui tournaient sans interruption. Il comprit pourquoi le matelot manœuvrait cette manivelle ; elle actionnait les petites roues qui, par mécanisme ingénieux, aspiraient et propulsaient l'air extérieur dans la cabine, opérant à la façon des ailes d'un moulin, mais dans le sens inverse.

Assis dans l'ordre que leur avaient assigné les indications courtoises de l'hôte, les invités attendaient qu'on servît. Le premier plat fit son apparition. Dans deux assiettes, posées dans d'autres plus grandes, remplies de glace pilée, on voyait une substance grise, granuleuse.

— Du caviar ! s'écria Son Excellence, se servant libéralement après un premier coup d'œil étonné.

— J'espère qu'il sera de votre goût ! dit Ramsbottom, et que vous voudrez bien l'arroser d'un peu de cette vodka, la même que l'on sert à la table de l'Empereur de Russie !

La conversation sur le caviar et la vodka retint l'attention de l'assemblée pendant tout le premier service. La dernière fois que Hornblower avait goûté de ce mets russe, c'était en 1812, pendant la défense de Riga ; l'expérience lui permit d'ajouter son mot. Le plat suivant paraissait déjà sur la table.

— Vous autres, messieurs, dit Ramsbottom, vous êtes habitués à ce plat-ci ! Je ne crois pas avoir besoin de m'excuser. C'est une spécialité de ces îles.

C'étaient des poissons volants.

— Aucun besoin de vous excuser, en effet, dit le gouverneur. Surtout quand ils sont servis comme ils le sont ici ! Votre chef doit avoir du génie.

La sauce qui accompagnait le poisson avait une vague saveur de moutarde.

— Vin du Rhin ou champagne, milord ? murmura une voix à l'oreille de Hornblower.

Hornblower avait entendu le gouverneur répondre à la même question en disant : « D'abord le vin du Rhin ! » Mais un champagne sec était le compagnon idéal pour cette nourriture. Néron, Vitellius, Lucullus, tous les gourmets de l'antiquité n'avaient pas su ce que c'était que d'arroser de champagne le poisson volant.

Son Excellence se tourna vers Hornblower :

— Vous allez mener bientôt, milord, une tout autre existence ?

— Cela ne fait aucun doute, monsieur.

Placé entre eux, Ramsbottom les interrogeait du regard :

— Votre Seigneurie, dit-il, va reprendre la mer ?

— La semaine prochaine ! répondit Hornblower. J'emmène mon escadre au large, pour des manœuvres, avant la saison des ouragans.

— Cela doit être nécessaire pour maintenir le rendement ! Et… ces manœuvres dureront longtemps ?

— Deux semaines. Peut-être davantage. Il faut que mes hommes restent accoutumés au biscuit de mer, au porc salé, à l'eau de baril de conserve !

— Vous aussi d'ailleurs ! dit le gouverneur, éclatant de rire.

— Moi aussi, en effet !

— Et… vous emmenez l'escadre entière, milord ? demanda Ramsbottom.

— Tout ce que je pourrai ! Je les entraîne ! Je tâche de ne pas faire d'exceptions.

— Excellente règle, probablement ! dit Ramsbottom.

Le potage qui succéda au poisson volant était une soupe au curry, brûlante, incendiaire, bien adaptée aux palais des Antilles.

— Très bon, vraiment ! dit le gouverneur après une première cuillerée.

Le champagne circulait ; les conversations devenaient de plus en plus animées ; Ramsbottom les guidait, les menait bon train.

— Quelles nouvelles du continent, monsieur ? dit-il au gouverneur. Ce Bolivar fait-il des progrès ?

— Il continue à lutter, dit le gouverneur, mais l'Espagne se hâte d'amener des troupes chaque fois que ses propres soucis le permettent. Le gouvernement de Caracas attend, je crois, l'arrivée de nouveaux renforts. On pourra conquérir la plaine et de nouveau le chasser. Vous savez qu'il s'était réfugié ici, dans cette île, il y a quelques années ?

— Vraiment ? fit Ramsbottom.

Tous les invités s'intéressaient à cette guerre civile désespérée, livrée sur le continent. Massacres, meurtres, héroïsme, sacrifices aveugles, loyauté à l'égard du roi, soif d'indépendance, on trouvait tout cela au Venezuela ; la guerre et les épidémies ravageaient les plaines fertiles, dépeuplaient villes et villages.

— Savez-vous, Hornblower, dit le gouverneur, comment les Espagnols résistent, maintenant que Maracaïbo s'est révoltée ?

— La perte n'est pas très grave, Monsieur. Aussi longtemps qu'ils disposent de La Guaïra, les communications par mer restent possibles. Les routes sont si mauvaises que Caracas a toujours utilisé La Guaïra pour garder le contact avec le monde extérieur. Ce n'est qu'une rade foraine, mais elle permet un bon mouillage.

— Maracaïbo s'est donc révoltée, Excellence ? dit Ramsbottom d'un air innocent.

— La nouvelle m'en est parvenue ce matin ! Une plume au chapeau de Bolivar, après ses récentes défaites. Son armée devait commencer à se décourager.

— Son armée, monsieur ? fit le premier magistrat de l'île. La moitié est composée d'infanterie britannique !

Hornblower savait que c'était vrai. D'anciens soldats anglais formaient le meilleur de l'armée de Bolivar. Les *llaneros,* c'est-à-dire les hommes des plaines vénézuéliennes, lui fournissaient une brillante cavalerie, mais non les éléments nécessaires à une occupation permanente.

— Même l'infanterie britannique pourrait se décourager devant une cause désespérée, dit le gouverneur, solennel. Les Espagnols contrôlent la presque totalité des côtes ! Demandez à l'amiral !

— C'est exact ! dit Hornblower. Ils ont mené la vie dure aux corsaires de Bolivar !

— J'espère que vous n'allez pas vous aventurer dans cette pagaille, monsieur Ramsbottom ! dit le gouverneur.

— Ils ne feraient de vous qu'une bouchée, si vous vous y risquiez, ajouta le premier magistrat. Les Espagnols ne toléreront aucune intervention. Ils auraient vite fait de vous enlever ! Vous iriez languir pendant des années dans un cachot d'Espagne avant que nous ne puissions vous tirer des griffes de Ferdinand ! À moins que la fièvre des cachots ne vous emporte avant, ou qu'ils ne vous aient pendu comme pirate !

— Je n'ai certes aucune intention de m'aventurer à proximité du continent, dit Ramsbottom. En tout cas pas aussi longtemps que dure cette guerre. C'est dommage, car le Venezuela était le pays de ma mère, et j'aurais eu plaisir à le visiter.

— Le pays de votre mère ? fit le gouverneur.

— Oui, monsieur. Ma mère était vénézuélienne. Au Venezuela, je serais Carlos Ramsbottom y Santona.

— Très intéressant ! dit le gouverneur.

Et plus comique que le nom d'Horatio Hornblower. Qu'un fabricant de Bradford eût une mère vénézuélienne, voilà qui était significatif de l'intérêt que le commerce britannique portait à l'univers entier. Ce détail expliquait la beauté brune, le teint hâlé de Ramsbottom.

— Je puis parfaitement attendre que la paix soit conclue, d'une façon ou de l'autre, dit Ramsbottom, l'air très dégagé. Il y a d'autres voyages à faire ! Pour le moment, monsieur, permettez-moi d'attirer votre attention sur ce plat-ci.

Des poulets rôtis et un jambon arrivaient sur la table en même temps que le plat dont Ramsbottom voulait parler. Ce qu'il contenait était nappé par des œufs pochés qui en masquaient la surface.

— Ce mets-ci me semble un peu compliqué, dit le gouverneur, sceptique.

Le ton signifiait qu'en ce point du dîner, il se fût plutôt attendu à un rôti substantiel.

— Je vous en prie, goûtez-y ! dit Ramsbottom.

Le gouverneur se servit et goûta d'une lèvre réticente.

— Assez agréable, en effet ! dit-il. Qu'est-ce que c'est ?

— Un ragoût fait avec du bœuf de conserve. Puis-je décider ces messieurs à y goûter ? Vous, milord ?

C'était du moins quelque chose de neuf. De sa vie, Hornblower n'avait jamais rien goûté qui ressemblât à cela ; rien à voir avec le bœuf conservé dans la saumure dont il se nourrissait depuis quelque vingt ans.

— Très, très bon ! dit-il. Comment ce bœuf est-il conservé ?

Ramsbottom désigna d'un geste son steward, qui était resté à portée. Il déposa sur la table une boîte carrée qui avait l'air d'être en fer-blanc. Hornblower la soupesa. Elle était lourde.

— Du verre ferait le même usage, expliquait Ramsbottom, mais à bord, ce serait moins commode.

Le steward attaquait la boîte avec une sorte de couteau. Il finit par l'ouvrir, rabattit le couvercle et l'offrit pour qu'on l'examinât.

— Une boîte à conserve, poursuivait Ramsbottom, soudée à très haute température. Je me permets de suggérer que cette méthode nouvelle apporte un avantage sensible en matière d'approvisionnement en vivres, à bord. Ce bœuf peut être mangé froid, tel qu'il sort de la boîte, ou bien on peut l'accommoder, comme ce que vous voyez ici.

— Et l'œuf poché ? dit le gouverneur.

— Ça, monsieur, c'est une inspiration de mon chef !

La discussion sur cette nouvelle invention et sur l'excellent bourgogne qui l'accompagnait détourna l'attention des troubles du Venezuela, et même de la mère vénézuélienne de Ramsbottom. À mesure que le vin coulait dans les verres, la conversation devenait plus générale en même temps qu'un peu plus décousue. Hornblower avait bu autant qu'il le désirait ; avec son aversion habituelle pour tout excès, il s'imposa de ne pas boire davantage. Il était remarquable que Ramsbottom aussi restait sobre, très calme, très maître de lui, tandis que les visages des autres invités prenaient une couleur vermeille et que la cabine retentissait de toasts ampoulés, d'éclats de voix, de rugissements, de chansons sans suite. Hornblower sentit que leur hôte trouvait maintenant la soirée ennuyeuse, aussi ennuyeuse qu'il la trouvait lui-même. Il fut content quand Son Excellence se leva, se tenant à la table, se disposant à prendre congé.

— Un fameux dîner ! dit-il. Ramsbottom, vous êtes un maître de maison parfait ! Je voudrais qu'il y en eût d'autres comme vous !

Hornblower serrait des mains.

— Vous avez été très aimable de venir, milord, lui dit Ramsbottom. Je regrette de devoir saisir cette occasion pour faire mes adieux à Votre Seigneurie.

— Vous partez donc bientôt ?

— Dans un jour ou deux, je pense, milord. J'espère que les manœuvres de votre escadre vous donneront pleine satisfaction.

— Merci beaucoup. Quelle route allez-vous prendre ?

— Je vais battre en retraite par le canal Passe-du-Vent[1], milord. Peut-être irai-je voir un peu les Bahamas.

— Soyez prudent dans ces eaux-là ! Je vous souhaite bonne chance et bon voyage. Quand j'écrirai à ma femme, je lui parlerai de votre visite.

1. Entre Cuba et Haïti.

— S'il vous plaît, milord, offrez-lui mes respects, mes vœux les meilleurs.

La courtoisie de Ramsbottom ne se démentit pas jusqu'à son départ. Il se souvint, avant de partir, d'envoyer à la ronde une carte « Pour prendre congé ». Les mères et les filles à marier regrettèrent vivement son départ. Un jour, à l'aube, Hornblower vit l'*Épouse du Pharaon* faire route à l'est, afin de doubler le cap Morant à la faveur de la brise de terre. Puis il oublia le brick, préoccupé qu'il fut de faire prendre la mer à son escadre pour des manœuvres au large.

Il ne manquait jamais de s'abandonner à un sourire en coin quand il regardait autour de lui « les vaisseaux » de Sa Majesté sous son commandement, dans la mer des Caraïbes. En temps de guerre, il eût commandé une flotte puissante ; il régnait maintenant sur trois petites frégates et une collection bizarre de bricks et de goélettes. Mais ces bâtiments serviraient son projet ; dans le thème de ces manœuvres, les frégates joueraient le rôle de transports, les bricks de soixante-quatorze, les goélettes de frégates.

L'amiral aurait une avant-garde, un centre et une arrière-garde ; il croiserait en formation tactique, prêt à rencontrer l'ennemi ; de vertes réprimandes monteraient à ses drisses de signaux quand l'un ou l'autre bâtiment manquerait de conserver son poste ; il ferait branle-bas de combat ; il disposerait ses divisions en ligne de bataille ; changerait d'amures afin de tourner la ligne imaginaire ennemie. Dans la nuit noire, il allumerait le signal lumineux « Ennemi en vue » pour faire dégringoler de leurs couchettes une vingtaine de capitaines et mille matelots comme s'ils allaient s'attaquer à un adversaire… inexistant.

Sans prévenir, il hisserait un signal donnant l'ordre aux plus jeunes lieutenants de prendre le commandement de leurs bâtiments respectifs ; puis il plongerait dans des manœuvres calculées, capables d'alarmer les capitaines en train d'assister à ces exercices, impuissants, pâles d'inquiétude. Ces jeunes lieutenants n'étaient-ils pas exposés à se trouver un jour dans le cas de commander des bâtiments de ligne au cours d'une bataille dont pourraient dépendre les destinées de l'Angleterre ? Il était nécessaire de leur tremper les nerfs, de les accoutumer à manœuvrer des bâtiments dans des circonstances dangereuses. Au milieu de l'exercice, il signalerait : « Vaisseau amiral en feu ! Tous les canots à la mer ! » Il mettrait à terre des compagnies de débarquement pour attaquer des batteries imaginaires installées sur un banc de rochers inhabité ; une fois qu'ils auraient débarqué, il les inspecterait jusqu'à la dernière pierre à fusil du dernier pistolet, avec un dédain total pour les excuses qui ferait grincer des dents aux hommes exaspérés. Aux capitaines, il ferait dresser les plans et les détails d'exécution de quelques expéditions-surprise ; et il commenterait de façon caustique les dispositions prises pour la défense, les méthodes imaginées en vue d'attaquer. Il désignerait par deux ses bâtiments pour les faire se battre en duels isolés. Ceux-ci se verraient venir à l'horizon, s'approcheraient l'un de l'autre, prêts à tirer par le travers dans les œuvres vives. Il prendrait avantage de l'accalmie pour mettre ses gens au travail, à remorquer, à accoster en tentatives désespérées le matelot d'avant. Il travaillerait ses équipages jusqu'à ce qu'ils fussent prêts à défaillir ; puis inventerait d'autres besognes pour leur prouver qu'ils étaient encore capables d'un effort. Ainsi, on se demanderait si les hommes parlaient du « vieux Horny » pour appeler sur lui les malédictions, ou pour exprimer respect et admiration.

C'est une escadre endurcie, résistante, que Hornblower ramena à Kingston. La *Clorinda* manœuvrait pour entrer dans le port, quand une embarcation vint vers elle, avec à bord un aide de camp du gouverneur porteur d'un mot pour Hornblower.

— Sir Thomas, auriez-vous la bonté d'appeler mon canot ? demanda Hornblower.

Il faut croire qu'il s'agissait d'une opération urgente. La note du palais du gouverneur disait en effet :

> *« Milord,*
>
> *« Il est nécessaire que Votre Seigneurie se transporte ici le plus tôt possible afin de fournir l'explication de ce qui se passe au Venezuela. La présente note prie Votre Seigneurie de se présenter à moi immédiatement.*
>
> *Augustus Hooper,*
> *gouverneur. »*

Hornblower n'avait naturellement aucune idée de ce qui se passait au Venezuela, de ce qui s'y était passé au cours des deux dernières semaines, ni même la veille. Du reste, il ne chercha pas à le deviner, tandis que la voiture le menait à vive allure vers le palais du gouverneur ; l'eût-il essayé qu'il lui aurait été impossible d'imaginer la vérité, ni même de la soupçonner.

— Que signifie tout ceci, Hornblower ?

Telles furent les premières paroles de Hooper qui poursuivit :

— De quelle autorité disposez-vous pour bloquer les côtes du Venezuela ? Et pourquoi n'ai-je pas été informé ?

— Je n'ai rien fait de semblable ! répondit Hornblower, plutôt indigné.

— Voyons ! J'en ai ici la preuve. Des Hollandais, des Espagnols, la moitié des pays de la terre sont là qui viennent protester !

— Je vous assure, Excellence, que je n'ai mené aucune action sur la côte vénézuélienne. Je ne m'en suis même jamais approché à moins de cinq cents milles !

— Alors, que signifie ceci ? hurlait le gouverneur. Regardez ça !

Il tenait d'une main des papiers, de l'autre il tapait dessus comme un fou, si fort que Hornblower eut de la peine à les saisir. L'amiral n'en revenait pas ; il fut plus déconcerté encore quand il eut fini de lire. L'un des papiers était une dépêche officielle, en français, du gouverneur hollandais de Curaçao ; l'autre était pour lui plus compréhensible ; il la lut d'abord. C'était un grand feuillet couvert d'une écriture vigoureuse :

« Attendu que les Lords de l'Amirauté m'ont avisé par l'entremise du très honorable vicomte

Castlereagh, l'un des principaux secrétaires d'État de Sa Majesté britannique, de la nécessité d'établir un blocus des côtes du dominion du Venezuela de Sa Majesté Très Catholique, et des îles appartenant au dominion de Sa Majesté le roi des Pays-Bas, notamment et à savoir : de Curaçao, d'Aruba et de Bonaire.

« Pour cette raison, moi, lord Horatio Hornblower, chevalier grand-croix de l'ordre très honorable du Bain, contre-amiral de l'Escadre blanche, commandant les vaisseaux de Sa Majesté britannique dans la mer des Caraïbes, proclamons par les présentes que les côtes du continent de l'Amérique du Sud, de Cartagena aux Bouches-du-Dragon, et les îles hollandaises susnommées de Curaçao, d'Aruba et de Bonaire se trouvent maintenant en état de blocus. Que tout navire, de quelque désignation que ce soit, porteur ou non de matériel de guerre, découvert tentant d'entrer dans n'importe quel port, rade ou bassin à portée des territoires ainsi définis, ou louvoyant avec l'intention d'entrer dans un tel port, une telle rade ou un tel bassin, sera arraisonné et emmené afin d'être jugé par la Haute Cour de l'Amirauté de Sa Majesté britannique, et sera condamné et saisi, sans compensation aux propriétaires affréteurs, chargeurs, capitaine ou équipage.

Délivré de ma main
ce premier jour du mois de juin 1821.
Hornblower, contre-amiral. »

Ayant lu, Hornblower put jeter un coup d'œil au second document. C'était, conçue en termes énergiques, une protestation du gouverneur néerlandais de Curaçao demandant des explications, des excuses, la levée immédiate du blocus et un dédommagement exemplaire.

Hornblower regardait Hooper, étonné.

— Ce document est rédigé dans les formes légales, dit-il, désignant la proclamation. Mais jamais je n'ai signé cela ! Ce n'est pas là ma signature !

— Alors ? bredouilla Hooper. J'ai pensé que peut-être vous aviez agi sur des ordres secrets de Londres…

— Point du tout, monsieur.

Hornblower fixa Hooper pendant quelques instants, puis, tout d'un coup, l'explication surgit.

— Ramsbottom ! cria-t-il.

— Que voulez-vous dire ?

— Il a dû se faire passer pour moi, au moins pour un de mes officiers. Le fonctionnaire hollandais qui vous a apporté ceci est-il encore là ?

— Il attend dans la pièce voisine. Il y a aussi un Espagnol, envoyé de La Guaïra par Morillo, dans une barque de pêche.

— Pouvez-vous les faire entrer ?

Le Hollandais et l'Espagnol entrèrent. Ils étaient indignés. Leur colère ne fut nullement apaisée par le fait de se trouver devant l'amiral qui, dans leur esprit, était responsable de la mesure. Le Hollandais parlait couramment l'anglais ; c'est à lui que Hornblower s'adressa d'abord :

— Comment cette proclamation a-t-elle été remise ?

— Par l'un de vos bâtiments. Par l'un de vos propres officiers !

— Quel bâtiment ?

— Le brick de guerre *Desperate.*

— Je n'ai pas de brick de ce nom. Il ne figure pas sur la liste navale ! Qui a apporté le message ?

— Le capitaine.

— Qui était-il ? Comment était-il ?

— Un officier. Un commandant, portant des épaulettes.

— En uniforme ?

— En grand uniforme.

— Jeune ? Vieux ?

— Très jeune.

— Petit ? Svelte ? Bel homme ? Brun ?

— Oui.

Hornblower échangea un regard avec Hooper.

— Et ce brick, le *Desperate* ? Environ cent soixante-dix tonneaux, beaupré presque de niveau, le grand mât emplanté plutôt sur l'arrière ?

— Oui.

— Voilà qui règle l'affaire, monsieur, dit Hornblower à Hooper.

Et, au Hollandais :

— On vous a trompé, j'ai le regret de vous le dire. Cet homme était un imposteur. Cette proclamation est un faux !

Le Hollandais piaffait d'impuissance : il ne pouvait trouver les mots, dans une langue étrangère. Enfin, de ses bredouillements, un nom émergea, qu'il répéta jusqu'à ce qu'il fût compris :

— Le *Helmond* ! Le *Helmond* !

— Qu'est-ce que c'est ? dit Hornblower.

— Un de nos vaisseaux. Votre *Desperate* l'a capturé.

— Un bâtiment de valeur ?

— Il y avait à bord les canons pour l'armée espagnole : deux batteries d'artillerie de campagne, canons, avant-trains, munitions, tout !

— Piraterie ! s'écria Hooper.

— On le dirait ! fit Hornblower.

L'officier espagnol avait assisté à l'entretien, ne comprenant apparemment qu'à moitié ce qui se disait en anglais et donnant des signes d'impatience. Hornblower se tourna vers lui et, après avoir essayé de retrouver ce qui lui restait d'espagnol, s'engagea dans une explication boiteuse. L'Espagnol répondit avec une volubilité telle qu'à plusieurs reprises Hornblower dut lui demander de parler plus lentement. Ramsbottom avait mouillé à La Guaïra, apportant la précieuse proclamation. À la simple allusion que la Marine britannique déclarait le blocus, aucun bateau n'avait osé quitter la côte sud-américaine, à l'exception du *Helmond.* Or, du *Helmond,* on avait le plus grand besoin : Bolivar marchait sur Caracas ; une bataille était imminente, de l'issue de laquelle allait dépendre le contrôle de l'Espagne sur le Venezuela. Morillo et l'armée espagnole avaient besoin d'artillerie. Non seulement ils étaient frustrés, mais étant donné ces nouvelles, on pouvait tenir pour certain que ces deux batteries d'artillerie de campagne étaient aux mains de Bolivar. L'officier espagnol se tordait les mains de désespoir.

Hornblower traduisit rapidement pour le gouverneur ; Hooper hocha la tête et dit :

— Bolivar a sûrement hérité de ces canons-là ! Aucun doute là-dessus ! Messieurs, je le regrette, je le regrette infiniment. Mais je dois vous faire remarquer que le gouvernement de Sa Majesté ne peut assumer aucune responsabilité dans la circonstance. Si vos chefs n'ont rien fait pour démasquer l'imposteur…

Le propos déclencha une nouvelle explosion. C'était au gouvernement britannique de s'assurer qu'aucun imposteur ne pût porter l'uniforme anglais et se faire passer pour un officier à son service. Il fallut le tact éléphantin de Hooper pour calmer les deux hommes.

— Si vous voulez bien, messieurs, me permettre de m'entretenir avec l'amiral, nous pourrons peut-être trouver une solution satisfaisante.

De nouveau seul avec le gouverneur, Hornblower se retint de sourire ; il n'avait cessé de trouver comique l'idée qu'un bicorne et une paire d'épaulettes pussent changer le cours d'une guerre ; mais il semblait que la présence d'un seul petit bateau avait pu exercer une pression énorme, et il voyait là un hommage remarquable à la puissance de la Marine royale.

— Ramsbottom ! fit Hooper. Sa mère vénézuélienne ! Ce n'est pas seulement de la piraterie, c'est de la haute trahison ! il va falloir le pendre !

— Hum ! fit Hornblower. Il est probable qu'il avait des lettres de course de Bolivar.

— Mais… le fait de se déguiser en officier britannique ? Mais la falsification de documents officiels ?

— Ruse de guerre, monsieur ! En 1812, un officier américain a trompé les autorités portugaises au Brésil, à peu près de la même façon !

— J'ai aussi entendu parler de certaines ruses auxquelles vous-même… dit Hooper avec un sourire.

— Oui, oui. Sans doute ! En temps de guerre, le belligérant qui croit ce qu'on lui dit est un sot !

— Mais nous ne sommes pas des belligérants !

— Non, monsieur. Et nous n'avons subi aucun dommage. Les Hollandais et les Espagnols n'ont qu'à s'en prendre à eux-mêmes !

— Mais Ramsbottom est sujet de Sa Majesté britannique !

— C'est vrai. Mais s'il a une commission de Bolivar, il peut agir en tant qu'officier des forces révolutionnaires, ce qu'il ne pourrait faire en tant que particulier.

— Voulez-vous dire que nous devrions l'autoriser à poursuivre le blocus ? C'est insensé !

— Naturellement non, monsieur. Il va sans dire que je vais l'arrêter et envoyer son navire en jugement devant un tribunal à la première occasion qui se présentera. Mais une puissance amie vous a demandé, Excellence, en tant que représentant de Sa Majesté, si vous aviez imposé le blocus. Il faut faire tout ce qui est en votre pouvoir pour démontrer que ce n'est pas vrai.

— Pour une fois, vous parlez enfin en homme raisonnable. Nous allons immédiatement communiquer avec Curaçao et avec Caracas. Ce sera votre premier devoir. Il serait préférable que vous y alliez en personne.

— Bien, monsieur. J'appareillerai à la brise de terre, avez-vous d'autres instructions ?

— Aucune. Ce qui se passe en haute mer est

votre affaire, non la mienne. Vous êtes responsable vis-à-vis du Cabinet, à travers l'Amirauté. Je vous avoue bien franchement que je ne voudrais pas être à votre place !

— Je m'en tirerai, monsieur. Cela ne fait aucun doute. Je vais mettre à la voile pour La Guaïra et j'enverrai un autre bâtiment à Curaçao. Si Votre Excellence décide d'envoyer des réponses officielles aux questions qui lui ont été posées, ces réponses seront peut-être prêtes au moment où je prendrai la mer ?

— Je vais les rédiger tout de suite.

Mais le gouverneur ne put se retenir d'exploser encore une fois :

— Ce Ramsbottom ! dit-il. Son bœuf en boîte ! Son caviar !

— Il s'est servi d'une sardine pour prendre une baleine, Excellence !

C'est ainsi qu'il advint que l'équipage de la *Clorinda* ne passa pas cette nuit-là en bordée à Kingston, comme il l'avait espéré. Au lieu de faire la bringue à terre, il travailla jusqu'à l'aurore pour compléter la provision d'eau et de vivres. Il travailla même tellement qu'il ne lui resta pas assez de souffle pour maudire l'amiral responsable du fâcheux contretemps. Aux premières lueurs de l'aube, la *Clorinda* appareillait grâce à quelques faibles bouffées de brise de terre. La marque de son amiral au mât d'artimon, elle mit le cap au plus près au sud-est, pour faire route sur La Guaïra. C'était un voyage de mille milles. La frégate avait à son bord le général de brigade Don Manuel Ruiz, représentant de Morillo, à qui Hornblower avait offert de le ramener à son quartier général. L'homme avait une hâte fiévreuse de rentrer pour mettre fin au blocus institué par Ramsbottom. Il était évident que les forces royales, au Venezuela, étaient durement pressées.

Le général de brigade ne put penser à rien d'autre au cours du voyage. Les merveilleux couchers de soleil n'avaient pour lui qu'une seule signification : un autre jour venait de s'écouler sans que lui eût atteint sa destination. La vaillante allure de la *Clorinda* qui faisait route au plus près, épaulant les longues lames et les refoulant en averses d'embruns, n'avait pour lui aucun attrait. Tout ce qu'il voyait, c'est que le bâtiment ne fendait pas l'eau vent arrière, c'est-à-dire à sa meilleure vitesse. À midi, chaque jour, quand le point du bâtiment était porté sur la carte, il s'arrêtait longtemps, l'air navré, estimant au jugé la distance encore à parcourir. Il n'avait pas assez d'expérience de la mer pour avoir pris le pli de se résigner à subir le caprice des forces sur lesquelles l'homme n'a point de contrôle. Quand le vent tournait au sud, apportant le mauvais temps, comme ce fut le cas pendant deux jours de suite, il était tout prêt à accuser Hornblower d'être de mèche avec ses ennemis, et n'essayait même pas d'écouter les explications de l'amiral lui affirmant que, tribord amures, allure que la *Clorinda* était obligée d'adopter, ils faisaient de l'est, ce qui pouvait se révéler précieux dans certaine éventualité. Il en voulait à la prudence du capitaine Fell qui faisait rentrer de la toile dans la dangereuse proximité du Grand Banc. Le lendemain matin, à l'aube, il montait dans les haubans de misaine, aussi haut qu'il l'osait, guettant la première vision des montagnes du Venezuela. Même alors il ne reconnut pas la ligne bleue qu'il apercevait comme étant la terre.

Un canot vint à leur rencontre, se dirigeant vers eux avant même qu'ils n'eussent mouillé l'ancre. Il y eut sur le gaillard une conférence animée entre Ruiz et l'officier que le canot avait amené.

— Mon général est à Carabobo, dit Ruiz à Hornblower. Une bataille va s'engager. Bolivar marche sur Puerto Cabello. Mon général marche à sa rencontre.

— Où est Ramsbottom ? Où est son bâtiment ?

Ruiz interrogea le nouveau venu et dit :

— Près de Puerto Cabello.

C'était évidemment l'endroit le plus plausible ; à une petite centaine de milles à l'ouest, une rade où des approvisionnements pouvaient débarquer, une position idéale pour intercepter les communications entre Curaçao et La Guaïra.

— Je mets le cap sur Puerto Cabello ! dit Hornblower. Vous pouvez m'y accompagner si vous le désirez, don Manuel. Le vent est favorable et je vous y débarquerai plus tôt que vous ne pourriez y arriver à cheval !

Ruiz hésita un instant ; il connaissait les chevaux et se méfiait des navires. Mais l'avantage était si évident qu'il accepta.

— Bon ! fit Hornblower. Sir Thomas, nous allons de nouveau lever l'ancre, si vous le voulez bien. Faites route sur Puerto Cabello.

La *Clorinda* recevait maintenant un vif alizé par le travers. C'était ce qui lui donnait sa meilleure allure. Elle avait sorti ses bonnettes et toute la toile possible ; elle ne marchait pas, elle volait. Sans doute, un cheval au galop l'eût doublée, mais aucun cheval n'eût pu faire ce que faisait la *Clorinda* : tenir sa vitesse pendant des heures ; et aucun cheval n'eût pu rendre sa pleine vitesse sur les pistes de montagne des Andes maritimes. Mais nulle allure, si rapide fût-elle, ne pouvait satisfaire Ruiz. La lunette à l'œil, il regardait la côte défiler au loin jusqu'à en être aveuglé par les larmes. Ensuite, il arpentait le gaillard à longues enjambées, la sueur lui coulant du front sur les joues, tandis que le soleil au zénith tombait verticalement sur lui. Quand l'équipage se ruait dans la mâture pour rentrer une voile, il dévisageait Hornblower d'un œil soupçonneux.

— Nous allons maintenant nous approcher de la côte, général !

La *Clorinda* mettait le cap sur la rade, les sondeurs dans les porte-haubans. Ignorant leur chant monotone, Ruiz se tourna soudain vers Hornblower, tendant l'oreille à une autre chanson, plus lointaine.

— Le canon ! dit-il. C'est le canon !

Hornblower écouta aussi. On devinait des rumeurs, faibles, à peine perceptibles, alternant avec des silences, parmi les bruits du bâtiment sur l'eau, les préparatifs du mouillage.

— Donnez l'ordre de garder un moment le silence, sir Thomas, s'il vous plaît !

Les sondeurs se turent ; les matelots firent de même. Il n'y eut plus que le vent dans les cordages, la mer claquant sur la muraille. Alors, en effet, on perçut, très loin, une sourde déflagration. Une autre suivit, puis encore une autre.

— Merci, sir Thomas.

— Le canon ! répéta Ruiz, regardant Hornblower. La bataille est engagée !

Quelque part dans les faubourgs de Puerto Cabello, royalistes et républicains étaient aux prises. Ces canons que l'on venait d'entendre étaient peut-être ceux que portait le *Helmond* ; ils étaient aux mains des insurgés ; ils tiraient sur leurs propriétaires légitimes. Le fait que l'artillerie fût en action signifiait qu'il s'agissait d'une bataille rangée, et non de simples escarmouches. Le sort du Venezuela était en train de se jouer. Ruiz se martelait la paume à coups de poing.

— Sir Thomas, veuillez tenir prêt un canot pour débarquer le général sans perdre une minute !

Tandis que l'embarcation faisait avant partout pour s'écarter de la *Clorinda*, Hornblower regardait le soleil, évoquait le souvenir de la carte des côtes. Il prit une décision. Comme toujours, dans la marine, une longue période sans incident alternait avec une autre, intensément active. La baleinière reparut, glissant, légère, sur l'eau de la rade ; un nouvel ordre était prêt.

— Voulez-vous avoir l'obligeance, sir Thomas, de faire voile. Pendant qu'il fait jour, nous allons continuer à rechercher Ramsbottom à l'ouest.

Il était évidemment fort souhaitable de connaître, dans le plus bref délai, le résultat de la bataille ; il était non moins désirable, peut-être même plus désirable, de mettre le plus tôt possible la main sur Ramsbottom. On ne l'avait pas aperçu entre

La Guaïra et Puerto Cabello ; il ne pouvait être bien loin, et sûrement le long de la côte. Le soleil déclinait, aveuglant les vigies qui regardaient du côté du couchant ; la *Clorinda* faisait route le long du rivage de la province de Carabobo. Pas très loin, vers l'avant et sous le vent, la côte s'orientait brusquement vers le nord en direction de la pointe de San Juan. Il était étrange que Ramsbottom fût allé aussi loin sous le vent ; à moins qu'il n'eût viré de bord pour s'éloigner, devinant que sa période de chance touchait à sa fin.

— Ho ! d'en bas !

C'était la vigie du petit mât de perroquet.

— Quelque chose à bâbord avant, juste en vue ! Juste dans le soleil. Un mât et des vergues, Monsieur. Pas une voile dessus !

Il était impensable que Ramsbottom eût mouillé ici, sur cette côte dangereuse. Mais en temps de guerre, il faut parfois se livrer à des actions impensables. La *Clorinda* avait serré ses bonnettes depuis longtemps. Après un ordre bref de Fell et cinq minutes d'activité de la part de l'équipage, elle faisait route sous ses seuls focs et huniers. Le soleil s'enfonçait dans des bancs de nuages qu'il baignait de rougeurs vermeilles.

— Ho ! d'en bas ! Deux navires, Monsieur. À l'ancre ! L'un d'eux est un brick, Monsieur.

Un brick ! Ce devrait être Ramsbottom ! C'était presque sûrement lui. Maintenant que le soleil était caché, on pouvait braquer la lunette dans la direction indiquée. Deux bâtiments en effet étaient là, très nets, très clairs, silhouettés sur le couchant, noirs sur le nuage écarlate ; c'étaient les mâts et les vergues d'un navire et d'un brick à l'ancre. Sir Thomas regardait Hornblower, attendant des ordres.

— Approchez-vous, dit l'amiral. Allez aussi près que vous l'estimez raisonnable. Un détachement d'abordage… prêt pour la prise !

— Un détachement armé, milord ?

— Comme vous voulez ! Jamais il n'osera s'opposer à nous par la force !

Les canons du brick n'étaient d'ailleurs pas en batterie, et aucun filet d'abordage n'était sorti. Quoi qu'il advînt, le petit brick n'avait aucune chance contre une frégate dans un mouillage forain.

— Je vais mouiller, milord, si vous le permettez !

— Bien sûr.

Aucun doute. C'était bien là l'*Épouse du Pharaon*. Impossible de s'y tromper. Mais l'autre bâtiment ? Très probablement le *Helmond*. La révolte de Maracaïbo avait dû faire tomber cette partie de la côte aux mains des insurgés. L'artillerie de campagne que transportait le *Helmond* avait certainement été débarquée ici sur des radeaux (il y avait dans cette petite crique une plage où le débarquement avait pu avoir lieu) et livrée à l'armée des insurgés prête à marcher sur Puerto Cabello. Sa tâche remplie, Ramsbottom devait être prêt à se payer d'audace, alléguant comme excuse (comme Hornblower l'avait imaginé) qu'il était porteur d'une lettre de course de Bolivar.

— Sir Thomas, je vais accompagner le parti d'abordage !

Fell lui jeta un coup d'œil interrogateur. Un

amiral ne devait pas accoster des bâtiments étrangers à bord d'un canot, non seulement parce que des balles pouvaient l'atteindre, mais également parce qu'un officier de haut rang guère trop alerte y risquait la noyade, ce qui eût entraîné des ennuis sans nombre pour le capitaine. Hornblower devinait le cours de ces pensées, mais aurait-il pu supporter d'attendre immobile sur la *Clorinda* qu'un rapport lui revînt de l'*Épouse du Pharaon*, alors qu'un seul mot pouvait lui fournir, quelques minutes plus tôt, la vérité sur la situation ?

— Je vais chercher votre épée et vos pistolets, milord, dit Gerard.

— Folie ! dit Hornblower. Regardez !

Il avait gardé sa lunette braquée sur les bâtiments à l'ancre. Une activité significative s'y déployait. Des canots, sur l'un et sur l'autre, avaient été rapidement affalés ; ils faisaient route vers la côte. Ramsbottom devait chercher à s'échapper.

— Allons ! dit Hornblower.

Il courut au bordage, sauta après les garants du canot et se laissa glisser, si lourdement qu'il eut un peu de peau arrachée.

— Larguez ! Souquez ! dit-il, comme Gerard dégringolait à côté de lui. Souquez !

Le canot s'éloigna de la muraille du navire, se leva très haut sur une grosse lame, s'enfonça de nouveau. Les hommes se jetaient de tout leur poids sur les avirons. L'autre canot, qui s'éloignait du brick, n'était pas manœuvré comme on aurait pu s'y attendre avec un Ramsbottom à bord. Les avirons étaient maniés sans coordination ; l'embarcation virait sur la houle ; un des rameurs engageait son aviron, virait sur l'autre bord. En un rien de temps, Hornblower rejoignit ceux qui cafouillaient. Ce n'étaient pas les marins pimpants qu'il avait vus à bord du brick. C'étaient des hommes au teint hâlé, vêtus de haillons. Et, dans la chambre du canot, ce n'était pas Ramsbottom, mais un homme à grosse moustache noire vêtu des restes d'un uniforme qui avait été bleu et argent. Un soleil rouge l'enluminait.

— Qui êtes-vous ? lui dit Hornblower.

Pas de réponse. L'amiral répéta sa question, mais en espagnol.

Le canot avait cessé de lutter ; ses avirons étaient en l'air. Il se levait et s'enfonçait sur la houle.

— Lieutenant Perez, du premier régiment d'infanterie de l'armée de la Grande Colombie !

La Grande Colombie ! C'était ainsi que Bolivar appelait la république qu'il tentait d'établir en se révoltant contre l'Espagne.

— Où est M. Ramsbottom ?

— L'amiral est à terre depuis huit jours.

— Vous dites « l'amiral » ?

— Oui. Don Carlos Ramsbottom y Santona, amiral de la marine de la Grande Colombie !

Un amiral ! Rien que cela !

— Que faisiez-vous à bord de ce bâtiment-là ?

— J'en prenais soin, jusqu'à l'arrivée de Votre Excellence.

— Il n'y a donc personne à bord ?

— Personne.

Les canots montaient toujours à la lame. Situation écœurante, et qui n'invitait pas à des pensées logiques. Hornblower avait été prêt à arrêter

Ramsbottom. Autre chose serait d'arrêter un lieutenant d'infanterie, et dans des eaux territoriales.

— Où sont les hommes d'équipage du bâtiment ?

— À terre, avec l'amiral. Avec l'armée !

Ils devaient se battre pour Bolivar. Probablement comme artilleurs, comme servants des canons volés.

— Très bien. Vous pouvez disposer.

Il suffisait de s'assurer de l'*Épouse du Pharaon.* Mettre la main sur des hommes de l'armée de Bolivar qui n'avaient fait qu'obéir aux ordres de leurs supérieurs était sans objet.

— Menez-moi le long du bord du brick !

Dans la clarté d'un jour déclinant, le pont n'était pas dans un trop grand désordre. En partant, l'équipage avait apparemment laissé toutes choses en l'état ; le parti de garde des soldats sud-américains chargé d'en prendre soin n'avait rien dérangé ; les choses étaient peut-être différentes dans l'entrepont. Mais que serait-il arrivé si un coup de vent en direction de la côte avait soufflé sur ce mouillage dangereux ? On ne pouvait supporter d'y penser. Ramsbottom n'avait pas dû se soucier de ce qui arriverait à son brick, pourvu que son coup eût réussi !

— Ho ! du navire !

Dans le porte-voix de l'autre bâtiment, quelqu'un les hélait.

Hornblower prit le porte-voix sur son support, près de la barre, et répondit :

— Je suis l'amiral lord Hornblower, de la marine de Sa Majesté britannique ! Je monte à bord !

Il faisait presque nuit quand il fut sur le pont du *Helmond.* Il y fut accueilli par les lumières de deux lanternes. Le capitaine qui le saluait était un gaillard solidement charpenté, et qui parlait un excellent anglais, mais avec un accent étranger, probablement hollandais.

— Vous n'êtes pas venu trop tôt, monsieur !

Ce furent là ses premiers mots. Intransigeance singulière, de la part de quelqu'un qui s'adressait à un officier de la Marine royale, à plus forte raison à un amiral, à un pair du royaume.

— Je vous serais obligé d'être plus poli ! répliqua Hornblower, piqué au vif.

À la clarté dansante des lanternes, deux hommes pleins d'humeur étaient face à face. Le Hollandais se rendit compte qu'il valait mieux se contenir pour traiter avec quelqu'un qui, après tout, sur cette côte solitaire, avait les moyens de faire exécuter les ordres qu'il pourrait donner. Il dit :

— Voulez-vous, monsieur, descendre au carré prendre un verre de schnaps ?

La cabine était propre, confortable, bien meublée. Le Hollandais offrit un siège et un verre.

— J'ai été bien content, monsieur, dit-il, lorsque j'ai aperçu vos huniers. Voilà dix jours que je me morfondais ici. Mon bâtiment… mon chargement… sur une côte pareille…

Ces mots hachés trahissaient l'inquiétude que l'officier éprouvait de se trouver aux mains des insurgés, d'être contraint de mouiller sous le vent, ayant à bord une garde armée.

— Qu'est-il arrivé ? demanda Hornblower.

— Ce maudit petit brick a tiré un coup de canon

sur mon avant quand Bonaire était encore en vue. On m'a accosté quand j'ai mis en panne, on m'a mis à bord un parti armé. J'ai cru d'abord que c'était l'un des nôtres, que c'était un vaisseau de guerre. Puis ils m'ont amené ici et mouillé, et les soldats sont venus, alors que je savais que ce n'était pas un vaisseau de guerre, et pas un anglais !

— Ils ont débarqué votre chargement ?

— Oui. Douze pièces de campagne de neuf livres, avec affûts, caissons, harnais, tout un wagon de munitions, un chariot-atelier, avec les outils. Deux mille obus ! Une tonne de poudre en barils ! Tout !

Le Hollandais citait évidemment mot pour mot les termes de son connaissement.

— Comment ont-ils débarqué tout cela ?

— Sur des radeaux. Ces Anglais travaillaient comme des enragés. Et il y avait des matelots parmi eux.

Constatation flatteuse, à peine teintée de dépit. Ils avaient dû se servir de radeaux portés par des barils. Hornblower se disait qu'il n'aurait pas résolu le problème autrement. Il était probable que la plus grande part de cette main-d'œuvre malhabile avait été fournie à terre par les forces des insurgés. Mais cela conférait à l'exploit presque toute sa valeur.

— Et ensuite ? Les hommes ont débarqué en même temps que les canons ?

— Oui, tous. Ça ne faisait pas trop, pour douze canons !

L'*Épouse du Pharaon* devait avoir environ soixante-quinze hommes d'équipage. À peine assez pour armer deux batteries pendant une action.

— Et… ils ont laissé à bord une garde vénézuélienne ?

— Oui, c'était elle qui partait quand vous êtes arrivé. Ils m'ont forcé à rester ici, à l'ancre, sur une côte sous le vent !

De toute évidence, c'était pour empêcher le Hollandais de répandre la nouvelle du renfort frauduleux.

— Des brigands ! Et qui ne connaissaient rien aux navires !

Le Hollandais ne tarissait pas ; il poursuivait l'exposé de ses tribulations :

— … Le *Desperate* a commencé à chasser sur son ancre. J'ai dû lui envoyer mon propre équipage.

— Encore heureux qu'ils n'aient pas incendié votre bâtiment ! dit Hornblower. Plus heureux encore qu'ils ne l'aient pas pillé ! Vous-même, en somme, avez de la chance de n'être pas à terre, en prison !

— Cela se peut, mais…

Hornblower s'était levé :

— Quoi qu'il en soit, dit-il, vous êtes libre ! Vous pouvez appareiller à la faveur de la brise de terre. Demain soir, vous pourrez mouiller à Willemstad[1].

— Mais mon chargement, monsieur ? Mon chargement ? J'ai été détenu ! J'ai été en danger ! Le pavillon de mon pays…

— Vos armateurs pourront intenter une action ! Je sais que Ramsbottom est riche. On peut le poursuivre en dommages et intérêts.

— Mais… mais…

1. Possession hollandaise dans l'île de Curaçao.

Le Hollandais ne trouvait pas les mots qui eussent exprimé ce qu'il éprouvait, à la fois pour le traitement qu'il avait subi et pour la parcimonieuse sympathie que lui témoignait l'amiral anglais :

— Votre gouvernement peut évidemment protester, dit Hornblower, auprès du gouvernement de la Grande Colombie, ou du roi Ferdinand.

Suggestion ridicule. Hornblower avait parlé sans rire.

— … En attendant, je vous félicite d'avoir échappé à d'aussi graves dangers. J'espère que votre voyage de retour sera prospère.

Il avait libéré le *Helmond* ; il avait mis la main sur le brick de Ramsbottom. Dans le canot qui le ramenait à bord, il se disait qu'il avait au moins réussi cela. Son gouvernement, s'il en prenait la peine, pourrait discuter la légalité des détails. Ce que le Cabinet et l'Amirauté penseraient de son action, il ne pouvait l'imaginer ; il était conscient d'une légère appréhension quand son esprit s'attardait à examiner cet aspect de l'affaire. Mais un amiral ne peut laisser paraître ses appréhensions devant personne, et encore moins devant un capitaine aussi stupide que sir Thomas Fell.

— Je vous serais obligé, sir Thomas, dit-il dès qu'il se retrouva sur le pont de la *Clorinda*, si vous vouliez bien envoyer à bord du brick un équipage de prise. Mais priez d'abord l'officier qui commandera de nous tenir un instant compagnie. Nous allons de nouveau faire voile sur Puerto Cabello, dès que cela vous conviendra.

Fell était peut-être stupide, il n'en était pas moins un marin capable. Hornblower pouvait lui confier la tâche difficile de rebrousser chemin le long de la côte, la nuit ; la brise de terre, aussi capricieuse et imprévisible qu'elle pût être, offrait une occasion qu'il ne fallait pas laisser échapper si l'on espérait regagner les milles précieux gaspillés sous le vent. Hornblower pouvait maintenant se rendre à nouveau dans sa cabine étouffante, s'installer et dormir. La journée avait été chargée et il était las. Il s'étendit sur sa couchette ; la sueur, irritante, lui coulait le long des flancs ; il s'efforçait de renoncer à analyser davantage la situation. Le public britannique tournait vers ces luttes pour l'indépendance menées aux quatre coins du monde des regards plutôt favorables. Des volontaires anglais y tenaient leur rôle. Il y avait des années que Richard Church avait dirigé la révolte grecque contre les Turcs. Cochrane luttait actuellement dans le Pacifique pour l'indépendance sud-américaine. Hornblower le savait, des milliers de soldats britanniques servaient dans les rangs de l'armée de Bolivar, là, sur le continent devant lui. Des fortunes appartenant à des particuliers anglais avaient été dépensées sans compter pour aider la cause de la liberté ; le cas de Ramsbottom en fournissait un exemple.

Mais tout cela ne laissait nullement prévoir quelle serait la réaction du cabinet britannique. Il arrivait que la politique du pays fût en désaccord avec l'opinion. On pouvait compter pour cela sur les lords de l'Amirauté : comme chaque fois, leurs avis seraient imprévisibles. Cela n'était pas moins vrai de l'attitude de Sa Majesté le roi George IV ; Hornblower soupçonnait le premier gentilhomme d'Europe d'avoir depuis longtemps renoncé à un libéralisme qui n'avait jamais été très actif. Un avenir prochain pouvait tenir en réserve une sévère réprimande envers le commandant en chef de Sa Majesté dans les Caraïbes ; il pouvait même contenir un désaveu et, qui sait ? une révocation...

L'esprit de Hornblower avait ainsi acquis au moins la certitude consolante que l'avenir était incertain. Rien de ce qu'il pouvait faire durant les heures qui allaient suivre n'y pourrait rien changer. Cela eût dû lui permettre de s'endormir ; en fait il était près de s'assoupir quand, voulant essuyer ce qu'il prenait pour une goutte de sueur sur ses côtes nues, il s'aperçut qu'il s'agissait d'autre chose. Des mouvements contre ses doigts lui dirent qu'une blatte lui courait sur la peau. Il se réveilla, dégoûté. Les Caraïbes étaient prodigues en cancrelats ; l'amiral ne s'y était jamais accoutumé. Il se leva, fit quelques pas dans l'obscurité, ouvrit la porte de l'arrière-cabine ; la lumière d'une lampe qui se balançait là révéla qu'une dizaine de ces insectes répugnants fuyaient à son approche.

— Milord ?

Le fidèle Gerard était sorti de son lit dès qu'il avait entendu bouger son amiral.

— Retournez vous coucher ! lui dit Hornblower.

Il endossa la chemise de soie au jabot compliqué qui avait été étalée à son intention et monta sur le pont. La lune était levée ; la *Clorinda* faisait route régulièrement avec une bonne brise de terre qui, maintenant, soufflait par le travers. Les insectes avaient dissipé tous soucis ; c'est l'esprit tranquille qu'il put, accoudé à la rambarde, contempler la beauté d'une nuit parfaite.

À l'aube, le vent tomba ; mais au bout d'une demi-heure, une petite brise favorable permit à la *Clorinda* et à l'*Épouse du Pharaon*, qui suivait à un mille derrière, de faire route pour Puerto Cabello. Quand la ville et sa presqu'île furent en vue à la lunette, et tandis que la *Clorinda* les approchait rapidement, on vit des barques de pêche se hâter de prendre la mer. C'étaient de très petits bateaux, manœuvrés à l'aviron à cause du vent défavorable. Leur allure semblait bizarre. De plus près, il devint évident qu'ils étaient bondés d'occupants et ridiculement surchargés ; mais les rames plongeaient sans répit dans la mer ; doublant la presqu'île, ils gagnaient la haute mer, cap à l'est, c'est-à-dire dans la direction de La Guaïra.

— On dirait que le général Morillo a perdu la bataille, fit l'amiral.

— Vraiment, milord ? repartit Fell. Vous le croyez ?

— Oui. Et beaucoup de gens à Puerto Cabello préféreront ne pas se trouver là quand le « Liberador » y fera son entrée !

Hornblower avait entendu dire que la guerre de l'indépendance était menée avec une cruauté tout espagnole ; on rapportait même que la réputation de Bolivar avait été souillée par des exécutions, par des massacres. Cette fuite en fournissait la preuve ; mais ces canots surchargés prouvaient aussi que Puerto Cabello s'attendait à tomber bientôt aux mains de Bolivar. Le « Liberador » avait gagné cette bataille de Carabobo ; une victoire en rase campagne, en un lieu aussi rapproché de Caracas, signifiait la chute certaine de la cause royaliste.

Carabobo serait le Yorktown de la guerre d'indépendance sud-américaine[1]. Cela ne faisait aucun doute. Ramsbottom considérerait probablement la perte de son brick comme négligeable auprès de la libération d'un continent.

Il n'en était pas moins nécessaire que tout ceci fût confirmé. Le cabinet de Londres devait désirer recevoir sans tarder des renseignements, et de première main, sur la situation au Venezuela.

— Sir Thomas, je vais descendre à terre !

— Avec une garde armée, milord ?

— Si vous voulez.

Il serait malaisé à une dizaine de matelots armés de mousquets de tirer l'amiral des griffes d'une armée conquérante ; mais donner son accord évitait une discussion et un air de reproche.

Quand, sous un soleil aveuglant, Hornblower mit le pied sur la jetée, le petit port était complètement désert : plus une seule barque de pêche, pas un être humain en vue. Il pressa le pas, suivi de sa garde, et Gerard à ses côtés. La longue rue tortueuse, elle, n'était pas tout à fait déserte ; des femmes, des vieillards, des enfants regardaient par les fenêtres.

Soudain l'amiral entendit une brève rafale de mousqueterie, venue de quelque part sur sa droite. Parut une lugubre colonne de malades et de blessés, d'hommes déguenillés boitillant sur la terre battue. Certains s'écroulaient, épuisés, puis tentaient de se relever ; sous les yeux mêmes de Hornblower, d'autres s'abattaient pour ne plus

1. C'est à Yorktown que les Anglais capitulèrent, en 1781.

bouger, ou bien réussissaient à se rouler jusque sur le bord de la route ; d'autres encore demeuraient immobiles, et leurs camarades butaient contre leur corps. Blessés, pieds nus, en loques, les yeux égarés par la fièvre, pliés en deux par des douleurs d'entrailles, ils allaient, hagards, tandis que le bruit de la mousqueterie se rapprochait. Sur les talons du dernier des blessés venaient les premiers soldats de l'arrière-garde, c'étaient des hommes dont les haillons rappelaient encore vaguement le bleu et le blanc de l'armée royale espagnole. Hornblower nota que ces épaves pouvaient encore fournir une arrière-garde disciplinée ; leur déroute n'était donc pas complète, mais ce corps délabré était singulièrement peu nombreux ; il comptait au plus deux cents hommes, qui d'ailleurs n'avançaient pas en très bon ordre. Mais ils se battaient encore vaillamment, mordant leurs cartouches, bourrant les charges, crachant leurs balles dans le barillet de leurs mousquets, faisant le guet, seuls ou par deux, prêts à tirer sur leurs poursuivants. Les accompagnaient une dizaine d'officiers dont les épées jetaient des éclairs au soleil. Monté sur un cheval, le commandant aperçut Hornblower et son groupe. Tout surpris, il vint à eux en criant :

— Qui êtes-vous ?

— Anglais ! dit Hornblower.

Avant qu'un autre mot eût pu être échangé, la fusillade reprit, grandissant à l'arrière en même temps que d'une ruelle proche, à peu près à la hauteur de l'arrière-garde, surgissaient une dizaine de lanciers à cheval, le fer de leurs lances accrochant le soleil. Presque aussitôt l'arrière-garde se débanda en grand désordre, les Espagnols se dispersant pour éviter d'être coupés. Mais ils furent bientôt rejoints : Hornblower vit la pointe d'une lance pénétrer entre les épaules d'un fuyard qui s'abattit face contre terre et fut traîné sur le sol avant que la pointe de la lance ne pût sortir de son corps. Le blessé resta étendu et continua de se débattre, telle une bête à laquelle on a brisé les reins. L'avant-garde des insurgés l'enjamba, ruée d'hommes de couleur qui rechargeait ses armes et tirait. Pendant une minute, l'air fut sillonné du sifflement des balles. Gerard criait :

— Milord ! Milord !

— Ça va ! fit Hornblower. C'est fini, maintenant !

Le combat les avait dépassés. Personne ne les avait interpellés ni molestés ; il n'y avait eu que la question de l'officier espagnol à cheval. La petite troupe d'infanterie en bon ordre les dépassa, aperçut l'or des galons, les épaulettes, le bicorne. De nouveau, un officier à cheval se tourna vers eux, leur posa la même question, reçut la même réponse :

— *Ingleses ?* Anglais ? Pourquoi… Mais… vous êtes… un amiral !

— Oui. Je commande l'escadre britannique des Caraïbes.

— Enchanté de vous rencontrer, monsieur. William Jones, autrefois capitaine. Trente-deux ans d'infanterie, aujourd'hui major, commandant un bataillon de l'armée de la Grande Colombie !

— Enchanté, major, de faire votre connaissance.

— Excusez-moi, mais j'ai des devoirs à remplir.

Jones détournait déjà son cheval.

« Hourra pour l'Angleterre ! » hurla quelqu'un au sein de la troupe ; un maigre hourra lui répondit ; la moitié de ces épouvantails à moineaux devaient être anglais, mêlés indistinctement à des Noirs et à des Sud-Américains. La cavalerie venait ensuite ; les régiments se succédaient ; une marée d'hommes et de chevaux, qui occupait toute la largeur de la rue, coulant comme une rivière jusque vers les maisons. Lanciers, chevau-légers, chevaux à la croupe écorchée, chevaux boiteux. La plupart des hommes avaient à leur fourche d'arçon des rouleaux de corde ; tous étaient en haillons, penchés sur leur selle, à bout de forces ; hommes et bêtes venaient de très loin et avaient durement combattu ; ils poursuivaient l'ennemi en retraite de tout ce qu'il leur restait de forces.

Hornblower estimait à un millier le nombre d'hommes qui avaient passé quand un nouveau bruit vint à son oreille à travers le piétinement monotone des chevaux : c'était un grondement, sourd, intermittent, un fracas de ferraille. Il vit paraître des canons, traînés par des chevaux, eux-mêmes à bout de forces ; à la tête des chevaux marchaient des gaillards barbus, vêtus de ce qui restait de vareuses bleues et de pantalons blancs ; l'équipage de l'*Épouse du Pharaon* ! L'un des hommes leva un bras fatigué, reconnut la troupe des Anglais et cria :

— Les gars ! C'est le vieux Horny !

La voix était rauque ; on eût dit celle d'un vieillard. Dans un officier à cheval, Hornblower reconnut un des lieutenants de Ramsbottom ; lui aussi leva le bras pour un salut. Puis un canon passa, ferraillant ; un autre suivit. C'étaient les canons de Carabobo, ceux grâce auxquels un continent avait gagné son indépendance.

Hornblower s'était attendu à voir Ramsbottom à la tête de la colonne d'artillerie. Presque au même instant, quelque chose, près du second canon, attira son regard : une litière improvisée, faite de perches et de morceaux de toile, attelée, portée par deux chevaux, l'un devant, l'autre derrière ; le ballant de la toile était abrité sous une sorte de dais ; dans le creux, gisait un homme à l'abondante barbe noire, pas très grand, le buste soulevé sur des oreillers. Un matelot marchait à la tête de chaque cheval ; la litière tanguait et roulait, et l'homme à barbe noire tanguait et roulait avec elle. Il aperçut le groupe des Anglais, fit un effort pour s'asseoir, jeta un ordre aux matelots qui menèrent les chevaux sur le bord de la route et stoppèrent devant Hornblower.

— Bonjour, milord ! dit le blessé.

La voix était éraillée, criarde, exaltée.

Hornblower dut regarder attentivement l'homme couché avant de le reconnaître ; la barbe hirsute, le regard fiévreux, la pâleur mortelle où le hâle semblait un maquillage, tout rendait l'identification difficile. Hornblower cria :

— Ramsbottom !

— Lui-même !

C'était dit avec un rire qui semblait un gloussement.

— Vous êtes blessé ?

En même temps qu'il posait la question, Hornblower vit que le bras gauche de Ramsbottom était caché sous des chiffons. Il avait fixé si intensément le visage du blessé que ce détail avait d'abord échappé à son attention.

— J'ai fait mon sacrifice à la cause de la liberté ! dit Ramsbottom, riant encore d'un rire qui pouvait être moquerie amère ou excitation due à la fièvre.

— Que vous est-il arrivé ?

— Ma main gauche est restée sur le champ de Carabobo ! Je doute qu'on lui ait fait les honneurs d'une sépulture chrétienne !

— Grands dieux !

— Vous voyez mes canons, mes beaux, mes chers canons ! À Carabobo, ils ont mis les Espagnols en déroute.

— Mais vous-même ? On vous a soigné ?

— Chirurgie de campagne ! De la poix brûlante sur le moignon ! Avez-vous jamais senti, milord, les effets de la poix bouillante ?

— Ma frégate est mouillée en rade. Le chirurgien est à bord…

— Non, merci. Je dois suivre mes canons, déblayer la route pour le « Liberador »… jusqu'à Caracas.

Toujours ce rire ! Ce n'était pas moquerie amère ; c'était autre chose, c'était l'opposé : le rire d'un homme au bord du délire, qui voulait garder sa raison pour ne pas se laisser détourner de son but ; ce n'était pas non plus celui d'un homme qui riait pour ne pas pleurer ; Ramsbottom riait de peur de se laisser aller à paraître héroïque.

— Mais… vous ne pouvez pas…

Quelqu'un cria :

— Monsieur ! Monsieur ! Milord !

Hornblower se retourna. Un aspirant de la frégate était là, qui touchait du doigt le bord de son chapeau, l'air très ému :

— Qu'est-ce que c'est ?

— Un message du capitaine, milord ! Des vaisseaux de guerre en vue, au large ! Une frégate espagnole, et ce qui ressemble à une frégate hollandaise. Elles viennent sur nous, milord !

Nouvelle dramatique, en effet. L'amiral devait faire flotter sa marque sur la *Clorinda* pour rencontrer ces étrangers. Mais le moment était unique. Sa décision fut moins rapide que d'habitude.

— Très bien ! Dites au capitaine que j'arrive !

Puis, tourné vers Ramsbottom :

— Il faut que je m'en aille. Il faut que...

— Milord...

Ramsbottom parut s'apaiser. Il s'accouda dans ses oreillers, et il lui fallut quelques secondes pour rassembler ses forces et parler. C'est d'une voix étouffée qu'il dit :

— Avez-vous... capturé... l'*Épouse du Pharaon* ?

— Oui.

Hornblower était pressé ; il fallait en finir, regagner son bord.

— Mon beau brick !... Milord, il y a encore... dans le lazaret du coqueron arrière, un petit tonneau de caviar. Prenez-le, milord, je vous en prie !

De nouveau ce rire, ce gloussement. Ramsbottom riait encore quand il retomba sur les oreillers, les yeux refermés, sans entendre l'adieu que Hornblower, pressé de partir, lui adressait. Le bruit de ce rire poursuivait l'amiral tandis qu'il se hâtait vers l'appontement et descendait dans son canot.

— Poussez ! Souquez ferme ! Mettez-en un coup !

La *Clorinda* était là, à l'ancre, le brick tout près d'elle. Et, aucun doute, les huniers de deux frégates faisaient route vers eux ! Hornblower eut à peine le temps d'écouter les compliments qui l'accueillaient, occupé qu'il était à étudier la situation tactique, le contour de la côte, la position de l'*Épouse du Pharaon*, l'attitude des étrangers. Après qu'il eut donné l'ordre : « Hissez ma marque ! », il retrouva son calme, et la politesse méticuleuse dont il était coutumier :

— Sir Thomas, je vous serais obligé de frapper des croupiats sur le câble de l'ancre par les deux sabords arrière !

— Des croupiats, milord ? Bien, milord.

Des câbles, donc, furent passés à travers les sabords arrière jusqu'au câble de l'ancre ; en halant sur l'un ou sur l'autre au cabestan, on pouvait faire éviter le navire de manière à amener les canons à porter dans n'importe quelle direction. C'était l'un des nombreux exercices auxquels il avait entraîné l'équipage durant les récentes manœuvres. Cela nécessitait de la part des hommes un travail coordonné, précis et fatigant. Des maîtres et des officiers mariniers se portèrent en hâte à la tête de leurs différentes équipes pour haler les câbles à la main, les traîner à l'arrière.

— Sir Thomas, donnez, s'il vous plaît, l'ordre au brick de se déhaler sur une ancre à jet. Je désire qu'il soit entre nous et la terre !

— Bien, milord.

On avait maintenant un peu de temps devant

soi. Les frégates étrangères, quand on braquait sur elles une lunette, étaient maintenant coques visibles ; elles diminuaient de voile ; et comme Hornblower les tenait dans le champ de sa longue-vue, leurs grands huniers se déployèrent soudain tandis qu'elles évitaient. Elles mettaient en panne. Un instant après, la frégate hollandaise affala un canot qui se dirigea vers l'espagnole. Une consultation des deux frégates allait probablement avoir lieu. À cause de la différence de langues, on pouvait en effet à peine espérer s'entendre par signaux, et même par le porte-voix.

— L'espagnol arbore une grande flamme de commodore, sir Thomas. Voulez-vous, s'il vous plaît, vous tenir prêt à la saluer, dès qu'il aura salué ma marque.

— Bien, milord.

La consultation prit un peu de temps, exactement la seconde moitié d'un sablier et le commencement du suivant. Un formidable craquement sous les ponts et un cliquetis du cabestan avertissaient qu'on vérifiait les croupiats. La *Clorinda* évita un peu sur tribord, puis sur bâbord.

— Les croupiats sont vérifiés, milord. Tout est prêt !

— Merci, sir Thomas. Voulez-vous maintenant avoir la bonté d'appeler aux postes de combat.

— Branle-bas de combat ? Bien, milord.

Fâcheux ennui pour l'amiral que l'obligation de prendre une telle précaution ! Son matériel de couchage, ses livres, tout son équipement personnel allaient être bouleversés, mis dans un tel désordre qu'il faudrait des journées pour tout rétablir. Mais, d'un autre côté, si ces frégates venaient à décider de combattre, la réputation de Hornblower ne survivrait jamais à une impréparation. Ce serait une confusion sans nom que de tenter de faire branle-bas de combat, de dégager les canons, de faire monter les gargousses alors qu'on serait déjà sous le feu. La bataille, si elle devait avoir lieu, serait perdue d'avance. Ces préparatifs, le roulement des sifflets, les cris rauques des officiers mariniers, la ruée disciplinée des servants, le pas cadencé des fusiliers marins courant s'aligner sur le gaillard, les ordres brefs de leurs officiers, tout cela réveillait le souvenir d'émotions anciennes.

— Le bâtiment est aux postes de combat, milord !

— Restez paré, sir Thomas, s'il vous plaît !

On aurait eu tout juste le temps, si les étrangers étaient entrés en action sur-le-champ, sans parlementer. Mais maintenant, en utilisant rapidement les croupiats, l'amiral pouvait prendre d'enfilade le premier qui s'enhardirait et faire souhaiter à son capitaine n'être jamais venu au monde. Pour l'instant, il convenait d'attendre, et l'équipage, à son poste près des canons, devait attendre comme lui. Les mèches étaient allumées dans leurs tubes, les canonniers munis de leurs godets et les porteurs de gargousses prêts à courir du magasin aux pièces, et vice versa.

— Ils arrivent, milord !

De nouveau les huniers se profilaient ; les mâts s'alignaient ; les avants des frégates pointaient droit sur la *Clorinda*. Hornblower les tenait dans le champ de sa lunette. Aucun de leurs canons n'était en batterie : mais il était impossible de dire si les équipages étaient aux postes de combat. Une seule chose était certaine : ils approchaient : ils étaient maintenant presque à limite de portée.

Une bouffée de fumée monta de l'avant tribord de l'espagnol. Pour tout l'or du monde, Hornblower n'eût pu contenir l'émotion qu'il éprouva. La brise dispersa la fumée ; une autre bouffée suivit. Comme la seconde paraissait, la détonation de la première décharge vint aux oreilles de l'amiral. Pendant une seconde, il eut la tentation de se livrer au plaisir exquis de faire mentalement le calcul qui tiendrait compte de la vitesse du son porté sur l'eau, de l'intervalle de cinq secondes entre les coups de la salve, et de la distance entre les deux navires ; il renonça.

— Vous pouvez rendre le salut, sir Thomas !

— Bien, milord.

Treize coups de canon pour la marque d'un contre-amiral ; onze pour un commodore ; en tout : vingt-quatre coups, cent vingt secondes, deux minutes exactement. À la fin des saluts, ces bâtiments qui faisaient quatre milles à l'heure se seraient rapprochés d'une encablure, c'est-à-dire qu'ils seraient à portée de tir.

— Sir Thomas, je voudrais voir prendre plusieurs tours sur le croupiat tribord.

— Bien, milord.

Le craquement brutal, de nouveau, se fit entendre. La *Clorinda* évita pour offrir son travers aux nouveaux arrivants. Il n'y avait aucun inconvénient à leur laisser voir qu'une chaude réception les attendait au cas où ils méditeraient un mauvais coup ; la vue des préparatifs anglais pourrait même épargner des ennuis plus tard.

— Ils rentrent leur toile, milord !

Hornblower lui-même s'en rendait compte ; mais il n'y avait rien à gagner à le dire. Les deux frégates avaient évidemment un nombreux équipage, à en juger par la rapidité avec laquelle la voile avait été rentrée. Maintenant ils viraient, venant dans le vent. Hornblower croyait entendre le grondement des câbles tandis qu'ils mouillaient l'ancre. Le moment semblait décisif et l'amiral était sur le point de le souligner en fermant d'un coup sec sa lunette, quand il vit l'espagnol affaler un canot.

— Je crois, dit-il, que nous allons avoir une visite !

Le canot semblait voler sur la nappe étincelante de la mer ; les hommes aux avirons souquaient comme des déments, poussés sans doute par l'éternel besoin des matelots d'une marine de montrer à l'autre de quoi ils sont capables.

— Ho ! du canot ! héla l'officier de quart.

L'officier, dans la chambre (on le reconnaissait à ses épaulettes), héla en retour ; Hornblower ne comprenait pas bien ce qu'il disait, mais une lettre que l'Espagnol agitait en disait assez.

— Recevez-le à bord, s'il vous plaît, sir Thomas.

Ayant enjambé le bordage, l'officier regarda d'abord tout autour de lui. Il n'y avait point de mal à ce qu'il vît les hommes aux postes de combat, les préparatifs qui avaient été faits. Il reconnut sur-le-champ Hornblower, salua, s'inclina, présenta sa lettre. L'adresse portait : « Su Excellencia el Almirante sir Hornblower. »

Hornblower brisa le cachet. Il savait assez bien lire l'espagnol.

« Le Brigadier don Luiz Argote serait honoré si Son Excellence sir Hornblower lui accordait l'occasion d'une entrevue. Le Brigadier serait enchanté s'il pouvait visiter le bâtiment de Son Excellence. Il serait également ravi si Son Excellence voulait rendre visite au navire de Sa Majesté Très Catholique. »

Dans les usages de la marine espagnole, Hornblower le savait, « brigadier » était l'équivalent de « commodore ».

— Je vais répondre par écrit, dit-il. Sir Thomas, accueillez, s'il vous plaît, ce gentilhomme. Venez avec moi, monsieur Gerard !

L'équipage étant aux postes de combat, retrouver dans la cabine le papier et l'encre n'était pas facile ; plus difficile encore était de rédiger une lettre en espagnol. L'orthographe défectueuse et les fautes de grammaire sont beaucoup plus criantes quand on écrit que quand on parle. Heureusement, la lettre du commodore fournissait la majeure partie des termes à employer, et même la forme générale.

« Le contre-amiral lord Hornblower serait enchanté de recevoir le Brigadier don Luiz Argote à bord du vaisseau amiral quand il plaira au brigadier. »

Il fallut retrouver le sceau, la cire, une bougie. Il convenait de se montrer attentif aux moindres détails de forme et d'usage.

— Très bien ! dit Hornblower, approuvant, un peu comme à regret, la seconde lecture, après l'échec de la première. Envoyez à toute vitesse un canot à l'*Épouse du Pharaon* et voyez s'il reste de ce xérès que Ramsbottom a servi avant son dîner.

À bord de la *Clorinda*, le Brigadier fut reçu avec les honneurs appropriés à la circonstance. Il était suivi d'un autre personnage portant épaulettes et bicorne. Hornblower s'inclina, salua, se présenta.

— J'ai pris la liberté, dit le Brigadier, de demander au capitaine Van der Maesen, de la Marine royale néerlandaise, de m'accompagner.

— C'est avec beaucoup de plaisir que j'accueille à mon bord le capitaine Van der Maesen, dit Hornblower. Peut-être voudrez-vous descendre avec moi ? Je le regrette vivement, mais nous ne serons pas très à l'aise. Vous voyez que je viens d'exercer un peu mon équipage.

Un écran avait vivement été dressé à l'arrière de la frégate ; dans la cabine, table et chaises avaient été replacées. Le Brigadier sirota, avec une satisfaction et une surprise croissantes, le vin qu'on lui offrait. Quelques minutes se passèrent d'abord en propos décousus (l'espagnol était la seule langue que les trois officiers eussent en commun) avant que le Brigadier n'entreprît de parler affaires.

— Vous avez là un beau bâtiment, milord, dit-il. Mais je regrette de vous trouver dans la compagnie d'un pirate.

— Vous voulez parler, *señor*, de l'*Épouse du Pharaon* ?

— Naturellement.

Hornblower voyait le piège qui lui était tendu :

— Vous l'appelez un pirate, *señor* ?

— Comment l'appelez-vous vous-même ?

— J'attendrai de connaître au long votre opinion, *señor*.

Il était important de ne pas s'engager.

— Convenez, milord, que sa conduite appelle une explication. Ce brick a capturé et pillé un bateau hollandais. Cela ne peut-il être interprété comme un acte de piraterie ? D'autre part, on pourrait dire qu'il opère avec une prétendue lettre de course des rebelles au Venezuela. Dans l'un des cas, le capitaine Van der Maesen le saisira comme pirate. Dans l'autre, c'est un corsaire, et c'est moi qui le saisirai comme ennemi de mon pays !

— Ni dans l'un, ni dans l'autre cas, *señor*, un tribunal n'a encore déterminé son statut. En attendant un jugement, messieurs, le brick est en ma possession !

Le sort en était jeté. Hornblower rencontra le regard des deux autres avec le minimum d'expression qu'il pût feindre. D'une chose au moins il était sûr : quoi qu'il pût être décidé plus tard concernant le droit de prise, ni le gouvernement britannique, ni l'opinion anglaise n'approuveraient qu'il permît lâchement que l'*Épouse du Pharaon* lui fût enlevée.

L'Espagnol reprenait :

— Milord, j'ai assuré le capitaine Van der Maesen de mon appui dans toute action qu'il pourrait décider d'entreprendre, et il m'a donné la même assurance.

D'un signe de tête, le capitaine hollandais confirma le propos ; même il prononça quelques paroles à peine intelligibles. En un mot, on était deux contre un. Un risque que la *Clorinda* ne pouvait évidemment courir avec quelque chance de succès.

— Dans ce cas, messieurs, j'espère, j'espère sincèrement, très sincèrement, que vous déciderez d'approuver tous les deux la mesure que j'ai prise.

C'était la manière la plus polie à laquelle Hornblower pût recourir pour relever le défi.

— Je trouve difficile, milord, d'admettre que vous étendiez la protection de la marine de Sa Majesté britannique à un pirate ou à un corsaire, dans une guerre où Sa Majesté reste neutre.

— Vous avez peut-être remarqué, *señor*, que l'*Épouse du Pharaon* bat le pavillon de Sa Majesté britannique. Vous comprendrez évidemment que, comme officier de marine, je ne pourrais permettre que ce pavillon fût halé bas.

Le défi suprême était formulé. Dans dix minutes, le canon tonnerait. Dans dix minutes, ce pont serait peut-être couvert de morts et de blessés. Hornblower lui-même pourrait être tué.

L'Espagnol regarda le Hollandais, puis son regard revint se poser sur l'amiral.

— Nous regretterions beaucoup, milord, d'avoir à recourir à une action énergique.

— Je suis enchanté de l'entendre, *señor*. Cela me confirme dans ma décision. Nous pouvons donc nous séparer bons amis !

— Mais… C'est-à-dire…

Le Brigadier n'avait pas voulu que sa phrase signifiât qu'il cédait. Il croyait au contraire avoir formulé une nouvelle menace. L'interprétation de l'amiral anglais le laissa interdit.

— Je suis on ne peut plus heureux, messieurs,

de constater que nous sommes d'accord. Nous pouvons donc peut-être boire tous les trois à la santé de nos souverains un autre verre de ce vin ? Puis-je profiter de cette circonstance pour enregistrer solennellement la dette que l'univers a contractée envers votre pays pour un produit aussi remarquable ?

En tenant leur retraite pour acquise, il leur donnait l'occasion de se retirer avec grâce. Avant qu'ils ne s'en fussent rendu compte, le moment difficile était venu et déjà passé d'admettre qu'ils avaient été surpris et confondus. De nouveau, l'Espagnol et le Hollandais échangèrent des regards d'impuissance. Hornblower saisit l'occasion pour remplir leur verre.

— À Sa Majesté Très Catholique, *señor* ! À Sa Majesté le roi des Pays-Bas !

Il avait levé son xérès très haut. Les officiers ne pouvaient pas refuser de porter un toast à la santé de leurs souverains. La bouche du Brigadier s'ouvrait et se fermait encore ; il cherchait les mots qui eussent exprimé son émotion. La politesse élémentaire le forçait à répondre au toast ; Hornblower l'attendait, son verre à la main.

— À Sa Majesté britannique !

Ils burent ensemble.

— Cette visite, messieurs, dit Hornblower, m'a été très agréable. Voulez-vous accepter un autre verre ? Non ? Ce n'est pas, j'espère, que vous désiriez me quitter si vite ? Mais j'imagine que maints devoirs appellent votre attention.

Comme les hommes de garde, gantés de blanc, se rangeaient à la coupée, que les seconds maîtres de manœuvre soufflaient dans leurs sifflets, que les servants de la *Clorinda,* encore auprès de leurs canons, se mettaient au garde-à-vous pour saluer les visiteurs, Hornblower eut le temps de jeter un coup d'œil à la ronde. Ces hommes de coupée, ces seconds maîtres, ces servants, si l'entrevue avait pris un tour orageux, eussent pu, en ce moment même, affronter une mort imminente. Il méritait donc leur gratitude. Mais naturellement il n'en connaîtrait jamais le témoignage. Tout en serrant la main du Brigadier, il donna brièvement sa conclusion à la rencontre.

— Je vous souhaite un voyage prospère, *señor.* J'espère avoir le plaisir de vous rencontrer de nouveau. Je ferai voile pour Kingston dès que la brise de terre le permettra.

Une des lettres de Barbara, qu'il reçut quelques mois plus tard, l'aida à cerner l'incident : « Mon plus cher mari », écrivait Barbara comme d'habitude ; et Hornblower lut ces mots-là avec le sourire. La lettre comptait plusieurs feuillets. Le premier était plein d'intérêt, mais c'est au deuxième seulement que Barbara abordait les potins recueillis en société, les nouvelles relatives à la marine :

> *« Hier soir, le lord chancelier a été à table mon voisin de gauche et il a eu beaucoup à dire à propos de l'*Épouse du Pharaon *; en outre, pour mon plus grand plaisir, beaucoup à parler de mon cher mari. Les gouvernements espagnol et hollandais, par leur ambassadeur et ministre, ont naturellement envoyé des protestations au secrétaire des Affaires étrangères qui n'a pu qu'accuser réception et promettre*

de répondre plus tard, c'est-à-dire quand l'aspect légal de l'affaire aurait été examiné. Dans toute l'histoire de l'Amirauté, m'a dit le lord chancelier, jamais situation aussi compliquée ne s'était présentée. Les assureurs invoquent la négligence de l'assuré (j'espère, mon cher mari, que je vous rapporte fidèlement ces termes techniques) du fait que le capitaine du Helmond *n'a pris aucune précaution pour vérifier la bonne foi de l'*Épouse du Pharaon. *Ils accusent de négligence le gouvernement hollandais, attendu que la capture du* Helmond *par le brick a eu lieu dans les eaux territoriales de Bonaire. Les Hollandais refusent énergiquement et d'admettre qu'ils ont été négligents, et que la capture a eu lieu dans leurs eaux territoriales. En outre, le pillage lui-même et la détention du* Helmond *ont pris place dans les eaux territoriales espagnoles. Il semble que des complications inouïes proviennent de ce que vous avez trouvé le brick abandonné par son équipage ; savez-vous, très cher, oui vous le savez, qu'il est, légalement parlant, de la plus haute importance de savoir si l'ancre touchait vraiment le fond, ou si elle était suspendue. Aucune action légale n'a encore été engagée. C'est que personne ne semble capable de décider quelle cour a juridiction dans cette affaire. J'espère, très cher, que vous ferez crédit à votre femme d'avoir écouté attentivement et retenu toutes ces expressions difficiles. En prenant les choses au mieux, vu qu'en moyenne il faut quatre mois à une commission rogatoire pour un voyage aller et retour aux Antilles, et en tenant compte des exceptions dilatoires, remises, réfutations, rétorsions, rejets et sur-rejets, le lord* *chancelier pense qu'il faut compter quelque trente-sept années avant qu'une telle affaire n'arrive à la chambre des Lords. Il a même ajouté, en gloussant dans son potage, que notre intérêt dans l'affaire aura pour lors considérablement diminué.*

« Ce ne sont pas là, même de loin, toutes les nouvelles, très cher. Il y a autre chose, et qui me désolerait si je n'étais certaine que mon mari l'amiral sera enchanté de l'apprendre. Prenant le thé aujourd'hui avec lady Exmouth, j'ai appris (je sais combien vos chers yeux, vos yeux que j'aime, vont d'horreur s'ouvrir tout grands d'apprendre que des femmes sont en possession de pareils secrets), j'ai appris, dis-je, que Leurs Seigneuries ont, de votre attitude à l'égard des autorités navales espagnoles et hollandaises, une opinion des plus favorables. J'en suis ravie, très cher, bien que je n'en eusse jamais pu douter. Il aurait été d'ores et déjà décidé de proroger d'un an votre commandement. Mon plaisir de savoir combien vous serez heureux et flatté de cet hommage apaise presque, et même complètement mon chagrin de penser que cette mesure va encore prolonger notre séparation. Très cher, il n'y a pas de femme sur terre qui puisse vous aimer, qui puisse aimer n'importe quel homme autant que je vous aime, vous qui êtes le plus honnête, le plus fidèle, le plus brave, le plus audacieux, le plus habile… il faut que je m'arrête car j'ai encore d'autres nouvelles à vous communiquer.

« Et c'est que le gouvernement a toujours, à ce qu'il semble, vu d'un œil favorable la tentative des colonies espagnoles pour arriver à l'indépendance, et considéré avec la plus grande défaveur la décision du gouvernement espagnol de vouloir les reconquérir

grâce à des troupes envoyées d'Europe. On a eu connaissance d'avis, livrés à mots couverts, d'après lesquels les autres puissances, que ce mouvement de libération met mal à l'aise, méditaient d'apporter à l'Espagne une assistance militaire en Amérique espagnole. La victoire de Carabobo, où le pauvre M. Ramsbottom et ses canons ont joué un tel rôle, a rendu cette intervention des plus improbables. C'est un si grand secret d'État qu'en buvant le thé il n'en est fait mention qu'à voix basse, que le gouvernement britannique médite de faire une déclaration où il dirait qu'il ne permettra pas d'intervention en Amérique espagnole. Il paraît même que notre gouvernement est d'accord avec les Américains sur cette question ; et l'on croit que le président Monroe projette de faire une déclaration analogue ; des conversations sur ce point seraient en cours. De sorte que mon plus cher mari se trouve en plein au centre d'affaires d'importance mondiale, comme il a toujours été au centre des affections les plus tendres de son épouse

Barbara. »

5

L'ouragan

Hornblower entra dans son bureau de l'Amirauté exactement à cinq heures et demie du matin. L'été était venu. Il y avait presque assez de jour, à cette heure, pour s'occuper des affaires, et aussi assez de fraîcheur. Gerard et Spendlove, son aide de camp et son secrétaire, l'attendaient (il leur en eût cuit, à l'un et à l'autre, de ne point se trouver là). Ils se dressèrent sans faire claquer les talons, ayant appris, au bout de trois ans, que leur supérieur désapprouvait cette pratique. Ils firent :

— Bonjour, milord !

On aurait cru entendre les deux canons d'un même fusil.

— ... jour ! répondit Hornblower.

Il n'avait pas encore pris le café de son petit déjeuner ; autrement il eût dit : « bonjour » – bon avant jour.

Il s'assit à son bureau ; Spendlove se pencha pardessus son épaule, tenant une liasse de papiers, tandis que Gerard faisait verbalement son rapport matinal :

— Milord, la température est normale. La marée est haute à 11 h 30. Pas d'arrivées pendant la nuit. Rien ce matin en vue du sémaphore. Pas de nouvelles du navire de liaison. Pas de nouvelles non plus du *Triton.*

— En somme, rapport négatif, s'il y en eut jamais !

Les deux dernières déclarations se neutralisaient. Le *Triton* de Sa Majesté amenait le successeur de l'amiral, celui qui le relèverait, après trois années de commandement, et Hornblower n'était pas enchanté à la perspective de cesser d'être commandant en chef de l'escadre de la mer des Caraïbes ; mais le courrier des Antilles amenait Barbara, sa femme, qu'il n'avait pas vue pendant tout ce temps, et dont il attendait impatiemment la venue. Elle venait le rejoindre afin de faire avec lui le voyage de retour en Angleterre.

— Mais le courrier est attendu d'un jour à l'autre, milord, ajouta gentiment Gerard.

— Votre rôle, monsieur Gerard, doit se borner à me dire ce que je ne sais pas, lui jeta Hornblower.

Il lui était désagréable qu'on le rassurât comme on rassure un enfant, plus désagréable encore que ses subordonnés immédiats pussent le croire assez sensible pour se montrer impatient de revoir sa femme. Par-dessus son épaule, il regarda son secrétaire.

— Qu'avez-vous là, monsieur Spendlove ?

Spendlove tria rapidement ses papiers. On allait apporter le petit déjeuner d'un instant à l'autre et le secrétaire tenait à la main quelque chose qu'il ne désirait pas montrer avant que l'amiral eût bu la moitié au moins de son café.

— Voici, milord, la situation de l'arsenal au 31 du mois écoulé.

— Ne pouvez-vous dire : « du mois dernier » ?

— Si, milord.

Spendlove espérait ardemment que le café ne tarderait pas à venir.

— Dans tout ça, y a-t-il quelque chose ?

Hornblower feuilletait les papiers, n'y jetant qu'un coup d'œil distrait.

— Rien, milord, qui exige une attention spéciale.

— Alors pourquoi m'embêter avec ça ? Ensuite ?

— Les brevets pour le nouveau canonnier de la *Clorinda* et pour le tonnelier de l'arsenal.

— Voilà votre café, milord ! fit Gerard.

Le soulagement qu'il éprouvait était parfaitement perceptible.

— Mieux vaut tard que jamais ! dit Hornblower. Et, pour l'amour de Dieu, cessez de vous agiter autour de moi ! Je me le verserai moi-même !

Spendlove et Gerard s'étaient hâtés de faire place au plateau sur le bureau de l'amiral. Spendlove retira vivement la main qui tenait l'anse de la cafetière.

— Trop chaud, bon sang ! fit Hornblower, après avoir siroté une première gorgée. Toujours trop chaud !

Le nouveau système avait été inauguré la semaine précédente. Le café lui était maintenant apporté après son arrivée au bureau, au lieu de l'attendre. L'amiral s'était plaint que le café fût toujours froid ; mais ni Spendlove ni Gerard ne se risquèrent à le lui rappeler en un moment pareil.

— Je signe ces brevets ! dit Hornblower. Mais ce n'est pas parce que je pense que ce tonnelier vaut le pain qu'il mange. Ses barils s'ouvrent comme des cages.

Spendlove secoua le sable du sablier sur l'encre fraîche des signatures et rangea les brevets ; l'amiral but une autre gorgée de café.

— Voici, milord, votre refus de vous rendre à l'invitation des Crichton. Rédigé à la troisième personne, de sorte que votre signature n'est pas nécessaire.

Si cela lui avait été dit un peu plus tôt, Hornblower eût demandé pourquoi on l'ennuyait avec cela, oublieux de l'ordre permanent qu'il avait donné que rien ne devait partir en son nom sans son accord. Deux gorgées de café avaient suffi à produire leur effet.

— Très bien, dit-il, jetant un coup d'œil sur le document et reprenant sa tasse.

Spendlove regardait baisser peu à peu le niveau du liquide. Jugeant maintenant le moment plus favorable, il posa une lettre sur le bureau.

— C'est de la part de sir Thomas, milord.

Hornblower émit un petit grognement et prit le papier. Le capitaine, sir Thomas Fell, du bâtiment de Sa Majesté *Clorinda,* était un homme qui s'embarrassait de petits détails ; venant de lui, une communication signifiait habituellement des ennuis, des ennuis superflus, et accueillis par conséquent avec humeur. Ce n'était pas le cas ici. Hornblower lut le document officiel, puis, tournant la tête vers Spendlove, par-dessus son épaule :

— À propos de quoi, tout ça ?

— Un cas plutôt bizarre, milord, à ce qu'il paraît.

C'était « une lettre détaillée », requête officielle du capitaine Fell demandant qu'une cour martiale fût réunie pour juger le nommé Hudnutt, musicien appartenant à la fanfare de l'infanterie de marine du roi, pour « persistance à désobéir aux ordres ».

Une telle inculpation, si elle était établie et prouvée, entraînait la peine de mort, ou, au moins, une volée de coups à laquelle la mort eût été préférable. Spendlove savait parfaitement que son amiral détestait voir pendre et voir fouetter un marin.

— Accusations formulées par Cobb, le tambour-major, grommelait Hornblower, comme pour lui-même.

Il connaissait parfaitement le tambour-major, du moins aussi bien que les circonstances le permettaient. Comme amiral et commandant en chef, Hornblower avait sa propre fanfare ; elle était dirigée par le nommé Cobb, qui avait rang de sous-officier. Avant toutes les occasions officielles où la musique devait jouer, Cobb en référait à l'amiral pour ordres et instructions ; Hornblower se prêtait chaque fois à la comédie de se déclarer d'accord avec les suggestions qui lui étaient faites. Il n'avait jamais admis publiquement qu'il fût incapable de distinguer une note d'une autre ; en réalité, il ne savait distinguer un air d'un autre que par le trémoussement de la mesure. Aussi se sentait-il un peu mal à l'aise, craignant que tout ceci n'impliquât plus de connaissances qu'il ne l'espérait.

— Qu'entendez-vous, dit-il, par « un cas bizarre » ?

Spendlove répondit prudemment :

— Je crois, milord, que ce dont il s'agit, c'est d'un cas de... conscience artistique.

Hornblower se versa une seconde tasse de café, parut la savourer. Et Spendlove se disait : « Voilà qui pourrait influer sur l'opportunité de pendre le musicien Hudnutt. » Mais Hornblower ne ressentait encore que l'irritation de se trouver mêlé peut-être à des potins. Dans son splendide isolement, un amiral ne savait jamais, ou, du moins, savait rarement ce qui se passait, ce que savait le dernier de ses subordonnés.

— Une conscience artistique ? dit-il. Je verrai le tambour-major ce matin. Envoyez-le chercher.

— Bien, milord.

Il en savait assez et n'avait nul besoin de se

soucier de creuser la question davantage, à moins que l'entretien avec Cobb ne l'éclairât pas complètement.

— Voyons ce brouillon de rapport, en attendant qu'il vienne.

Le tambour-major mit un certain temps à venir. Quand il parut, son uniforme resplendissant disait assez qu'il avait pris soin de son apparence ; la tunique et le pantalon étaient fraîchement repassés, les boutons luisaient, la ceinture était exactement drapée, la poignée de l'épée brillait comme un sou neuf. C'était un homme énorme, et qui portait une moustache énorme. Son entrée fut comme lui, énorme ; il faisait trembler le plancher, à croire qu'il était deux fois plus lourd encore qu'il n'y paraissait. Il fit halte, claqua les talons devant le bureau, leva d'abord le bras pour le salut qui était alors à la mode chez les « Royal Marines », mais en y ajoutant quelques moulinets inutiles.

— Bonjour, monsieur Cobb, dit gentiment l'amiral.

Le mot « monsieur » à lui adressé, comme l'épée qu'il portait, signifiait que Cobb, en vertu de son brevet, et bien qu'il fût sorti du rang, était un gentilhomme.

— Bonjour, milord. Bonjour.

La formule semblait aussi ornée de moulinets que l'avait été le salut.

— Je voudrais entendre parler de cette accusation contre l'homme de la fanfare.

— Eh bien, milord…

Le coup d'œil du tambour-major du côté des témoins poussa Hornblower à dire à ses seconds :

— Laissez-moi seul avec M. Cobb !

La porte refermée, Hornblower fut toute courtoisie :

— Asseyez-vous, monsieur Cobb. Vous serez plus à l'aise pour me dire ce qui est arrivé.

— Merci, milord.

— Alors ?

— Ce petit Hudnutt, milord…

Il va sans dire que Cobb n'aspirait pas les H, et prononçait « Udnutt ».

— … Ce petit « Udnutt », si jamais il y a eu un fou au monde, c'est bien lui ! Je regrette, milord, ce qui est arrivé, mais il mérite ce qui l'attend !

— Un fou, dites-vous ?

— Un fou, milord. Complètement fou, milord. Je ne dis pas : un mauvais musicien. Ça, non ! C'est un bon musicien ! Personne à jouer du cornet à pistons comme lui ! Pour ça, rien à dire : il est formidable ! Le cornet à pistons est un instrument qui est maintenant à la mode, milord. Il n'y a qu'un an qu'il y en a dans nos fanfares. Ça se joue comme la trompette, mais faut une lèvre faite exprès, bien qu'il y ait des clefs. Et, pour ça, « Udnutt » est formidable. Enfin, il l'était…

Ce changement de temps du présent au passé signifiait que, dans l'opinion de Cobb, Hudnutt ne pourrait plus jamais jouer du cornet à pistons, soit qu'il fût mort, soit qu'il restât infirme.

— Dix-neuf ans, milord ! Et déjà mutiné !

— Qu'est-ce qu'il a fait ?

— Il s'est mutiné, milord ! Carrément mutiné, bien que je l'accuse seulement d'avoir désobéi aux ordres !

D'après le code de justice militaire, la mutinerie signifiait la mort. La désobéissance aux ordres entraînait ou la mort, ou un châtiment moins grave…

— Comment cela est-il arrivé ?

— Eh bien, milord, ça s'est passé ainsi. Nous répétions la nouvelle marche arrivée par le dernier courrier des Antilles. *Dondello,* qu'elle s'appelle, milord. Enfin, une marche ! Rien que cornet à pistons et tambours. Mais l'air n'était pas joué comme il devait l'être, j'ai dit à « Udnutt » de recommencer. J'avais bien compris ce qui s'était passé : cette marche est un morceau plein de si bémol accidentels, et « Udnutt » jouait des si naturels ! Je lui ai demandé pourquoi. Il m'a répondu que, les bémols, ça lui semblait trop fade ! Voilà, milord, ce qu'il m'a dit ! Or, c'était écrit avec les bémols ! La musique était comme ça ! *Dolce,* qu'il est marqué, milord ! ça veut dire « doux » !

— Je sais. Je sais.

Mais Hornblower n'en savait rien.

— Ça fait, milord, que je lui dis : « Recommencez ! Jouez des si bémol ! » Voilà qu'il me répond : « Je ne peux pas ! » Je lui dis : « Vous voulez dire que vous ne voulez pas ? » Et : « Je vous donne encore une chance ! » que je lui fais, alors que j'avais le droit de ne pas le laisser recommencer. Je lui dis : « Je vous en donne l'ordre ! Attention ! » Je lui bats la mesure ; on recommence et, de nouveau, il me joue ses si naturels ! Ça fait que je lui dis : « Vous avez entendu ? Je vous avais donné un ordre ? » Il dit : « Oui. » Ça fait, milord, qu'il n'y avait pas autre chose à faire. J'ai appelé la garde et je l'ai fait emmener au corps de garde. Il fallait bien que je présente une accusation avec le motif.

— Et cela s'est passé devant toute la fanfare ?

— Oui, milord. Devant toute la fanfare ! Seize musiciens !

Désobéissance volontaire à un ordre devant témoins. Peu importait, d'ailleurs, le nombre. Y en eût-il eu six, ou soixante, la faute était la même. Le fait grave, c'était que des hommes placés sous les ordres de Hornblower savaient maintenant qu'on avait enfreint la discipline, que l'on avait désobéi, et de propos délibéré ! Le coupable, le mutiné devait mourir ; ou il fallait le fouetter jusqu'à ce qu'il ne fût plus qu'un grand infirme, une loque humaine ; faute de quoi d'autres pourraient à leur tour défier les ordres. Hornblower avait ses hommes bien en main, mais il savait aussi quels remous couvent toujours sous la surface. Et pourtant, si l'ordre auquel on avait désobéi avait été différent, par exemple s'il s'était agi du refus de s'allonger sur une vergue, quelles qu'eussent été les conditions, Hornblower n'eût pas réfléchi longtemps, malgré son aversion pour les peines physiques. Un ordre devait être exécuté sur-le-champ. Mais Spendlove avait parlé d'un cas de « conscience artistique », et Hornblower n'avait aucune idée de la différence qui pouvait exister entre un si bémol et un si naturel ; il comprenait toutefois, encore qu'un peu vaguement, que cela pouvait, pour d'autres que lui, avoir de l'importance ; qu'un homme pouvait être tenté de refuser de faire quelque chose qui offensait son sens artistique.

— Je suppose, fit-il soudain, que l'homme était à jeun ?

— Autant que vous et moi, milord.

Une nouvelle idée traversa l'esprit de l'amiral.

— Quelle chance y a-t-il qu'il y ait une faute d'impression dans la musique ?

Il se débattait ; il était comme un aveugle, dans un univers auquel il n'entendait rien.

— Eh bien, milord, c'est des choses qui arrivent. Mais s'il y a une faute d'impression dans la musique, c'est à moi de le dire. À moi tout seul ! Et bien qu'« Udnutt » sache suivre la musique, je ne sais pas, milord, s'il est capable de lire ce qui est imprimé. Même s'il le sait, je doute qu'il sache lire l'italien, et il était indiqué *dolce*, milord, sur la musique !

Aux yeux de Cobb, qu'il y eût indiqué *dolce* sur la musique aggravait l'offense, si l'aggravation d'une telle offense pouvait se concevoir. Non seulement son ordre avait été transgressé, mais Hudnutt n'avait pas respecté les instructions écrites de quiconque était responsable, à Londres, de l'envoi de la musique aux fanfares de la Marine. Cobb était un soldat avant d'être un musicien ; Hudnutt était peut-être musicien avant d'être un soldat d'infanterie de marine. Mais (Hornblower se surprit à se raidir) cela ne faisait que rendre plus nécessaire de condamner Hudnutt. Un soldat de marine se devait d'être d'abord un soldat, et à chaque instant. Si les soldats de la marine se mettaient à choisir entre être des soldats ou être des musiciens, le régiment royal cesserait d'être un corps militaire. Il était du devoir de l'amiral de faire ce qu'il fallait pour qu'il demeurât un corps militaire.

Tout en réfléchissant à cela, Hornblower étudiait

attentivement l'expression de Cobb. Il était évident que Cobb disait la vérité, du moins dans la mesure où la vérité avec un grand V pouvait apparaître à un homme tel que lui. Il était certain, en tout cas, qu'il ne déformait pas volontairement les faits en raison d'un parti pris personnel, ou à cause d'une ancienne hostilité contre Hudnutt. Du moins, si son action, si le rapport qu'il produisait des faits étaient influencés par la jalousie ou par une cruauté naturelle, il en était inconscient. Une cour martiale serait impressionnée par la confiance que Cobb méritait en tant que témoin. Et Cobb demeurait impassible sous le regard de l'amiral.

— Je vous remercie, monsieur Cobb. Je suis content d'avoir entendu un exposé des faits aussi précis. Ce sera tout pour le moment !

— Merci, milord.

Soulevant son gros corps, Cobb se mit debout avec un mélange étonnant d'agilité et de raideur militaire. Il fit, cette fois, claquer les talons en même temps que sa main se levait pour le salut, pivota avec la précision d'un exercice de parade et sortit de la pièce, marquant le pas à la même cadence que s'il eût marché au battement de son métronome.

Gerard et Spendlove rentrèrent. Hornblower fixait le vide devant lui. Il se hâta de secouer les pensées qui l'obsédaient. Il ne serait évidemment pas bon que ses subordonnés pussent deviner qu'il était agité par des sentiments humains à cause d'une question purement administrative.

— Rédigez une réponse à sir Thomas, s'il vous plaît, monsieur Spendlove. Je la signerai. Vous pouvez vous contenter d'un simple accusé de réception. Ajoutez toutefois qu'il n'est pas possible d'agir immédiatement, car, avec tant de bâtiments détachés, je ne pourrais réunir tout de suite un nombre suffisant de capitaines.

Sauf en cas d'urgence, un tribunal habilité à condamner à la peine de mort ne pouvait siéger, à moins que sept capitaines et commandants au moins fussent présents comme juges. Cela donnait le temps de considérer quelle action il convenait d'engager.

— Cet homme est à la prison de l'arsenal, je suppose ? dit-il. Rappelez-moi d'aller le voir quand je passerai par là aujourd'hui.

— Bien, milord.

Gerard eut soin de ne laisser paraître aucune surprise en voyant un amiral prendre le temps d'aller visiter un marin mutiné.

Ce n'était pas très en dehors du chemin que Hornblower devait suivre. Le moment venu, il traversa les magnifiques jardins du palais de l'Amirauté. Evans, matelot invalide et chef-jardinier de l'arsenal, vint en boitillant lui ouvrir la petite porte dans la palissade de quinze pieds de haut qui protégeait l'arsenal contre les voleurs.

Evans se tint tête nue à la barrière, sa petite natte lui dansant dans le dos, son visage hâlé fendu par un radieux sourire.

La prison était, en bordure de l'arsenal, un petit bâtiment de forme cubique fait de troncs d'acajou disposés obliquement, d'une façon bizarre peut-être, et même probablement sur plus d'une épaisseur. Le toit était fait de chaume de palme, mais il avait plus d'un yard d'épaisseur. Il pouvait du moins contribuer à entretenir un peu de fraîcheur, sous le soleil brûlant des Antilles.

Gerard avait couru devant (Hornblower souriait à la pensée de la bonne suée que l'exercice vaudrait au lieutenant) pour chercher l'officier de service et se procurer la clef de la prison. Hornblower resta là, attendant que le cadenas fût ouvert et qu'on pût y voir clair dans l'obscurité du cachot. Au bruit de la clef, le prisonnier s'était levé. Quand il eut fait le pas en avant qui l'amena dans la lumière, il apparut sous l'aspect d'un très jeune homme à l'air accablé. À peine si l'on voyait sur ses joues la trace d'une barbe d'un jour. Il était nu, sauf une espèce de camisole, ce qui fit pousser un gloussement de contrariété à l'officier de service.

— Mettez au moins un vêtement, fit-il. Soyez décent !

Mais Hornblower l'interrompit :

— Peu importe ! Je suis pressé. Je désire que cet homme me dise de quoi on l'accuse. Tenez-vous tous hors de portée de voix !

Hudnutt était évidemment surpris par cette visite imprévue ; mais il était dans sa nature d'être aisément déconcerté. Le soleil lui faisait cligner ses grands yeux bleus ; il se tortillait, tout confus.

— Qu'est-il arrivé ? Dites-moi ! fit l'amiral.

— Eh ben, Monsieur…

Hornblower dut lui arracher l'histoire bribes par bribes. Elle confirmait ce que Cobb avait dit.

— Je n'aurais pas pu, Monsieur, jouer ce morceau. Pour rien au monde !

Les yeux bleus regardaient au loin quelque chose qui ne devait être visible que d'eux seuls.

— En désobéissant à un ordre qui vous était donné, vous avez commis une sottise.

— Oui, Monsieur. P't-être ben qu'oui.

Le dialecte du Yorkshire semblait étrange dans ce décor tropical.

— Comment en êtes-vous venu à vous engager ?

— Monsieur, c'est à cause de la musique !

Il fallut poser d'autres questions pour connaître toute l'histoire. Dans un village du Yorkshire, un jeune garçon qui souvent avait faim... Un régiment de cavalerie avait cantonné là pendant les dernières années de la guerre ; la musique de sa fanfare avait été un éblouissement pour l'enfant qui ne connaissait, à dix ans, que la cornemuse des nomades. Il avait pris conscience d'un désir terrible, irrésistible, et qui devait couver en lui. Les enfants du village entouraient les musiciens (Hudnutt souriait, béat, en contant cette histoire ; ce sourire était désarmant), mais aucun n'écoutait la musique comme lui. Les trompettes ne tardèrent pas à remarquer le petit mélomane. Ils riaient de ses réflexions. À mesure que le temps passait, ils le laissaient toucher à leurs instruments, et même souffler dedans. Ils lui montraient comment poser la lèvre ; ils s'étonnaient du résultat.

Après Waterloo, le régiment était revenu au village. Pendant deux ans, le garçon avait continué à apprendre, bien que ces années fussent des années de disette et que l'enfant dût faire la chasse aux oiseaux et ramasser des cailloux de l'aube au crépuscule.

Puis le régiment avait été transféré ailleurs. Les années de famine avaient passé. Mis à conduire la charrue, l'enfant continuait à rêver de musique. Une trompette coûtait plus d'argent que ce qu'un adulte gagnait en un an. Alors il y avait eu un entracte dans ce pur bonheur (et de nouveau Hudnutt souriait de ce sourire désarmant). L'enfant avait suivi une troupe de théâtre, comme garçon à tout faire et musicien. Il en était arrivé à pouvoir lire la musique, bien qu'il fût incapable de lire les mots. Son estomac était souvent vide ; il trouvait que la paille d'une écurie faisait un bon lit, malgré les puces et les pieds blessés. À la fin, on l'avait renvoyé ; il était trop malade pour suivre la troupe. Cela se passait à Portsmouth. Il était affaibli, affamé. L'inévitable était arrivé. Un sergent recruteur de la marine l'avait cueilli dans la rue, en train de suivre des musiciens. Son engagement avait coïncidé avec l'introduction du cornet à pistons dans la musique militaire. On l'avait embarqué pour les Antilles où il était entré dans la fanfare du commandant en chef, sous la direction de Cobb, le tambour-major.

Hornblower commençait à y voir clair.

Six mois avec un théâtre en tournée étaient une piètre préparation à la discipline militaire ; c'était l'évidence même. La vraie cause du drame, c'était cet amour passionné du garçon pour la musique. Dévisageant le jeune homme, l'amiral se demandait comment il convenait de traiter une situation pareille quand Gerard accourut, appelant :

— Milord ! Milord ! Le courrier des Antilles est signalé ! De la vigie de la station, on voit le pavillon flotter !

Le courrier ? Barbara devait être à bord ! Il y avait trois ans qu'il ne l'avait pas vue ; depuis trois semaines, il l'attendait, d'une heure à l'autre, à chaque instant.

— Appelez mon canot ! dit-il. J'arrive !

Une bouffée d'émotion avait balayé Hudnutt. D'abord, il fut sur le point de courir derrière Gerard ; il se retint. Mais en quelques secondes, que pouvait-on dire à un homme qui attendait d'être jugé, qui risquait la mort, quand on était soi-même débordant de bonheur ? À un homme encagé comme une bête, comme un bœuf qui attend, impuissant, le boucher ?

Il fit :

— Au revoir, Hudnutt !

Ce fut tout ce qu'il put trouver. Tandis qu'il rattrapait Gerard, il entendit le bruit des clefs, du cadenas.

Huit avirons mordaient dans l'eau bleue, mais l'impatience de Hornblower n'aurait pu être apaisée, quelque vitesse que les matelots pussent donner au canot. Le brick était là, ses voiles orientées pour capter les premières bouffées d'une brise de mer encore hésitante. Il apercevait, à la rambarde, un point blanc, une petite silhouette : Barbara ! Elle agitait frénétiquement un mouchoir.

Le canot aborda ; Hornblower se jeta dans les porte-haubans, et Barbara fut dans ses bras, les lèvres sur les siennes. Ses yeux souriaient ; puis, de nouveau, ses lèvres, ses lèvres ! Le soleil du torride après-midi tombait sur eux.

Enfin ils purent se regarder, se voir ; Barbara put lever les mains, redresser la cravate de son époux, être bien sûre qu'ils étaient de nouveau réunis. Le premier geste de Barbara était toujours pour lui redresser sa cravate.

— Vous avez bonne mine, chéri !

— Vous aussi !

Après un mois de mer, les joues de Barbara étaient dorées par le soleil. Elle ne se souciait jamais de préserver son teint avec une de ces crèmes à la mode qui distinguaient une femme oisive d'une vachère ou d'une gardeuse d'oies.

Ils se regardaient en riant, dans leur joie toute simple, avant de s'embrasser encore, puis ils s'écartaient de nouveau pour mieux se voir.

— Mon chéri, voici le capitaine Knyvett, qui a eu gentiment soin de moi pendant le voyage.

— Soyez le bienvenu à bord, milord.

Knyvett était petit, trapu, grisonnant.

— ... Mais je ne pense pas que vous teniez à rester longtemps avec nous aujourd'hui !

— Nous serons vos deux passagers, dit Barbara, le jour où vous reprendrez la mer !

— Si ma relève est arrivée !... dit Hornblower.

Il ajouta, pour Barbara :

— Le *Triton* n'est pas annoncé !

— Il se passera deux bonnes semaines, milord, dit Knyvett, avant que je ne sois prêt à repartir. J'espère que j'aurai le plaisir de votre compagnie et de celle de milady.

— Je l'espère aussi, dit Hornblower. En attendant, nous allons vous rendre votre liberté. J'espère que vous viendrez dîner au palais de l'Amirauté dès que vous en aurez le loisir. Pourrez-vous descendre dans le canot, chérie ?

— Bien sûr !

— Monsieur Gerard, restez à bord et occupez-vous des bagages de milady.

— Bien, milord.

Hornblower menait Barbara vers les porte-haubans.

— Pas encore eu le temps, monsieur Gerard, dit-elle, de vous demander de vos nouvelles !

La robe de Barbara n'avait pas de cerceaux ; la femme de l'amiral connaissait assez les caprices du vent à bord d'un navire pour s'en passer. Hornblower se laissa tomber dans le canot. Un ordre à mi-voix du patron à la barre fit se tourner toutes les têtes vers le large afin qu'on ne vît pas ce que les hommes ne devaient pas voir, tandis que Knyvett et Gerard soulevaient Barbara et la déposaient dans les bras de Hornblower au milieu d'un ébouriffement de jupons neigeux.

— Souquez !

Sur l'eau bleue, le canot s'éloigna de la muraille en direction de l'appontement du palais de l'Amirauté. Barbara et Hornblower se tenaient debout, la main dans la main.

— C'est merveilleux, chéri ! dit Barbara, mettant le pied sur le quai et regardant autour d'elle. La vie d'un commandant en chef se passe en des lieux enchanteurs !

À part lui, Hornblower se disait : « C'est, en effet, assez agréable, sauf pour la fièvre jaune, les pirates, les crises internationales, l'humeur instable des soldats qui attendent d'être jugés. » Mais ce n'était pas le moment de parler de ces choses. Evans et sa jambe de bois étaient à les attendre sur le quai. Dès le premier moment, Hornblower vit que l'invalide serait l'esclave de Barbara.

— Il faudra me faire faire le tour des jardins dès que je serai libre, lui dit Barbara.

— Oui, milady. Naturellement, milady.

On se dirigea lentement vers l'Amirauté. La présentation de Barbara fut assez délicate ; le palais de l'Amirauté avait des habitudes, un ordre de préséance rigoureusement établis. Mais Barbara ne se serait pas plus trompée sur le grade, le rang, la position des spécialistes de la marine qu'elle ne se serait permis de changer un meuble de place. Elle savait qu'elle n'était là qu'une visiteuse, et encore, tout juste tolérée. Ce qui ne veut pas dire que l'envie ne la démangeait pas de modifier l'ordonnancement du mobilier et de réorganiser le personnel. Elle en serait quitte, ici, pour être déçue et frustrée.

— Je trouve très bien, chéri, dit-elle, faisant un clin d'œil à Hornblower, que mon séjour ici soit de courte durée. De combien de jours ?

— Jusqu'à ce que Ransome arrive sur le *Triton* ! Vous devriez le savoir, chérie, par les potins de lady Exmouth et des autres personnes !

— Oui, mais tout cela reste un peu confus. Quand votre commandement prend-il fin ?

— Légalement, il prenait fin hier. Mais je reste en fonctions jusqu'au jour où je serai officiellement relevé. Le *Triton* a fait une longue traversée.

— Et quand Ransome arrivera…

— Il me succédera et viendra naturellement

demeurer ici ! Son Excellence nous a priés d'être, jusqu'à notre départ, ses invités au palais du gouvernement.

— Je vois. Et si Ransome était tellement en retard que nous manquions le courrier ?

— Alors, chérie, il faudrait attendre le suivant. J'espère que non. Ce serait désolant !

— Le séjour au palais du gouvernement est-il si déplaisant ?

— Il est… supportable, chérie. Mais un nouveau commandant en chef ne désire jamais voir son prédécesseur s'attarder…

— Et rester là à critiquer tout ce qu'il fait ! Naturellement ! Est-ce là ce que vous feriez, vous, chéri ?

— Je ne serais pas un homme si j'agissais différemment !

— Et je sais tellement, chéri, que vous êtes un homme ! dit Barbara, les mains sur les épaules de son mari.

Ils étaient tout seuls dans leur chambre à coucher, loin des domestiques et des subalternes. Cela leur permit d'être, pendant quelques moments précieux, un homme et une femme ; c'est-à-dire jusqu'à ce qu'un coup violent frappé à la porte ne vînt annoncer l'arrivée de Gerard avec les bagages. Spendlove était sur ses talons, porteur d'une lettre pour Barbara.

— Un mot de bienvenue de Son Excellence, chéri, dit Barbara après avoir lu. Nous sommes invités à dîner… dans l'intimité…

— Rien de plus que ce que j'espérais, dit Hornblower.

Puis, s'étant assuré que Spendlove était sorti :

— … et rien de plus que ce que je craignais.

Barbara lui sourit, de tout près, les yeux dans les yeux, d'un air complice.

— Un moment viendra… dit-elle.

Ils avaient tant à se dire, tant de nouvelles à partager ; les longues, longues lettres échangées pendant trois années de séparation avaient besoin d'être expliquées, développées ; et Barbara avait passé cinq semaines en mer sans aucune nouvelle.

Tard, au cours de la seconde journée, tandis qu'ils dînaient tous les deux, la conversation tomba sur Hudnutt. Hornblower expliqua brièvement à Barbara le cas du musicien de la fanfare.

— Allez-vous le traduire devant une cour martiale ?

— C'est très probable. Dès que je pourrai réunir un tribunal…

— Et quel sera le verdict ?

— Coupable, naturellement. Aucun doute là-dessus !

— Non, pas le verdict ! J'ai voulu dire : la sentence.

Hornblower ayant jugé bon de parler de Hudnutt, Barbara n'avait-elle pas le droit de poser la question, et même de donner son opinion sur l'exercice des devoirs d'un amiral encore en activité ?

Et, en effet, Hornblower répondit. Il cita les articles du code de justice militaire qui, pendant près de trente ans, avaient réglé sa carrière. L'homme qui s'était rendu coupable d'une telle offense, et qui serait reconnu comme tel par une cour martiale, serait probablement condamné à la peine capitale, sinon à tel châtiment moins rigoureux, selon ce que le tribunal jugerait bon de décider.

— Vous n'y pensez pas, mon chéri ?

De l'autre côté de la table, les yeux de Barbara s'étaient ouverts tout grands.

— La mort ! Pour cela ? Mais... vous dites : « ou à tel châtiment moins rigoureux ». Cela signifie quoi ?

— À être fouetté devant toute la flotte. Cinq cents coups de chat à neuf queues !

— Cinq cents coups ! Pour avoir joué un si naturel au lieu d'un si bémol !

C'était bien là la remarque qu'on pouvait attendre d'une femme !

— Mais, ma chérie, ce qu'on lui reproche, ce n'est pas cela ! C'est d'avoir désobéi à un ordre, désobéi exprès !

— C'est peu de chose !

— Chérie, désobéir aux ordres n'est jamais peu de chose !

— Vous pourriez, vous, fouetter un homme à mort parce qu'il n'a pas voulu jouer un si bémol ? N'est-ce pas une façon bien... sanguinaire d'accorder la peine à la faute ?

— Il n'est pas question, ma chérie, de mettre la peine en rapport avec le délit. Le châtiment est conçu pour empêcher d'autres hommes de désobéir à leur tour. Ce n'est pas une revanche !

Mais, bien femme en cela, Barbara s'accrochait à sa façon de voir, tandis que sa logique humaine était tellement dépassée par une logique plus froide.

— Mais si vous le pendez, dit-elle, ou même s'il n'est que fouetté, ce que j'espère encore, il n'en jouera plus jamais, de si bémol, ce bon musicien ! Quel avantage y voyez-vous ?

— J'y vois le bien du service, chérie. Le respect de la discipline, de l'ordre !

Hornblower le savait bien que sa position n'était pas tout à fait défendable, mais la véhémence de Barbara l'échauffait, le poussait à couvrir plus ardemment la marine.

— L'Angleterre saura la vérité ! dit Barbara.

Puis une idée lui vint à l'esprit :

— Naturellement, dit-elle, il pourra toujours faire appel ?

— Dans les eaux métropolitaines, oui, il pourrait. Mais ici, je suis un commandant en chef en station à l'étranger, et ma décision est sans appel !

Un tel propos vous rendait tout votre sang-froid. Barbara regardait son mari, cet homme tendre, aimant, sensible, soudain changé en un potentat disposant du droit de vie et de mort. Elle savait qu'elle ne pouvait pas, qu'elle ne devait pas exploiter sa propre situation, sa condition privilégiée d'épouse de l'amiral pour influencer une décision ; et cela, non point en raison de l'ordre qui devait régner dans la marine, mais dans l'intérêt de leur bonheur conjugal.

— Le jugement aura-t-il lieu bientôt ?

Le changement de ton était nettement perceptible.

— Il aura lieu quand j'aurai pu réunir le nombre de juges requis. Dans les questions de discipline, le délai est de nature à frustrer l'objet. Un homme qui se mutine un lundi devrait légalement être jugé le mardi, pendu le mercredi. Mais je n'ai pas ici assez de capitaines disponibles. Le capitaine du *Triton*, quand Ransome arrivera, fournirait le quorum nécessaire ; mais à ce moment-là, je serai relevé de mon commandement, l'affaire m'aura été retirée. Tandis que si la *Flora*, que j'ai détachée sur la côte du golfe, arrivait avant le *Triton*, je serais encore habilité à agir.

— Je vois, chéri, dit Barbara sans quitter des yeux son mari.

Même avant qu'il reprît la parole, elle sentit que quelque chose allait atténuer la dureté de ce qu'il avait dit jusque-là.

— Naturellement, chérie, je n'ai pas encore pris de décision. Il existe une autre possibilité, que je suis en train de considérer.

— Ah ?

À peine si l'émotion avait permis à Barbara d'articuler le mot.

— La ratification du verdict et de la sentence serait le dernier acte de mon commandement ici. Cela pourrait fournir une occasion, une excuse, une raison. Je pourrais commuer la peine, faire un geste de clémence, en considération de la bonne conduite de l'escadre pendant la période où elle s'est trouvée sous mon commandement.

— Je vois, chéri. Et si Ransome arrivait avant la *Flora* ?

— Alors, je ne pourrais rien faire, sinon…

— Sinon ?

— Sinon suggérer à Ransome de faire débuter son commandement par un acte de clémence.

— Le voudra-t-il ?

— Je sais peu de chose de ce Ransome, chérie. Je ne puis imaginer ce qu'il fera.

Barbara ouvrait la bouche pour parler, pour dire : « Est-ce qu'il trouvera qu'un si bémol est plus important qu'une vie humaine ? » Dans l'instant même, elle modifia son propos. Au lieu de poser la question, elle dit autre chose. Elle dit ce qui depuis longtemps lui brûlait les lèvres :

— Je vous aime, mon chéri.

Ils étaient les yeux dans les yeux, par-dessus la table. Hornblower sentit sa passion l'envahir, se ruer à la rencontre de celle de sa femme. Ainsi deux rivières se jettent l'une vers l'autre pour confluer ; il savait bien que tout ce qu'il avait pu dire de la discipline, de la nécessité de faire un exemple avait été sans influence sur l'opinion de Barbara ; plus encore qu'un homme, une femme que l'on a convaincue contre sa volonté garde son opinion. Barbara, d'ailleurs, s'était bien gardée de dire qu'elle n'avait pas changé d'avis ; elle avait dit autre chose, une chose (comme toujours) plus opportune, mieux appropriée à l'occasion ; sans changer de ton, sans même lever le sourcil, elle avait introduit dans l'esprit de son mari un élément imprévu, le rappel de cette notion que Hornblower était sourd à toute musique.

Une femme de moindre qualité se fût servie de cela comme d'un argument ayant un rapport avec l'affaire. Elle connaissait cette espèce particulière de surdité de son mari et Hornblower savait qu'elle le savait ; et elle savait qu'il savait qu'elle le savait ; ainsi de suite, jusqu'à l'infini. Mais jamais

Hornblower n'avait dû reconnaître explicitement cette faiblesse ; et Barbara elle-même n'avait pas eu besoin d'admettre qu'elle la connaissait. Et Hornblower aimait Barbara.

Un commandant en chef aux Caraïbes, même s'il attend d'être relevé, même si sa femme est venue le rejoindre, a encore des devoirs à remplir. Diverses choses occupèrent Hornblower le lendemain matin. Mais il était délicieux d'avoir Barbara marchant à ses côtés par les jardins du palais de l'Amirauté tandis qu'il gagnait le guichet dans la haute palissade de l'arsenal.

Malheureusement, au moment où Evans ouvrit la grand-porte, Hudnutt se trouvait là, dehors, en train de prendre l'air, faisant les cent pas comme chaque jour, entre deux rangs de fusiliers marins commandés par un caporal ; la garde était en uniforme de parade, baïonnette au canon, Hudnutt tête nue, comme il convenait à un inculpé.

— Le prisonnier et son escorte, halte ! hurla le caporal à la vue de l'amiral. Escorte ! Présentez… arme !

Hornblower répondit au salut avant de se retourner pour dire au revoir à sa femme.

— Escorte ! Portez… arme ! beugla le caporal, comme si l'escorte avait été à une lieue et non à deux pas de lui.

— Est-ce le musicien… mon chéri ?

— Oui.

— Le prisonnier et son escorte ! Par file à droite ! Pas accéléré ! hurla le caporal.

La petite troupe s'en alla au pas de parade. Barbara la regardait s'éloigner ; elle était libre de regarder, maintenant que Hudnutt lui tournait le dos, ne se doutant de rien. Jusque-là, elle s'était abstenue de fixer celui qui allait passer en jugement et mourir. L'uniforme ne pouvait cacher le flottement du jeune corps, sa maigreur. Le soleil tombait d'aplomb sur la chevelure blonde.

— C'est encore à peine un enfant ! dit Barbara.

Argument sans rapport avec la question, au cas où elle eût voulu reparler du devoir de l'amiral en l'occurrence. Dix-sept ans ou soixante-dix, peu importait. Un soldat devait obéir.

— Oui, chérie, il n'est pas bien vieux !

L'amiral baisa la joue que Barbara lui tendait. Il n'était pas très sûr qu'un amiral en uniforme eût le droit d'embrasser sa femme en présence de ses subordonnés. Barbara, elle, ne doutait pas que cela pût se faire. Il la laissa debout, près de la barrière, parler avec Evans et regarder autour d'elle à travers la palissade l'arsenal et les jolis jardins.

La présence de sa femme à la Jamaïque était agréable même si elle impliquait une activité supplémentaire. Les deux ou trois jours suivants comportaient diverses réunions mondaines. La bonne société de l'île entendait tirer le meilleur parti du bref séjour de la femme d'un amiral, d'une pairesse, d'une dame du sang le plus bleu, par droit naturel. Pour Hornblower, qui regrettait la fin imminente de son commandement, ces réunions étaient un peu, comme pour les aristocrates sous la Révolution française, le tour de danse en prison avant l'échafaud ; mais Barbara semblait tirer beaucoup de plaisir de son séjour, peut-être parce qu'elle venait de vivre en mer cinq semaines bien monotones, que cinq semaines sans événements mondains allaient suivre.

— Vous avez beaucoup dansé avec le jeune Bonner, ma chérie ! lui dit l'amiral.

Ils rentraient chez eux après la soirée chez le gouverneur.

— C'est un excellent danseur ! dit Barbara.

— Il a la réputation d'un mauvais garçon ! La preuve n'en a jamais été formellement apportée, mais on l'a soupçonné de se livrer à la contrebande, de faire la traite, d'autres choses encore.

— Il n'en est pas moins invité chez le gouverneur !

— Je vous l'ai dit, rien n'a été prouvé. Mais dans le cadre de mes fonctions ici, j'ai eu souvent l'occasion de m'intéresser à certaine activité des barques de pêche qui lui appartiennent. Vous pourriez un jour ou l'autre, ma chérie, vous apercevoir que vous avez dansé avec un gibier de prison !

Barbara souriait :

— Les gibiers de prison sont plus amusants que les secrétaires des militaires !

La résistance de Barbara à la fatigue était surprenante. Même au lendemain d'une nuit de plaisir, elle montait à cheval toute la journée. Hornblower était content pour elle, pourvu que de jeunes hommes empressés et libres de leur temps lui servissent d'escorte. Car lui-même avait des devoirs à remplir et, en outre, avait les chevaux en aversion. Il était même amusant d'observer l'affectueux intérêt que chacun portait à sa femme. Son Excellence le gouverneur, les jeunes hommes qui lui servaient d'escorte, Evans le jardinier, tous ceux à qui elle avait affaire l'adoraient.

Barbara, donc, était partie à cheval, un matin de bonne heure, avant la grande chaleur du jour, quand un messager fut introduit à l'Amirauté auprès de Hornblower.

— Un message du capitaine, milord. Le *Triton* est signalé. Il fait route vers la côte avec un vent favorable.

Hornblower regarda fixement pendant une minute celui qui parlait. Bien qu'un tel message eût pu lui parvenir à n'importe quel moment au cours du dernier mois, il n'était pas préparé à l'émotion qu'il lui procurait.

— Très bien. Mes compliments au capitaine. Je vais venir.

Voilà donc qu'était arrivée la fin des trois ans de son commandement en chef. Ransome prendrait peut-être ses fonctions aujourd'hui même, et en tout cas demain ; Hornblower allait rentrer en Angleterre. Un mélange bizarre de pensées lui agitait l'esprit : le jeune Richard était sur le point d'entrer à Eton ; on allait passer à Smallbridge un hiver glacial ; il faudrait rendre compte de sa mission, préparer des rapports, écrits et verbaux. Ce ne fut que tandis qu'il était en route pour gagner son canot qu'il se rappela qu'il allait être dispensé de prendre une décision dans le cas de Hudnutt.

Le *Triton* n'arborait pas la marque de l'amiral ; Ransome n'avait légalement aucun droit avant la cession des pouvoirs. Les salves des canons ne faisaient que constater et reconnaître que le *Triton* rejoignait la flotte des Caraïbes.

Ransome était un gros homme au visage orné des lourds favoris alors à la mode, plus gris que noirs ; il portait la petite décoration de compagnon de l'ordre du Bain, insignifiante auprès de la grand-croix de commandeur de Hornblower. S'il survivait, sans avoir commis de faute grave, aux fonctions qu'il allait prendre, il pouvait espérer être fait chevalier. Il présenta Coleman, son capitaine, que Hornblower connaissait déjà. Il prêta une oreille attentive aux explications de Hornblower concernant les dispositions prises et relatives aux projets d'avenir. Enfin il déclara :

— Je prendrai mon commandement demain.

— Cela laissera le temps nécessaire aux préparatifs de la cérémonie. Vous plairait-il, Monsieur, de passer la première nuit au palais du gouvernement ? J'ai appris qu'une invitation vous y attend, si vous le jugez à votre convenance.

— Pourquoi déménager deux fois ? dit Ransome. C'est inutile. Je passerai la nuit à bord.

— Le palais de l'Amirauté sera naturellement prêt demain à vous recevoir. Peut-être voudrez-vous nous faire l'honneur de dîner aujourd'hui en notre compagnie ? Ce serait l'occasion pour moi de vous donner d'autres renseignements sur la situation ici.

Ransome jeta à Hornblower un coup d'œil soupçonneux. Il ne désirait pas se voir, dès le départ, encombré par une politique toute faite, imaginée par son prédécesseur. La suggestion n'en était pas moins raisonnable.

— Ce sera avec plaisir, dit-il après un bref silence. Je vous remercie, milord.

Dans l'intention de calmer la défiance de son successeur, Hornblower prit un biais.

— Le courrier dans lequel ma femme et moi-même allons prendre passage pour rentrer se prépare à prendre la mer, dit-il. Nous partons avec lui, c'est l'affaire de quelques jours.

— Très bien, milord.

— Je vous réitère, monsieur, mes souhaits de bienvenue. Je vais prendre congé. Pouvons-nous vous attendre à quatre heures ? Ou bien une autre heure vous convient-elle mieux ?

— Quatre heures va parfaitement !

« Le roi est mort, vive le roi ! » se disait Hornblower en rentrant. Demain, supplanté, il serait un « demi-solde ». La dignité de commandant en chef passerait à Ransome. La pensée était désagréable. Hornblower trouvait même que sa déférence à l'égard de Ransome avait été excessive, que Ransome aurait pu témoigner en retour plus de courtoisie.

Il donna libre cours à ces sentiments quand il parla de l'entrevue avec Barbara, mais s'interrompit à la vue du sourire amusé que sa femme laissa paraître.

— Vous êtes le plus charmant de tous les naïfs, mon très chéri, dit-elle. Ne voyez-vous vraiment aucune explication à l'attitude de votre successeur ?

— Ma foi non, pas la moindre.

Barbara s'approcha de lui, le regarda droit dans les yeux.

— Pas étonnant que je vous aime ! dit-elle. Vous ne voyez donc pas qu'aucun homme ne trouve qu'il est facile de succéder à un Hornblower ? Votre commandement ici a été une réussite extraordinaire. Vous avez donné un exemple que Ransome aura beaucoup de peine à suivre. On pourrait dire qu'il est jaloux d'avance, d'avance envieux. C'est cela qu'il a laissé paraître.

— Je ne puis le croire.

— C'est pour cela que je vous aime ! dit Barbara. Je pourrais vous dire la chose de cent façons, si je ne devais pas aller tout de suite mettre ma plus belle robe pour gagner le cœur du nouvel amiral.

Malgré sa corpulence et ses favoris, Ransome était un homme d'assez belle prestance ; Hornblower n'avait pas réellement apprécié ces avantages lors d'une première rencontre. En présence de Barbara, ses manières furent plus cordiales ; ce que pouvait expliquer l'effet produit sur lui par la personnalité de la jeune femme, mais aussi (Hornblower s'en rendait compte) ce que Ransome savait de l'influence de lady Hornblower, qui était grande dans les milieux politiques de la métropole. Hornblower fit de son mieux pour tirer parti de cette cordialité soudaine. Il passait le vin à Ransome, laissait tomber aussi distraitement que possible des renseignements très utiles sur la situation dans les Caraïbes. Distraitement, afin que Ransome ne pût le soupçonner de vouloir l'influencer, mais assez efficacement pour que Ransome pût sourire à part lui de la légèreté de celui qui les fournissait. Malgré tout cela, le dîner ne fut pas une réussite complète. Une certaine tension subsistait.

Comme le repas tirait à sa fin, Hornblower surprit un regard que lui lançait sa femme. Ce ne fut qu'un coup d'œil, et des plus fugitifs. Ransome ne pouvait l'avoir aperçu ; Hornblower comprit que Barbara lui rappelait une question qui décidément lui tenait à cœur. Il attendit un tournant opportun de la conversation.

— Ah, oui ! fit-il. Il y a aussi en suspens une cour martiale. Un musicien de la fanfare…

Tandis qu'il exposait les détails de l'affaire Hudnutt, sans avoir l'air d'y attacher de l'importance, il fut conscient de l'intérêt avec lequel Barbara suivit les changements d'expression sur le visage de Ransome.

— Désobéissance réitérée, et de propos délibéré, à un ordre légal…

Ransome répétait les paroles de Hornblower.

— … Cela pourrait s'appeler mutinerie !

— En effet ! Oui… mais le cas est plutôt bizarre. Je suis bien aise que ce soit vous, et non pas moi, qui ayez à trancher cette affaire.

— Il me semble que la déposition ne prête à aucune équivoque.

— Évidemment…

Hornblower se forçait à sourire, télépathiquement conscient de l'intensité croissante de l'intérêt que Barbara portait aux propos des deux hommes. Il se força à ajouter :

— N'empêche que les circonstances sont… quelque peu exceptionnelles…

L'expression de froideur, presque de cruauté, sur le visage de Ransome était des plus décourageantes. Hornblower sentait que la situation était désespérée. Il eût renoncé à tout nouvel effort si Barbara n'avait pas été là. Les choses étant ce qu'elles étaient, il revint encore à la charge ; ce fut d'ailleurs en pure perte :

— Si le procès avait eu lieu pendant la période de mon commandement, j'aurais pu (mais naturellement ma décision n'était pas prise) commuer la sentence. J'aurais ainsi marqué ma satisfaction de la bonne conduite de l'escadre.

— Ah ? fit Ransome.

Aucun monosyllabe ne pouvait exprimer indifférence plus complète. Hornblower n'en fit pas moins un nouveau plongeon en avant :

— Il m'est venu à l'esprit que vous-même pourriez trouver là une occasion de faire preuve de clémence pour un premier acte officiel.

— C'est une chose qu'il m'appartient de décider moi-même.

— Bien entendu !

— Or, je ne puis imaginer de prendre semblable initiative. Cela va sans dire ! Ce serait donner à penser à l'escadre que je serai toujours indulgent en matière de discipline. Non, je ne puis dès le départ ébranler mon autorité.

— Évidemment !...

Hornblower vit qu'il était inutile de poursuivre la discussion dans un tel climat. Autant valait se montrer gracieux.

— ... De toutes ces circonstances, c'est vous qui êtes le meilleur juge, le seul juge.

Barbara s'était levée :

— Je vous laisse, messieurs, à votre verre de vin, dit-elle.

Hornblower eut le temps de voir l'expression figée de sa femme se fondre en un sourire qu'il connaissait bien.

— Je vous souhaite le bonsoir, amiral. Je ferai ce qui dépendra de moi, dans le respect des règles de la marine, pour que la maison soit, demain, en état de vous bien recevoir. J'espère que vous vous y trouverez bien.

— Merci ! dit Ransome.

Les deux hommes étaient debout.

— Bonne nuit, mon chéri, dit Barbara.

Le sourire qu'elle offrait à son époux n'était pas son vrai sourire. Hornblower savait que Barbara était bouleversée.

Elle se retira. Hornblower versa le porto et se rassit pour ce qui, sans doute, allait être une longue soirée. S'étant clairement déclaré, ayant parfaitement fait comprendre qu'il ne se laisserait influencer par aucune suggestion, Ransome n'était, par contre, nullement opposé à recueillir les informations qui pourraient lui venir de son prédécesseur, ni davantage ennemi de vider la bouteille de porto et d'en entamer une autre.

De sorte qu'il était très tard quand Hornblower décida d'aller se coucher. De peur de déranger Barbara, il évita de faire de la lumière dans la chambre. C'est à tâtons qu'il se traîna dans l'obscurité, aussi silencieusement qu'il put. Le regard qu'il jeta en direction de l'autre lit (les établissements navals ne prévoyant guère la présence des épouses, leur sollicitude n'allait pas jusqu'à installer des lits à deux places) ne lui révéla rien sous la moustiquaire. Il en fut bien aise. Si Barbara avait été éveillée, il n'eût guère été possible d'éviter de parler encore de Hudnutt.

Ils n'en eurent pas davantage le temps le lendemain matin, car dès le moment où l'on appela Hornblower, il fallut occuper le cabinet de toilette, mettre son meilleur uniforme, le cordon, l'étoile ; se hâter de se rendre à la cérémonie du changement de commandement. L'officier relevé devait se trouver le premier sur le gaillard de la *Clorinda*, à tribord, son état-major derrière lui.

Après avoir accueilli Hornblower, le capitaine, sir Thomas Fell, s'occupa de recevoir les autres capitaines à mesure qu'ils arrivaient. La fanfare (sans Hudnutt) joua quelques morceaux ; les sifflets des seconds maîtres sifflaient sans interruption pour accueillir les nouveaux arrivants. Le soleil tombait d'aplomb sur ces préparatifs, comme s'il se fût agi d'une journée ordinaire. Un grand silence se fit. De nouveau, la musique éclata, joua une marche, suivie de roulements de tambour et des moulinets des clairons lorsque Ransome monta à bord, accompagné de son état-major. Il prit place à bâbord. Fell s'avança vers Hornblower, la main au bord de son bicorne :

— La garde est alignée, milord !

— Merci, sir Thomas.

Spendlove glissa un feuillet dans la main de Hornblower qui fit un pas en avant :

— « D'ordre des Lords commissaires, en exécution des instructions de l'amiral, commandant suprême, à moi, lord Horatio Hornblower, chevalier grand-croix de l'ordre des plus honorables du Bain, contre-amiral de l'Escadre rouge… »

Il avait de la peine à empêcher sa voix de trembler, et se forçait à prendre un ton dur, un air indifférent.

Enfin, repliant son papier, il donna son dernier ordre :

— Sir Thomas, ayez la bonté de haler bas ma marque !

— Bien, milord.

Le premier des treize coups de canon d'une salve déchira l'air tandis que la marque descendait lentement à la drisse d'artimon. Descente longue, lente. Soixante secondes pour treize coups de canon. Quand le pavillon eut fini de descendre, la solde de Hornblower avait diminué de quarante-neuf livres sterling, trois shillings et sept pence par mois.

Ransome fit un pas en avant ; tenant, lui aussi, un papier à la main, il lut les ordres qui le concernaient ; Henry Ransome, compagnon de l'ordre des plus honorables du Bain, contre-amiral de l'Escadre bleue…

— Hissez ma marque, sir Thomas !

— Bien, Monsieur.

L'enseigne bleue fut hissée à bloc à la drisse d'artimon. Il y eut un nouveau silence. L'enseigne se déploya dans le vent, les canons se remirent à tonner, la fanfare à jouer. Quand le dernier coup déchira l'air brûlant, Ransome était légalement commandant en chef des vaisseaux de Sa Majesté dans la mer des Caraïbes. Au milieu d'un morceau de la fanfare, Hornblower avança d'un pas, leva la main, salua le nouveau commandant en chef.

— Puis-je quitter le bord, monsieur ?

— Accordé !

Roulement de tambours, appels de clairons, sifflets. Hornblower descendait l'échelle de coupée. Il eût pu éprouver un serrement de cœur. Il n'en eut pas le temps. Dans la chambre même du canot, une diversion l'attendait :

— Milord ! lui dit Spendlove.

— Quoi donc ?

— Le prisonnier, le musicien de la fanfare...

— Eh bien ?

— Milord, il s'est évadé ! Il est sorti de la prison par effraction... la nuit dernière...

Voilà qui réglait sans rémission le sort de Hudnutt. Sa mort, maintenant, était certaine. Rien ne pouvait plus le sauver. Il était déjà comme pendu. À moins que, bientôt peut-être, il ne fût dans un état pire que la mort ! Jamais un déserteur, jamais un prisonnier évadé n'avait réussi à s'échapper d'ici. La Jamaïque était une île, et pas très grande. Une récompense permanente de dix livres sterling était promise à qui fournirait des renseignements permettant d'aboutir à l'arrestation d'un déserteur. Et ici, bien plus encore qu'en Angleterre, dix livres sterling représentaient une fortune ; c'étaient les gages d'un journalier pendant un an, plus d'argent qu'aucun esclave ne pût jamais espérer voir de ses yeux au cours d'une vie. Un déserteur n'avait aucune chance ; son seul visage de Blanc, pour ne rien dire de l'uniforme, attirerait fatalement l'attention sur lui, où qu'il pût se trouver, et la récompense assurait qu'il serait trahi. Hudnutt serait repris ; devant la cour martiale, il aurait contre lui ces accusations supplémentaires :

évasion avec effraction, dommage à la propriété du gouvernement, dommage à un uniforme. Désertion. Pendu, donc ! Sa seule autre chance était d'être fouetté devant toute la flotte ; il mourrait sous les coups. Hudnutt était un homme mort ; son talent de musicien était mort avec lui.

La pensée était assez sombre pour occuper l'esprit de Hornblower pendant tout le trajet jusqu'à l'appontement. En silence, il monta avec Spendlove dans la voiture du gouverneur qui devait le mener au palais. Il ne disposait plus, maintenant, de celle du commandant en chef. Il se taisait quand la voiture s'ébranla.

À peine eurent-ils couvert un mille qu'ils virent une cavalcade animée qui galopait à leur rencontre. Hornblower vit d'abord Barbara ; il l'eût repérée au sein de n'importe quelle foule, même si elle n'avait pas monté un cheval blanc. Son Excellence se trouvait à son côté, lady Hooper de l'autre ; tous trois bavardaient avec animation. Derrière eux venait un groupe de cavaliers, aides de camp et civils ; à l'arrière, on voyait l'adjoint du grand prévôt et deux soldats de sa garde.

— Ah ! Hornblower ! cria le gouverneur, tirant sur ses rênes. La cérémonie a fini plus tôt que je ne m'y attendais !

— Bonjour, monsieur, dit Hornblower. Madame, je suis votre serviteur.

Puis il sourit à Barbara. Quel que fût son état de dépression, il pouvait sourire à la vue de Barbara. Sous son voile de chasseresse, le sourire qu'elle lui offrit en retour était à peine perceptible.

— Vous pouvez vous joindre à notre chasse,

milord, dit Hooper. Un de mes aides de camp vous donnera son cheval.

Puis, ayant mieux regardé la voiture :

— … Non, peut-être pas, tout de même ! En bas de soie ! Suivez-nous en voiture, comme ferait une dame dans une situation intéressante ! Comme la reine de France, ma parole ! Cocher, demi-tour !

— Que chassez-vous donc, monsieur ? demanda Hornblower, un peu déconcerté.

— Mais… votre déserteur ! Il se peut qu'il nous impose un peu d'exercice !

Leur chasse était une chasse à l'homme, au plus gros de tous les gibiers. Hudnutt le rêveur, Hudnutt l'étourdi ferait une piètre proie. Deux domestiques de couleur accompagnaient le groupe, chacun tenant en laisse un trio de gros dogues de chasse, fauve et noir ; horribles créatures. Hornblower souhaitait n'avoir rien à faire avec cette chasse-là, absolument rien. Il n'avait qu'une envie : donner l'ordre à la voiture de faire encore une fois demi-tour. C'était un cauchemar ; et il trouvait affreux de voir Barbara prendre part à cela.

À la porte de l'arsenal, près de la haute palissade, le cortège fit halte.

— Voilà la prison, dit l'adjoint du prévôt, vous pouvez, monsieur, voir le trou qu'il a fait dans le toit.

Une partie du chaume avait en effet été arrachée. La prison ne devait pas avoir été très solidement construite. Mais s'évader de là signifiait qu'il avait encore fallu franchir une clôture de quinze pieds de haut. Même après cet exploit, la capture, quelque part dans l'île, était certaine.

— Allons ! dit l'adjoint.

Il entra dans l'arsenal avec sa garde et les hommes qui menaient les chiens, se dirigeant vers la prison. Là, on mit pied à terre, on fit entrer les chiens ; on leur fit flairer la couchette du prisonnier, puis le sol à l'aplomb du trou dans le toit. Ayant pris la piste, ils s'élancèrent, aboyant si furieusement que les domestiques de couleur avaient de la peine à se remettre en selle, puis, ayant traversé l'arsenal, les dogues se lancèrent contre la palissade, essayant de la franchir, haletant, bavant d'agitation.

— Amenez-les par ici ! criait le gouverneur.

Puis, tourné vers Hornblower :

— Votre bonhomme est un soldat, n'est-ce pas ? Même un matelot aurait de la peine à escalader cette palissade !

Hornblower se disait : « Ce Hudnutt ne peut avoir réussi pareil exploit que dans un état d'exaltation extraordinaire ! »

Ces rêveurs étaient tous les mêmes ; ils agissaient parfois comme de vrais fous.

Les chiens policiers furent menés dehors, au point où la palissade devait avoir été franchie. Ils y retrouvèrent la piste et la cavalcade repartit au galop.

— Évadé ! criait le gouverneur, éperonnant son cheval pour les suivre. Évadé !

La cavalcade ayant pris de l'avance, le cocher excita ses chevaux ; la voiture allait grand train, aussi vite que le permettaient la dignité des voyageurs et les inégalités du terrain, c'est-à-dire faisant de grandes embardées, jetant Hornblower contre Gerard, assis près de lui, parfois même contre

Spendlove assis en face d'eux. On fonçait vers la campagne grande ouverte, vers les montagnes bleues au loin.

Les cavaliers s'étant mis au trot, le cocher suivit son exemple.

— Une piste toute chaude, milord, dit Gerard, regardant les chiens tirer sur leurs laisses.

— Et pourtant, dit Spendlove, cette route doit avoir été bien des fois parcourue depuis qu'il est passé !

— Ah ! fit Gerard, qui regardait en avant. Ils quittent la route !

La voiture avait atteint un virage ; les voyageurs voyaient les cavaliers engagés dans un large chemin à travers des plantations de canne à sucre. Nullement déconcerté, le cocher les suivit ; mais après deux milles parcourus à vive allure, on stoppa. Le gouverneur était là :

— Un obstacle, Hornblower ! dit-il. Ce chemin passe à gué la rivière !

La cavalcade laissait souffler les chevaux ; Barbara agita sa main gantée dans la direction de son mari.

— Et aucune piste de l'autre côté ! dit le gouverneur.

Il rappela les hommes qui menaient les chiens :

— Cherchez en amont comme en aval ! Et sur les deux rives !

L'adjoint du grand prévôt enregistra l'ordre en saluant.

— Votre homme savait que nous enverrions les chiens après lui ! reprit Hooper. Il a marché dans l'eau. Mais il a bien fallu, tôt ou tard, qu'il en sorte. Nous le retrouverons !

Barbara amena son cheval auprès de la voiture et leva son voile :

— Bonjour, chéri !

— Bonjour ! dit Hornblower.

Il était difficile d'en dire davantage quand on tenait compte de ce qui s'était passé au cours des deux dernières heures, et de tout ce que réservait celles qui allaient suivre.

La chaleur et l'exercice avaient à peine rosi les joues de Barbara ; ses traits étaient tirés, elle paraissait lasse ; son sourire était affecté. Hornblower eut l'impression qu'elle participait à cette chasse autant contre son gré que lui-même. Sans doute le déménagement du palais de l'Amirauté à celui du Gouvernement, ce matin, l'avait fatiguée ; elle était trop femme pour avoir laissé les matelots faire seuls le travail, bien qu'ils en eussent vu bien d'autres. Elle avait dû vouloir tout diriger.

— Venez vous asseoir, ma chérie. Gerard prendra votre cheval.

— M. Gerard porte comme vous des bas de soie, dit Barbara, souriant malgré sa fatigue. Et j'ai trop de respect pour sa dignité pour l'installer sur une selle de dame !

Le gouverneur intervint :

— Mon groom conduira votre cheval, lady Hornblower. Cette chasse semble devoir mal finir.

Hornblower descendit, aida sa femme à mettre pied à terre et à monter dans la voiture. Gerard et Spendlove, qui l'avaient suivi, remontèrent après avoir un peu hésité, et s'assirent côte à côte, le dos aux chevaux.

— Nous aurions dû apprendre déjà quelque

chose, savoir ce que ces chiens ont pu trouver, dit le gouverneur.

Les dogues avaient parcouru les deux rives dans les deux sens et sur une certaine distance. Hudnutt était-il monté dans un arbre ?

Un homme possède plus de ressources qu'un renard, Hornblower le savait. Cet aspect du caractère de Hudnutt n'en était pas moins bien inattendu.

— Pas trace de la moindre piste, Excellence, dit l'adjoint du grand prévôt, accouru au trot. Rien trouvé du tout !

— Dans ce cas, nous allons rentrer. Piètre journée, en somme, sauf pour le sport ! Nous allons devant, lady Hornblower, si vous le permettez !

— Nous vous verrons chez nous, chère madame, dit lady Hooper.

La voiture fit demi-tour, suivit les cavaliers.

— J'ai bien peur, ma chérie, que vous n'ayez eu une matinée trop chargée, dit Hornblower.

La présence de ses subordonnés l'obligeait à observer un certain formalisme.

— Mais non ! Mais non ! dit Barbara, tournant la tête vers lui. La matinée fut très agréable, merci, mon chéri. Et vous ? Votre cérémonie ? Tout s'est passé, j'espère, sans incident ?

— Assez bien, merci. Ransome…

Brusquement, il se tut. Ce qu'il eût voulu dire de Ransome à l'oreille de Barbara n'était pas ce qu'il pouvait dire en présence de Gerard et de Spendlove.

Au trot des chevaux, la conversation se poursuivait par intermittence, dans la grande chaleur.

Il fallut longtemps pour atteindre les grilles du palais du Gouvernement. Aides de camp, maîtres d'hôtel et femmes de chambre les attendaient ; mais Barbara s'était occupée de tout ; dans la chambre à coucher, dans le cabinet de toilette, les vêtements de Hornblower étaient déjà disposés auprès des siens.

— Enfin seuls ! dit-elle, souriante. Nous pouvons maintenant penser à Smallbridge !

C'est en effet ce qu'ils firent. L'heure présente marquait le début d'une de ces périodes de transition que Hornblower, comme tout marin, connaissait si bien : journées, semaines de dépaysement entre une vie et la suivante, c'est-à-dire jusqu'à ce qu'il se retrouvât chez lui, maître dans sa maison. Pour l'instant, le besoin le plus urgent était de se baigner ; sous sa vareuse d'uniforme, sa chemise lui collait sur les côtes. Peut-être, de sa vie, ne prendrait-il plus jamais son bain sous la pompe à laver les ponts, au large et en plein vent. Du moins, tant qu'il serait ici, n'aurait-il plus besoin de porter l'uniforme.

Au cours de la journée, Barbara lui dit :

— Voudriez-vous, mon chéri, me donner un peu d'argent ?

— Naturellement !

Dans ces moments-là, Hornblower éprouvait toujours une espèce de gêne qui eût fait rire la plupart des hommes. Barbara, au moment de leur mariage, avait apporté pas mal d'argent, et naturellement, cet argent était maintenant la propriété de son mari. Que Barbara eût à lui demander de l'argent lui donnait l'impression d'être pris en faute. Sentiment ridicule, évidemment. Les femmes n'étaient pas censées disposer d'argent, sinon des petites sommes nécessaires pour tenir le ménage. Elles ne pouvaient pas, légalement, signer un chèque, ni se livrer à une quelconque transaction d'affaires ; cela était juste et convenable, quand on savait à quel degré elles étaient incapables. Peut-être fallait-il faire exception pour Barbara. Mais, en général, il appartenait au mari de garder la haute main sur l'usage de la fortune et de ne distribuer que parcimonieusement de quoi couvrir les dépenses estimées nécessaires.

— Combien voudriez-vous, chérie ?

— Deux cents livres !

Deux cents livres ? Deux cents livres ! C'était tout autre chose ! Deux cents livres représentaient une fortune. Pourquoi diable Barbara avait-elle besoin de deux cents livres, ici à la Jamaïque ? Il ne pouvait y avoir, dans l'île entière, une seule robe, une seule paire de gants que Barbara pût avoir envie d'acheter. Peut-être voulait-elle emporter quelques souvenirs ? Mais le plus élégant des nécessaires de toilette en écaille ne devait pas, à la Jamaïque, coûter plus de cinq livres. Deux cents livres ? Sans doute Barbara devrait-elle donner, en partant, un pourboire à quelques servantes. Mais cinq shillings à chacune, une demi-guinée au plus, devaient suffire largement.

— Deux cents livres, chérie ?

Cette fois, il avait parlé tout haut.

— Oui, chéri. S'il vous plaît !

— C'est à moi, dit Hornblower, qu'il appartiendra de récompenser le maître d'hôtel et les grooms.

Il essayait encore d'imaginer pour quelle raison Barbara avait besoin de cette somme énorme.

— Oui, bien sûr, dit Barbara, gardant toute sa patience. Mais j'ai besoin d'argent… pour autre chose…

Il voulut insister :

— Euh… cela fait beaucoup d'argent ! dit-il encore.

— Je crois pourtant pouvoir l'utiliser ! S'il vous plaît, mon chéri.

— Bien sûr, bien sûr, fit Hornblower, parlant très vite.

Il supportait mal d'entendre Barbara le solliciter. Tout ce qu'il possédait était à elle. C'était toujours un plaisir pour lui que de prévoir les besoins, les envies, voire les caprices de sa femme, de faire en sorte qu'elle n'eût même jamais à les formuler. Il avait honte pour Barbara ; l'exquise Barbara n'aurait jamais dû s'abaisser à lui demander une faveur, à lui, indigne qu'il était.

— Je donnerai un ordre écrit à Sommers, dit-il. C'est le correspondant de la banque Coutts, ici, à Kingston.

— Merci, chéri, dit Barbara.

Toutefois quand il lui tendit le chèque, il ne put se retenir d'ajouter :

— Vous serez prudente, n'est-ce pas ? Deux cents livres, en billets ou en or…

Il cessa de parler tout haut ; ses appréhensions s'achevèrent en murmures confus. Il n'avait aucune envie d'être indiscret, d'exercer sur Barbara l'espèce d'autorité paternelle que la coutume et la loi donnaient au mari sur sa femme. Et puis il pensait à une explication possible. Lady Hooper était habile au jeu de cartes. Barbara avait dû perdre beaucoup d'argent en jouant avec elle. Dans ce cas, aucune raison de se faire du souci. Barbara était calme au jeu, bien équilibrée. Elle regagnerait cela. En tout cas, elle n'était pas folle joueuse. Au cours du voyage de retour, ils feraient peut-être à bord quelques parties de piquet. Si Barbara avait un défaut, un point faible, c'était sa tendance à écarter un peu étourdiment quand elle était la deuxième à jouer ; il pourrait lui donner discrètement quelques conseils. Il éprouvait un certain plaisir, un plaisir bourgeois, mais auquel se mêlait un peu de tendresse, à penser à une Barbara répugnant à avouer à son mari, qui gagnait souvent, qu'elle s'était fait battre au jeu. Le profond respect qu'il éprouvait pour elle allait de pair (comme le piquant de la moutarde accompagne le beefsteak) avec le plaisir de la trouver humaine. Il savait qu'il ne pouvait y avoir d'amour sans respect, mais non plus sans un peu de divertissement aux dépens de l'être aimé.

— Vous êtes le plus cher mari du monde, dit Barbara.

Hornblower se rendait compte que, depuis un instant, les yeux de sa femme étaient fixés sur lui.

— Pas de plus grand bonheur, chérie, que de vous l'entendre dire !

Il parlait avec une ardeur dont personne n'eût pu douter. Le souvenir de leur situation d'invités dans cette maison leur vint alors à l'esprit, à tous deux ensemble, pour apaiser l'intensité de leurs sentiments.

— Nous serions les gens les plus impopulaires qui soient à la Jamaïque, dit Hornblower, si nous faisions attendre leur dîner à leurs Excellences !

Car ils n'étaient maintenant que des invités, presque des parasites. Leur présence n'était plus que tolérée chez des gens qui avaient une vie officielle et des obligations. C'est à cela que pensait Hornblower, à l'heure du dîner, devant le nouveau commandant en chef assis à la place d'honneur. Il pensait à ce général byzantin, privé de la vue et tombé en disgrâce, et qui mendiait sur la place du marché. Il eut presque envie de dire : « Vous faites l'aumône à Bélisaire ! » quand le gouverneur se tourna vers lui pour le mêler à la conversation.

— Votre homme de l'infanterie de marine n'a pas encore été arrêté, lui dit Hooper.

— Ce n'est plus le mien, monsieur, répondit Hornblower en souriant. C'est maintenant celui de l'amiral Ransome !

— J'ai appris, dit Ransome, qu'il le sera, arrêté, que cela ne fait aucun doute !

— Depuis que je suis ici, dit Hooper, nous n'avons pas perdu un seul déserteur !

— Voilà qui est très rassurant, repartit Ransome.

À travers la table, Hornblower jeta un coup d'œil à Barbara. Elle mangeait avec toute l'apparence du plus grand calme. Il avait craint que le rappel de cette affaire pût émouvoir sa femme ; il savait quel intérêt elle avait pris au sort de ce Hudnutt ; il savait aussi qu'une femme est toujours portée à croire que, pour les choses qui l'intéressent, l'inévitable n'est pas inévitable. La maîtrise de Barbara, voilà qui offrait quelque chose de plus à admirer en elle.

Lady Hooper changea de sujet. La conversation devint générale et gagna aussi en gaieté. Hornblower commençait à s'amuser, à se laisser gagner par le sentiment un peu étourdi de son irresponsabilité nouvelle. Plus de soucis, plus rien sur les épaules ; bientôt, quand le courrier des Antilles prendrait la mer, on ferait route sur l'Angleterre ; on se retrouverait installé à Smallbridge, pendant que ces gens-ci continueraient à résoudre des problèmes ingrats sous une chaleur tropicale. Plus rien ici ne lui importait maintenant. Si Barbara était heureuse, il n'avait plus un seul souci au monde ; or Barbara semblait heureuse ; elle bavardait sans interruption, avec ses voisins, à gauche et à droite.

Il était agréable aussi de penser que l'on ne boirait pas, ce soir, outre mesure : une réception devait avoir lieu après le dîner en l'honneur du nouveau commandant en chef à qui la haute société de l'île, non invitée à ce repas, avait été conviée. Hornblower se surprit à considérer la vie avec des yeux neufs, à la trouver belle.

Le dîner fini, les messieurs et les dames se retrouvèrent au salon, tandis qu'on annonçait les premiers invités. Hornblower put échanger quelques mots avec sa femme et constater qu'elle restait gaie et n'était point trop fatiguée. Elle riait de bon cœur ; ses yeux brillaient. Il dut se détourner d'elle pour serrer la main de M. Hough qui venait d'arriver avec son épouse. Les autres invités suivaient ; une soudaine apparition de bleu, de blanc et d'or annonça l'entrée de Coleman, le capitaine du *Triton*, et de deux de ses lieutenants. Ransome présenta lui-même Coleman à Barbara, et Hornblower ne put s'empêcher d'entendre ce qui se disait près de lui.

— Le capitaine Coleman est pour moi un vieil ami, disait Barbara. Vous vous appeliez alors Perfecto, Perfecto Coleman, n'est-il pas vrai, capitaine ?

— Et vous, madame, vous étiez lady Leighton, répondit Coleman.

Remarque assez anodine, mais qui suffit à ébranler le fragile bonheur que venait de goûter Hornblower, pour assombrir à ses yeux le salon tout illuminé, pour faire gronder à ses oreilles un bruit de torrent furieux ; à travers la rumeur des conversations, les paroles de Barbara perçaient comme les coups de sifflet.

— Le capitaine Coleman était l'officier d'ordonnance de mon premier mari, disait-elle.

Barbara avait eu un autre mari ; elle avait été lady Leighton. Hornblower réussissait presque toujours à n'y point penser. Le contre-amiral M. Percy Leighton était mort pour son pays, de blessures reçues à la bataille de la baie de Rosas, il y avait de cela treize ans. Barbara avait été l'épouse de Leighton, la veuve de Leighton. Elle avait été la femme de Leighton avant d'être celle de Hornblower. C'était une chose à laquelle Hornblower ne pensait presque jamais, mais quand il y pensait, il éprouvait encore une jalousie dont il était vain de se dire qu'elle était absurde. N'importe quelle allusion, non seulement réveillait cette jalousie, mais ramenait en lui, avec une proximité atroce, le souvenir du désespoir, le noir sentiment de ridicule qu'il avait connu en ce temps-là. Il avait été désespérément malheureux : le propos qu'il venait de surprendre faisait de lui, maintenant comme alors, le même homme désespérément malheureux ; non plus le marin qui a réussi, qui termine une période brillante de sa carrière, mais l'amoureux frustré, méprisé jusque par son propre moi haïssable. De nouveau, il connaissait la misère de l'insatisfaction, mêlée aux jalousies de l'heure.

Il se rendit compte que Hough attendait une réponse à ce qu'il venait de dire. Il se força à improviser quelque chose, un propos qui pouvait ou non convenir. Hough s'étant déplacé, Hornblower se trouva regardant malgré lui du côté de Barbara. Elle eut pour lui, tout prêt, un bon sourire ; il dut lui sourire à son tour ; il savait ce que valait le sien ; ce ne pouvait être qu'une grimace affreuse, un sourire sans joie, un rictus sur la face d'un mort. Il vit le visage de Barbara devenir soucieux ; il savait comme elle était immédiatement sensible à l'humeur de son mari. Le désarroi de sa femme ne fit qu'aggraver son propre état. Barbara était la femme sans cœur qui avait parlé de son premier mari ; la jalousie qu'il éprouvait était une chose dont elle ne connaissait rien, dont elle n'avait jamais rien su, qu'elle ne pouvait même pas soupçonner. Lui-même était l'homme qui, en une enjambée, venait de passer d'un sol ferme à un marais d'incertitude, où il s'enlisait.

Le capitaine Knyvett était entré, brusque, bourru et grisonnant, vêtu d'un habit de drap bleu, avec de modestes boutons de cuivre. Comme il approchait,

Hornblower dut faire un effort pour se souvenir qu'il était le capitaine du navire qui avait amené Barbara.

— Nous partons dans une semaine, milord, aujourd'hui en huit. L'avis pour le courrier sera publié demain.

— Parfait !

— Et d'après ce qui se passe ici (Knyvett indiquait du menton l'amiral Ransome) je vois que j'aurais le plaisir d'avoir pour passagers Votre Seigneurie et Sa Grâce.

— Oui, oui. C'est cela. Entendu !

— Vous serez mes seuls passagers !

— Parfait !

— J'espère que Votre Seigneurie trouvera que la *Pretty Jane* est un bâtiment bien construit, confortable.

— J'ai toute confiance.

— Sa Grâce connaît déjà le rouf, qui sera votre logement pendant la traversée. Je lui demanderai s'il lui plairait de suggérer des aménagements qui ajouteraient encore à votre confort.

— Très bien.

Les propos de Hornblower ne manquaient-ils pas un peu de cordialité ? Knyvett s'éloigna, un peu décontenancé par la réserve de cet accueil. Ce ne fut qu'après son départ que Hornblower se rendit compte qu'il avait dû donner l'impression que le pair du royaume avait été volontairement distant, à peine poli, à l'égard d'un simple capitaine de navire marchand. Parce qu'il regrettait cette méprise, il fit un effort désespéré pour se ressaisir. Un coup d'œil à Barbara la lui montra encore en conversation animée avec le jeune Bonner, propriétaire des barques de pêche et négociant en diverses marchandises, contre qui Hornblower l'avait pourtant mise en garde. Cela ne fit qu'aggraver son chagrin, en admettant que cela fût possible.

De nouveau, il fit un effort pour se dominer. Il savait que son visage devait avoir l'air égaré, son attitude glaciale. Pour tenter de paraître plus aimable, il se mêla à la foule des invités.

— Peut-on vous tenter, lord Hornblower ? lui demanda une vieille dame, debout près d'une table de jeu, dans un coin de la salle.

Elle était bonne joueuse de whist, Hornblower s'en souvenait. Il s'entendit répondre :

— Mais certainement, avec plaisir !

Il avait maintenant autre chose à quoi occuper sa pensée.

Au cours des premières donnes, il eut encore quelque peine à concentrer ses idées, surtout parce que le bruit d'un orchestre était venu s'ajouter à la rumeur générale ; mais de vieilles habitudes se réaffirment vite devant la nécessité de se rappeler comment sont réparties les cinquante-deux cartes. Il réussit à se retransformer en une machine à penser au jeu, opéra froidement, correctement ; puis, le rob paraissant perdu, il fut entraîné malgré lui, se donna tout entier.

La partie suivante lui offrit l'occasion de briller, grâce à cette introduction dans son jeu, jusqu'ici un peu automatique, d'une qualité plus humaine, la souplesse, l'astuce imprévue, imprévisible, qui font toute la différence entre un joueur de second plan et un autre de grande classe. La quatrième fois qu'il eut la main, il fit une exacte estimation de ce que les autres avaient dans leur jeu. Un jeu particulièrement hardi pouvait lui permettre de tout ratisser, de faire toutes les levées et de gagner le robre ; en jouant le jeu orthodoxe, il ne ferait que douze levées et le robre resterait douteux. L'occasion valait de courir un risque : c'était maintenant ou jamais. Sans hésitation, il abattit sa dame de cœur sur l'as que son partenaire était obligé de jouer ; il gagna le pli suivant, qui lui donna le contrôle de la situation, fit tomber tous les atouts, joua ses cartes maîtresses, vit avec satisfaction ses opposants forcés d'écarter d'abord le valet, puis le roi de cœur ; enfin il abattit son trois de cœur et emporta la dernière levée, à la consternation de ses adversaires.

— Mais… c'est le grand chelem ! s'écria, tout étonnée, sa vieille partenaire. Je ne comprends pas… je ne vois pas comment… Enfin, nous avons gagné le robre !

Ç'avait été un coup de maître ; Hornblower en éprouva un rayonnement intérieur. C'était là un coup qu'il pourrait se remémorer, un soir, en se préparant à dormir.

Quand le jeu prit fin, que les invités commencèrent à prendre congé, il put rencontrer le regard de Barbara avec moins de malaise ; de son côté, Barbara put se dire, avec un soupir de soulagement, que son mari était sorti d'un de ses accès d'humeur imprévisibles. C'était mieux ainsi. Les jours qui allaient suivre promettaient d'être difficiles.

Hornblower n'avait presque rien à faire, pendant que la *Pretty Jane* se préparait à appareiller. Spectateur impuissant, il ne pouvait que regarder Ransome s'installer dans le commandement que lui-même avait tenu pendant trois années. La question espagnole ne serait probablement pas simple, du fait de l'invasion de l'Espagne par les Français, qui voulaient rétablir Ferdinand VII ; il y avait aussi la question du Mexique et celle du Venezuela. Hornblower ne pouvait s'empêcher de se faire du souci, se disant que Ransome les traiterait mal. Sans doute, il avait d'autre part la satisfaction, bien maigre il est vrai, de savoir que Hudnutt avait réussi jusqu'ici à échapper à la capture ; il craignait sincèrement, si le jeune musicien était arrêté et jugé avant le départ pour l'Angleterre, que Barbara ne fût portée à agir par elle-même, à intervenir personnellement auprès de Ransome, ou même auprès du gouverneur. Mais Barbara semblait avoir oublié cette affaire. Lui-même n'eût pu en dire autant ; il en restait profondément troublé, irrité dans son impuissance à exercer une influence quelconque. Il était difficile, dans un cas pareil, de rester philosophe, de se dire que personne, pas même un Hornblower, ne pouvait arrêter le cours inexorable de la justice militaire. Ce Hudnutt était intelligent, plus intelligent que Hornblower eût jamais pu l'imaginer. Avoir pu défendre sa liberté pendant ce qui ferait bientôt une semaine était un exploit remarquable. À moins que Hudnutt ne fût mort. Ce qui, pour lui, eût été préférable.

Le capitaine Knyvett vint en personne annoncer que la *Pretty Jane* était prête à appareiller.

— On embarque le reste de la cargaison, milord, dit-il. Le bois de campêche est chargé ; le bastin est sur le quai. Si Votre Seigneurie et Sa Grâce veulent bien monter à bord ce soir, nous partirons à l'aube, avec la brise de terre.

— Merci, capitaine. Je vous suis bien obligé, dit Hornblower, s'efforçant de ne pas tomber dans un excès de courtoisie qui eût trop ostensiblement réparé sa froideur de la soirée du gouverneur.

La *Pretty Jane* était un brick à spardeck, sauf qu'il portait, au milieu du pont, un rouf, petit mais solide, destiné aux passagers. Barbara l'avait occupé pendant les cinq semaines du voyage aller. Ils y entrèrent ensemble, au milieu de l'agitation qui règne sur un bâtiment prêt à prendre la mer.

— Je regardais souvent cet autre lit, mon chéri ; je me disais que, bientôt, mon mari dormirait là. Cela me semblait trop beau pour être possible !

Un bruit, dehors, détourna leur attention :

— Cette caisse, madame ? disait un domestique du gouverneur qui, sous la surveillance de Gerard, apportait les bagages.

— J'ai demandé au capitaine qu'il veuille bien la loger dans la timonerie. Ce sont des conserves, dit Barbara à Hornblower. Apportées d'Angleterre pour vous, pour le retour, mon chéri !

— Vous êtes trop bonne pour moi !

Une caisse de cette taille et de ce poids les eût fort gênés à l'intérieur du rouf. Dans la timonerie, le contenu resterait aisément accessible.

— Qu'est-ce que c'est que le bastin ? demanda Barbara, regardant une des dernières balles s'enfoncer dans le panneau béant.

— C'est la fibre des noix de coco !

— Pour l'amour de Dieu, pourquoi porter cela en Angleterre ?

— Il y a aujourd'hui des machines capables de les tisser. On en fait chez nous de la sparterie au kilomètre !

— Et le bois de campêche ?

— On en extrait une teinture d'un rouge vif.

— Vous êtes pour moi une source de renseignements jamais en défaut, chéri, comme vous êtes tout le reste !

Gerard parut à la porte du rouf :

— Voici Leurs Excellences, milord !

C'était l'heure des derniers adieux. Le soir tombait. Une heure triste ; beaucoup de poignées de main ; des baisers de lady Hooper sur chaque joue pour Barbara ; des « au revoir ! » à satiété. Adieux à des amis, à des connaissances, adieux à la Jamaïque, au commandant en chef ; adieux à une existence, alors que la suivante était encore en sommeil ; adieux à la dernière des ombres qui se fondait dans l'ombre sur le quai. Ensuite, se tourner vers Barbara, debout près de lui, vers Barbara, seul élément de permanence.

On pouvait difficilement blâmer Hornblower d'être sur le pont aux premières lueurs du jour. Il se sentait singulièrement gêné de devoir rester à l'écart pour ne pas entraver la manœuvre, tandis qu'il regardait Knyvett en train d'appareiller, la *Pretty Jane* attraper la brise de terre et sortir du port. Heureusement, Knyvett était fait d'essence rugueuse ; il n'était pas le moins du monde déconcerté d'avoir à manœuvrer sous le regard d'un amiral. La brise de terre emplit les voiles ; la *Pretty Jane* prit rapidement de la vitesse. On salua du pavillon devant Fort Augusta, puis, renversant la barre, on vira pour laisser à bâbord le Banc Drunken et le Banc du Sud, avant d'entreprendre le long voyage vers l'est. Hornblower alors put se détendre, envisager une vie nouvelle, prendre son petit déjeuner en compagnie de sa femme.

Il s'étonna lui-même de l'aisance avec laquelle il s'habituait à n'être plus qu'un passager. Il avait d'abord été si mal à l'aise de ne pas intervenir, qu'il n'osait même pas regarder dans l'habitacle pour voir la route suivie. Il se bornait à rester assis près de Barbara dans un fauteuil de toile à l'ombre du rouf (il existait des garcettes auxquelles on pouvait amarrer les fauteuils pour les empêcher de glisser sur le pont quand la *Pretty Jane* prenait trop de gîte), ne faisant rien d'autre que regarder les poissons volants sillonner la surface de l'eau, les taches jaunes des sargasses dériver le long du bord, dorées sur le bleu de la mer, ou bien, parfois, une tortue nager vigoureusement à contre-bord, loin de la terre. Il pouvait regarder Knyvett et son second prendre leur hauteur méridienne, assurés que l'amiral ne s'intéressait pas aux chiffres qu'ils obtenaient. À vrai dire, Hornblower était maintenant plus intéressé par la ponctualité des heures de repas. Il pouvait plaisanter, dire à Barbara que la *Pretty Jane* avait fait si souvent la traversée qu'on eût pu se fier à elle pour trouver sa route toute seule et gagner l'Angleterre sans surveillance ; son esprit devenait assez paresseux pour trouver ces propos risibles.

En réalité, c'était le premier congé qu'il eût pris au cours de trois années d'un travail assidu. Durant une grande partie de cette période de sa vie, il avait été souvent surmené, toujours occupé ; il s'enfonçait dans la paresse comme dans un bain chaud, avec cette différence qu'il n'avait pas espéré connaître une telle détente, et, chose peut-être plus importante encore, savourer pareille éclipse de ses responsabilités. Rien ne comptait plus, durant ces belles journées. Hornblower était l'homme le moins occupé de tout le bâtiment, tandis que la *Pretty Jane* faisait route vers le nord, avec le souci majeur de savoir si le vent resterait bien établi et favorable pour permettre de doubler le cap Maisi[1]. Il ne s'inquiéta même pas quand il vit que Knyvett n'avait pas réussi. Il supporta philosophiquement le long louvoiement qui les rabattait vers Haïti ; il souriait, d'un sourire presque protecteur, de la médiocre satisfaction qui se manifesta à bord quand ils réussirent, sous d'autres amures, à passer à travers le canal Passe-du-Vent, de sorte qu'ils pouvaient presque se considérer comme étant sortis de la mer des Antilles. Une brise persistante du nord, dans les alizés, les empêcha de tenter le passage des Caïques ; ils durent se maintenir largement à l'est pour le passage du Banc d'Argent. Peu importait à Hornblower. Peu lui importait d'arriver en août ou en septembre.

Toutefois, son instinct n'était qu'engourdi. Ce soir-là, quand ils furent vraiment dans l'Atlantique, il se sentit troublé, inquiet, agité pour la première

1. Pointe orientale de Cuba.

fois depuis qu'ils avaient quitté la Jamaïque. Il y avait dans l'air on ne savait quoi de pesant, quelque chose d'inhabituel dans la houle qui roulait si lourdement la *Pretty Jane*. « Nous aurons un coup de vent avant qu'il ne fasse jour », se disait-il. C'était un peu anormal, sous ces latitudes et à cette époque de l'année ; mais peut-être avait-il tort de s'inquiéter. Il évita d'en parler à Barbara, mais s'éveilla plusieurs fois au cours de la nuit, trouvant que le bâtiment roulait bien fort. Quand on appela le quart, il comprit que tous les hommes étaient restés sur le pont pour rentrer de la toile ; il fut tenté de sortir pour voir ce qui se passait. Un fracas, dehors, réveilla Barbara.

— Qu'est-ce que c'est ? fit-elle, encore à moitié endormie.

— Rien, chérie. Les opercules des hublots qui claquent ! Rien d'autre !

Quelqu'un était venu refermer les hublots du rouf et les avait fixés un peu brusquement. Knyvett devait s'attendre à embarquer de gros paquets de mer.

Barbara se rendormit ; Hornblower fit comme elle, mais pour s'éveiller de nouveau une demi-heure plus tard. Le vent ne se calmait pas. Le bâtiment fatiguait beaucoup à la lame ; tout grinçait ; les membrures craquaient de partout. Étendu dans l'ombre, Hornblower sentait le navire se lever et gîter sous lui, la vibration des manœuvres dormantes trop tendues faire trembler sa couchette, à travers le pont. Il eût aimé sortir, jeter un coup d'œil sur le ciel, mais il craignait de déranger Barbara.

— Vous ne dormez pas, mon chéri ? fit une petite voix.

— Non.

— On dirait que le temps se gâte !

— Oui, un peu. Mais pas de quoi s'inquiéter. Rendormez-vous, chérie !

Il ne pouvait plus, maintenant, monter sur le pont. Barbara ne dormait pas ; elle se rendrait compte. Il s'imposa de rester couché sans rien dire. Il faisait très noir dans le rouf, les hublots bouchés ; et insupportablement chaud, malgré le vent, peut-être parce que l'aération avait cessé. La *Pretty Jane* faisait des bonds extravagants, parfois même elle se couchait si fort que Hornblower craignait que Barbara ne fût jetée à bas de sa couchette. C'est alors qu'il eut conscience d'un changement dans le comportement du bateau, d'une différence sensible dans les craquements qui emplissaient l'ombre. Knyvett avait mis la *Pretty Jane* à la cape ; le bâtiment ne gîtait plus ; il tanguait d'une manière fantastique, ce qui indiquait une très grosse mer.

Hornblower avait une folle envie de sortir, de voir cela de ses yeux. Il n'avait aucune idée de l'heure, et il faisait beaucoup trop noir pour regarder sa montre. À l'idée que le jour venait, il ne put y tenir.

— Dormez-vous, chérie ? dit-il.

— Non, dit Barbara.

Elle n'ajouta pas : « Comment dormir par ce vacarme ? » Car Barbara vivait selon le principe qu'une personne bien élevée ne doit jamais se plaindre de choses auxquelles elle est incapable de remédier, ou auxquelles elle ne veut pas porter remède.

— Je vais monter sur le pont, si vous voulez bien rester seule un moment, chérie.

— Naturellement ! Allez-y si vous en avez envie.

Elle n'ajouta pas qu'elle eût désiré y aller aussi.

À tâtons, dans l'ombre épaisse, Hornblower chercha son pantalon, ses chaussures. Enfin il put trouver la porte. Une longue expérience lui enseignait de tendre toute son énergie au moment de l'ouvrir ; il n'en fut pas moins surpris par la violence de la bourrasque ; le vent sauvage soufflait en tempête bien que, la *Pretty Jane* étant à la cape, la porte, vers l'arrière, fût sous le vent du rouf. Il enjamba la hiloire et réussit à refermer. Le vent était furieux, mais ce qui surprenait davantage, c'était la chaleur de ce vent : une chaleur de four. Hornblower lutta pour garder l'équilibre sur un pont qui se soulevait ; puis, prenant son élan, il se rua vers la barre.

Il était encore mal préparé à ce qui l'attendait lorsqu'il cessa d'être sous le vent du rouf : hors de cette position abritée, l'air était violemment fouetté par les embruns. En un instant, il fut trempé jusqu'aux os ; avant d'avoir atteint la barre, il s'aperçut que le vent n'était plus chaud, rejoignit des silhouettes d'hommes, noyées dans l'ombre. Un bras de chemise lui fit signe pour l'accueillir, lui apprit que Knyvett était là. Il regarda dans l'habitacle, dut faire un effort pour tirer des déductions correctes du balancement de l'aiguille. Le vent changeant soufflait maintenant de l'ouest jusqu'au-delà de l'ouest quart nord-ouest. Ce fut tout juste si Hornblower put distinguer que le bâtiment se trouvait à la cape sous la grand-voile d'étai, dont on ne voyait qu'une seule empointure. Knyvett lui cria dans l'oreille :

— C'est un ouragan !

Il répondit :

— Il me semble ! ça ira plus mal avant d'aller mieux !

Un ouragan n'avait aucune raison de survenir ici en cette saison, deux mois avant qu'il eût été logique de s'y attendre ; mais ce souffle brûlant, les indications de la veille au soir, la direction présente du vent, tout semblait prouver que c'était bien de cela qu'ils étaient la proie. Restait à se rendre compte s'ils se trouvaient sur le trajet du cyclone ou seulement à sa lisière. La *Pretty Jane* faisait une embardée chaque fois qu'un paquet d'eau, lueur pâle, presque phosphorescente, l'assaillait par l'avant, balayait tout jusqu'à l'arrière. Quand la mer se ruait sur lui, Hornblower s'agrippait ; l'eau lui venait à la ceinture. C'était un avertissement. Il prévoyait ce qui allait suivre. La *Pretty Jane* était sérieusement en péril. Elle pourrait ne pas supporter le pilonnage qu'elle allait subir. Quoi qu'il advînt du bâtiment, étant donné sa dérive considérable, ils risquaient d'être jetés à la côte, et d'être complètement détruits, sur Saint-Domingue, sur Porto Rico ou sur un banc de rochers. Le vent leur hurlait aux oreilles ; l'effort combiné de la mer et de la tempête couchait le bâtiment de plus en plus fort, au point que, par instants, le pont semblait se trouver presque vertical. Quand ses pieds ne trouvaient plus à s'accrocher sur le bordé, Hornblower restait littéralement suspendu. Une vague énorme éclata contre la quille un instant découverte, balaya le navire de bout en bout, retombant autour d'eux en cascade, avant de refluer lentement sur elle-même.

Aucun bâtiment ne pouvait endurer longtemps de pareils assauts. Un coup sourd, dans les hauts, suivi d'une série de bruits plus clairs, attira l'attention de Hornblower sur la voile d'étai du mât d'hune. Il la vit s'arracher, voler en rubans qui se mirent à claquer comme des fouets avant d'être eux-mêmes emportés. Il n'en resta qu'un fragment qui grondait, volait furieusement, tout juste suffisant pour tenir la *Pretty Jane* à la lame.

Le jour se levait. Une lueur jaunâtre les enveloppait ; le ciel était bas à toucher. Hornblower, ayant regardé en l'air, vit une bosse apparaître sur la vergue du grand mât ; puis la bosse éclata, ne fut qu'un paquet de lambeaux. Peu à peu, le vent arrachait la voile : le dégât gagna tout le long de la vergue ; comme avec des doigts de fer, le vent arrachait le rouleau de toile, dénudait peu à peu l'espar, emportait les lambeaux l'un après l'autre. On avait peine à croire que l'air pût disposer d'une telle force.

Il n'était pas moins difficile de croire que des vagues pussent atteindre une telle hauteur ; il suffisait d'y jeter un coup d'œil pour comprendre les mouvements auxquels le bâtiment se livrait ; leurs dimensions avaient de quoi terrifier. Celle qui abordait la *Pretty Jane* par tribord avant n'avait pas la hauteur d'une montagne ; Hornblower s'était lui-même servi de l'expression « hautes comme des montagnes » ; maintenant, essayant d'en évaluer la hauteur, il devait avouer qu'il avait exagéré ; mais la vague avait bien la dimension d'un clocher d'église ; c'était une crête colossale d'eau en mouvement, non pas à la vitesse d'un cheval de course, mais à la vitesse d'un coureur, et qui se ruait sur eux. La *Pretty Jane* soulevait son étrave, perdait un instant l'équilibre, puis se mettait debout, d'autant plus à pic qu'elle s'inclinait davantage sur la pente vertigineuse. Elle était soulevée, montait en l'air, de plus en plus haut. Au moment d'atteindre le faîte, le bâtiment était à peu près vertical ; il semblait que la fin du monde l'attendît là. Mais, alors qu'il était parvenu en ce point, enveloppé pendant un instant par la trombe d'eau, le vent le saisissait, se ruait sur lui avec une force doublée ; le navire se renversait complètement, son arrière soulevé ; la crête de la vague lui passait dessous ; et il retombait, plongeait, plongeait encore, son avant noyé ; pendant qu'il dévalait la pente, des vagues moins hautes l'attendaient, éclataient sur lui à leur tour. De l'eau jusqu'à la taille, quelquefois jusqu'à la poitrine, Hornblower, les jambes entraînées, se suspendait de toutes ses forces à des défenses pour ne pas être emporté.

Le charpentier du bâtiment tenta de dire quelque chose au capitaine ; mais, par un vent pareil, se parler intelligiblement était impossible ; il leva une main ouverte, montra cinq doigts étendus. Cela voulait-il dire : « Cinq pieds d'eau dans la cale » ? Non, car le charpentier répéta son geste, ouvrit les deux mains. C'était donc dix pieds d'eau qui noyaient les fonds. On osait à peine le croire ; pourtant, c'était vrai. La montée de plus en plus lourde de la *Pretty Jane* à la lame prouvait bien qu'elle était engagée. Hornblower se rappela alors de quelle cargaison elle était chargée : bois de campêche et fibre de noix de coco. Le bois de campêche ne flottait que paresseusement, mais la fibre était l'un des corps les plus capables de flotter qui fussent. Des noix de coco tombées dans la mer (ce qui arrivait fréquemment, étant donné la propension des palmiers à pousser au bord de l'eau) flottaient pendant des semaines, pendant des mois, portées par les courants, ce qui rendait la grande dispersion de la noix de coco aisément explicable.

C'était la fibre qui maintenait à flot la *Pretty Jane*, bien que le bâtiment fût plein d'eau ; elle la maintiendrait longtemps à flot, plus longtemps d'ailleurs que la *Pretty Jane* ne pourrait y rester elle-même. Le navire se briserait avant que la fibre ne lui permît de couler. En somme, ils avaient peut-être encore une heure ou deux à vivre.

Une autre lame, une montagne d'eau verte submergeant le bâtiment couché, parut les avertir que cela pourrait durer moins de temps encore. Or, à travers les rugissements de la vague qui éclatait, alors qu'il était encore soulevé, Hornblower eut conscience d'une succession de bruits différents, plus clairs, plus secs, et d'un craquement du pont sous ses pieds. Le rouf ! Arraché peu à peu de ses chevilles par les chocs multipliés de l'eau, le rouf se soulevait. On ne pouvait s'attendre à ce qu'il résistât longtemps à ce martelage répété ; il était voué à être détruit. Cela ne pouvait tarder. Hornblower, dans son inquiétude et sa fièvre, imaginait ce qui allait se passer. Le rouf allait s'emplir d'eau ; Barbara serait noyée à l'intérieur avant que la masse liquide prisonnière n'eût arraché le rouf des chevilles qui le retenaient ; les vagues l'emporteraient par-dessus bord, avec le corps de Barbara.

Accroché à l'habitacle, Hornblower vécut là quelques secondes de la pire agonie qu'il eût connue. Bien des fois, avant ce jour-là, il avait vu la mort en face, et pour son propre compte pesé sa chance et mis sa vie en jeu. Mais ce qui était en jeu, là, c'était la vie de la femme qu'il aimait. La laisser dans le rouf signifiait pour elle une mort certaine, une mort prochaine. C'était cela ou bien l'amener sur le pont balayé par cette mer en furie ; mais comment ? Liée au mât, elle pourrait vivre aussi longtemps qu'elle pourrait supporter les gifles de l'eau, l'exposition à l'ouragan ; jusqu'à ce que la *Pretty Jane* survécût elle-même.

En un éclair, son plan fut conçu. Profitant d'un répit relatif, il fit en quelques bonds le voyage périlleux qui le porta, dans le rugissement du vent, jusqu'au pied du grand mât. Opérant avec une hâte frénétique, il s'empara d'un morceau de la drisse du grand hunier ; ses doigts tremblaient. Puis deux nouveaux bonds, un jusqu'à la barre et un autre, lui permirent d'atteindre le rouf. De toutes ses forces, il tira sur la porte, culbuta à l'intérieur par-dessus la hiloire, son cordage à la main. Il y avait deux pieds d'eau dans le réduit ; l'eau se ruait à gauche, à droite. Barbara était là ; à la pâle clarté qui entrait par la porte, il la vit tout de suite, pelotonnée dans sa couchette, contre la cloison.

— Chérie !

Elle dut crier ; à peine si la voix portait, à travers le vacarme :

— Je suis là, mon chéri !

Une autre lame éclata sur la *Pretty Jane.* Des gerbes d'eau entraient par les fissures des parois. Le rouf se levait, se secouait comme une bête prise au piège. Hornblower connut un instant d'affreux désespoir à la pensée que déjà peut-être il était trop tard, que le réduit allait être arraché, et eux deux avec lui. Mais non, le rouf tenait encore. La *Pretty Jane* se coucha ; Hornblower fut lancé contre la paroi.

— Il faut sortir d'ici, chérie ! Liée au grand mât, vous serez plus en sûreté !

— Comme vous voudrez, mon chéri.

Barbara était calme.

— Je vais vous passer ce cordage autour du corps !...

Barbara s'était habillée ; du moins avait-elle mis une espèce de robe, ou de jupon. Le bâtiment roulait bord sur bord. Barbara ayant levé les deux bras, Hornblower la ficela dans la drisse, l'attacha par la taille, sous les rondeurs de la tendre poitrine.

— Écoutez-moi bien !

Il lui dit ce qu'il voulait qu'elle fît : d'un bond gagner la barre, de là faire un autre bond jusqu'au grand mât. Le temps pressait.

— Je comprends, chéri. Embrassez-moi encore une fois.

La joue de Barbara était toute mouillée. Il l'embrassa, très vite : ce baiser pouvait leur coûter la vie. C'était un peu comme s'ils eussent joué dix mille autres baisers à se donner plus tard contre celui-ci sur-le-champ. Idée de femme, mais, pour Hornblower, jouer à dix mille contre un n'avait aucun attrait.

Barbara voulait autre chose :

— Mon chéri, mon chéri, dit-elle, je vous ai toujours aimé. Toujours !

Elle parlait comme si elle eût ignoré la valeur du temps.

— ... Je n'ai aimé que vous, que vous, toute ma vie ! J'ai eu un autre mari. Je ne pouvais pas vous dire tout ceci plus tôt. C'eût été déloyal. Mais maintenant, maintenant !... Je n'ai jamais aimé que vous ! Vous seul, mon chéri, mon chéri !

— Oui, oui, dit Hornblower.

Il entendait bien les paroles, mais dans ce moment si précaire, si urgent, il ne pouvait leur accorder leur valeur entière.

— Mettez-vous là, dit-il. Tenez-vous à ceci. Tenez-vous bien !

Une vague balaya le pont, passa par-dessus leurs têtes. Par chance, elle n'avait pas le poids des autres.

Dans l'oreille de Barbara, il cria :

— Attendez mon signal !

Et il se rua vers l'habitacle. Un groupe d'hommes y était, lié à la barre. Hornblower jeta les yeux autour de lui, fit signe à sa femme, tenant solidement le bout du cordage. Barbara réussit à traverser le pont incliné ; il eut le temps de lui passer un double autour du corps, de serrer, de s'accrocher lui-même. La crête d'une nouvelle vague accourait, frappait, enveloppait tout le bateau. Elle balaya le pont, s'écoula. La *Pretty Jane* se releva encore. Mais l'un des hommes ne manquait-il pas au groupe de la barre ? On n'avait pas le temps de s'enquérir ; on n'avait pas le temps de penser ; il fallait que Barbara atteignît le grand mât. Enfin, cela aussi fut fait.

Quatre hommes y étaient déjà attachés. Hornblower put y lier solidement sa femme, puis se lia lui-même. La *Pretty Jane* se coucha de nouveau, puis encore une fois. Ce fut peu après qu'une vague monstrueuse, se ruant sur le rouf, l'arracha de sa base, le traîna sur le pont, le souleva deux fois avant de lui faire franchir le bordage qu'il heurta, arrachant un morceau de rambarde. Hornblower le vit partir à la dérive, puis disparaître ; il enregistra le fait, hébété.

Ce fut peut-être la perte du rouf qui rappela son attention sur le comportement de la *Pretty Jane.* Le bâtiment était dans un creux ; son avant portait encore à peine sur la mer. La disparition de l'obstacle qu'offrait le rouf au vent, à l'arrière, renforçait peut-être cette impression. Le navire roulait follement. Les vagues le balayaient de bout en bout, sans cesse. Il ne paraissait pas devoir survivre longtemps, et non plus les malheureux qui étaient sur le pont, dont Barbara était l'un et lui un autre. La *Pretty Jane* allait se briser et périr. Il fallait absolument faire quelque chose pour la maintenir à la lame. Une petite surface de toile à l'arrière pouvait y aider. Mais quelle toile tiendrait contre ce vent ? Ils avaient vu ce que comptait une voile par cette tempête. Dans les circonstances présentes, la pression du vent sur le mât de misaine et sur le beaupré, avec leurs manœuvres dormantes, équilibrait la poussée sur le grand mât, tenant le navire en travers au vent et à la lame. Si on ne pouvait pas établir une toile à l'arrière, il fallait réduire l'obstacle à l'avant. Autrement dit, il fallait abattre le mât de misaine ; la pression sur le grand mât maintiendrait l'avant à la lame, augmentant les chances du navire, tandis que la perte d'un mât réduirait peut-être le roulis. Oui, le mât devait être enlevé, et tout de suite !

À l'arrière, à quelques pas, Knyvett était lié à la barre. C'était à lui de décider ; il était le capitaine. La *Pretty Jane* s'étant relevée jusqu'à mettre son pont horizontal, Hornblower, de l'eau jusqu'aux genoux, fit signe à Knyvett, lui montrant à l'avant les haubans du mât de misaine ; il gesticulait, croyant faire comprendre clairement son intention. Mais Knyvett ne faisait pas mine de comprendre ; il ne bougeait pas, ne faisait rien, en tout cas, qui parût approuver la suggestion ; il se bornait à regarder, hagard, devant lui ; ensuite il détourna la tête.

Hornblower fut saisi de rage. Le roulis et une nouvelle immersion le décidèrent. En présence de l'indifférence, l'incompétence, on pouvait enfreindre la discipline. Ceux qui étaient liés comme lui au grand mât restaient aussi indifférents que Knyvett ; c'est en vain qu'il tenta de les décider à se joindre à lui. Ils avaient là, contre le mât, une sécurité momentanée qu'ils ne désiraient pas compromettre. Ou bien ne pouvaient-ils comprendre ce que Hornblower avait en tête ? Le vent, les paquets d'eau, la nécessité de garder l'équilibre les empêchaient-ils de penser ?

Une hache eût été ce qu'il y aurait eu de mieux pour couper ces haubans ; il n'y en avait point à portée. L'homme à côté de Hornblower avait à sa ceinture une gaine avec un couteau. Hornblower mit la main dessus, en même temps qu'il s'appliquait à bien raisonner. Il trouva la lame aiguisée, déboucla la ceinture de l'homme, la reboucla autour de lui. Le matelot se laissait faire ; il se bornait à regarder son voisin, l'air stupide. Dans le vent qui hurlait, dans l'eau, dans les embruns qui lui fouettaient le visage, Hornblower se tailla deux morceaux de la corde enroulée autour de son corps, les fit passer autour de sa poitrine, laissant un des bouts flotter librement, et leva les yeux sur les haubans de misaine. Il ne serait plus temps de considérer quand le moment serait venu. Il restait une longueur de rambarde ; les haubans au vent avaient dû agir comme une sorte de brise-lames. Évaluant bien la distance, Hornblower ouvrit les nœuds qui le tenaient fixé au mât, prit le temps de se forcer à sourire à Barbara, à voir ses longs cheveux mouillés, défaits, en désordre, soulevés par le vent rageur. Il enroula autour d'elle un autre cordage. Il ne pouvait rien faire de plus.

Il choisit son moment, faillit se tromper, dut battre en retraite avant d'être submergé par une nouvelle lame.

Comme elle se retirait, il se délia, bondit, serrant les dents, sur le pont oblique ; la vague et le pont, offrant un abri contre l'ouragan, lui épargnèrent d'être emporté. Il atteignit et saisit la rambarde. Il y eut cinq secondes de battement, cinq secondes pendant lesquelles il put s'attacher aux haubans au moment où la crête de la vague éclatait par-dessus sa tête, en un torrent qui, d'abord, lui fit lâcher prise ; si bien que, pendant une seconde, les cordages seuls le retenaient ; un remous lui permit de reprendre prise.

La *Pretty Jane* se dégagea encore. Attacher le cordon du couteau à gaine à son poignet n'était pas facile. Il fallait pourtant passer à cela des secondes précieuses ; tout ce qu'il avait tenté jusqu'alors eût abouti à un échec si le couteau lui avait échappé.

Il se mit donc à scier furieusement un hauban ; les fibres trempées d'eau semblaient dures comme du fer ; mais, une à une, il les sentit se rompre ; le couteau coupait bien. Le cordage était à moitié sectionné quand le déluge suivant le submergea. Dès que la vague eut quitté ses épaules, il se remit à l'œuvre. Déjà, le hauban mollissait chaque fois que le bateau roulait. Quand le cordage se rompait, ne danserait-il pas dangereusement dans le vent ? Mais non. Aussi longtemps que les autres tiendraient, la réaction ne serait pas trop violente.

Il en fut ainsi, en effet. Le dernier toron s'évanouit soudain sous le couteau ; le vent saisit les cinquante pieds de longueur, qui se mirent à flotter comme une flamme, hors de portée, au bout du mât. Hornblower s'attaqua au suivant, sciant entre deux assauts de la mer, c'est-à-dire chaque fois qu'il n'était pas submergé. Il coupait, s'accrochait, respirait à travers les embruns, suffoquant à moitié dans l'eau verte ; mais, l'un après l'autre, les haubans partaient sous le couteau. La lame s'émoussait et un nouveau problème se posait : presque tous les torons d'arrière étaient sectionnés ; il allait lui falloir se déplacer pour atteindre ceux de l'avant. Or, ce problème-là, il n'eut pas à le résoudre. Au premier coup de roulis qui suivit, à la première vague, en fait, tandis qu'il se débattait encore dans l'eau, une série de chocs ébranla la structure même du navire ; il les sentit à travers ses mains accrochées : quatre secousses, puis une dernière, plus violente. Et, comme la lame refluait, ses yeux encore mouillés virent ce qui s'était produit. Sous la poussée du vent, les quatre derniers cordages s'étaient rompus et le mât s'était brisé net. Par-dessus son épaule, il vit le tronçon de huit pieds planté devant lui.

La différence dans le comportement du navire fut instantanément sensible. Le coup suivant de roulis s'acheva sur un simple tangage, un peu fort ; le vent, agissant sur le grand mât, fit tourner l'arrière, amena l'avant face à la lame. En outre, la réduction du bras de levier qu'avait représenté le mât de misaine réduisait chaque fois l'amplitude du roulis. La gerbe d'eau qui jaillissait encore par-dessus la tête de Hornblower était à peu près négligeable, en force comme en volume. L'amiral pouvait maintenant respirer, regarder autour de lui.

Il vit autre chose : le mât de misaine, encore retenu par les haubans sous le vent, flottait maintenant dans la mer par l'avant du navire, tandis que, sous l'impulsion du vent, la *Pretty Jane* culait. Ce morceau de mât faisait office d'ancre flottante, freinait l'extravagance des mouvements du navire. En outre, comme le point d'attache du mât brisé était à bâbord, le bateau avait légèrement tourné, de sorte qu'il rencontrait la lame un peu par bâbord avant ; il tenait ainsi la mer au meilleur angle possible, avec un roulis plus léger et un long tangage. Même engagé comme il l'était, il avait encore une chance. Hornblower, à tribord avant, était relativement à l'abri, et capable de contempler son ouvrage avec une certaine fierté.

Il regardait les groupes pitoyables liés au grand mât, à la barre et à l'habitacle ; il ne pouvait voir Barbara parmi les matelots ; les hommes la lui cachaient-ils ? Il fut pris d'une panique soudaine. Un autre malheur était-il arrivé ?

Il était en train de se dégager afin de retourner près d'elle, un peu rassuré quant au bâtiment, quand un souvenir lui revint tout à coup, si bouleversant que, l'espace d'une seconde, ses doigts cessèrent de défaire les nœuds. Sous le vent du rouf emporté, Barbara l'avait embrassé et lui avait dit… Hornblower se rappelait exactement les paroles. Elles avaient dormi en lui jusqu'à ce que son attention eût trouvé un répit. Barbara avait dit : « Je vous ai toujours aimé », mais elle avait dit aussi autre chose : elle avait dit qu'elle n'avait jamais aimé un autre homme. Recroquevillé sur le pont, l'ouragan hurlant autour de lui, Hornblower eut soudain conscience qu'une ancienne blessure venait d'être fermée. Plus jamais il n'éprouverait ce mal sourd, cette jalousie à l'égard du premier mari de Barbara. Plus jamais, autant qu'il vivrait !

Ce qui lui restait à vivre pouvait bien ne se mesurer qu'en heures. Peut-être serait-il mort quand ce jour finirait, ou au plus tard demain. Et Barbara aussi ! Oui, Barbara aussi ! Le sentiment de bien-être, de joie, qui venait de surgir en lui fut détruit sur-le-champ, remplacé par un désespoir insupportable. Il dut exercer toute sa volonté pour rester maître de lui, de son corps comme de son esprit. Il fallait agir, oublier sa fatigue. Effleurant le couteau qui dansait encore à son poignet, il sentit s'éveiller le mépris de soi qui ne manquait jamais de stimuler son énergie ; il dénoua le cordonnet de cuir, fourra le couteau dans l'étui et se remit à observer attentivement la *Pretty Jane.*

Enfin, se libérant, il fonça vers le grand mât. Le vent furieux eût pu l'emporter ; l'arrière soulevé freina sa progression, le jeta sous le vent du groupe d'hommes du grand mât. Il put saisir l'une des lignes, s'y accrocher. Les matelots n'eurent pour lui qu'un coup d'œil, ne firent pas un geste pour lui venir en aide. Les cheveux au vent, Barbara lui sourit, lui tendit le bras. Il la rejoignit, se relia au mât, lui donna la main. Barbara la serra dans la sienne, comme pour le rassurer. Il ne restait qu'une chose à faire : survivre, rester vivants.

Et, pour cela, ne pas penser que l'on avait soif, tandis que les heures s'écoulaient, interminables, que la clarté jaunâtre du jour faisait place à la nuit. C'était bien difficile, une fois que l'on s'était rendu compte à quel point on avait besoin de boire, de boire plutôt que de manger. Barbara aussi avait soif. Or, à cela, aucun remède. Mais, à mesure que la nuit descendait sur la mer, le vent perdait de sa chaleur. Il faisait presque frais maintenant, et Hornblower se surprit même à frissonner. Il se tourna, prit Barbara dans ses bras, la serra contre lui.

Ce fut au cours de cette nuit que le gêna le poids de l'homme, son proche voisin, qui persistait à s'appuyer contre lui, de plus en plus fort. À plusieurs reprises, Hornblower dut lâcher Barbara, repousser l'importun. À la troisième fois, ou peut-être à la quatrième, il sentit le corps du dormeur mollir, se détacher de lui, fléchir, s'effondrer ; et il sut que le matelot venait de mourir.

Cela donnait un peu de place aux autres. Hornblower put adosser Barbara au mât lui-même, pour qu'elle eût un appui solide. Il se dit que ce serait là pour elle un grand bienfait, s'il en jugeait d'après ses propres crampes, d'après l'épuisement de toutes les parties de son corps. Il fut tenté, terriblement tenté de se laisser tomber sur le pont, de se laisser mourir, comme l'homme qui avait trépassé près de lui. Il résista pour l'amour de la femme qu'il tenait dans ses bras plus que pour lui-même ; à cause de son amour plutôt que de son orgueil, de sa fierté.

En même temps qu'il perdait sa chaleur, le vent perdait peu à peu sa violence ; au cours de ces heures sombres, Hornblower se refusa d'abord à reprendre espoir ; mais l'espoir renaissait, de plus en plus fort, à mesure que la nuit s'écoulait. À la fin, douter, nier ne fut plus possible. Le vent se calmait, l'ouragan s'éloignait d'eux ; c'était probable, presque certain. À un moment donné, au cours de la nuit, le vent n'avait plus soufflé que grand frais ; un peu plus tard, ayant levé la tête, Hornblower avait bien dû admettre que ce n'était plus qu'une jolie brise, qu'elle n'exigeait qu'un simple ris. Les mouvements de la *Pretty Jane* restaient violents ; la mer met plus de temps à se calmer que le vent. Le bâtiment roulait et tanguait encore fortement, mais il n'était plus balayé au même degré par la mer ; même il se laissait manœuvrer un peu mieux, debout à la lame. Ce n'étaient plus de grandes avalanches qui se ruaient sur eux, les heurtant au point que les liens leur lacéraient la peau ; l'eau ne faisait plus que les mouiller jusqu'aux genoux ; les embruns cessaient de jaillir jusqu'à eux.

Hornblower pouvait encore observer autre chose : il s'était mis à pleuvoir, et bientôt il plut à torrents. S'il tournait le visage vers le ciel nocturne, quelques-unes des gouttes précieuses tombaient dans sa bouche ouverte parcheminée par la soif.

Il se dégagea des bras de Barbara, et même assez brusquement, inquiet qu'il était de ne pas perdre un seul instant de cette pluie. Voulant enlever sa chemise, il la mit en lambeaux en l'arrachant aux cordages qui le serraient ; il en tint les morceaux tendus sous l'averse. Il n'y avait pas une seconde à perdre. La chemise ayant été trempée par l'eau de mer, il la tordit d'abord, l'offrit de nouveau à la pluie, la tordit encore, porta l'un des morceaux à ses lèvres, constata qu'il était encore plein de sel. Il recommença, essaya encore. Jamais il n'avait rien désiré autant que voir cette pluie continuer à tomber très fort. L'eau qu'il obtenait maintenant pouvait être considérée comme douce. Il mouilla le visage de Barbara, pressa la toile trempée contre sa bouche, lui cria dans l'oreille :

— Buvez !

Elle leva les mains, comprit. Il la sentit sucer le précieux liquide. Il voulait qu'elle se dépêchât.

Ses mains tremblaient de hâte. Dans cette ombre, elle ne pouvait deviner qu'il attendait avec tant d'impatience. Enfin, elle lui rendit les morceaux de toile. Il les offrit de nouveau à la pluie. La tête renversée, il but, il avala, presque fou de plaisir.

Il sentait ses forces revenir ; et avec la force revenait l'espérance. Cette chemise contenait peut-être cinq ou six petits verres d'eau, cela suffisait pour faire l'énorme différence. Il tendit encore sa chemise par-dessus sa tête et la donna à Barbara ; quand elle la lui rendit, il but de nouveau. Quand la toile fut presque sèche, il sut que la pluie avait cessé. Il regretta de n'avoir pas gardé en réserve la chemise trempée d'eau douce. Il avait suffi d'un peu d'embruns pour que l'eau redevînt imbuvable.

Penser redevenait plus facile. Il pouvait sentir maintenant le vent se calmer. L'averse elle-même prouvait que l'ouragan était allé souffler plus loin sa rage, laissant derrière lui ces pluies torrentielles qui, d'ailleurs, n'étaient pas exceptionnelles en cette saison. Par l'avant, à tribord, on voyait maintenant une lueur d'un rose très pâle envahir le ciel ; au lieu du jaune menaçant, couleur de tempête, ce qui se levait, c'était un jour qui serait différent.

Sans quitter des yeux cet heureux présage, Hornblower défaisait à tâtons les nœuds qui le tenaient encore enserré. Au dernier tour, le soulèvement du navire le fit chanceler ; il perdit l'équilibre, tomba, assis dans l'eau jusqu'à la hanche, car la mer ruisselait encore sur le pont. Mais cette liberté retrouvée était un plaisir tout neuf. S'asseoir, fléchir les genoux, puis s'étendre, sentir la vie revenir dans ses cuisses engourdies était merveilleux ! Laisser tomber sa tête, laisser le sommeil l'envahir, eût été le septième ciel. C'était justement ce qu'il ne fallait faire à aucun prix. L'insomnie, la fatigue étaient des choses qu'il fallait, stoïquement, feindre d'ignorer aussi longtemps qu'il y avait une chance de survivre.

La clarté du jour augmentait. Hornblower se leva et retourna vers le mât ; ses jambes lui obéissaient à peine. Il commença par délivrer Barbara ; elle, du moins, pourrait s'asseoir, que le pont fût mouillé ou non. Il l'aida jusqu'à ce qu'elle eût le dos contre le mât, noua un cordage autour d'elle. Dans cette position, elle pouvait dormir ; elle était si lasse qu'elle ne s'aperçut de rien, ou, si elle sut ce qu'il faisait pour elle, elle n'en laissa rien paraître. Elle ne voyait même pas le corps qui gisait sur le pont, près d'elle. Hornblower dégagea le cadavre ; aidé du roulis, il le traîna à l'écart avant de s'occuper des trois autres hommes. Ils étaient d'ailleurs en train d'essayer de se dégager de leurs liens, quand Hornblower les délivra en coupant les cordages avec son couteau, il n'y eut qu'une voix pour crier :

— À boire ! À boire !

Ils étaient aussi impuissants que des oisillons dans un nid. Aucun d'eux, de toute évidence, n'avait eu la pensée, pendant cette averse, d'exposer sa chemise à la pluie. Ils auraient pu, au moins, ouvrir la bouche, mais ce qu'ils eussent attrapé ainsi eût été peu de chose.

Du regard, l'amiral inspectait l'horizon. Deux ou trois grains restaient visibles, mais impossible de prévoir s'ils passeraient au-dessus de la *Pretty Jane*, ni quand cela se produirait.

— Il faudra attendre que ça tombe, les gars ! leur dit-il.

Il s'en alla rejoindre à l'arrière ceux qui étaient massés autour de la barre et de l'habitacle. Un corps était là, suspendu par ses liens. C'était Knyvett. Le capitaine de la *Pretty Jane* était mort. Hornblower enregistra le fait par une brève oraison funèbre : la mort l'ayant surpris, Knyvett avait une excuse pour ne pas avoir essayé de délivrer les autres. En somme, neuf hommes avaient survécu, sur un équipage de seize ; quatre matelots avaient donc disparu, sans doute emportés par-dessus bord au cours de la dernière nuit, ou peut-être de la précédente. Hornblower reconnut le premier lieutenant, puis le steward. Tous, même le premier lieutenant, gémissaient et réclamaient à boire. Hornblower leur répéta ce qu'il avait dit aux autres, et ajouta :

— Envoyez-moi ces morts par-dessus bord !

Puis il fit l'inventaire de la situation. Penché sur le bordage, il vit qu'il restait à la *Pretty Jane* environ trois pieds de franc-bord, pour autant que l'on pût en juger par ce fort roulis dans une mer encore turbulente. Gagnant l'arrière, il surprit des chocs sourds sous ses pieds, observa qu'ils correspondaient au soulèvement du navire et au roulis. Cela signifiait que des objets flottants de la cargaison heurtaient le pont, lancés par l'eau que la *Pretty Jane* avait dans sa coque. Le vent était du nord-est et bien établi. L'alizé s'était réaffirmé après l'interruption provoquée par l'ouragan ; le ciel était encore couvert, assez sombre. Mais Hornblower sentait dans ses os que le baromètre devait monter rapidement. Quelque part, là-bas, sous le vent, à cinquante milles, peut-être à cent ou à deux cents milles, devait se trouver la chaîne des Antilles. On ne pouvait deviner à quelle distance, ni dans quelle direction, car la *Pretty Jane* avait dérivé pendant la tempête. Ils avaient encore une chance ; du moins leur en restait-il une, à la condition qu'ils pussent résoudre le problème de l'eau.

Il se tourna vers l'équipage encore chancelant :

— Ouvrez les panneaux. Vous, monsieur le premier lieutenant, savez-vous où sont arrimés les barils d'eau douce ?

— Au milieu, milord. Par l'arrière du grand panneau !

À l'idée de boire, le lieutenant promenait sur ses lèvres une langue parcheminée.

— Voyons ça !

Des barils construits pour contenir de l'eau douce devaient logiquement être imperméables à l'eau de mer. Mais aucun tonneau n'est jamais tout à fait étanche ; tous fuyaient dans une certaine mesure et la moindre quantité d'eau de mer en rend le contenu imbuvable. Ballottés pendant deux nuits et une journée par l'eau montée de la cale, ces barils devaient être tous défoncés.

— Il n'y a que peu d'espoir, dit Hornblower, désireux d'atténuer d'avance la déception qui les attendait tous, et regardant autour de lui pour estimer la chance de voir crever un grain.

Quand ils purent regarder dans le panneau béant, ils virent quelles difficultés les attendaient encore. L'ouverture était obstruée par deux balles de fibre ; en les examinant de près, on les voyait bouger à chaque mouvement du navire. L'eau qui avait envahi la *Pretty Jane* avait soulevé la cargaison ; le bois et les balles flottaient. En somme, le bâtiment était supporté par la pression de bas en haut du chargement contre la face inférieure du pont. C'était miracle que le plancher n'eût pas cédé. Il n'y avait aucune chance de pouvoir descendre dans cet encombrement noyé ; s'aventurer parmi ces balles flottantes était courir au-devant d'une mort certaine. Un grognement général de déception monta du groupe d'hommes rassemblés autour de l'ouverture béante.

Une autre possibilité se présenta pourtant à l'esprit de Hornblower. Il se tourna vers le steward :

— N'aviez-vous pas à bord des noix de coco vertes pour l'usage de la cabine ? Est-ce qu'il en restait ?

— Oui, Monsieur. Cinq ou six douzaines.

L'homme parlait difficilement, affaibli par la soif, par les émotions.

— Où ? Dans la soute ? Sous le coqueron arrière ?

— Oui, Monsieur.

— Dans un sac ?

— Oui, Monsieur.

— Venez, dit Hornblower.

Les noix de coco devaient flotter comme la fibre. Elles étaient plus imperméables qu'aurait pu l'être n'importe quelle barrique.

Ils soulevèrent le panneau arrière, regardant l'eau qui se balançait là. Pas de cargaison, en cet endroit ; la cloison avait résisté. La distance du pont à la surface liquide correspondait aux trois pieds de franc-bord de la *Pretty Jane.* On distinguait divers objets et, dans le nombre, une écope en bois qui flottait parmi de nombreux autres débris. Puis autre chose apparut à leur vue : une noix de coco ! Le sac avait dû être mal fermé. Hornblower avait espéré trouver le sac plein. Il se pencha autant qu'il put, écopa la noix. Comme il se redressait, l'écope à la main, un cri partit de toutes les poitrines, dix mains se tendirent vers lui. Il cria :

— En arrière !

Et, comme les hommes poussaient encore, il tira le couteau de sa gaine.

— En arrière ! Je tuerai le premier qui me touchera !

Il savait que lui-même devait avoir l'air d'une bête sauvage. Il savait aussi que, dans une lutte à un contre neuf, il n'avait aucune chance de survivre.

— Allons ! dit-il. Cette aubaine, il s'agit de la faire durer. Nous nous rationnerons. Des parts égales pour chacun ! Voyons combien de noix nous pouvons encore trouver !

Le rayonnement de sa personne agit sur-le-champ, et aussi ce qui restait de bon sens à l'équipage. Les hommes reculèrent. Bientôt trois d'entre eux s'agenouillaient autour du panneau, les autres regardaient par-dessus leurs épaules.

— En voilà une ! croassa une voix.

Un bras plongea dans l'eau, saisit une noix de coco !

Hornblower fit :

— Donnez-la-moi !

Il fut obéi sans hésitation. Une autre était visible. On la prit aussi. Puis une autre encore apparut. On se mit à les entasser aux pieds de Hornblower. Il y eut douze, puis quinze, vingt, et enfin vingt-trois de ces objets précieux, avant qu'on pût en apercevoir d'autres.

— Avec un peu de chance, dit Hornblower, nous en trouverons encore.

Il regardait autour de lui. Barbara était pelotonnée au pied du grand mât.

— Nous sommes onze, dit-il. Une demi-noix à chacun pour aujourd'hui ! Une autre moitié demain. Moi, je m'en passerai.

Il n'y eut point de discussion, peut-être un peu parce que tous étaient tellement pressés de se mouiller les lèvres. La première noix fut décapitée par l'un des bouts avec le plus grand soin, pour ne rien perdre, fût-ce une goutte de liquide. Le premier homme but. Il n'y avait aucune chance qu'il vidât plus de la moitié, avec les autres massés autour de lui ; d'ailleurs, celui à qui l'autre moitié était destinée guettait, comptant chaque gorgée pour voir jusqu'où le niveau avait baissé. Ceux qui étaient obligés de prendre patience étaient tendus, mais il n'y avait rien d'autre à faire. Hornblower n'eût pu les laisser, se fier à eux, sans que le partage ne dégénérât en bataille, et que du lait ne fût répandu. Il devait rester là, présent. Quand le dernier eut avalé sa ration, celui à qui ils avaient obéi porta à Barbara ce qui restait :

— Buvez ceci, ma chérie !

Barbara ouvrit les yeux, sortit de sa somnolence et but avidement, avant même de penser à lui.

— Et vous, chéri ?

— Chérie, j'ai eu ma part !

Quand il les rejoignit, les hommes étaient en train de racler l'espèce de gelée qui tapissait l'intérieur des noix.

— N'abîmez pas les coquilles ! dit Hornblower. Nous en aurons besoin quand il pleuvra ! Confions les noix à la garde de la comtesse. Nous pouvons nous fier à elle !

De nouveau, ils lui obéirent.

— Nous en avons encore récupéré deux, Monsieur, en votre absence ! dit l'un des matelots.

Dans le panneau ouvert, Hornblower regardait l'eau où flottaient des débris. Une autre idée lui vint, et de nouveau il se tourna vers le steward.

— Lady Hornblower a fait porter à bord une caisse de vivres ! dit-il. Des conserves. Tout a été mis quelque part à l'arrière. Savez-vous en quel endroit ?

— Oui, Monsieur. Sous les drosses du gouvernail.

— Hum ! fit Hornblower.

À cause d'un mouvement soudain du navire, l'eau des fonds jaillit par l'écoutille. Il n'en devait pas moins être possible d'atteindre cette caisse et de l'ouvrir. Un homme robuste, capable de demeurer sous l'eau quelques instants, devait pouvoir la dégager, s'il ne craignait pas d'être lancé de-ci de-là par les remous.

— Nous aurions, dit-il, quelque chose de mieux à manger que de la gelée de noix de coco, si nous pouvions amener cette caisse sur le pont !

— Je veux bien y aller, moi, Monsieur, dit un jeune matelot.

Hornblower fut bien aise de l'entendre ; il ne désirait pas descendre lui-même.

— Tu es un brave ! dit-il. Entoure-toi d'abord d'un cordage ! S'il le fallait, nous pourrions te tirer dehors !

Ils préparaient l'opération quand Hornblower les arrêta.

— Attendez ! dit-il. Regardez ! À l'avant !

À un mille environ de la *Pretty Jane*, un grain menaçait. On voyait, sous le vent, descendre obliquement du ciel une colonne grise, aux contours très précis. À l'endroit d'où tombait la pluie, le nuage était plus près de la mer ; la surface de l'eau y était d'un gris différent du reste. Et le nuage venait vers eux, mais peut-être pas en ligne droite. Le centre du grain faisait route vers un point situé à quelque distance par leur travers, comme chacun put le constater après l'avoir observé pendant quelques instants. Il y eut une explosion de blasphèmes.

— Bon sang ! dit le premier lieutenant, je parie que la queue passera sur nous !

— Profitez-en quand elle tombera, dit Hornblower. Tirez-en tout le parti possible !

Pendant trois longues minutes, ils regardèrent le nuage approcher. À une encablure, il parut rester immobile, bien qu'ils pussent sentir autour d'eux la brise fraîchir. Hornblower avait couru rejoindre sa femme.

— La pluie ! dit-il. La pluie !

Barbara se tourna toute vers le mât, se pencha,

fourragea un instant sous ses jupes, amena au jour un jupon qu'elle laissa tomber à ses pieds et tordit pour en exprimer l'eau salée dont il était trempé. La pluie se mit à tomber ; d'abord quelques gouttes, bientôt suivies d'un vrai déluge. Pluie précieuse, infiniment. Dix chemises et un jupon furent tendus sous l'averse, tordus, réofferts, retordus, jusqu'à ce que l'eau exprimée fût de l'eau douce. Alors chacun put boire, avidement, follement, tandis que l'averse s'abattait, trempait les corps. Hornblower criait à l'équipage de remplir les coques des noix. Quelques-uns eurent le bon sens d'y tordre leurs chemises avant de se remettre à boire. Aucun d'eux ne voulait perdre une goutte de cette pluie.

Elle cessa malheureusement aussi brusquement qu'elle avait commencé. Ils virent le grain glisser en l'air par-dessus la hanche du navire, s'en aller aussi loin que s'il avait plu dans le désert du Sahara. Mais à présent les plus jeunes matelots riaient et plaisantaient ; leur apathie semblait avoir pris fin en même temps que leur plus grand souci. Pas un seul homme à bord, Hornblower excepté, ne consacrait une pensée à la possibilité que ce grain-là pût être le seul qui tomberait sur le bâtiment pendant la semaine qui allait suivre. Il était nécessaire, il était urgent d'agir, quelle que fût la fatigue du corps et de l'esprit. Hornblower s'imposa de rassembler ses forces. Il fit cesser les rires, se tourna vers l'homme qui s'était offert à descendre en bas dans la timonerie.

— Mettez deux hommes à tenir le filin ! Mieux vaudrait que le steward fût l'un des deux. Monsieur le premier lieutenant, venez avec moi à l'avant. Il nous faut faire de la toile aussitôt que possible !

Ce fut le début d'un voyage destiné à devenir légendaire, tout comme devait l'être l'ouragan qui venait de se déchaîner. On devait l'appeler l'ouragan de Hornblower, non seulement parce que Hornblower y avait été mêlé, mais aussi parce que la soudaineté de la tempête avait causé partout d'énormes dégâts. Aux yeux d'un Hornblower, le voyage lui-même n'avait point été particulièrement remarquable, bien qu'il se fût déroulé à bord d'une coque dangereusement engagée, et seulement maintenue à flot grâce à la flottabilité de balles de fibre. Il ne s'agissait que de faire en sorte que l'épave fût placée vent arrière ; un morceau du beaupré (le seul espar qui subsistât à bord après la tempête) fit un mât de fortune après qu'on l'eut fixé au moignon du mât de misaine. La toile des sacs de fibre fournit les voiles. Tendues sur ce mât de fortune, elles permirent de placer la *Pretty Jane* vent arrière devant l'alizé, de faire ramper l'épave à l'allure d'un mille à l'heure ; tandis que l'on improvisait des brigantines qui doubleraient peut-être sa vitesse.

Il n'y avait pas d'instruments de navigation. Le compas lui-même avait été emporté par l'ouragan. Au cours du premier jour, ils n'eurent aucune idée de l'endroit où ils étaient, sinon que la chaîne des Antilles devait se trouver quelque part sous le vent. La troisième journée fut belle et claire. Le jour était à peine levé que la vigie du grand mât aperçut à l'horizon, très loin sur l'avant, une ligne pâle, à peine plus sombre que le ciel. Ce qu'elle voyait, c'était la terre. Ce pouvaient être les hautes montagnes de Saint-Domingue ; ce pouvaient être aussi bien les montagnes plus basses, plus proches, de Porto Rico. Il n'y avait encore aucun moyen de le savoir. Même lorsque le soleil fut couché, ils restaient en pleine ignorance, et ils avaient très soif, et pas grande envie de manger la maigre ration de bœuf salé que Hornblower leur distribua sur les vivres récupérés. Malgré la fatigue, ils purent néanmoins dormir cette nuit-là sur le pont, couchés sur leurs matelas de fibre, qu'une lame enjambant le bordage venait encore mouiller de temps en temps. Mais, le matin venu, la terre était plus proche ; elle offrait un profil écrasé qui semblait indiquer qu'il s'agissait bien de Porto Rico.

Ce fut dans l'après-midi de ce jour qu'ils aperçurent un bateau de pêche. Il faisait route sur eux, intrigué par l'aspect bizarre du bâtiment qui venait vers la terre. Peu après, les pêcheurs accostaient. C'étaient des mulâtres, ils écarquillèrent les yeux devant le groupe de personnages étranges qui leur faisaient signe. Hornblower eut beaucoup de peine à les héler en espagnol. Ils avaient à bord un baril d'eau douce et un pot de pois chiches froids. On ajouta à ce régal une boîte de bœuf. Bien qu'elle ne parlât pas l'espagnol, Barbara saisit deux mots de la conversation animée qui suivit.

— Porto Rico ? dit-elle.

— Oui, chérie. Pas très étonnant. Et beaucoup plus avantageux pour nous que Saint-Domingue. Je voudrais pouvoir me rappeler le nom du capitaine général ici. J'ai déjà eu affaire avec lui à propos de l'*Estrella del Sur*. Je me souviens d'une chose, c'est qu'il était marquis, marquis de… de… Chérie, pourquoi ne pas vous coucher et fermer les yeux. Vous êtes à bout de forces !

Il était frappé de la pâleur soudaine de Barbara, de la détresse qui venait d'apparaître dans son regard.

— Mais je vais bien, chéri ! Merci ! dit-elle.

Le son de sa voix démentait ses paroles. Nouvelle preuve de l'esprit indomptable de Barbara.

Ils étaient en train de discuter à bord de ce qu'ils feraient ensuite, quand le lieutenant, pour la première fois, fit preuve de présence d'esprit. On pouvait abandonner cette coque pleine d'eau et faire voile vers Porto Rico à bord de la barque de pêche ; le lieutenant refusa tout net. Il connaissait la loi sur le sauvetage ; il pouvait encore y avoir à bord des choses ayant une valeur ; il y en avait sûrement dans la cargaison. Il manœuvrerait lui-même la *Pretty Jane* le lendemain matin pour la faire entrer dans le port. Il insista pour demeurer à bord avec ses matelots.

Hornblower se trouvait placé en face d'une décision d'une espèce qu'il n'avait jamais rencontrée encore au cours d'une carrière pourtant mouvementée. Quitter maintenant le bateau aurait comme une odeur de désertion ; d'autre part, il fallait penser à Barbara. Et sa première réaction : ne pas quitter ses hommes, fut rapidement dissipée quand il se rappela qu'ils n'étaient pas du tout « ses matelots ».

— Vous n'êtes qu'un passager, milord ! lui dit le premier lieutenant.

Il était curieux que le mot « milord » revînt tout naturellement aux lèvres, maintenant qu'on était de nouveau au contact de la civilisation.

— Vous avez raison, dit Hornblower.

Il ne pouvait non plus condamner Barbara à passer une nuit de plus sur le pont de cette coque engagée.

C'est donc à bord de la barque qu'ils rentrèrent dans San Juan de Porto Rico, deux ans après que Hornblower eut visité la ville en de tout autres circonstances. Il n'était pas étonnant que l'arrivée de la *Pretty Jane* mît tout le pays en émoi.

Des messagers partirent en hâte pour la Fortaleza et ce ne fut qu'un peu plus tard qu'un personnage que les yeux fatigués de Hornblower s'efforcèrent de reconnaître apparut sur le quai. C'était un homme grand et mince, portant une fine moustache.

— Mendez-Castillo ! dit le personnage, évitant à Hornblower le souci de se souvenir de son nom. Navré de voir Votre Excellence dans cet état, bien qu'ayant grand plaisir à l'accueillir de nouveau ici !

Même en la circonstance, il fallait observer certaines formes.

— Ma chère Barbara, permettez-moi de vous présenter le *señor*... le major... Mendez-Castillo, l'aide de camp de Son Excellence le capitaine général !

Puis, en espagnol :

— Ma femme, lady Hornblower.

Mendez-Castillo s'inclina très bas, mais il ne pouvait détacher ses yeux des nouveaux arrivants, tant était grand leur état de faiblesse.

— Si Vos Seigneuries sont d'accord, dit-il, prenant une décision, je suggérerais de différer la réception officielle par Son Excellence jusqu'à ce que Vos Seigneuries aient eu le temps de s'y préparer.

— Tout à fait d'accord avec vous !

Dans son inquiétude, qui était extrême, Hornblower était sur le point d'éclater, d'appeler l'attention sur le besoin urgent qu'avait Barbara de repos et de soins, mais maintenant que l'étiquette était satisfaite, Mendez-Castillo fut tout compréhension.

— Si Vos Seigneuries, dit-il, veulent bien se donner la peine de descendre dans mon canot, j'aurai le plaisir de les conduire et de les installer à titre officieux au palais de Santa Catalina. Leurs Excellences vous y recevront. L'étiquette officielle n'a pas besoin d'être observée. Vos Seigneuries pourront se rétablir, après les circonstances affreuses par lesquelles je crois qu'elles viennent de passer. Vos Seigneuries veulent-elles avoir la bonté de me suivre ?

— Un instant, s'il vous plaît, *señor.* Les hommes qui sont à bord ont le plus grand besoin d'eau et de nourriture, et peut-être aussi de secours.

— Je vais donner des ordres aux autorités du port. On leur fera porter ce dont ils ont besoin.

— Merci.

Ils descendirent donc dans le canot, traversèrent le port. Malgré sa fatigue mortelle, Hornblower put noter que toutes les barques de pêche, tous les caboteurs se hâtaient de prendre la mer, probablement pour étudier les chances de sauvetage (ou de pillage) de la *Pretty Jane* : le premier lieutenant avait eu raison de refuser de la quitter. Il n'y avait plus lieu de se faire de souci. L'amiral prit le bras de Barbara et l'assit près de lui. On passa l'écluse du palais ; des domestiques les accueillirent d'abord. Puis ils se trouvèrent en présence de Son Excellence et de sa femme, une beauté brune, qui tout de suite prit Barbara sous sa protection. Les pièces étaient fraîches et sombres ; d'autres serviteurs s'empressaient, obéissant aux ordres de Son Excellence : domestiques mâles et femmes de chambre.

— Voici Manuel, mon premier valet, milord. Les souhaits que Votre Excellence pourra exprimer seront pour lui des ordres, comme s'ils venaient de moi. J'ai envoyé chercher mon médecin ; il sera là dans un instant. Ma femme et moi-même allons nous retirer, laisser Vos Seigneuries se reposer. Nous formons les vœux les plus sincères pour le rétablissement de la santé de vos personnes.

Hornblower et Barbara se retrouvèrent seuls. L'amiral dut garder l'esprit en éveil en présence du médecin qui, ayant tâté les pouls, examiné les langues, exhibait toute une trousse de lancettes et se préparait à tirer du sang de Barbara. Hornblower eut beaucoup de peine à l'en dissuader, puis à l'empêcher de lui appliquer des sangsues. Il ne croyait pas qu'une saignée pût hâter la guérison des écorchures que Barbara portait sur le corps. Il remercia le docteur et, poussant un soupir de soulagement, le reconduisit jusqu'à la porte de la chambre, faisant mainte restriction mentale quant aux médicaments que le docteur promettait d'envoyer. Les soubrettes attendaient pour débarrasser Barbara de ses guenilles.

— Pensez-vous que vous dormirez, chérie ? Voulez-vous que je demande qu'on vous apporte quelque chose ?

— Non, rien, chéri. Je dormirai.

Sur le visage fatigué de Barbara, le sourire fit place à quelque chose qui ressemblait davantage à une grimace.

— Comme personne d'autre que nous ici ne parle l'anglais, mon chéri, je suis libre de vous dire que je vous aime. Je vous aime, je vous aime, plus que tous les mots que je sais ne pourraient vous le dire.

Des servantes avaient beau être là, Hornblower embrassa sa femme avant de la quitter pour entrer dans la chambre voisine où le valet de Son Excellence l'attendait. Son corps était zébré de traces de coups ; pendant la tempête, les vagues n'avaient cessé de le secouer dans les cordages qui le tenaient ficelé au mât. Sous l'eau chaude dont on l'épongeait, ces plaies étaient très douloureuses. Le tendre corps de Barbara devait être marqué de la même façon. Mais Barbara était maintenant à l'abri ; bientôt elle irait mieux ; et elle avait dit qu'elle l'aimait. Elle avait même dit davantage. Ce qu'elle avait dit dans ce rouf l'avait guéri d'une blessure beaucoup plus grave que les blessures de son corps. C'était un homme heureux qui s'étirait dans la chemise de soie ornée de savantes broderies héraldiques que le valet tenait prête pour lui.

Son sommeil fut d'abord calme et profond ;

mais les mouvements de sa conscience l'éveillèrent avant l'aurore. Les premières lueurs du jour le trouvèrent sur le balcon ; il voulait voir la *Pretty Jane* entrer dans le port, escortée par une dizaine de petits bateaux. Il souffrit de n'être pas à bord ; puis, de nouveau, il pensa à sa femme qui dormait dans la pièce voisine.

Il y avait encore des heures heureuses en perspective. Ce balcon plongé dans l'ombre donnait sur le port et la mer. Une heure plus tard, il était encore assis là, en robe de chambre, dans son fauteuil à bascule ; en face de lui, Barbara buvait un chocolat et mangeait des petits pains sucrés.

— C'est bon d'être vivant ! dit-il.

Ces mots prenaient un sens profond ; ce n'était pas une phrase banale.

— C'est bon d'être là avec vous ! dit Barbara.

— La *Pretty Jane* est entrée dans le port ce matin, saine et sauve, dit Hornblower.

— Je l'ai vue par ma fenêtre ! dit Barbara.

On annonça Mendez-Castillo. Il avait dû être averti que les invités de Son Excellence étaient réveillés et déjeunaient. Il s'informa de l'état de l'amiral, reçut l'assurance que sa guérison ne tarderait guère. Il annonça que des nouvelles seraient immédiatement envoyées à la Jamaïque.

— Son Excellence est trop aimable, dit Hornblower. Et… l'équipage de la *Pretty Jane* ? Est-ce qu'on s'est occupé de lui ?

— Ils ont été admis à l'hôpital militaire. Les autorités du port ont mis une garde à bord du bâtiment.

— Très bien, dit Hornblower.

Désormais, il était débarrassé de toute responsabilité.

La matinée pouvait se passer dans la paresse ; elle ne fut interrompue que par la visite du médecin que l'on put remercier après qu'il eut de nouveau tâté les pouls et examiné les langues. On lui rendit grâce pour les médicaments… auxquels on était décidé à ne pas toucher.

On dînait à deux heures ; un grand repas servi de façon cérémonieuse, mais auquel on ne fit que toucher. Une sieste, puis un souper mangé avec plus d'appétit et suivi d'une nuit paisible.

La matinée du lendemain fut plus remplie. Il fallait s'occuper de ses vêtements. Des couturières rendirent visite à Barbara, de la part de Son Excellence, de sorte que Hornblower trouva l'exercice mental dont il avait besoin en servant d'interprète en des matières qui exigeaient un vocabulaire qu'il ne possédait pas. Lui-même reçut un chemisier et un tailleur, envoyés par le capitaine général. Le tailleur fut un peu déçu quand il apprit que Hornblower ne voulait pas d'un uniforme complet de contre-amiral britannique, avec galons et tout le reste. Officier demi-solde et sans emploi, Hornblower n'avait besoin de rien de tel.

Après le tailleur, ce fut une députation composée du premier lieutenant et de deux membres de l'équipage de la *Pretty Jane*.

— Nous sommes venus, milord, pour nous informer de votre santé, et de celle de milady.

— Merci ! Vous le voyez, milady et moi-même sommes guéris ! Et vous-mêmes ? Est-ce qu'on s'occupe bien de vous ?

— Très bien… milord. Merci.

— Vous êtes maintenant le capitaine de la *Pretty Jane,* dit Hornblower.

— Oui, milord.

C'était un étrange premier commandement pour un marin.

— Je la fais remorquer au chantier aujourd'hui, milord. Peut-être pourra-t-elle encore être rafistolée. Mais elle aura perdu tous ses cuivres.

— Très probablement.

— Je suppose que je devrai vendre le bâtiment pour ce qu'on voudra donner de la coque et de la cargaison.

Il parlait avec amertume, ce qui était normal de la part d'un homme qui n'avait reçu son premier commandement que pour être exposé à le reperdre tout aussitôt.

— J'espère que vous êtes content ? dit Hornblower.

— Merci, milord…

Il y eut un silence. Le lieutenant hésita un instant avant d'ajouter :

— J'ai tenu à vous remercier, milord, pour ce que vous avez fait.

— Le peu que j'ai fait, je l'ai accompli dans mon intérêt et dans celui de lady Hornblower !

Il avait la force de sourire en disant cela ; dans ce cadre heureux, le souvenir des hurlements de l'ouragan, du fracas furieux des lames qui balayaient le pont de la *Pretty Jane* avait déjà perdu de son acuité pénible. Les deux matelots souriaient aussi. Dans ce palais presque royal, il était difficile de se rappeler qu'il leur avait disputé une noix de coco verte, qu'il avait tiré son couteau. Une chance que l'entrevue pût se terminer avec des sourires, de la bonne volonté de part et d'autre ; Hornblower pouvait maintenant retourner à une paresse délicieuse, Barbara à ses côtés.

Les couturières et le tailleur devaient avoir travaillé fort et longtemps, car dès le lendemain, une partie de ce qu'ils avaient confectionné pouvait déjà être essayé.

— Mon grand d'Espagne ! dit Barbara, examinant son mari vêtu d'un veston et d'un pantalon de coupe portoricaine.

— Charmante *señora* ! répondit Hornblower, s'inclinant jusqu'à terre.

Barbara portait peigne et mantille.

— Les *señoras* de Porto Rico ne portent heureusement pas de corset, dit Barbara. Je n'en pourrais porter, dans l'état où je suis !

Ce fut la seule allusion que fit Barbara aux écorchures et meurtrissures qu'elle gardait sur tout le corps. Elle était de la race des Spartiates ; elle avait été élevée dans une école qui trouvait indigne de soi d'avouer les faiblesses du corps. Même en faisant à son mari son simulacre de révérence, elle avait soin de ne trahir aucune des douleurs que le mouvement lui coûtait ; Hornblower ne pouvait que les deviner.

— Que vais-je dire à Mendez-Castillo, dit-il, quand il viendra faire son enquête ?

— Je pense, mon chéri, que nous pouvons maintenant être reçus par Leurs Excellences.

Dans ce petit Porto Rico, on pouvait trouver tout le magnifique cérémonial de la cour d'Espagne.

Le capitaine général était le représentant d'un roi dans les veines de qui courait le sang des Bourbons, des Habsbourg, de Ferdinand et d'Isabelle ; sa personne devait être entourée de la même étiquette, du même rituel, de crainte que la sainteté mystique de son maître pût être mise en question. Même Hornblower ne put réussir à comprendre, avant de les avoir apprises de la bouche de Mendez-Castillo, les dispositions prises, la condescendance, l'extrême contrainte exercée sur l'étiquette du palais, lorsque Leurs Excellences avaient rendu visite à titre officieux aux naufragés malmenés, délabrés, qui leur avaient demandé l'hospitalité. Tout cela devait être oublié, effacé, dans une réception officielle !

Il y avait de quoi sourire à entendre les excuses, à voir l'embarras de Mendez-Castillo en train d'expliquer que Hornblower ne pouvait s'attendre aujourd'hui au même cérémonial qui avait présidé à son accueil lors de son dernier séjour. Le visiteur était alors un commandant en chef ; il n'était plus qu'un demi-solde, visiteur distingué certes, s'empressait d'ajouter Mendez-Castillo, mais officieux. L'idée vint à Hornblower que Mendez-Castillo s'attendait à le voir offensé de s'entendre dire que, cette fois, il ne serait reçu, accueilli, que par des morceaux de musique et non par la fanfare tout entière, par les saluts des sentinelles, et non par le rassemblement de la garde au complet. Il put ainsi confirmer sa réputation d'homme de tact en déclarant, d'ailleurs en toute franchise (sa candeur étant prise pour un acte de dissimulation toute diplomatique de ses sentiments), que cela lui était indifférent.

C'est ainsi que les choses se passèrent. Barbara et Hornblower furent d'abord discrètement escamotés par une porte dérobée du palais, accompagnés dans un canot, puis ramenés et introduits par la porte massive où Hornblower avait fait antérieurement son entrée solennelle. Ils pénétrèrent lentement, modestement, Barbara appuyée au bras gauche de son époux. De part et d'autre, les sentinelles présentaient les armes ; Hornblower répondait au salut en enlevant son chapeau.

Comme ils arrivaient dans la cour, ils furent accueillis par le petit concert que Mendez-Castillo leur avait promis. Même l'oreille de Hornblower, sourde à la musique, pouvait lui assurer que l'on n'avait pas lésiné. Il se demandait comment le souffle du trompette pouvait durer aussi longtemps ; d'après les variations entre sons aigus et sons graves, il imaginait bien que ce trompette devait faire preuve d'une virtuosité exceptionnelle.

Deux autres sentinelles se tenaient au pied des degrés, présentant les armes ; le trompette se trouvait en haut de l'escalier ; dès qu'il vit Hornblower ôter son chapeau, il porta son instrument à ses lèvres pour une nouvelle série de virtuosités acrobatiques. Hornblower et Barbara se mirent à gravir les marches. Hornblower se raidissait pour l'entrée cérémonieuse dans le grand hall, mais les gestes du trompette étaient si imprévus qu'il ne put s'empêcher de jeter un coup d'œil sur le musicien. Un second coup d'œil lui révéla que ce personnage, poudré et portant la queue, vêtu d'un uniforme resplendissant, ne lui était pas inconnu. Qu'était-ce donc qui attirait ainsi son attention ? Il sentit Barbara se raidir à son bras, au point qu'il dut l'empêcher de faire un faux pas. Le trompette retira l'instrument de ses lèvres. À ce moment, pas d'erreur, Hornblower le reconnut. C'était Hudnutt !

L'amiral faillit en laisser tomber son chapeau. Mais déjà ils avaient franchi le seuil de la grande porte. Il fallait se tenir, marcher droit. Une voix cria leurs deux noms. En avant d'eux, au bout du passage que formaient les hallebardiers, ils virent, encadrés par un demi-cercle d'uniformes et de robes de cour, deux fauteuils d'apparat où Leurs Excellences, assises, les attendaient. Lors de la dernière visite de Hornblower, le capitaine général s'était levé et avait fait sept pas à sa rencontre ; maintenant que Barbara et lui-même n'étaient que des particuliers, Leurs Excellences restaient assises sur leurs trônes, tandis que Barbara et son mari faisaient les gestes qu'on leur avait appris. Hornblower s'inclina devant Son Excellence, puisqu'il lui avait déjà été présenté. Il attendit que l'on eût présenté Barbara et qu'elle eût fait ses deux révérences ; il s'inclina encore tandis que lui-même était présenté à la femme de Son Excellence ; puis tous deux se portèrent un peu à l'écart pour attendre les paroles de Leurs Excellences.

— C'est avec un grand plaisir que j'accueille encore une fois lord Hornblower, dit Son Excellence.

— Un plaisir égal pour moi de faire la connaissance de lady Hornblower ! dit la femme du capitaine général.

Hornblower fit mine de se consulter avec Barbara avant de répondre :

— Ma femme et moi, dit-il, apprécions hautement le grand honneur qui nous est fait !

— Vous êtes nos invités et les très bienvenus, dit Son Excellence, sur un ton définitif qui indiquait que l'échange de propos courtois était terminé.

Hornblower s'inclina encore, par deux fois ; Barbara fit deux autres révérences ; puis, obliquement et à reculons, ils se retirèrent, pour qu'à aucun moment Leurs Excellences ne pussent apercevoir leurs dos. Mendez-Castillo était là pour les présenter à d'autres personnes, mais Hornblower ne put s'empêcher de dire d'abord à Barbara son étonnement à la rencontre qu'il venait de faire.

— Ma chérie, dit-il, avez-vous vu le trompette ?

— Oui, c'était Hudnutt ! fit-elle sur un ton dépourvu d'expression.

— Extraordinaire ! fit Hornblower. Jamais je n'aurais cru ce garçon capable de s'échapper de cette prison par effraction, de franchir cette palissade, de sortir de la Jamaïque, dépistant la police et les chiens, de gagner Porto Rico… sans être repris. C'est absolument extraordinaire !

— Oui, fit encore Barbara.

L'amiral s'était déjà tourné vers Mendez-Castillo :

— Votre trompetero, dit-il…

Il s'était dit que « trompetero » devait être le mot espagnol, mais, par prudence, il avait mis son poing fermé devant sa bouche.

— Vous trouvez que c'est un bon musicien ?

— Magnifique ! dit Hornblower. Qui est-ce ?

— C'est le meilleur musicien de l'orchestre de Son Excellence.

Hornblower dévisageait son interlocuteur ; l'autre affichait une absence d'expression toute diplomatique.

— Un de vos compatriotes ? insista Hornblower.

Mendez-Castillo leva les bras, écarta les doigts, haussa les épaules.

— Pourquoi prendrais-je souci de ces choses, milord ? L'art ne connaît pas de frontières !

— Sans doute. Par le temps qui court, les frontières sont élastiques. Par exemple, *señor*, je ne me rappelle pas bien s'il existe une convention entre votre gouvernement et le mien en ce qui concerne l'extradition mutuelle des déserteurs ?...

— Singulière coïncidence ! fit Mendez-Castillo. Je recherchais précisément cela, il y a quelques jours. Oh ! tout à fait gratuitement, par désœuvrement, je vous assure, milord. Et j'ai trouvé qu'une telle convention n'existe pas. Il nous est arrivé bien des fois d'extrader des déserteurs, pour prouver notre bonne volonté. Malheureusement, milord, Son Excellence a modifié sa façon de voir depuis que certain bâtiment... l'*Estrella del Sur* (milord doit se rappeler ce nom-là) a été saisi comme négrier au large de notre port dans des circonstances que Son Excellence a trouvées singulièrement irritantes.

Il n'y avait aucune hostilité ; ni d'ailleurs aucune nuance d'ironie dans l'expression de Mendez-Castillo. Il eût pu tout aussi bien être en train de parler de la pluie et du beau temps.

— J'apprécie encore davantage la bonté et l'hospitalité de Son Excellence, dit Hornblower.

Il espérait ne pas avoir donné l'impression qu'il venait d'être pris à son propre piège.

— Je ferai part à Son Excellence de vos sentiments, dit Mendez-Castillo. Mais beaucoup d'invités sont désireux de faire la connaissance de Votre Seigneurie et de sa Grâce.

Plus tard dans la soirée, ce fut Mendez-Castillo qui vint à Hornblower porteur d'un message de Son Excellence. La Marquesa comprenait parfaitement que Barbara pût être fatiguée, attendu qu'elle n'était pas encore complètement remise de ses épreuves. Si Leurs Seigneuries désiraient se retirer discrètement, Leurs Excellences comprendraient très bien.

Mendez-Castillo lui-même conduisit Hornblower et Barbara au fond de la salle et, par une porte dérobée, vers l'endroit où un escalier conduisait à leur appartement. La femme de chambre affectée à Barbara attendait.

— Voulez-vous prier la femme de chambre de nous laisser, dit Barbara à son mari. Je puis m'en tirer toute seule.

Le ton était encore dénué d'expression. Hornblower dévisagea sa femme avec un peu d'inquiétude. La fatigue de Barbara devait être telle qu'elle n'en pouvait supporter davantage. Il fit ce qu'elle demandait.

— Puis-je vous être utile, chérie, vous aider ? dit-il, dès que la femme de chambre se fut éloignée.

— Non, restez à parler un peu avec moi, si vous voulez bien !

— Avec plaisir, voyons !

La situation avait il ne savait quoi de singulier. Il essayait d'imaginer un sujet de conversation susceptible de détendre l'atmosphère.

— J'ai encore de la peine, dit-il, à croire que ce Hudnutt a pu…

— C'est justement de lui que je désirais vous entretenir.

La voix de Barbara était dure. Elle se tenait plus droite que d'ordinaire, fixait son mari dans les yeux, sans raison apparente, l'air d'un soldat au garde-à-vous qui attendait une sentence de mort.

— Qu'est-ce qui vous arrive, ma chérie ?

— Vous allez me détester ! dit-elle brusquement.

— Jamais, voyons ! Jamais ! Pourquoi ?

Il essayait de rire.

— Vous ne savez pas ce que je vais vous dire…

— Quoi que vous puissiez me dire, chérie…

Il souriait encore, d'un sourire un peu crispé.

— Ne dites pas cela ! Attendez de m'avoir entendue… Hudnutt… Hudnutt… Eh bien… C'est… c'est moi qui l'ai libéré ! Moi qui ai organisé son évasion !

Le propos tomba comme la foudre. Ou comme si, par calme plat, la vergue de grand hunier tombait de ses suspentes sur le pont, sans avertissement.

— Ma chérie, dit-il, vous êtes fatiguée. Pourquoi ne pas vous…

Ce n'était pas possible. Il avait dû mal entendre.

— Vous croyez que je délire ? dit Barbara.

Cette voix, Hornblower ne l'avait jamais entendue. Et non seulement cette voix, mais ce rire, ce rire court, amer, qui avait accompagné les paroles.

— En ce moment, délirer serait naturel. Ce qui m'arrive, c'est la fin de mon bonheur sur terre !

— Voyons, ma chérie…

— Oh ! fit-elle, d'une voix si changée, si tendre aussi, tout à coup.

Elle-même paraissait transformée, prête à défaillir. Mais, tout aussitôt, de nouveau raidie, elle laissa tomber les bras qu'elle avait failli lui tendre :

— Écoutez-moi ! J'ai dit la vérité. C'est moi qui ai délivré Hudnutt ! C'est moi !

Il n'y avait plus moyen de douter. Barbara ne délirait pas. Que la chose fût vraie ou non, elle savait ce qu'elle disait. Cloué sur place, Hornblower regardait sa femme, laissait entrer en lui cette chose incroyable : qu'elle avait dit la vérité. La conscience du fait qu'elle ne mentait pas pénétrait en lui par les fissures de son incrédulité. Il revoyait ce qui s'était passé. Chaque détail, chaque preuve, ainsi ressuscitée, lui faisait l'effet d'une marque de niveau à la marée montante.

— La dernière nuit ?… dit-il.

Ne bégayait-il pas un peu ?

— … La dernière nuit que nous avons passée au palais de l'Amirauté ?

Barbara avait baissé les yeux.

— Oui, fit-elle.

— Vous ? C'est vous qui l'avez conduit dans les jardins, par la petite porte ?

— Oui.

— Alors, Evans était complice ? Il a dû vous aider ! Car c'est lui qui avait la clef !

— Oui.

— Et ce bonhomme, à Kingston, avec qui vous avez dansé… Bonner… lui aussi a dû vous aider ?

— Oui. Vous m'aviez dit… que c'était un aventurier…

— Mais… la piste ?… les chiens policiers ?…

— Quelqu'un avait traîné la chemise de Hudnutt… au bout d'une corde… pour égarer les chiens…

— Alors…

Elle n'eut pas besoin de le renseigner davantage. Il fit lui-même la déduction :

— … Les deux cents livres sterling ?

— L'argent que je vous ai demandé, dit Barbara, se livrant toute, c'était pour ça ! Que pouvait une prime de dix livres quand quelqu'un était prêt à en donner deux cents pour aider un homme à s'évader ?

Hornblower, maintenant, savait tout. Sa femme s'était moquée de la loi ! Elle avait défié, bravé l'autorité de la Marine royale… Elle avait…

La marée atteignait soudain la cote d'alerte.

— C'est un crime ! dit-il. Vous pourriez… être déportée ! Déportée à vie ! Envoyée à Botany Bay[1] !

— Que voulez-vous que cela me fasse ? À Botany Bay ou ailleurs, peu m'importe, maintenant que vous savez que vous ne pouvez plus m'aimer !

— Ma chérie…

Les derniers mots de Barbara étaient si manifestement insoutenables qu'il n'avait trouvé rien d'autre à dire. Son cerveau était en pleine

1. C'est-à-dire au bagne, dans la Nouvelle-Galles du Sud (Australie).

confusion. Il pensait à ce que devait éprouver Barbara elle-même. Il réussit à formuler :

— Ce type… ce Bonner… il pourrait vous faire chanter !

— Il est aussi coupable que moi !

La dureté anormale, forcée, de cette voix atteignait ici son point culminant. Les mots qui suivirent furent soudain de nouveau empreints de la douceur coutumière, et même d'une tendresse que Barbara paraissait incapable de refouler. Elle souriait, de son ancien sourire, un peu railleur :

— Vous ne pensez qu'à moi ! dit-elle.

— Bien sûr ! fit Hornblower, surpris.

— Mais c'est à vous qu'il faut penser. Je vous ai trompé ! J'ai abusé de votre bonté, de votre confiance, de votre générosité…

Elle ne souriait plus. Et tout à coup, elle fondit en larmes. Il était affreux de voir le visage de Barbara se crisper. Elle était là, debout, toujours comme un soldat, se refusant à se cacher le visage. Ses larmes ruisselaient ; elle avait la bouche grimaçante. Barbara ne se faisait grâce de rien, ne cherchant à rien cacher de son désarroi ni de sa honte. Il l'aurait prise dans ses bras s'il n'avait encore été paralysé de surprise. Les derniers mots de sa femme avaient déclenché en lui une nouvelle avalanche de pensées. Que quelque chose vînt à être découvert, les conséquences en seraient incalculables. La moitié de l'univers croirait que Hornblower, le Hornblower légendaire, avait exprès fermé les yeux, été complice d'une évasion, de la désertion d'un criminel qui était sous ses ordres. Personne, d'abord, ne voudrait le croire, ni d'ailleurs croire la vérité. Mais, si la vérité venait à trouver créance, le monde entier se moquerait d'un amiral anglais dupé par sa femme.

Une crevasse béante s'ouvrait devant lui. Sans parler de cet autre gouffre : la détresse, l'immense détresse de Barbara.

Elle était encore debout, aveuglée par ses larmes, au point qu'elle ne le voyait plus.

— … Je vous l'aurais dit quand nous aurions été chez nous. Je ne pensais qu'à cela pendant cette tempête. Dans le rouf, j'ai failli vous le dire, après… après vous avoir dit… l'autre chose. Mais vous vous êtes éloigné. Je n'ai pas eu le temps… Il fallait d'abord que je vous dise mon amour. C'est ceci que j'aurais dû dire en premier lieu. J'aurais dû commencer par là…

Elle ne s'excusait pas ; elle ne plaidait pas ; elle était prête à subir les conséquences de son acte. Mais, dans ce rouf, elle lui avait dit qu'elle l'aimait, qu'elle n'avait jamais aimé son premier mari, que jamais elle n'avait aimé un autre que lui. La nette perception de ce dernier propos pénétra de nouveau en lui. Alors il put secouer la surprise, l'égarement qui l'avaient paralysé jusque-là. Rien ne comptait, au monde, que Barbara. Il put enfin bouger. Il fit deux pas. Elle fut dans ses bras, les larmes de Barbara mirent leur sel sur ses lèvres.

— Mon amour ! dit-il. Ma chérie !

N'en croyant pas ses oreilles, et d'ailleurs encore aveuglée par les pleurs, Barbara n'avait pas réagi tout de suite. Mais alors, dans l'obscurité qui les entourait, elle entendit, elle comprit, elle sut. Elle lui passa les bras autour du cou, et sans doute n'y eut-il jamais plus grand bonheur au monde, jamais plus parfaite harmonie.

Hornblower se surprit à sourire. Il eût pu rire tout haut, tant il était heureux. C'était l'une de ses anciennes faiblesses, rire, ricaner dans les moments critiques. Et maintenant il eût pu rire, s'il se l'était permis ; il eût pu rire de cette histoire, de cet incident ridicule ; rire tout son soûl. Mais son jugement lui disait que, dans un pareil moment, rire eût pu être mal interprété. Il ne put néanmoins s'empêcher de sourire, sans cesser d'embrasser la femme adorée.

LES AVENTURES
D'HORATIO HORNBLOWER

Dans l'ordre de publication

THE HAPPY RETURN (L'heureux retour[1], Folio nº 6935)

A SHIP OF THE LINE (Un vaisseau de ligne, Folio nº 6936)

FLYING COLOURS (Pavillon haut, Folio nº 6937)

THE COMMODORE (Le Seigneur de la mer, Folio nº 7080)

LORD HORNBLOWER (Lord Hornblower, Folio nº 7081)

MR. MIDSHIPMAN HORNBLOWER (Aspirant de marine)

LIEUTENANT HORNBLOWER (Lieutenant de marine)

HORNBLOWER AND THE ATROPOS (Trésor de guerre)

HORNBLOWER IN THE WEST INDIES (Hornblower aux Antilles, Folio nº 7226)

HORNBLOWER AND THE HOTSPUR (Seul maître à bord)

THE HORNBLOWER COMPANION (récit)

HORNBLOWER AND THE CRISIS (Au cœur de la mêlée)

Dans l'ordre chronologique du récit

ASPIRANT DE MARINE
juin 1774 – mars 1778 (Hornblower est aspirant)

LIEUTENANT DE MARINE
mai 1800 – mars 1803 (Hornblower est lieutenant)

SEUL MAÎTRE À BORD
avril 1803 – juillet 1805

TRÉSOR DE GUERRE
octobre 1805 – janvier 1808

1. Ce livre a paru aux Éditions Phébus sous le titre *Retour à bon port.*

L'HEUREUX RETOUR (Folio nº 6935, 2021)
juin – octobre 1808 (Hornblower est capitaine de frégate)

UN VAISSEAU DE LIGNE (Folio nº 6936,2021)
mai – octobre 1810 (Hornblower est capitaine)

PAVILLON HAUT (Folio nº 6937, 2021)
novembre 1810 – juin 1811

LE SEIGNEUR DE LA MER (Folio nº 7080, 2022)
mai – octobre 1812 (Hornblower est commodore)

LORD HORNBLOWER (Folio nº 7081, 2022)
octobre 1813 – mai 1814

HORNBLOWER AUX ANTILLES (Folio nº 7226, 2023)
mai 1821 – octobre 1823 (Hornblower est amiral)

COLLECTION FOLIO

Dernières parutions

6900. Antoine Wauters	*Pense aux pierres sous tes pas*
6901. Franz-Olivier Giesbert	*Le schmock*
6902. Élisée Reclus	*La source* et autres histoires d'un ruisseau
6903. Simone Weil	*Étude pour une déclaration des obligations envers l'être humain* et autres textes
6904. Aurélien Bellanger	*Le continent de la douceur*
6905. Jean-Philippe Blondel	*La grande escapade*
6906. Astrid Éliard	*La dernière fois que j'ai vu Adèle*
6907. Lian Hearn	*Shikanoko, livres I et II*
6908. Lian Hearn	*Shikanoko, livres III et IV*
6909. Roy Jacobsen	*Mer blanche*
6910. Luc Lang	*La tentation*
6911. Jean-Baptiste Naudet	*La blessure*
6912. Erik Orsenna	*Briser en nous la mer gelée*
6913. Sylvain Prudhomme	*Par les routes*
6914. Vincent Raynaud	*Au tournant de la nuit*
6915. Kazuki Sakuraba	*La légende des filles rouges*
6916. Philippe Sollers	*Désir*
6917. Charles Baudelaire	*De l'essence du rire* et autres textes
6918. Marguerite Duras	*Madame Dodin*
6919. Madame de Genlis	*Mademoiselle de Clermont*
6920. Collectif	*La Commune des écrivains. Paris, 1871 : vivre et écrire l'insurrection*
6921. Jonathan Coe	*Le cœur de l'Angleterre*
6922. Yoann Barbereau	*Dans les geôles de Sibérie*
6923. Raphaël Confiant	*Grand café Martinique*
6924. Jérôme Garcin	*Le dernier hiver du Cid*
6925. Arnaud de La Grange	*Le huitième soir*
6926. Javier Marías	*Berta Isla*
6927. Fiona Mozley	*Elmet*
6928. Philip Pullman	*La Belle Sauvage. La trilogie de la Poussière, I*

6929.	Jean-Christophe Rufin	*Les trois femmes du Consul. Les énigmes d'Aurel le Consul*
6930.	Collectif	*Haikus de printemps et d'été*
6931.	Épicure	*Lettre à Ménécée* et autres textes
6932.	Marcel Proust	*Le Mystérieux Correspondant* et autres nouvelles retrouvées
6933.	Nelly Alard	*La vie que tu t'étais imaginée*
6934.	Sophie Chauveau	*La fabrique des pervers*
6935.	Cecil Scott Forester	*L'heureux retour*
6936.	Cecil Scott Forester	*Un vaisseau de ligne*
6937.	Cecil Scott Forester	*Pavillon haut*
6938.	Pam Jenoff	*La parade des enfants perdus*
6939.	Maylis de Kerangal	*Ni fleurs ni couronnes* suivi de *Sous la cendre*
6940.	Michèle Lesbre	*Rendez-vous à Parme*
6941.	Akira Mizubayashi	*Âme brisée*
6942.	Arto Paasilinna	*Adam & Eve*
6943.	Leïla Slimani	*Le pays des autres*
6944.	Zadie Smith	*Indices*
6945.	Cesare Pavese	*La plage*
6946.	Rabindranath Tagore	*À quatre voix*
6947.	Jean de La Fontaine	*Les Amours de Psyché et de Cupidon* précédé d'*Adonis* et du *Songe de Vaux*
6948.	Bartabas	*D'un cheval l'autre*
6949.	Tonino Benacquista	*Toutes les histoires d'amour ont été racontées, sauf une*
6950.	François Cavanna	*Crève, Ducon !*
6951.	René Frégni	*Dernier arrêt avant l'automne*
6952.	Violaine Huisman	*Rose désert*
6953.	Alexandre Labruffe	*Chroniques d'une station-service*
6954.	Franck Maubert	*Avec Bacon*
6955.	Claire Messud	*Avant le bouleversement du monde*
6956.	Olivier Rolin	*Extérieur monde*
6957.	Karina Sainz Borgo	*La fille de l'Espagnole*
6958.	Julie Wolkenstein	*Et toujours en été*

6959. James Fenimore Cooper	*Le Corsaire Rouge*
6960. Jean-Baptiste Andrea	*Cent millions d'années et un jour*
6961. Nino Haratischwili	*La huitième vie*
6962. Fabrice Humbert	*Le monde n'existe pas*
6963. Karl Ove Knausgaard	*Fin de combat. Mon combat - Livre VI*
6964. Rebecca Lighieri	*Il est des hommes qui se perdront toujours*
6965. Ian McEwan	*Une machine comme moi*
6966. Alexandre Postel	*Un automne de Flaubert*
6967. Anne Serre	*Au cœur d'un été tout en or*
6968. Sylvain Tesson	*La panthère des neiges*
6969. Maurice Leblanc	*Arsène Lupin, gentleman-cambrioleur*
6970. Nathacha Appanah	*Le ciel par-dessus le toit*
6971. Pierre Assouline	*Tu seras un homme, mon fils*
6972. Maylis Besserie	*Le tiers temps*
6973. Marie Darrieussecq	*La mer à l'envers*
6974. Marie Gauthier	*Court vêtue*
6975. Iegor Gran	*Les services compétents*
6976. Patrick Modiano	*Encre sympathique*
6977. Christophe Ono-dit-Biot et Adel Abdessemed	*Nuit espagnole*
6978. Regina Porter	*Ce que l'on sème*
6979. Yasmina Reza	*Anne-Marie la beauté*
6980. Anne Sinclair	*La rafle des notables*
6981. Maurice Leblanc	*Arsène Lupin contre Herlock Sholmès*
6982. George Orwell	*La Ferme des animaux*
6983. Jean-Pierre Siméon	*Petit éloge de la poésie*
6984. Amos Oz	*Ne dis pas la nuit*
6985. Belinda Cannone	*Petit éloge de l'embrassement*
6986. Christian Bobin	*Pierre,*
6987. Claire Castillon	*Marche blanche*
6988. Christelle Dabos	*La Passe-miroir, Livre IV. La tempête des échos*
6989. Hans Fallada	*Le cauchemar*

7019.	Albane Linÿer	*J'ai des idées pour détruire ton ego*
7020.	Marie Nimier	*Le Palais des Orties*
7021.	Daniel Pennac	*La loi du rêveur*
7022.	Philip Pullman	*La Communauté des esprits. La trilogie de la Poussière II*
7023.	Robert Seethaler	*Le Champ*
7024.	Jón Kalman Stefánsson	*Lumière d'été, puis vient la nuit*
7025.	Gabrielle Filteau-Chiba	*Encabanée*
7026.	George Orwell	*Pourquoi j'écris* et autres textes politiques
7027.	Ivan Tourguéniev	*Le Journal d'un homme de trop*
7028.	Henry Céard	*Une belle journée*
7029.	Mohammed Aïssaoui	*Les funambules*
7030.	Julian Barnes	*L'homme en rouge*
7031.	Gaëlle Bélem	*Un monstre est là, derrière la porte*
7032.	Olivier Chantraine	*De beaux restes*
7033.	Elena Ferrante	*La vie mensongère des adultes*
7034.	Marie-Hélène Lafon	*Histoire du fils*
7035.	Marie-Hélène Lafon	*Mo*
7036.	Carole Martinez	*Les roses fauves*
7037.	Laurine Roux	*Le Sanctuaire*
7038.	Dai Sijie	*Les caves du Potala*
7039.	Adèle Van Reeth	*La vie ordinaire*
7040.	Antoine Wauters	*Nos mères*
7041.	Alain	*Connais-toi* et autres fragments
7042.	Françoise de Graffigny	*Lettres d'une Péruvienne*
7043.	Antoine de Saint-Exupéry	*Lettres à l'inconnue* suivi de *Choix de lettres dessinées*
7044.	Pauline Baer de Perignon	*La collection disparue*
7045.	Collectif	*Le Cantique des cantiques. L'Ecclésiaste*
7046.	Jessie Burton	*Les secrets de ma mère*

7074.	Bénédicte Belpois	*Saint Jacques*
7075.	Jean-Philippe Blondel	*Un si petit monde*
7076.	Caterina Bonvicini	*Les femmes de*
7077.	Olivier Bourdeaut	*Florida*
7078.	Anna Burns	*Milkman*
7079.	Fabrice Caro	*Broadway*
7080.	Cecil Scott Forester	*Le seigneur de la mer. Capitaine Hornblower*
7081.	Cecil Scott Forester	*Lord Hornblower. Capitaine Hornblower*
7082.	Camille Laurens	*Fille*
7083.	Étienne de Montety	*La grande épreuve*
7084.	Thomas Snégaroff	*Putzi. Le pianiste d'Hitler*
7085.	Gilbert Sinoué	*L'île du Couchant*
7086.	Federico García Lorca	*Aube d'été* et autres impressions et paysages
7087.	Franz Kafka	*Blumfeld, un célibataire plus très jeune* et autres textes
7088.	Georges Navel	*En faisant les foins* et autres travaux
7089.	Robert Louis Stevenson	*Voyage avec un âne dans les Cévennes*
7090.	H. G. Wells	*L'Homme invisible*
7091.	Simone de Beauvoir	*La longue marche*
7092.	Tahar Ben Jelloun	*Le miel et l'amertume*
7093.	Shane Haddad	*Toni tout court*
7094.	Jean Hatzfeld	*Là où tout se tait*
7095.	Nathalie Kuperman	*On était des poissons*
7096.	Hervé Le Tellier	*L'anomalie*
7097.	Pascal Quignard	*L'homme aux trois lettres*
7098.	Marie Sizun	*La maison de Bretagne*
7099.	Bruno de Stabenrath	*L'ami impossible. Une jeunesse avec Xavier Dupont de Ligonnès*
7100.	Pajtim Statovci	*La traversée*
7101.	Graham Swift	*Le grand jeu*
7102.	Charles Dickens	*L'Ami commun*
7103.	Pierric Bailly	*Le roman de Jim*

7104. François Bégaudeau	*Un enlèvement*
7105. Rachel Cusk	*Contour. Contour – Transit – Kudos*
7106. Éric Fottorino	*Marina A*
7107. Roy Jacobsen	*Les yeux du Rigel*
7108. Maria Pourchet	*Avancer*
7109. Sylvain Prudhomme	*Les orages*
7110. Ruta Sepetys	*Hôtel Castellana*
7111. Delphine de Vigan	*Les enfants sont rois*
7112. Ocean Vuong	*Un bref instant de splendeur*
7113. Huysmans	*À Rebours*
7114. Abigail Assor	*Aussi riche que le roi*
7115. Aurélien Bellanger	*Téléréalité*
7116. Emmanuel Carrère	*Yoga*
7117. Thierry Laget	*Proust, prix Goncourt. Une émeute littéraire*
7118. Marie NDiaye	*La vengeance m'appartient*
7119. Pierre Nora	*Jeunesse*
7120. Julie Otsuka	*Certaines n'avaient jamais vu la mer*
7121. Yasmina Reza	*Serge*
7122. Zadie Smith	*Grand Union*
7123. Chantal Thomas	*De sable et de neige*
7124. Pef	*Petit éloge de l'aéroplane*
7125. Grégoire Polet	*Petit éloge de la Belgique*
7126. Collectif	*Proust-Monde. Quand les écrivains étrangers lisent Proust*
7127. Victor Hugo	*Carnets d'amour à Juliette Drouet*
7128. Blaise Cendrars	*Trop c'est trop*
7129. Jonathan Coe	*Mr Wilder et moi*
7130. Jean-Paul Didierlaurent	*Malamute*
7131. Shilpi Somaya Gowda	*« La famille »*
7132. Elizabeth Jane Howard	*À rude épreuve. La saga des Cazalet II*
7133. Hédi Kaddour	*La nuit des orateurs*
7134. Jean-Marie Laclavetine	*La vie des morts*

7135.	Camille Laurens	*La trilogie des mots*
7136.	J.M.G. Le Clézio	*Le flot de la poésie continuera de couler*
7137.	Ryoko Sekiguchi	*961 heures à Beyrouth (et 321 plats qui les accompagnent)*
7138.	Patti Smith	*L'année du singe*
7139.	George R. Stewart	*La Terre demeure*
7140.	Mario Vargas Llosa	*L'appel de la tribu*
7141.	Louis Guilloux	*O.K., Joe !*
7142.	Virginia Woolf	*Flush*
7143.	Sénèque	*Tragédies complètes*
7144.	François Garde	*Roi par effraction*
7145.	Dominique Bona	*Divine Jacqueline*
7146.	Collectif	*SOS Méditerranée*
7147.	Régis Debray	*D'un siècle l'autre*
7148.	Erri De Luca	*Impossible*
7149.	Philippe Labro	*J'irais nager dans plus de rivières*
7150.	Mathieu Lindon	*Hervelino*
7151.	Amos Oz	*Les terres du chacal*
7152.	Philip Roth	*Les faits. Autobiographie d'un romancier*
7153.	Roberto Saviano	*Le contraire de la mort*
7154.	Kerwin Spire	*Monsieur Romain Gary. Consul général de France*
7155.	Graham Swift	*La dernière tournée*
7156.	Ferdinand von Schirach	*Sanction*
7157.	Sempé	*Garder le cap*
7158.	Rabindranath Tagore	*Par les nuées de Shrâvana* et autres poèmes
7159.	Urabe Kenkô et Kamo no Chômei	*Cahiers de l'ermitage*
7160.	David Foenkinos	*Numéro deux*
7161.	Geneviève Damas	*Bluebird*
7162.	Josephine Hart	*Dangereuse*
7163.	Lilia Hassaine	*Soleil amer*
7164.	Hervé Le Tellier	*Moi et François Mitterrand*
7165.	Ludmila Oulitskaïa	*Ce n'était que la peste*
7166.	Daniel Pennac	*Le cas Malaussène I Ils m'ont menti*

7167.	Giuseppe Santoliquido	*L'été sans retour*
7168.	Isabelle Sorente	*La femme et l'oiseau*
7169.	Jón Kalman Stefánsson	*Ton absence n'est que ténèbres*
7170.	Delphine de Vigan	*Jours sans faim*
7171.	Ralph Waldo Emerson	*La Nature*
7172.	Henry David Thoreau	*Sept jours sur le fleuve*
7173.	Honoré de Balzac	*Pierrette*
7174.	Karen Blixen	*Ehrengarde*
7175.	Paul Éluard	*L'amour la poésie*
7176.	Franz Kafka	*Lettre au père*
7177.	Jules Verne	*Le Rayon vert*
7178.	George Eliot	*Silas Marner. Le tisserand de Raveloe*
7179.	Gerbrand Bakker	*Parce que les fleurs sont blanches*
7180.	Christophe Boltanski	*Les vies de Jacob*
7181.	Benoît Duteurtre	*Ma vie extraordinaire*
7182.	Akwaeke Emezi	*Eau douce*
7183.	Kazuo Ishiguro	*Klara et le Soleil*
7184.	Nadeije Laneyrie-Dagen	*L'étoile brisée*
7185.	Karine Tuil	*La décision*
7186.	Bernhard Schlink	*Couleurs de l'adieu*
7187.	Gabrielle Filteau-Chiba	*Sauvagines*
7188.	Antoine Wauters	*Mahmoud ou la montée des eaux*
7189.	Guillaume Aubin	*L'arbre de colère*
7190.	Isabelle Aupy	*L'homme qui n'aimait plus les chats*
7191.	Jean-Baptiste Del Amo	*Le fils de l'homme*
7192.	Astrid Eliard	*Les bourgeoises*
7193.	Camille Goudeau	*Les chats éraflés*
7194.	Alexis Jenni	*La beauté dure toujours*
7195.	Edgar Morin	*Réveillons-nous !*
7196.	Marie Richeux	*Sages femmes*
7197.	Kawai Strong Washburn	*Au temps des requins et des sauveurs*
7198.	Christèle Wurmser	*Même les anges*
7199.	Alix de Saint-André	*57 rue de Babylone, Paris 7e*
7200.	Nathacha Appanah	*Rien ne t'appartient*

*Tous les papiers utilisés pour les ouvrages
des collections Folio sont certifiés
et proviennent de forêts gérées durablement.*

*Composition Nord Compo
Impression Maury Imprimeur
45330 Malesherbes
le 20 avril 2023
Dépôt légal : avril 2023
N° d'impression : 270187*

ISBN 978-2-07-300271-6 / Imprimé en France

550447